KB236775

미디어로 본 세상

신중경

새미

■머리말

시간은 누구에게나 공평하다. 비가 오거나 태풍이 몰아쳐도 마찬가
지다. 세상에서 가장 공평한 것은 시간뿐이다. 속박이나 구애받지 않
고 제멋대로 흐르기 때문이다. 시간을 묶어주는 것 또한 세월이다. 그
것은 자랑스럽기보다는 후회의 연속이다. 인간이 미완성 동물이기에
그렇다.

시간 속에는 매듭도 있다. 그 매듭을 어떻게 묶어주는가에 따라 인
생도 변한다. 매듭은 훌륭한 연결고리다. 그것은 창조의 힘도 갖고 있
다. 창조는 삼라만상森羅萬象의 변화를 뜻한다. 허나 매듭은 사람마다 다
르다. 축복 받는 매듭도 있고 저주받는 매듭도 있다. 오기를 부리다 사
라지는 매듭도 있고, 잘려서 버려지는 매듭도 있다. 매듭은 아마 사주
팔자와 궁합, 관운과 재물과도 관련이 있는 것 같다.

그 매듭이 어머니 뱃속에서부터 찾아왔다. 가난한 게 무죄였고, 유
복자遺腹子가 유죄였다. 어린 시절 그것은 줄곧 나를 괴롭혔다. 정에 굶
주렸고 돈에 울었다. 가정이 무엇인지도 모르고 살아왔다. 어떻게 처
신해야 되는 지도 몰랐다. 가정에 기둥이 없었던 게 이유였다. 어머니
가 생활전선에서 뛰느라 바쁜 것도 문제였다.

그렇다고 남의 것을 탐내지는 않았다. 빼앗거나 훔치는 일도
없었다. 불쌍한 사람을 보면 무조건 도와주고 싶었다. 내 것만
아끼는 그런 파충류도 아니었다. 정에 약하고 눈물 많은 시골
소년이었다. 인생은 줄곧 모순矛盾의 연속이었다. 슬픈 서사시敍事

詩의 단막극單幕劇이었다.

4수修 끝에 군대를 다녀오자 할 일이 없었다. 1군 하사관학교와 수색대搜索隊를 나온 씩씩한 젊은이였다. 큰맘먹고 일주일 동안 공사장에 나갔다. 오전 8시부터 오후 8시까지 일하는 중노동이었다. 모래와 자갈을 지고 나르는 일이었다. 700원 짜리 전표錢票 한 장이 하루 일당이었다.

열흘 동안 일하자 7,000원이 모였다. 물론 전표였고 현금으로 바꾸자 6,300원이었다. 700원은 전표에 대한 세금이었다. 노동자를 갉아먹는 기생충이 바로 이들이었다. 허탈감이 앞섰고 처량한 느낌마저 들었다. 울화통이 터졌고 심사가 뒤틀렸다. 하류 인생에 대한 반항이었다. 군軍시절 내무반장을 역임했던 것이 창피할 정도였다.

그 날은 친구들을 불러내 진탕 마셨다. 막걸리 한 주전자에 40원 하던 시절이었다. 그 옆에는 물론 매미들도 있었다. 매미란 속칭 술 따르는 도우미였다. 다음 날 술이 깨 후회했지만, 목욕탕에서 묵은 때를 벗긴 듯한 기분이었다. 그것이 마지막 막노동이었다.

며칠 후 울산으로 향했다. 현대자동차 기능공 선발 면접시험 때문이었다. 인문계 고교를 졸업했는데도 서류심사에 합격한 모양이었다. 면접관은 나를 보더니 대뜸, "인문계 고교를 졸업했구먼."라고 말했다. 그리고 중학교 영어 책을 펼치더니 읽고 해석해보라고 했다.

거침없이 읽고 해석하자 면접관이 씩 웃더니, "영어 실력은 제법이군."라고 말했다. 그리고 대뜸 "주물鑄物이 무엇인가?"라고 질문했다. 나는 거침없이 대답했다. "예, 주물럭거리는 것입니다." 그러자 폭소가 터져 나왔고, 주변사람들이 나를 보면서 낄낄거렸다.

면접관은 재미있었는지 또 물었다. "그렇다면 프레스(Press)는 무엇인가?" "예, 프레스가 프레스지요." 또 다시 폭소가 터져 나왔고 낄낄거렸다. 지금 생각하니 떨어진 것이 천만다행이었다. 합격했으면 노조 활동하다 잘릴 것이 뻔한 인물이 바로 나였다.

개그맨 김국진씨가 공무원 시험에 떨어진 것과 같은 현상이었다. 그 후 서울 영등포 독산동 공장 면접시험에서도 그 같은 일을 당했다. 그곳은 한 달 내내 일해도 하숙비가 안 되는 열악한 산업체였다. "하숙비가 안 되면 두 탕을 뛰면 된다."는 사장의 말도 걸작이었다. 전태일 선생도 울고 갈 곳이 바로 그곳이었다.

마음을 고쳐먹고 공무원 시험에 응시했다. 시험은 의외로 쉬웠다. 당시는 고등학교 수준이라 막히는 것이 없었다. 첫 발령지는 면사무소였다. 출근하자 할 일이 없었다. 직원들은 분주하게 움직이는데 일을 시키지 않았다. 하릴없이 장작이나 팼다. 사무실 난로에 쓸 땔감이었다.

며칠이 지나자 재무계로 발령을 내주었다. 주로 세금을 다루는 부서였다. 당시는 유흥세가 지방세라 술집과 다방이 많았다. 계장은 취득세와 재산세를 다루고, 나는 유흥세를 걷으러 다녔다. 세금이 잘 걷힐 턱이 없었다. 실적은 올려야 하는데 방법이 없었다. 결국 마시고 퍼먹기 시작했다. 세금을 내 봉급으로 밀어 넣는, 최후의 방법을 선택한 것이었다.

세월이 흘러 부처를 바꾸기로 결심했다. 일이 너무 많다는 것이 그 이유였다. 교육청으로 넘어가 초등학교에서 근무하게 되었다. 출근하자 아이들이 뛰어와 인사하는 모습도 보였다. 선생님들도 자기 관리를 잘하는 인텔리들이었다. 학교는 조용했고 늘 잔잔한 모습이었다. 면사무소와는 전혀 다른 아늑한 곳이었다.

1980년 11월 아내와 첫 만남의 기회를 가졌다. 친구 부인의 소개였다. 아내는 동그란 얼굴의 청순한 소녀였다. 티없이 맑고 고운 피부를 가진 한 떨기 백합이었다. 보는 순간 그녀를 잡아야 한다고 생각했다. 허나 객지를 돌아다니다 보니 돈이 없었다. 술 퍼먹기에 바빠 저축할 여유조차 없었다.

어렸을 때 일로 보상받은 것이 바로 나였다. 술과 담배가 바로 그것이었다. 헐벗고 굶주렸던 것이 그 이유였다. 심리학자 프로이트 박사가 한 말이었다. 개구리 위장 전법이 곧 시작되었다. 청개구리처럼 색깔도 변하고, 우물 안 개구리처럼 부풀리기 전술이었다.

공무원 연금 대출로 50만원을 받았다. 빳빳한 만 원짜리 지폐 50장이었다. 그것으로 환심을 사기 시작했다. 밥도 사주고 시계도 사주고 옷도 사줬다. 이틀마다 장문의 편지를 써서 부쳤다. 전화도 자주해서 무료하지 않게 해줬다. 반응이 나타나기 시작했고, 이 작전은 성공했다. 1981년 06월 06일 우리는 드디어 결혼식을 올렸다.

결혼을 하자 이제는 합치는 게 문제였다. 부부는 함께 사는 게 행복이었다. 주말 부부가 끝난 것은 1984년 04월 11일이었다. 드디어 강원대학교로 전출 명령을 받은 것이었다. 대학교는 여러 업무를 배워야 하는 특성이 있었다. 특히 행정직이 그랬다. 교무와 수업, 학적과 장학 등 생소한 업무가 많았다.

그것을 하나, 하나 배워가던 무렵이었다. 숙직을 하던 어느 날 교수 연구실을 바라보게 되었다. 연구실은 대부분 불을 환하게 밝히고 있었다. 연구실을 바라보며 생각에 잠겼다. 나와 저들의 차이는 무엇일까. 왜 교수는 대접받고 일반직은 대접받지 못할까. 우리는 왜 저들 앞에서 허우적거려야 할까.

수많은 생각들이 백열등의 필라멘트처럼 붙었다 떨어지기를 반복했다. 그리고 나온 결론이 공부였다. 저들처럼 공부하면 될 것 같다는 생각이 들었다. 먼저 방송통신대학을 열심히 다니기로 했다. 국어국문학과였다. 그리고 축구심판으로 활동하면서 칼럼을 쓰기 시작했다. 축구 월간지인 Best Eleven이었다. '한마디 코너'를 맡아 내리 3년간을 썼다. 그것이 행복으로 가는 길목이었다.

글에 대한 자신이 붙자 책을 출판하기 시작했다. 축구 책과 산문집에 이어 소설로 이어졌다. 총 11권을 쓰는 동안 수많은 칼럼도 이어졌다. 중앙지와 지방지를 비롯해서 스포츠 신문까지 문을 두드려 나갔다. 회사 사보에도 글을 청탁 받아 수많은 글을 써주기에 이르렀다.

1999년 12월 드디어 기로에서야 하는 일이 발생했다. "진급할 것인가, 아니면 세계축구(大)백과사전을 쓸 것인가"라는 문제였다. 며칠간을 고민한 끝에 한 가지는 버려야 한다고 생각했다. 그것이 곧 진급에 대한 욕심이었다. 축구사전은 내가 안 쓰면 안 되지만, 진급은 어느 누구라도 할 수 있기 때문이었다.

축구사전을 쓰기 시작한지 벌써 12년. 최후의 고지를 향해 달려가고 있다. 그러나 어느 덧 인생 60년 환갑還甲, 그 허망했던 순간들이 주마등처럼 물결치고 있다. 우왕좌왕, 좌충우돌, 얼렁뚱땅했던 것이 내 인생이 아니었나 싶다. "젊어서는 색色을, 장년에는 경쟁競爭을, 늙어서는 돈을 조심하라."는 공자孔子의 말도 잊고 살지는 않았는지 모르겠다.

꿈과 희망이 없으면 세상이 삭막하고 불행하다. 그것을 지키고자 아직도 노력하고 있다. 현재 집필중인 장편소설 마법魔法 공화국은 또 다른 꿈과 희망이 될 것이다. 평생 가족을 위해 애쓴 아내에게 감사드린다. 나를 아는 모든 사람들에게도 감사드린다. 흘러가는 물결에는 거품이 없다. 그것이 곧 인생이고 운명이 아닐까 싶다.

[2010년 02월 27일 著著]

제2부 **축구** 칼럼

제1부 **일반** 칼럼

전류$_{電流}$를 통해본 세상

세상은 요지경이다. 삼라만상이 그 속에서 춤을 춘다. 머피(Murphy)도 춤추고 샐리(Sally)도 춤춘다. 둘은 서로가 다른 양극 상이다. 비토(veto)를 놓기도 하고 불협화음도 낸다. 세상사는 이치가 그렇고 남녀 관계도 마찬가지다. 허나 전기는 다르다. 양(+)극과 음(−)극이 만나면 에너지를 발산하고 빛을 낸다.

요지경 속으로 들어가 봐도 마찬가지다. 남성 10명이 모이면 서로가 으르렁거린다. 형님과 동생, 친구로 통할 것 같지만 전혀 그렇지 않다. 얼마 안가 치고 받는 격투기가 시작된다. 여성도 마찬가지다. 언니 동생 할 것 같지만 역시 그렇지 않다. 서로가 머리채를 잡아당기고 물어뜯는다. 두 집단 모두가 직류이기에 그렇다.

허나 두 집단을 반반씩 혼합했을 때 상황은 전혀 달라진다. 눈동자가 빛나고 웃음꽃이 핀다. 서로가 위하면서 평화가 찾아온다. 직류가 교류로 변했기 때문이다. 빛을 발산하는 형광등도 이 같은 원리다. 60Hz(헤르츠) 교류이기에 그렇다. 그것은 곧 (+)극과 (−)극이 1초에 60번 바뀌는 것을 뜻한다. 교류가 극이 없어 보이는 진짜 이유다.

그렇다고 교류가 꼭 좋은 것만은 아니다. 남녀 관계가 그렇다. "부부란 3일간 행복하고, 3년간 싸우고, 30년간 침묵한다고 했다." 프랑스의 사상가 몽테뉴의 말이다. 남자는 씨뿌리기를 좋아하고, 여자는 종족보존 본능 때문에 그런 모양이다. 실제로 여자들은 남자를 별로 탐탁지 않게 여긴다.

여자들은 우선 순위가 자식이다. 그 사랑은 에로스(Eros)보다 높고 아가페(Agape)보다 깊다. 모성애 또한 사랑이나 자비慈悲보다 넓고 길다. 담임목사 세습에 하트(♡)가 쪼개지고, 주지主持 싸움에 자비 그릇이 깨져서 그런 모양이다. 모성애는 결국 지구를 지키는 마지막 방패일 수밖에 없다.

두 번째가 친정 식구들이다. 자신이 성장해온 뿌리이기에 그렇다. 세 번째는 바로 자기 자신이다. 내가 있어야 가족도 있고 이웃도 있다. 내가 없는 조국은 결국 내 조국이 아니다. 마지막이 남편과 시댁이다. 성 기능이 떨어진 남성들 얘기다. 그들은 있어도 되고 없어도 되는 물건이다. 50대를 훌쩍 넘긴 부부를 봐도 역시 마찬가지다.

남자는 첫째가 건강, 둘째가 아내, 셋째는 돈, 넷째는 일, 마지막이 친구다. 이를 줄여서 1건健 2처妻 3전錢 4사事 5우友라고 한다. 허나 여자는 다르다. 첫째가 건강, 둘째는 돈, 셋째는 딸, 넷째는 계모임, 마지막이 친구다. 이것을 줄여서 1건健 2전錢 3여女 4계契 5우友라고 한다. 남성에게는 아내가 두 번째로 필요한 존재지만, 여성에게는 남편이라는 존재가 없다. 요즘 세상 풍경이고 온난화의 비극이다.

선거 때가 되면 온 동네에 교류 전기가 흐른다. 양극의 선거 운동원과 음극의 후보자가 빛을 밝힌다. 온 동네를 찾아다니면서 회오리를 일으킨다. 후보자들은 이때마다 삼척동자가 된다. 노틀담의 곱추가 되어 불쌍한 척한다. 욕쟁이 할머니를 끌어안고 착한 척한다. 눈동자를

미디어로 본 세상

풀고 허우적거리면서 없는 척한다.

삼척동자가 아니라 3불출이다. 물론 당선되면 3척에서 9척 거인이 된다. 3불출에서 8불출로 변신한다. 목에 깁스를 하고 마카로니웨스턴의 Gun man이 된다. 임기 내내 우왕좌왕 얼렁뚱땅한다. 소모된 전지를 충전코자 눈이 충혈 된다. 거기에 속고 또 속는 것이 서민들이다. 투표를 외면하는 젊은이들도 마찬가지다. 일자리가 없다고 아우성쳐야 들어줄 팔불출은 없다.

남자는 눈이 작을수록, 여자는 눈이 클수록 독종이다. 선조先祖들의 말씀이고 세종시 얘기다. 정치는 그 나라 국민들의 수준이다. 국회는 난장판이고 운전문화는 들쥐 수준이다. 음音 하나로 아름다운 곡을 만들 수 없다. 여러 음이 모여야 좋은 음악이 된다. 1차 전지만 쓰는 서민들에게 교류 세상은 언제나 올까. 그것이 궁금할 뿐이다.

[2010년 01월 16일 세계일보]

어린 시절 단상 斷想

역사란 언제나 모였다 흩어지고 흩어졌다 모인다. 인생사가 그렇고 세계사도 그렇다. 1945년 8월 15일, 일제로부터 해방된 한반도는 태극기의 물결로 출렁거렸다. 억압 속에 뿔뿔이 흩어졌다 모인 거대한 집단이었다. 너와 내가 없었고 우리는 모두 하나가 되어 있었다. 동심원의 물결은 그렇게 출렁거렸다.

한민족은 빠삐용의 정신으로 살아온 백의민족이었다. 허나 기쁨도 잠시 뿐. 남에는 미군이, 북에는 소련군이 주둔하면서 비극의 서막이 시작되었다. 전범戰犯 국가인 독일이 반으로 동강나듯, 일본도 반 동강이 났어야 했다. 한데도 한반도가 두 동강이 났다. 역사는 언제나 반대급부를 향해 치달렸다.

미국은 서부 개척사를 일군 위대한 '잡종국가'였다. 소련 역시 약육강식으로 얼룩진 '하이에나 공화국'이었다. 긴 항해를 위해 이들은 닻을 올렸다. 반공을 국시로 친일파를 승선시켰다. 공산주의 함대는 온통 붉은 깃발로 치장했다. 이승만과 김일성이 앞잡이였다. 트루먼과 스탈린이 그들의 대부代父였다. 미국은 또 다른 Corea의 'C'를 'K'로 바꿨다. 1884년부터 그렇게 바꾼 포크 대리 공사가 주범이었다.

친일파와 빨갱이의 싸움이 시작되었다. 신탁통치信託統治 문제로 반탁反託과 찬탁贊託이 첫 무대였다. 막이 오를수록 무대는 난장판이었다. 피로 물든 제주 4·3사건이 그 서막이었다. 여수·순천 사건이 전개展開 과정이었다. 대단원은 역시 6.25 전쟁이었다. 한반도는 3년 동안 피의 장막 속으로 빠져들었다.

격동기 속에 태어난 그들이 바로 우리였다. 아버지는 경상도에서 광산鑛産을 하시다 돌아가셨다. 내가 태어나기 6개월 전이었다. 나처럼 단순한 사람이었다. 술도 좋아했고 담배도 즐겨했다. 무골호인無骨好人이라 사람들과 어울리기를 좋아했다.

남의 슬픔을 내 슬픔으로 아는 동정심 많은 사나이였다. 불의를 보면 못 참는 성격이기도 했다. 다만 사냥을 즐겼던 게 흠이었다. 일주일씩 사냥을 다녔다고 한다. 어머니가 살생殺生하지 말라고 그렇게 말렸건만 마이동풍이었다. 인간의 어리석음을 보여주는 한 편의 잘못된 소나타였다.

결국 광산도 사기를 당해 남에게 넘어갔다. 격동기 시대에 살았던 게 그 원인이었다. 아버지는 그 사기꾼들을 잡으러 다니다 돌아가셨다. 어머니가 스물일곱 살 때였다. 유복자로 태어날 수밖에 없었던 기구한 운명이었다. 그 와중에도 어머니는 보따리 장사를 나가셨다. 6.25 전쟁이 한창이던 7월이었다.

손가락이나 소매를 빠는 일이 일과였다. 울다 지치면 잠이 들었다. 잠이 들었다 깨면 울어대기 일쑤였다. 전쟁의 소용돌이는 어떠한 변화도 허용하지 않았다. 어쩌다 밥물을 얻어먹는 게 유일한 낙이었다. 보따리장수와 그 자식들이 타고난 운명이었다.

어머니는 원래 강한 분이었다. 소학교 시절엔 줄곧 일등만 하셨다.

어쩌다 일등 자리를 빼앗기면 느티나무를 붙잡고 울었다. 느티나무는 그 학교의 상징이었다. 소학교를 졸업하고 일본까지 갔다 오는 배짱 있는 소녀였다. 예쁘고 성실하고 지혜롭게 살아온 한 떨기 국화였다.

허나 그 호연지기浩然之氣가 문제였다. 1등만 추구하던 진취적 기상도 문제였다. 화랑도 정신이 몸에 밴 것 또한 잘못이었다. 결국 잘 나가던 갑부 아들을 만난 것이 결정타였다. 2·8 청춘 때였고, 그것이 청상과부를 알리는 신호탄이었다. 4남매를 홀로 키워야 하는 엇박자 인생이 운명이었다. 우리를 버리지 않은 것만도 다행이었다. 고아원으로 직행할 운명들이었다.

"운명運命은 앞에서 오고 숙명宿命은 뒤에서 온다."고 했다. 차 뒤에 숨어 있는데 차가 출발하면 그게 운명이고, 으슥한 곳에 숨어 있는데 차가 덮치면 그게 곧 숙명이었다. 숙명은 곧 찾아왔다. 어머니가 나를 업고 그 사기꾼을 찾아갔을 때였다. 1950년 09월 28일이었다. 사람들은 그것을 '9,28 수복收復'이라고 말했다.

사기꾼 집으로 들어서는 순간 총소리가 울려 퍼졌다. 9.28 서울 수복을 알리는 아군들의 총소리였다. 두 형들은 집안으로 들어가지 않고 밖에서 놀았다. 그 유탄 하나가 큰형의 목을 뚫고 나와 작은형의 목에 박혔다. 큰형은 그 자리에서 즉사했고, 작은형은 구사일생으로 살았다. 작은형은 현재 대학교수로 재직 중이다.

큰형은 일곱 살, 작은형은 다섯 살이었다. 큰형 손에는 10환(현 화폐 1원) 짜리 지폐가 꼭 쥐어져 있었다. 왕 사탕을 사먹을 돈이었다. 어머니가 못 사먹게 말렸던 게 화근禍根이었다. 10환은 큰아들에게 운명이 아닌 숙명이었다. 어머니는 그 지폐를 오래도록 간직하셨다. 그 일을 떠올리며 가끔 우셨다. 어찌나 슬피 우는지 우리도 따라 울었다.

미디어로 본 세상

누나는 당시 중앙여중을 다녔다. 어머니가 장사 나가면 늘 나를 업고 학교에 갔다. 보따리 장사를 하는 어머니 대타 역할이었다. 누나는 젖먹이였던 나 때문에 고생을 많이 했다. 때마다 물에다 밥을 이겨서 먹였다. 밥이 없을 때는 친구들에게 얻어서 먹였다.

이 때문에 친구들에게 놀림 당하기 일쑤였다. 누나는 그래도 나를 끔찍이 사랑했다. 형이 피해자였다. 밥이 없을 때는 굶기가 다반사였다. 누나는 그래도 또 다른 가장이었다. 사회 경험도 없는 보따리 장사가 잘 될 턱이 없었다. 재봉틀도 팔아먹고 라디오도 팔았다. 그 많던 살림살이도 거의 다 팔아먹었다.

숙명이 갔으니 운명이 다음 법칙이었다. 운명은 아무 연고도 없는 경춘선 열차로 몰고 갔다. 1939년 07월 25일에 개통된, 석탄가루 휘날리는 완행열차였다. 당시 춘천은 미군 부대가 주둔하고 있었다. 장사꾼들은 그들을 상대하고자 꾸역꾸역 모여들었다. 슬픈 서사시敍事詩를 알리는 제2의 서막이었다.

어머니는 그곳에다 하숙집을 차렸다. 하숙생은 주로 군인들로서 영관領官 급이었다. "충성!" "멸공!" "필승!" 같은 군대 구호는 그때 다 배웠다. 당번當番 병사들로부터였다. 구호를 외칠 때마다 마치 군인이 된 것 같았다. 다섯 살 때였다. 당시는 땔감이 나무라 머슴도 고용해야 했다. 마음씨 좋은 그는 고향이 강원도 인제麟蹄였다. 우리는 그를 모두 '삼촌'이라고 불렀다.

세월이 흐르자 삼촌과 자연스럽게 친해졌다. 삼촌은 저녁마다 옛날이야기를 해주었다. 동화얘기도 해줬고 귀신얘기도 해줬다. 귀신얘기를 할 때면 무서워 삼촌을 와락 끌어안았다. 삼촌은 그때마다 빙그레 웃으며, "사나이는 담이 커야 한다."고 등을 토닥거렸다.

머리가 더 커지자 그때부터 미군부대 쓰레기장을 찾아다녔다. 새벽의 일과였다. 어쩌다 씨 레이션(C-Ration)이라도 줍는 날이면 가족 전체가 회식하는 날이었다. 잼과 과자가 들어있는 깡통을 주울 때도 입이 벌어졌다. 봄이면 새알 훔쳐 먹기에 바빴다. 어미 종달새를 울리는 파렴치한이 바로 나였다.

그럴 때마다 어머니는 회초리를 들었다. 아마 큰아들 생각이 났던 모양이다. 저녁이면 사격장에 나가 탄피를 줍고 납을 캐었다. 엿장수들이 선호하는 물품이었다. 여름이면 슈산보이나 아이스케이크 장수를 따라다녔다. 겨울이면 찹쌀떡 장수를 따라다니면서 한 개씩 얻어먹었다. 장사가 잘될 때 얘기였다. 장사가 안되면 어김없이 깡 소주를 사다 마셨다. 안주는 오징어였고, 내게도 한잔을 주면서 노래를 시켰다. 당시 불렀던 노래는 '방랑시인 김삿갓'이 아니면 군대 노래였다.

"건빵을 먹고 설사를 하여 집합에 늦었다고 빳다를 맞고"
"아이고 선임하사 용서하세요 나오는 설사를 어이 하리까"
"이등병 신세를 몰라주나요 이것이 졸병들의 신세랍니다."

세월은 약이 아니라 독이 될 때도 있었다. 무심한 세월은 변덕꾸러기였다. 군인들의 영외 거주가 금지되자 가세는 급속히 기울어갔다. 군인들이 떠나가자 삼촌도 떠나야 했다. 삼촌은 나를 안고 하염없이 울었다. 나도 울고 엄마도 울고 집안 식구들이 다 울었다. 정에 약한 것이 삼촌의 약점이었다.

돼지는 목뼈 때문에 하늘을 볼 수 없다. 목뼈가 아래쪽으로 굽어 있기 때문이다. 수평 이상은 볼 수 없고, 평생 바닥만 바라보며 살게 되어 있다. 그런 인생이 시작되었고 돼지 같은 인생이었다. 굶기를 밥 먹듯

미디어로 본 세상

하였고 3일을 굶은 때도 있었다. 눈앞이 흐려져 아지랑이가 보였다. 술 취한 듯한 모습에 다리가 후들거렸다.

초등학교에 입학하자 담임선생이 반장을 시켜주었다. 그것이 처음이자 마지막이 된 감투였다. 그렇다고 얌전한 행동은 아니었다. 고무줄도 끊어놓고 여자아이들을 울렸다. 결국 문제 아동으로 찍혀 변소 청소는 언제나 내 몫이었다. 여자아이들은 그것을 보고 킥킥거렸다. 반장도 내 짝에게 빼앗겨 바보가 되어야 했다.

어느 날 눈싸움을 하다 왼쪽 눈을 다쳤다. 눈이 나을 때가 되자 또 팔을 다쳐 외팔이가 되었다. 사고뭉치 아이가 바로 나였다. 어머니는 늘 나 때문에 불안해 하셨다. 5학년이 되자 축구 선수가 되었다. 어머니는 말렸지만 들을 턱이 없었다. 당시 동네에는 이이우(李二雨·前한국여자축구대표팀 감독) 선수가 있었다. 명성을 휘날리던 그를 닮고 싶었다.

6학년이 되자 드디어 대회에 출전하게 되었다. 운동장에는 응원단의 북과 꽹과리가 요동쳤다. 재학생들의 응원 열기도 하늘을 찌르는 듯 했다. 결국 결승전에서 패했지만, 설렁탕도 먹고 자장면도 얻어먹을 수 있었다. 먹는 것이 공차는 것보다 훨씬 더 좋았다. 허나 응원단 속에는 어머니가 보이질 않았다. 결승전에서 패하자 우리는 운동장에 앉아 엉엉 울었다.

아버지가 없다는 것은 또 다른 설움이었다. 툭하면 아비 없는 후레자식이었다. 그것이 대명사였고 늘 나를 따라 다녔다. 어쩌다 아이들과 싸우면 그 아비가 꼭 나를 찾아와서 때렸다. 그때마다 어머니는 악을 쓰면서 울었다. '호랑이 띠'라서 그런 모양이었다. 허구한 날 싸워 어머니 속을 무던히도 썩혔다. 아버지가 있는 것이 내 꿈이었다. 어머니는 그래도 홀로 사셨다.

어느 날 한 아이가 전학을 왔다. 이름이 윤희철 이었다. 키도 크고 나이도 많아 꽤나 어른스러워 보였다. 한 동네에 살게 되어 무척 친하게 지냈다. 그 친구는 부모님이 6. 25때 모두 돌아가셨다. 결혼한 누나에게 얹혀살았다. 학교에 갔다 오면 늘 심부름을 다녔다. 산으로 땔감 나무를 하러 가면 늘 나와 함께 다녔다.

그 친구는 눈치가 무척 빨랐다. 어쩌다 꾸중 듣고 매 맞은 날에는 항상 나를 찾아왔다. "너는 어머니가 계셔서 참 좋겠다"는 말을 수없이 반복하였다. 부러워하면서 눈물을 뚝뚝 흘렸다. 얼마나 서러웠으면 누나를 저승사자처럼 여겼다. 철없던 시절에 본 그 모습은 아직도 잊을 수 없다.

초등학교 마지막 겨울방학이었던 1961년 12월 25일, 교회에 가면 떡을 준다는 말에 귀가 솔깃해졌다. 희철이를 불러내 교회로 향했다. 한데 교회는 냉정했다. 평소에 오지 않던 사람은 떡을 주지 않았다. 달라고 떼를 쓰자 뒤통수를 후려쳤다. 그것이 콘크리트 바위로 굳어졌다. 평생 교회를 멀리한 이유가 되기도 했다.

초등학교를 졸업하자 희철이는 주유소에 취업하였다. 중학교에 진학한 나는 등·하교 길에 그를 피할 수밖에 없었다. 허나 경제적으로 어렵기는 마찬가지였다. 아침을 거른 채 등교하기 일쑤였고, 월사금月謝金 1.800환(현 화폐 180원)도 만만치 않은 돈이었다. 쌀가게 주인이 위대하게 보이던 시절이었다.

그것을 못 내면 교문 앞에서 수시로 쫓겨났다. 월사금을 못 낸 친구들끼리 모여 시내를 배회했다. 배회의 연속이었고 서러운 시절이었다. 집에 일찍 들어가면 어머니는 애써 외면하셨다. 어머니는 월사금을 빌

미디어로 본 세상

리러 온 동네를 돌아다녔다.

그러던 어느 날, 담임선생님이 나를 불렀다. 공부 잘하는 네가 시내를 방황하면 안 된다는 것이었다. 선생님은 쫓겨날 때마다 도서관으로 불렀다. 방황하지 말고 책을 읽으라는 것이었다. 수많은 책을 읽을 수 있었다. 선생님은 어쩌다 자장면도 사주셨다. 도시락을 싸올 때는 반을 내게 주셨다. 눈물과 함께 비벼 먹었던 선생님의 도시락이었다.

중학교 2학년 때는 육군사관학교를 견학하게 되었다. 난생 처음 타보는 기차여행이었다. 육사 생도들이 펼치는 분열식은 또 다른 감동이었다. 3학년이 되자 서울로 진학하라고 했다. 성적이 좋으면 서울로 진학하는 것이 당시 관례였다. 어머니께 말씀드리자 애써 외면하셨다. 그것이 내 운명이었다. 다른 친구들은 서울 5대 명문名門고로 진학했다. 있는 자와 없는 자의 운명적 매듭은 그렇게 만들어졌다. 첫 번째 복을 놓치는 순간이었다.

당시 놀이는 대부분 깡통 차기와 자치기였다. 여름이면 수영하고, 겨울이면 썰매 타는 게 고작이었다. 썰매를 타다보면 어쩌다 물에 빠지곤 했다. 옷을 말리다 태워먹기 일쑤였고, 그것은 곧 꾸지람의 대명사였다. 자동차에서 뿜어내는 연기를 들여 마시는 것은 또 다른 재미였다. 사격장에서 탄피 줍고, 납 캐는 일은 엿장수들과의 약속이었다.

가설극장은 또 다른 재미였다. 하루 종일 굶어도 좋았다. 개구멍 인생이 바로 내 인생이었다. 들어가다 들키면 무대 위에서 벌을 서야 했다. 이웃들은 그런 나를 보고 킥킥거렸다. 변사辯士는 마음대로 떠드는 약장수 같았다. 영화의 희로애락 장면은 모두 그의 입에서 나왔다. 서커스나 연극은 또 다른 볼거리였다. 어린 눈에 비친 모습이 신기하기만 했던 아름다운 추억이었다. 추억은 또 다른 추억을 낳고 몸부림치는 인생의 거울이었다.

이 같은 인생은 다 이름 때문이라고 생각했다. 서울에서 태어났다고 서울 경京자를 붙인 게 화근이었다. 우리 가문은 중重자 돌림이었다. 이름을 해석해 봐도 엉망이었다. 삼가 할 신愼, 무거울 중重, 서울 경京이 바로 그것이었다. 서울京에서는 무거운重 일을 삼가愼 하라는 뜻이었다. 당시 나는 왜 살아야 하는지 모르는 아이였다. 그것이 내 운명이라고 단정 지은 것이 사춘기思春期의 방황彷徨이었다.

[2010년 01월 16일 옛 추억을 생각하며]

미디어로 본 세상

내 아내는 닭띠

　내 아내는 닭띠다. 그것도 '삼복더위 닭띠'라 가끔 잊어먹기도 잘하고 졸기도 잘한다. 물론 미용美容실을 경영하다보니 너무 힘든 탓도 있겠지만, 그런 아내를 바라볼 때마다 늘 미안하고 불쌍해서 안쓰럽기만 하다. 그런 아내가 어느 날 갑자기 무슨 생각이 일었는지 운전면허를 따야겠다고 하면서 학원에 등록하였고, 떨어지기를 수없이 반복하더니 기어코 합격하였다. 물론 그날은 친구들까지 초청, 웃음꽃을 피워가며 행복한 하루를 보낼 수 있었다.

　그러나 전혀 예상치 못했던 문제가 도로주행을 하면서 불거져 나왔다. 내가 아무리 설명해도 아내는 당황해서 시동을 꺼먹기 일쑤였고, 기어도 제대로 못 넣어 엔진이 터질 지경이었다. 나는 더 이상 참지 못하고 성질부터 벌컥 냈다.

　"좀 제대로 해! 이, 닭대가리야!"

　"뭐, 닭대가리라고? 자기는 전과자잖아?"

　"뭐야?"

　아내는 급기야 울음을 터뜨리면서 내 약점을 파헤쳤고 두 번 다시 내게 배우려들지 않았다. 정나미가 뚝 떨어졌던 모양이다. 사실 아내의 말대로 나는 전과자이다. 하지만 내가 자동차에 관심을 갖게 된 것은 지금으로부터 꼭 15년 전의 일이다.

당시 나는 자전거를 타고 다니면서 조기축구를 할 때라 자동차에는 별 관심이 없었다. 그러던 어느 날 직원들끼리 점심을 먹다 갑자기 자동차 얘기가 나왔고, 결국 가장 늦게 면허를 따는 사람이 저녁을 사기로 약속하면서 역사는 시작되었다.

자동차학원에 등록한지 1주일 후, 필기시험을 치르고 전광판을 바라보니 모두가 80점을 넘었는데 내 수험번호 밑에만 '68'이라는 숫자가 깜빡거리고 있었다. 평소 남보다 머리가 좋다고 자부하였는데 분하고 창피해서 정말 얼굴이 화끈거렸다.

결국 7전 8기 끝에 면허증을 받아들고 직원들에게 저녁을 대접하였다. 허나 그때만큼은 정말 돈이 아깝지 않았다. 그 후 우리는 중고차를 한 대씩 구입하였다. 내 차에서는 언제나 몬테네그로 악단이 연주하는 '방랑의 휘파람'이 흘러나왔고, 나는 또 마카로니웨스턴의 주역 배우인 클린트 이스트우드가 되어 있었다.

그러던 어느 날이었다. 비가 억수 같이 퍼붓던 날이었다. 친구들과 함께 눈동자가 풀어지도록 술을 마셨다. 허나 운전대를 잡은 것이 화근이었다. 차를 몰고 가다 가로수를 그대로 들이받았다. 그나마 인사사고가 아니었던 것이 천만다행이었다. 면허가 취소되고 범칙금은 당연한 결과였다.

또다시 자전거 신세가 되어야 했다. 명색이 공직자에다 그라운드의 판관이 바로 나였다. 축구심판으로서 정말 부끄럽고 창피했다. 한동안 얼굴을 들고 다닐 수가 없었다. 그런 아픈 과거를 안고 있었다. 그런 내가 착한 아내를 구박하였으니 한심한 일이 아닐 수 없었다.

아내의 장롱 면허는 그렇게 탄생했다. 물론 1종 녹색 면허고 아직도 운전을 하지 못한다. 아마 그때 일이 시멘트 자국으로 남아 있었던 모양이다. 초겨울의 문턱에서 거리에 굴러다니는 낙엽을 바라보면서 잠시 생각해본 일이다. '과거를 되돌아볼 수는 있어도 결코 되돌아갈 수는 없다'는 내 진리를 망각한 채 말이다.

[2001년 12월 03일 월간 자동차생활 사보 12월(호)]

오랑우탄의 짝사랑 연가戀歌

세상서 가장 어려운 일은 '선택과 결정'이다. 그에 따라 운명과 숙명이 바뀌기도 한다. 조삼모사는 필연인줄 알고 덤비지만 악연에 운다. 대기만성은 인연과 행복을 접목시켜 오랫동안 키운다. 사랑의 굴레와 삶의 질도 마찬가지다.

정의는 신규교육 현장에서 한 소녀를 만났다. 넋을 잃을 정도로 아름다운 모습이었다. 인형처럼 예뻤고 천사처럼 우아했다. 티 없이 맑고 발랄한 성격이었다. 단발머리와 목선이 어울리는 기린 같은 소녀였다. 웃을 때마다 눈동자가 빛났고 하얀 이가 반짝거렸다. 파란 제복의 가슴에는 7이라는 명찰이 달려 있었다.

정의는 처음 보는 순간부터 빠져들었다. 보면 볼수록 가슴이 뭉클거렸다. 교육받는 것 자체가 행복이었다. 자나 깨나 그녀 생각뿐이었다. 하지만 그녀는 딴판이었다. 말을 걸어도 대꾸도 하지 않았다. 어쩌다 스쳐도 찬바람만 일었다. 오락시간에 노래를 불러도 먼 산만 바라보았다. 카메라를 들이대면 기겁을 하면서 얼굴을 가렸다.

덧없는 세월은 그렇게 흘러만 갔다. 정의는 결국 장문의 편지를 써서 사진과 함께 보냈다. 꼭 사귀고 싶다는 내용이었다. 잊을 수 없다는 내용도 담겨 있었다. 며칠 후 그 편지와 사진은 되돌아 왔다. 백지 한 장이 답이었다. 정의는 수치감에 얼굴이 화끈거렸다. 굴욕과 치욕이 며칠간 계속 되었다. 이태백 노래를 주태백으로 불렀다.

2년의 세월은 그렇게 흘러갔다. 그러던 어느 날이었다. 전화기에서 그녀의 목소리가 들려왔다. 설악산 가는 길인데 잠깐 만나자고 했다. 꿈 속에서조차 그리던 목소리였다. 정의는 뛰는 가슴에 총알처럼 달려 나 갔다. 그녀가 환히 웃고 있었다. 꿈인가 싶었는데 엄연한 현실이었다. 하지만 그것은 착각이었다. 그녀는 할 말만 하고 이내 버스에 올랐다.

정의는 그것을 또 다른 연결고리라고 여겼다. 무조건 그녀의 집으로 향했다. 버스로 네 시간 걸리는 시골길이었다. 하지만 그녀는 처음부 터 냉랭했다. 아예 상대조차 해주지 않았다. 소문나기 전에 빨리 가라 는 것이 전부였다. 지난 만남은 친구의 강요 탓이라고 변명했다.

좌절을 맛본 그는 착잡했다. 다리가 풀리면서 금세 풀이 죽어버렸 다. 착한 성품 탓이었다. 이제 그는 여인숙을 향해 가는 허(許) 생원이었 다. 신세타령이 어울리는 각설이었다. 여인숙 할머니는 그 푸념을 조 용히 들어주었다. 도전과 기다림의 의미도 가르쳤다. 할머니는 마치 외할머니 같았다.

고생 끝에 낙이 온다고 했다. 좌절 끝에도 꽃은 핀다. 수없이 만났던 할머니 덕이었다. 아침이 되자 그녀의 어머니가 조용히 찾아와 손짓을 했다. 집으로 들어오라는 것이었다. 방으로 들어서자 정성껏 차린 밥 상이 놓여 있었다. 모성애가 발동한 예의와 배려였다. 어머니는 자리 를 피해주는 여유까지 보였다. 물론 딸 자랑도 잊지 않았다. 오빠의 백 코러스도 흘러나왔다.

하지만 그녀는 마이동풍이었다. 무슨 말을 해도 듣는 둥 마는 둥했다. 고개를 숙이고 밥만 먹는 밥벌레였다. 놀러가자고 해도 다른 핑계만 댔다. 매번 그런 식이었다. 정의가 키도 작고 못생겨서 그런 모양이었다. 다리 잘린 풍뎅이가 바로 그였다. 시간의 매듭에 얽힌 버스가 비포장도로에서 비틀대고 있었다.

세월은 누구에게나 공평한 선물이었다. 14년이 흘렀어도 정의는 그녀를 잊지 못했다. 목소리라도 듣고 싶었다. 다정한 목소리에 놀란 것은 바로 그였다. 그녀는 이미 두 아이의 어머니가 되어 있었다. 백마는 그의 짝이 아니었다. 백마 탄 왕자가 곧 진정한 짝이었다. 그는 뒤늦게 깨우치는 바보였다. 조삼모사가 만들어낸 당연한 결과였다.

그들은 이제 서로가 돕고 사는 친구가 되었다. 모처럼 부탁을 받은 그는 최선을 다해 뛰었다. 그녀는 그것이 고마웠다. 무엇인가 보답을 하고 싶었다. 저녁을 사고 드라이브를 즐겼다. 첫 편지를 받았을 때는 언니가 "이 사람은 사기를 쳐서라도 마누라는 굶기지 않겠다."라고 말했다면서 깔깔 웃었다.

야경에 본 그녀는 더 아름다웠다. 남자의 속물근성을 끌어 올렸다. 야밤이고 단둘이 있었기에 더욱 그랬다. 가슴도 만져보고 싶고 키스도 하고 싶었다. 꼭 끌어안고 춤이라도 추고 싶었다. 허나 곧 생각을 고쳐 먹었다. 그들은 가정이 있는 지성인이었다. 내 것과 남의 것도 구분 못하는 개가 아니었다. 그것이 그녀의 집에 초대받는 계기가 되기도 했다. 어머니는 그를 보자 무척 반가운 모양이었다. 사위도 안 주는 것이라면서 무언가를 꺼내왔다. 애정에서 우정으로 이어가는 또 다른 길목이었다.

세상은 가끔 갈등도 일으켰다. 정의가 여론에 휘말린 사건이 바로 그것이었다. 그녀는 너무 안쓰러웠다. 그것이 마치 자신의 일 같았다.

미디어로 본 세상

한때나마 사랑했던 그였다. 무언가 위로하고 싶었다. 만날 때마다 그 얘기를 꺼내면서 풍문을 전했다. 하지만 그게 탈이었다. 자존심 강한 그는 반복하는 게 싫었다. 인간보다 5%의 유전자가 부족한 오랑우탄이 바로 그였다. 프로크루스테스의 잣대를 제멋대로 휘두른 이 사건은 12년이나 이어졌다.

허나 세월은 망각으로 이어지는 레토릭(rhetoric)을 담고 있었다. 정의는 또 그녀가 보고 싶어졌다. 병적이었고 세월의 무상함 탓이었다. 용서를 빌자 곧 전화가 왔다. 맞추기가 어려운 사람이라는 것이 첫마디였다. 도깨비 별명 탓이라고 얼버무리자 그녀는 포용했다.

그녀는 이미 3인자로 성장해 있었다. 회사에서는 너그러움과 배려의 대명사였다. 만나자마자 손부터 내밀었다. 실로 34년 만에 잡아보는 손이었다. 나이는 들었을망정 탄력이 있었다. 생글생글 웃는 모습도 여전했다. 다만 단발머리가 파마머리로 바뀐 것뿐이었다.

정의는 그 너그러움을 영원히 사랑하고 싶었다. 조삼모사가 대기만성을 사랑하는 것은 당연한 이치였다. 선택과 결정은 모두 그녀의 몫이었다. 그는 이미 짝사랑하다 지친 벙어리 삼룡이였다. 파란 하늘을 바라보며 숨 쉬는 행복한 오랑우탄이었다. 들녘에는 아지랑이가 피어오르고 산들바람이 불었다. 푸른 하늘에는 뭉게구름이 춤을 추고 있었다.

[2009년 05월 첫사랑의 연인을 떠올리며]

바담 풍_風 세상

호텔 특실에는 여러 쌍의 부부들이 만찬을 즐기고 있었다. 5성급 특급 호텔이었다. 실내에는 베토벤의 피아노 3중주 작품 97 내림 B장조 '대공'이 잔잔히 흘렀다. 흔히 '대공 트리오'로 불리는 이 곡은, 고금의 실내 악곡 중에서도 최고의 걸작이었다.

이들이 타고 온 차는 모두 기사가 달린 외제차였다. 복장도 조르지아 아르마니 같은 최상품이었다. 음식이 나오자 최고급 와인으로 축배를 들었다. 스테이크도 잘게 썰어 입안에 넣고 우물거렸다. 물론 미국산이 아닌 1등급 한우였다. 미국산은 전·의경들의 기호 식품이기에 당연히 외면했다.

이들의 행동은 신사답고 요조숙녀 같았다. 수시로 입가를 닦고 와인도 음미하듯 마셨다. 대화는 잔잔히 흐르는 시냇물 같았다. 말소리도 작았고 크게 웃지도 않았다. 속삭이듯 대화했고 미소로 답했다. 사람을 논하거나 세상을 논하지도 않았다. 욕으로 이어질 수 있기 때문이었다.

이들이 유일하게 논한 것은 '강철중'이었다. 영화 '공공의 적'에 나오는 주인공이었다. 이들은 그를 벌레 같은 놈으로 취급했다. 서민들이 생각하는 정의의 사자가 아니었다. 경사에서 순경으로 강등시킬 게 아니라, 아예 잘라버려야 한다고 생각했다. 수박 모임의 생각은 늘 그러했다.

인사 청문회장에는 많은 사람들이 나와 있었다. 각료 후보자를 비롯한 여야 의원들이었다. 후보자들 대부분이 만찬을 즐긴 사람들이었다. 청문회가 시작되자 아가리로 처먹은 것을 주둥아리로 변명하기 시작했다. 병역면제와 위장전입, 탈세와 탈법, 투기와 이중국적, 논문표절과 다운계약 등이 주 쟁점이었다. 외부기관과 단체의 자문과 고문, 사외 이사로 챙긴 수억 원의 돈도 예외가 아니었다.

이들은 대부분 모르쇠로 일관했다. 부인을 팔고 자식을 팔거나 친인척을 팔았다. 위기 때마다 오리발을 내밀면서 버티기 작전으로 나갔다. 바람 '풍風'이라고 해도 바담 '풍風'이라고 우겼다. 그럴수록 한쪽에서는 '단심가'로 파고들었다. 또 다른 쪽에서는 아예 '하여가'를 부르면서 그들을 옹호했다. 사람들은 그것을 웃기는 코미디라고 생각했다.

도덕 교과서는 이미 '도둑 교과서'로 오염돼 있었다. 밥상머리 '바담 풍風'교육이 문제였다. 인자하게 생긴 할아버지나 할머니를 조심하라고 가르쳤다. 외고나 과학고를 나와 'SKY'라운지에서 놀라고 했다. 의식주도 최상이어야 한다고 강조했다.

'아가리와 주둥아리'교육도 필수였다. 물론 겉과 속이 다른 수박의 특성을 내면에 심어주었고, 아무리 벗겨도 속이 보이지 않는 양파 이론도 가르쳤다. 수박 같은 모습으로 양파 같은 인생을 살아가라는 뜻이었다. 침팬지가 스승이고 오랑우탄이 제자였다.

인간과 1%의 유전자(배려심)가 다르고, 5%의 유전자(피와 땀과 눈물, 표현력과 배려심)가 또 다른, 그런 선생들이 가르친 정치꾼과 공복

_{公僕}이 바로 이들이었다. "토목공사 있는 곳에 비리 있고, 비리 있는 곳에 토목공사 있다." 는 건설업자들의 충고조차 무시하는 것도 바로 이들이었다.

바담 풍_風의 삭풍은 늘 이들로부터 시작된다는 게 정설이었다. 그것이 곧 요즘 서민들의 불만이었다. 바람 풍_風이 바담 풍_風으로 변해 가는 이 풍진 세상을….

[2009년 12월 03일 강원도민일보]

술 권하는 대한민국 大韓民國

사람을 인간人間이라고 한다. 사람들 속에서 서로가 기대고 아끼면서 살아가라는 뜻이다. 그렇지 않으면 난폭하거나 사악한 짐승이 된다. 인간이 짐승 되니 무슨 일이든 제멋대로 한다. 프로크루스테스의 잣대도 나오고 소크라테스의 변명도 나온다. 인간이 술을 마시는 이유다.

탈무드에 술은 '악마의 선물'이라고 했다. 한잔을 마시면 돼지가 된다. 서민들은 주로 막걸리나 소주를 마신다. 배가 고프고 울화통이 터지니 먹고 또 마신다. 그러다 배가 나오면 산을 찾는다. 급경사를 오르고 내리면서 뱃살을 뺀다. 관광버스 기사는 차가 부서져도 좋으니 계속 춤을 추라고 권한다. 응어리진 마음뿐이니 그럴 수밖에 없다.

강부자와 고소영은 와인과 양주만 찾는다. 맛과 품위 유지 때문이다. 술잔은 물론 백성의 고혈로 채워진다. 변명과 회유, 공갈과 협박도 들어 있다. 그들은 낄낄거리면서 잘도 마셔댄다. 입놀림이 좋아 늘 애국자로 자처한다. 사건이 터질 때마다 아가리로 처먹은 것을 주둥아리로 변명한다. 술잔 속에는 버지니아울프의 생애가 있다고 노래하기도 한다.

두 잔을 마시면 그때는 개가 된다. 서로가 잡아먹을 듯이 으르렁대며 짖어댄다. 봉하와 봉화를 향해 짖어대고, 친일파와 빨갱이라고 서로가 으르렁거린다. 시끄럽다고 아우성쳐도 불독처럼 짖어대고 으르렁거린다. 2분 법 공화국이 언제나 반쪽 되는 이유다.

가장이 개가 되면 가정은 늘 시끄럽다. 아내와 자식들은 당연히 가장을 기피한다. 야비한 가장은 그래서 속삭이듯이 짖어댄다. 화난 아내가 이에 대꾸하면 사태는 더욱 커진다. 욕설이 아내 몫이니 이웃들은 아내만 미워한다. 고요한 밤하늘에 개 짖는 소리는 결코 아름답지 않다. 신고해봐야 모두가 마이동풍이다.

세 잔을 마시면 당연히 사자나 하이에나가 된다. 공연히 시비를 걸고 으르렁거리면서 물어뜯는다. 행인에게 폭행하고 가정에서도 폭력이 난무한다. 개보다 못한 사납고 야비한 짐승이 된다. 사자가 먹고 나면 하이에나와 독수리가 그 흔적까지도 없애버린다. 발각되면 서로가 오리발을 내밀면서 의연하게 대처한다. 마법사가 그리운 요즘이다.

네 잔을 마시면 인사불성이 되거나 곡마단의 원숭이가 된다. 성희롱 사건도 이때 나오고, 때로는 패가망신 당하기도 한다. 남의 조롱거리가 돼도 필름이 끊어졌으니 아무 것도 모른다. 정신병원에 들어가서야 그때 비로소 뉘우친다.

술은 괴로울 때 더 마신다. 가정과 사회가 안정되면 자연히 멀어진다. 부부 싸움의 첫 번째 이유도 바로 돈 때문이다. 돈이 없으면 서서히 말다툼이 시작된다. 말다툼은 폭력으로 이어지고 급기야는 술을 찾게 된다. 서서히 개가 되어 정부를 향해 짖어댄다. 벼룩의 간도 빼먹고, 소작농의 밥그릇까지 빼앗아간다고 툴툴거린다.

그렇다고 사자처럼 놀았다가는 어김없이 구속된다. 전관 예우 변호사 수임 비가 없으니 당연한 결과다. 그때는 또 마스크에 휠체어 탄 사

미디어로 본 세상

람도 욕하고, 무전유죄 유전무죄라고 한탄한다. 묻지마 살인도 다 사회가 건전하지 못해서 일어나는 일이다.

공자는 세 가지를 조심하라고 했다. 젊어서는 색을, 장년에는 경쟁을, 노년에는 돈을 조심하라고 했다. 한데 이 땅의 일부 늙은이들은 모두가 다 외면하고 있다. 때때로 성희롱 사건이 터져서 옷을 벗고, 경쟁자는 수단방법 가리지 않고 제거해버린다. 늙어서는 주둥아리는 닫고, 지갑은 팍팍 열라는 가르침마저 잊고 산다.

요즘 노盧방궁에는 코끼리와 쥐새끼가 함께 산다고 한다. 코끼리 편법 예산 지원과 쥐꼬리 세금 누수 얘기다. 멜라민 식품도 웃고, 광우병 소도 웃을 일이다. '일하지 않으면 먹지도 말라'는 백장 선사의 말이 그리운 요즘이다. 양상군자가 판치는 세상, 그게 싫어서 술에 취한다. 경제 태풍에 들풀처럼 누워있는 서민들의 이야기다.

[2008년 12월 25일 강원일보]

오랑우탄과 인간의 만남

인간人間의 한자어는 사람들 사이에서 서로가 기댄 형상이다. 오랑우탄은 성성猩猩으로 '숲에 사는 사람'이라는 뜻이다. 인간과 오랑우탄의 유전자가 95%나 같은 이유다. 그 나머지 5%가 인간을 만물의 영장으로 만든다. 피(열정)와 땀(노력)과 눈물(의지), 그리고 언어와 동정심이 바로 그것이다. 바야흐로 인간과 오랑우탄이 만나는 계절이다.

그 첫 번째 만남이 생선과의 만남이다. 생선은 만지면 만질수록 비린내가 난다. 청문회를 보면 꼭 그렇다. 비린내 나는 사람끼리 고성高聲이 오고간다. 오리발과 변명은 교양 필수과목이다. 온갖 의혹이 있는데도 부처님 얼굴이다. 그 또한 전공 필수과목이다. 구정물 내각은 그렇게 탄생한다.

생선 비린내는 인터넷도 오염시킨다. '세계가 본 미스터리 한국'이 바로 그것이다. 주로 정치인들과 착한 백성들 얘기다. 내용은 대충 이렇다. 역대 대통령들이 수 백조 원의 국가부채를 키우고 물러났어도, 한 푼의 벌금과 제재도 없다. 착한 백성들이 신神처럼 관용을 베풀었기 때문이다.

그리하여 썩은 생선들의 목소리는 높아만 간다. 그 위용에 놀라 따

미디어로 본 세상

라다니기도 하고, 교대로 찾아가서 아부하기도 한다. 정치판의 현주소고 지록위마指鹿爲馬와 양두구육羊頭狗肉이 존재하는 이유다. 더 들어가면 갈수록 냉소적이고 회의적이다. 생선과의 만남은 늘 이렇다.

정치란 원래 불火과 같다. 너무 가까이 가면 데어 죽고, 너무 멀리 떨어져 있어도 얼어 죽는다. 고대 그리스의 철학자 안티스테네스의 말이다. 정치인들이 해골로 비유되는 이유이기도 하다. 얼굴 껍질이 없기 때문이고, 요즘 공천 결과와도 전혀 무관치 않다.

두 번째가 꽃송이 만남이다. 꽃이 피면 온갖 곤충들이 다 모여든다. 꿀 때문이고 사돈의 팔촌이 죽거나 개가 죽어도 문상 온다. 시궁창 쥐 같은 인간 벌레들의 습성이다. 허나 꽃이 지면 사람 인人자의 받침부터 빼버린다. 뻔뻔한 선량選良들의 행진곡이고, 꽃송이 만남의 서글픈 서사시敍事詩이기도 하다.

세 번째가 지우개 만남이다. 스치고 지나가는 만남이야 별 문제가 없다. 첫 사랑 같은 경우지만 그것은 세월이 약이다. 허나 정말 지우고 싶은 만남이 문제다. 전설의 고향도 있고 외나무다리 결투도 있다. 로미오와 줄리엣 가문도 예외가 아니고, 감탄고토甘呑苦吐 인간도 역시 마찬가지다. 인생을 연필로 쓰는 이유가 바로 여기에 있다.

네 번째가 메기와 미꾸라지의 만남이다. 그들은 천적 관계다. 허나 메기는 미꾸라지를 살찌게 만든다. 잡아먹히지 않으려면 도망가야 하고, 그렇게 하다보면 열심히 살게 된다. 청어를 운송할 때 메기를 함께 넣는 이유도 바로 그렇다. 연못동네 얘기지만 메기는 없고 뻔뻔한 오랑우탄뿐이다. 그나마 상갓집 개가 있어 다행이다.

마지막으로 손수건 만남이다. 얽힌 얘기가 너무 많지만 그것은 희로애락의 대명사다. 부모와 자식 간의 사랑, 남녀 간의 애정, 친구간의 우정, 부부간의 금실 등, 결코 없어서는 안 될 아름다운 매개체다. 백혈병 아들을 10년 동안 돌보다 잃은 부모가 있다. 그들의 손수건은 한시도 마를 날이 없었다. 스잔나를 사랑했던 어느 대학총장 후보자의 얘기다.

이제 곧 총선이 시작된다. 제몫만 챙기는 오랑우탄도 있고, 피와 땀과 눈물로 얼룩진 손수건도 있다. 당연히 손수건 만남으로 이어져야 한다. 유구한 역사와 전통에 빛나는 대한민국의 미래가 더 이상 '쪽'팔리지 않도록…!!!

[2008년 04월 25일 한가한 오후]

미디어로 본 세상

잣대 제 각각인 덧셈과 곱셈의 해학

수학은 쉬운 것 같지만 어렵고 힘든 학문이다. 그것은 숫자놀이에서 부터 시작된다. 산수가 되고 셈본이 되어 수학으로 이어진다. 외롭고 고독해 자신과도 싸워야 한다. 사실만 있을 뿐 거짓이 없다. 정의가 외톨이니 줄기세포 연구비도 없다. 페르마의 '마지막 정리'는 그래서 오리무중이다.

산술의 원리도 가끔 외면 당한다. 한 사내가 '1x1 = 2'라고 했다. 수학자가 그것은 '1'이라고 바로 잡아주었다. 그래도 사내는 '2'라고 계속 우겼다. 결국 서로가 치고받아 법정으로 이어졌다. 재판 결과는 의외로 수학자의 패소였다. 곱셈도 모르는 무식한 인간과 싸운 죄였다.

억울했던 수학자는 판사를 향해 석궁을 쏘았다. 하지만 그것은 빌헬름텔의 화살이 아니었다. 로빈후드의 화살은 더더욱 아니었다. 그것은 단지 부메랑일 뿐이었다. 이방원과 정몽주가 주연한 '선죽교 소나타'였다. '바다 이야기와 다단계 사기'로 얼룩진 서글픈 서사시였다.

대~한민국! 엇박자는 동심원의 축이었다. 우리 모두가 하나 되는 결정체였다. 월드컵 4강 신화의 원동력이었다. 한민족 특유의 자존심이자 자랑거리였다. 아시아의 이웃들이 부러워했고 세계가 깜짝 놀랐다. 1930명에 대한 훈·포장은 그래서 쏟아져 나왔다.

당시 이 포상을 놓고 말들이 많았다. 로비도 치열했고 힘겨루기가 난무했다. 희생자가 나올 수밖에 없었다. 그 중에는 한 축구평론가도 있었다. 월드컵조직위원회가 추천한 인물이었다. 언론사와 방송사가 인정하기도 했다. 수편의 축구 서적과 월드컵 칼럼은 기본이었다. 홈페이지 운영과 방송활동도 마찬가지였다.

허나 그는 모가지가 긴 슬픈 짐승이었다. 탈락 이유는 단지 6급 공무원이기 때문이었다. 정년퇴직해도 부부동반 해외여행에서 제외되는 말단직이었다. 그렇다고 '1의 1930 제곱 승乘이 1930'이라는 무식자들과 싸울 수도 없었다. 자치부가 '치'자에서 점(·) 하나를 뺀 힘센 부서이기 때문이었다.

그 사내가 이번에는 '1＋1＝1'이라고 했다. 수학자가 또 나서서 '2'라고 가르쳤다. 둘은 또 다시 치고받으며 싸우기 시작했다. 패소한 것은 역시 수학자였다. '1＋1'의 답이 '1'인 것은 철학적 논리였다. 언어학자 이희승 박사의 논리이기도 했다. 너와 내 마음이 합쳐지면 한마음이 된다는 뜻이었다.

그리하여 '게티스버그 연설'이 오염되기 시작했다. 영악한 인간들은 카르텔(cartel)로 낄낄거렸다. 기름 값을 담합해도 봐주기(by the people) 일쑤였다. 공적자금을 다 말아먹어도 퍼주기(for the people) 일쑤였다. 각종 사기로 서민들의 주머니가 털려도 업어주기(of the people) 일쑤였다. '일쑤'가 '일수日收'되는 고리대금 세상이었다.

십자가는 보는 방향에 따라 그 기호가 달라진다. 덧셈도 되고 곱셈도 된다. 애꾸눈을 그릴 때 옆모습을 그리는 이치와도 같다. 세상 이치

미디어로 본 세상

도 이와 같아야 한다. 허나 프로크루스테스의 잣대가 제멋대로 춤추는 세상이다. 덧셈과 곱셈의 해학, 그것 참 아이러니컬한 산술기호가 아닌가 싶다. 서민들 입장에서 보면 특히 그렇다는 얘기다.

[2007년 03월 29일 강원도민일보]

생쥐들이 즐겨 불렀던 권주가

한국 전통의 민속주인 막걸리. 6,70년대에는 사랑과 애환의 대명사였다. 일상의 반려자였기에 에피소드도 많았다. 그것은 늘 선술집에서부터 시작되었다. 찌그러진 주전자 때문이었다. 주객(酒客)은 펴고 주인은 찌그러트렸다. 공짜 안주인 김치는 소금 덩어리였다. 어찌나 짠지 물에 씻어먹어도 짰다. 그것을 일컬어 '뚝섬갈비'라고 했다.

그 반려자가 요즘은 소주로 바뀌었다. 버어지니아 울프의 생애(生涯)를 대신 노래한 것이었다. 소주병 속에 숨은 소수(素數)의 비밀을 감춘 상태였다. 그것이 또 다른 인생을 노래하기 시작했다. 콩쥐 얼굴로 위장한 팥쥐 인간의 소주병 찬가였다.

막걸리에서 소주로 바뀐 서민 술

소수의 비밀은 이렇다. 소주병은 소주잔으로 7잔이 나온다. 2인이 3잔씩 마시면 1잔이 남는다. 3인이 2잔씩 마셔도 역시 1잔이 남는다. 5인이 마셔도 마찬가지가 된다. 이 때문에 몇 사람이 마시든 남거나 모자란다. 한 병을 더 시켜도 또 그런 일이 벌어진다. 결국 밤늦도록 마시게 되고 고주망태가 된다.

탈무드에서는 술을 '악마의 선물'이라고 했다. 요즘 사회가 마치 술 취한 사회 같다. 눈을 뜨고 있어도 코 베어간다. 쥐새끼처럼 법망을 잘도 빠져나간다. 들쥐 떼처럼 우르르 몰려다니기도 한다. 하지 중장이 비꼬아서 했던 말 그대로다.

쥐의 역사는 곧 인류의 역사였다. 쥐는 인간 세상을 비추는 거울이었다. 쥐 싸움에 돈을 건 인간들은 열광했다. 쥐와 인간은 사투를 벌였지만 결국 닮은꼴이었다. 로버트 설리번은 그렇게 표현했다. 그가 연구한 건 라투스 노르베기쿠스(Rattus Norvegicus)라는 시궁창 쥐였다.

대선과 총선을 앞둔 요즘, 쥐들의 행진이 시작되었다. 그들의 행진은 2008년 4월까지 이어진다. 생쥐는 시궁창 쥐를 돕고자 헌신적으로 뛴다. 공천에 목이 매여 있으니 그럴 수밖에 없다. 들쥐도 돈 냄새를 맡고 옆에 끼어 든다. 음모와 술수, 비방과 폭로는 기본이다. 그들의 맹세는 '물위에 적어놓은 여자의 맹세'와도 같다. 희랍의 극작가 소포크레스(Sophokles)의 말이다.

생쥐들 대다수는 일류학교 출신들이다. 지적知的 상식은 많아도 도덕적 상식은 없다. 감탄고토甘呑苦吐나 양두구육羊頭狗肉은 기본적 전술이다. 콩쥐처럼 보이지만 모두가 팥쥐다. 쌍 코피가 두 번 터져도 또 도전한다. 맛 좋은 국고보조금 때문이다. 너도 먹고 나도 먹으니 이 얼마나 좋은 일인가. '미꾸라지 동네'얘기고 동계 올림픽 얘기다.

생쥐와 시궁창 쥐는 대학의 탑도 바꿔놓았다. 대학은 원래 상아탑이었다. 그것이 자연스럽게 우골牛骨탑으로 바뀌었다. 부모들이 못 배운 한을 풀기 위해서였다. 70년대로 들어서자 그것은 체루涕淚탑으로 변하였다. 화염병과 체루탄은 철천지 원수지간이었다. 80년대까지 이어진

체루탑은 386세대의 상징이었다. 허나 그들 역시 놀부를 닮은 팥쥐였
다.

체루탄이 사라지자 그것은 먹자 탑이 되었다. 먹자와 놀자는 한 쌍
의 바퀴벌레였다. 그들의 한마당놀이는 곧 실업 탑을 만들었다. 백수
들의 시대는 이렇게 열렸다. 쥐새끼들의 업적이었다. 자, 그렇다면 이
제 그들이 즐겨 불렀던 권주가나 들어보자.

한 잔, 두 잔이 열 잔이 되고, 열 잔이 여러 번씩. 눈깔이 뱅글뱅글
다리가 휘청, 어여쁜 아가씨와 술 마셨구나. 대폿집 문전에다 돈 꼴
아 바치고, 월급봉투 노랑 봉투 텅텅 비었네. 마누라 앞에서 무릎을
꿇고 처분만 기다리네. 장작개비 홍두깨가 마빡을 치고, 재떨이가
비행기처럼 막 날라 오네….(하략)

[2007년 09월 13일 강원도민일보]

미디어로 본 세상

공자孔子의 세 가지 경계론

제비의 집은 카바레고 고추장사를 한다. 말이 좋아 고추 장수지 물총 강도다. 꽃뱀의 집은 구멍가게고 게(crab) 장사를 한다. 고추나 게는 빛 좋은 개살구다. 잘못 먹다가는 패가망신하기 일쑤다. 두 사람이 결혼할 확률도 거의 없다. '뻐꾸기 알'탓이다. 뻐꾸기 알의 실체는 진시황과 알렉산더 대왕이다.

공자는 그래서 색色慾을 조심하라고 했다. 미인 중에는 3상上·3중中·3하下 미인이 있다. 3중中 미인 중에는 특히 취중醉中 미인이 문제다. 술에 취하면 아무 여자나 예뻐 보인다. 카오스(chaos) 이론에 멍들기 십상이다. 밤중夜中 미인과 몽중夢中 미인 역시 마찬가지다. 손끝과 혀끝 놀림에 운명이 바뀔 수도 있다.

두 번째가 경쟁 조심이다. 사오정과 오류도는 경쟁의 대상이다. 이태백과 삼팔선도 백수니 당연하다. 경쟁은 전쟁의 일부분이고 전투다. 오직 승리뿐이니 편법·불법·탈법이 춤을 춘다. 온갖 지략도 다 동원된다. 약점을 송곳이론으로 파고든다. 악성루머로 곤경에 빠트리기도 한다.

연고緣故와 백back은 필수조건이다. 출세를 위해 정치판도 기웃거려야 한다. 정치란 불火과 같다. 너무 가까이 가면 화상 입는다. 멀리 떨어져 있어도 동상 걸린다. 관직도 마찬가지다. 관직은 등산과 같다. 너무 높이 올라가면 내려오기 힘들다. 잘못 내려오면 떨어져 죽거나 다리가 부러진다. 지록위마指鹿爲馬가 나오는 이유다.

그나마 깨끗한 것이 교직사회다. 물론 다 그런 것은 아니다. 엉터리 선생을 뺀 나머지 얘기다. 그들은 결코 남의 흉을 보지 않는다. 공짜도 바라지 않는다. 신세진 것을 갚을 줄도 안다. 노벨 평화상을 받은 선생 얘기가 아니다. 묵묵히 가르치는 선생님들 얘기다.

월남의 민족주의자 호찌민胡志明은 노벨평화상을 거부했다. 자신의 명예보다 민족 통일을 더 원했다. 이유는 그뿐이었고 존경받는 이유다. 한국사회도 요즘 변화의 바람이 불고 있다. 학교로부터 시작된 바람이다. 교육이 부끄러워 훈장을 포기한 교사 얘기다. 김구 선생이 칭찬해줄 이 시대의 선구자다.

마지막으로 '돈' 조심이다. 돈을 보면 장腸이 뒤집힌다. 환장換腸한다는 얘기다. 돈은 만인을 춤추게 한다. 희로애락의 대명사가 바로 돈이다. 이수일과 심순애 얘기도 돈에서 비롯된다. 부부 싸움 역시 마찬가지다. 돈은 마법의 힘을 갖고 있다. 도박에 빠져드는 이유다.

'오고가는 현찰 속에 명랑 도박 이뤄진다.' 도박공화국 국정지표다. 서민들은 그 리듬에 맞춰 춤을 추다 쪽박 찬다. 바다이야기가 그렇고 다단계가 그렇다. 화투나 포커는 그나마 다행이다. 더 빨리 망하려면 카지노나 경마·경륜·주식에 빠져들면 된다. 로또 복권 역시 예외가 아니다. 로또 추첨은 '처삼촌 벌초하기'식으로 잠깐 이뤄진다. 방송시간 탓이다.

미디어로 본 세상

주週마다 서민 주머니를 털어 가면서 얼렁뚱땅 넘어간다. 45개의 공을 한 개씩 검증한 바도 없다. 1등이 이월되는 경우는 더더욱 없다. 보통 4~10명에서 16명까지 나온다. 당첨된 자가 있는지도 모른다. 로또공을 도깨비 공으로 여기는 이유다. 화살 추첨방식이라면 얘기는 달라진다.

이 때문에 '정말' 이라는 단어가 등장한다. 명확한 사실에도 "정말?"이냐고 묻는다. 거짓에 속고 속아 "정말?"이냐고 되묻는다. '정말'은 정부가 풀어야 할 숙제 중 하나다. 오죽하면 정부와 반대로 해야 산다고 믿게 됐을까. 한강다리 폭파로 희생당한 공병감工兵監이 교훈이다.

공부는 왜 하는가. 물 좋은데 가서 목돈 벌기 위해서다. 그후 낙하산 타고 신神이 내린 직장에 가면 그만이다. 누가 감히 '29만원 짜리 통장'을 욕할 수 있을까. 속고 속이는 세상이다. 공자의 말을 되새겨볼 때가 아닌가 싶다.

[2008년 03월 19일 강원도민일보]

캥거루(족)과 사대주의事大主義

공자孔子의 유교사상은 인仁을 근본으로 한다. 가부장 제도로 시작되어 군사부일체軍師父一體로 이어진다. 상하上下는 족벌과 나이로 자연히 결정된다. 학부모學父母가 아니라 학부형學父兄이니 당연히 여자는 제외된다. 남존여비男尊女卑 사상 탓이다.

어른들의 독상獨床에 반찬을 건드리면 담뱃대가 춤을 춘다. 밥상머리에 앉아 먼저 먹거나 말을 해도 안 된다. 제몫을 알지 못하면 늘 구박덩어리가 된다. 유교적 사회에서는 알아서 기어야 한다. 느는 것은 눈치뿐이고 싫어도 싫은 체를 못한다. 표현의 자유가 없으니 늘 비위를 맞춰가며 살아야 한다.

사랑과 체벌과 용서는 늘 힘있는 자들의 몫이 된다. 조언을 했다가는 손찌검 당하기 십상이다. 출세를 위해서는 조강지처보다 조강지첩이 돼야 한다. 충신보다 내시內侍가 돼야 한다. 첩과 내시는 듣기 좋은 말만 골라한다. 요즘도 내시는 곳곳에 널려 있다. 중국 내시, 미국 내시, 일본 내시, 북한 내시가 바로 그들이다.

서양에서는 사회자가 꼭 "레이디스 앤 젠틀멘(Ladies and gentle

men)"이라고 말한다. 그것을 우리는 '연놈' 이라고 표현한다. '신사·숙녀 여러분'이 우리의 관행이다. 유교적 관념 때문이다. 군·관·민_{軍官民}이 민·관·군_{民官軍}으로 바뀌었는데도 여전하다.

김춘추와 김유신은 처남매부지간이고 영웅이다. 통일신라시대를 열었으니 당연한 사실이다. 하지만 그들은 자주 통일을 이룬 게 아니다. 당_唐나라 힘을 빌었으니 대가_{代價}도 치렀다. 고구려에 세운 안동도호부_{安東都護府}가 바로 그것이다. 고구려와 발해의 역사왜곡은 그렇게 시작됐다.

이때부터 중국은 할아버지로 행세해 왔다. 비위에 맞지 않으면 온갖 행패를 다 부렸다. 원_元나라 - 명_明나라 - 청_淸나라로 이어지기까지 행패의 연속이었다. 원나라의 수탈과 불모, 병자호란이 대표적 예였다. 임진왜란까지 도왔으니 세상에는 공짜가 없었다.

러일전쟁과 중일_{中日}전쟁에서 이긴 일본이 가만있을 리 없었다. 보호받지 않으면 안 되는 민족이기에 큰아버지로 나섰다. 진수성찬을 받고 앉아 눈알을 부라렸다. 살생과 수탈로 일관하면서도 호통치기 일쑤였다. 내시들이 많았던 게 그나마 다행이었다. 독립군들이야 엿장수 출신이니 내시들이 알아서 처리했다.

태평양전쟁에서 패한 일본은 큰아버지 자리를 미국에 넘겨줬다. 한반도가 반 쪼가리로 남거나 말거나 와신상담에 들어갔다. 냉전체제는 결국 이들 형제를 원수지간으로 만들었다. 공산주의와 반공체제가 또 다른 세력에 기댄 결과였다. 6.25 전쟁이 끝나자 일본은 경제 지원을 이유로 작은아버지로 행세했다. 북한은 자연스럽게 형님이 되었다.

영국을 우리는 흔히 신사의 나라라고 한다. 축구에서 비신사적 행위(un gentleman behaviour!)도 그래서 나온 말이다. 그러나 영국은 일본과 마찬가지로 침략의 역사로 얼룩져 있다. 비신사적행위가 반反스포츠적 행위(un sporting behaviour!)로 바뀐 이유다.

미국도 마찬가지다. 서부개척史을 보면 인디언들에 대한 잔혹殘酷사가 나온다. 인디언들의 머리 가죽도 벗겨내고 임산부의 배를 가른다. 남자의 성기를 잘라내 알코올 병에 담는다. 월남전에서도 예외가 아니었다. 그것을 위장한 게 바로 마카로니웨스턴의 서부극이다. 친일파가 치부를 감추기 위해 이순신을 영웅화한 것도 마찬가지다.

사람들은 등 덥고 배부르면 성도착증에 빠진다. 술(아부)에 취하면 모든 여자가 예뻐 보인다. 도박(정치)에 빠져도 마찬가지다. 거기다 마약(뇌물)을 곁들이면 금상첨화錦上添花다. 개판 정치는 그래서 나온다. 각종 게이트도 이와 무관치 않다. 부富와 명에를 이뤄야 미인도 가질 수 있기 때문이다.

캥거루 족들은 이대로가 좋다. 돈 있고 힘있고 기득권이 있으니 변화가 싫다. 우리의 '소원은 통일'을 노래하지만 건성이다. 애국가는 장송곡葬送曲쯤으로 여긴다. 할아버지와 큰아버지, 작은아버지, 형님에게 기대야 하는데도 변함이 없다. 김춘추와 김유신이 좋은데 전시 작전통제권이 좋을 리 없다.

김구(김창수) 선생은 '38선을 배고 누울망정 통일은 해야 한다'고 했다. 이라크에서 살해된 故김선일 씨가 지하에서 울고 있다. 캥거루 족들 때문에 내가 죽어야 했다고. 그런데도 동북공정東北工程과 한미韓美 FTA(자유무역협정 · Free－trade Agreement), 독도와 동해 표기, 무작정 퍼주기가 우리를 또 슬프게 하고 있다.

[2006년 08월 23일 고故 김선일 씨를 생각하며]

폭력시위에 전·의경 부모 애간장 다 탄다

유니폼은 단정함과 순수함의 상징이다. 교복과 제복이 그렇고 정장도 마찬가지다. 헌데 예비군복만 입으면 꼭 '루페리노'의 두 얼굴이 된다. 노상방뇨는 물론이고 욕설도 거침없이 나온다.

가게에서 "빙과류 하나만 주세요."라고 하면 될 것을, 꼭 "186 방망이 콘 하나 주세요." 라고 말해 여주인의 눈살을 찌푸리게 한다. 희롱하는 재미가 예비군들의 특권인 줄 아는 모양이다.

삭발을 하거나 붉은 머리띠를 둘러도 마찬가지다. 완장 역시 똑 같다. 패거리가 많으니 늘 안하무인격이다. 몰려다니면서 교통을 마비시키고 눈살을 찌푸리게 한다. 마치 개선장군이나 되는 듯이 설쳐댄다. 헌법과 집시법은 단지 액세서리일 뿐이다. 정치인들을 저질이라고 욕하면서 사활을 건다. 허나 알고 보면 똑 같은 저질들이다. 뽑고 뽑혔기 때문이다.

같은 저질들끼리 부딪치니 전·의경들만 희생양이다. 시위대들은 바리케이드를 넘기 위해 별 짓거리를 다 한다. 각목과 쇠파이프로 죄 없는 아이들에게 화풀이한다. 죽창으로 눈을 찔러 실명케 한다. 가스통에 불을 붙여 경찰버스를 전소시키기도 한다. 마치 신탁통치 찬반투쟁 같은 장면에 전·의경 부모들은 소름이 끼친다.

사실 이들은 돈키호테(Don Quixote)의 표적이 아니다. 거인으로 착각할 풍차도 아니다. 적군으로 오인될 양떼는 더더욱 아니다. 이들은 단지 국방의무만 하고 있을 뿐이다. 한 여름에도 전투복과 철모에 방패까지 들고 있다. 가만히 서 있어도 온 몸에 땀이 흐른다. 부족한 잠에 졸음과도 싸워야 한다. 피곤에 절은 얼굴은 늘 붉게 상기돼 있다.

만약 이들에게 죄가 있다면 우선 부모에게 있다. 원정출산 부모들처럼 애국가를 장송곡으로 여기지 못한 죄이다. 기러기 아빠가 되지 못한 죄이다. 고액과외를 시키지 못한 죄이다. 공익근무나 대체복무로 빼지 못한 죄일 것이다. 국가를 믿고 따른 죄일 뿐이다. 그래도 나라사랑에는 변함이 없다.

물론 이들에게도 죄가 없는 것은 아니다. 학교 수업시간에 졸은 죄이다. 꿈속에서 평강공주와 미래를 약속한 죄이다. 군복무를 빨리 마치고자 지원한 죄일 것이다. 물론 다 그렇다는 것은 아니다. 억지 춘향으로 만들어본 것뿐이다. 단지 그뿐인데도 마치 죄인인양 시위대의 표적이 되고 있다. 그들은 결국 내 아들이고 내 형제다. 무엇이 이렇듯 슬픈 연가를 만드는지 모를 일이다.

한국의 시위문화는 궐기대회 규탄대회 서명운동이 대부분이었다. 그런데 70년대 유신정권에 맞선 최루탄 문화가 이를 부추겼다. 삭발과 붉은 머리띠가 등장했다. 일제시대 완장문화도 거들었다. 화염병과 각목에 쇠파이프가 난무했다. 이들은 원수진 것처럼 싸우기 시작했다. 극과 극으로 달렸다. 결국 여의도 농민대회에서만 218명이나 부상당했다. 지난해에는 747명이나 중·경상을 입었다. 전·의경들의 얘기다.

고속도로에 통행료가 없는 게 대도무문大道無門이 아니다. 폭력만 일

미디어로 본 세상

삼는 시위는 시위가 아니라 폭동이다. 거울은 먼저 웃지 않는다. 내가 웃어야 거울도 따라 웃는다. 시위대도 이제는 웃으면서 평화적인 시위를 해야 한다. 그래야 전·의경들도 따라 웃는다.

국방부 시계가 제대로 돌아갈 수 있게끔 도와달라는 얘기다. 국민소득 2만 달러에 걸 맞는 시위문화를 정착시켜 달라는 얘기다. 두 아들을 의경으로 복무시키고 있는 한 아비의 간청이다.

[2006년 01월 12일 세계일보]

달라진 논산 훈련소

실로 34년만에 찾아온 육군(논산) 훈련소였다. 연병장에는 이미 많은 사람들이 모여 있었다. 영하 15도의 차가운 날씨였다. 그들은 한여름 밤의 개구리처럼 와글거렸다. 사열대 위에는 '내 젊음 조국을 위해' 라는 현수막이 걸려 있었다. 내용을 따져보니 무언가 잘못된 것 같았다.

60년대는 '뉴프론티어 문화'였다. 의무만 있었지 권리가 없던 시대였다. 70년대는 유신정권에 맞선 '최루탄 문화'였다. 80년대는 조국을 사랑한 만큼 조국도 나를 사랑해 달라던 '람보 문화'였다. 따라서 '젊음과 조국은 하나'란 표어가 어떤가 싶었다. 80년대에 태어난 람보가 바로 이들이었다.

부대장이 도착하자 곧 의장대와 군악대가 행진을 시작했다. 의장대는 잘 조립된 로봇이었다. 군악대는 행진곡 전문 오케스트라였다. 문어처럼 흐느적거리던 장정들은 어느 새 로봇이 되어 있었다. 부대장에 대한 경례에 장정들의 "충성!" 구호는 우렁찼다. 군악대의 연주도 연병장을 뜨겁게 달궜다.

그러나 국기에 대한 경례에는 '충성!' 구호가 전혀 없었다. 단지 두 번 연습한 결과였다. 군대는 이미 34년 전의 군대가 아니었다. 당시에는 무학無學자들이 꽤나 있었다. 특히 나와 함께 근무했던 한 병사는 35세였다. 그는 시골에서 농사를 짓던 농부였다. 결혼을 해서 3명의 자녀도 있었다.

하지만 그는 고문관이었다. 국기에 대한 경례 때마다 '충성구호'를 붙였다. 제식훈련 때마다 어찌할 바를 몰라 우왕좌왕했다. 점호시간이면 '군인의 길' 등을 못 외워 쩔쩔 맸다. 자신 때문에 단체기합을 받을 때면 늘 미안해했다.

국기에 대한 경례 때의 충성구호는 너무나 당연했다. 부대장에 대한 경례 때보다 더 우렁차야 했다. 그것은 나라 사랑에 대한 충성 맹세였다. 우리 모두가 해야 할 일을 그가 먼저 한 것뿐이었다. 그런데도 늘 고문관으로 몰려 개·돼지가 되어야 했다. 그는 맏형 구실을 못해 늘 풀이 죽어 있었다.

부대장의 연설은 계속 되었다. 그는 자상한 교장선생님이었다. 혹 장정들이 불안해할까 먼저 걱정했다. 부모들을 안심시키고 또 안심시켰다. 부대장의 말은 꾸밈이 없는 진실 그 자체였다. 애국가를 장송곡으로 생각하는 원정출산 부모들이 꼭 들어야 할 교양과목이었다.

입소入所식이 끝나자 군악대의 힘찬 연주가 이어졌다. 아픈 가슴을 달래주는 행진곡이었다. 장정들은 그 뒤를 따라 행진을 시작했다. 연병장을 꽉 메운 스탠드가 갑자기 출렁거렸다. 엄마들은 손을 흔들면서 눈물을 훔쳤다. 어깨를 들먹거리면서 오열했다. 눈물은 결국 엄마들의 몫이었다.

녀석은 나와 아내를 보더니 씩 웃었다. 안심하라는 무언의 답장이었다. 영장을 받자 "조국祖國이 나를 부르는 군!"라고 말한 대견한 아이였다. 유치원 시절에도 엄마 젖을 쭉쭉 빨아먹던 개구쟁이였다. 아내는 기어코 울먹거렸다. 사라져 가는 모습이 무척 안쓰러운 모양이었다. 장갑도 안 낀 손이 너무 애처로운 모양이었다.

녀석의 모습이 사라지자 문득 이런 생각이 들었다. 너는 이제 대한민국의 자랑스러운 군인이다. 군인에게는 청춘의 끓는 피가 있다. 예의와 절도가 있다. 충효사상과 로봇 정신이 있다. 전우애와 필승의지가 있다. 괴롭고 힘들고 화나고 짜증나도 참을 줄 안다. 그러니 인내력부터 길러라. 정리정돈 습관도 익혀라. 그런 사람은 결코 뒤죽박죽 인생이 아니다. 정리정돈에 능한 사람은 매사가 매끄럽다. 진정한 우정을 나누는 방법도 배워라. 상대의 표정 읽는 습관도 길러라.

많이 배우고 많이 익혀라. 적당히 사는 사람은 시시한 인생일 수밖에 없다. 최고의 가치 자체에는 목표가 있고 인내가 있다. 목표가 있는 사람은 행복한 사람이다. 미래지향적인 일만 한다. 목표는 삶의 근원이자 원동력이다. 군에서 익히는 의지력의 소산물이다. 동심원을 그리다 보면 언젠가는 큰 인물이 된다.

모두가 떠난 자리에 찬바람이 일었다. '거꾸로 매달아놔도 국방부 시계는 돌아간다!'는 옛 명언도 떠올랐다. 34년 전 이곳에서 불렀던 노래가 여울져갔다.

[2005년 12월 27일 조선일보]

미디어로 본 세상

찬바람이 솔솔 부는 논산에 훈련소
오늘도 아침부터 구보를 하네
도라지 위스키는 생각지도 못하지만
막걸리 따라주는 아가씨가 그립습니다
아버님 어머님 안녕하셔요…, (하략)

※ PS

이 글은 2005년 12월 27일 조선일보 오피니언에 게재되었고, 논산 훈련소 홈페이지 부대소식에도 게재되었다. 그 후 논산 훈련소 정문 안에 '젊음과 조국은 하나'라는 글을 큰 바위에다 새겨 놓았고, 행사 때마다 드는 깃발도 '젊음과 조국은 하나'로 통일되어 현재까지 이어지고 있다.

물론 부대장의 감사하다는 전화 연락도 있었고, 내 아들은 아비 덕에 편안한 군軍 생활을 할 수 있었다. 참고로 막내아들은 논산훈련소 27연대, 큰아들은 29연대, 나는 28연대를 졸업하였다. 우리 3부자가 논산훈련소를 졸업한 것이었다. 그것은 곧 찬바람이 솔솔 부는 논산훈 련소에서의 멋진 추억이었다.

멈춰진 시간과 공간 속에서

흘러가는 시간 속에는 매듭이 있다. 사랑의 매듭이 있고 미움의 매듭이 있다. 행복의 매듭도 있고 불행의 매듭도 있다. 그것은 운명을 갈라주는 결정체 역할을 하기도 한다. 그것이 또 다른 매듭을 향해서 움직이기 시작했다. 긴 항해를 알리는 뱃고동이었다.

다람쥐 쳇바퀴 도는 생활이 시작되었다. 사방이 꽉 막힌 공간이었다. 사람들은 올빼미가 되었고 부엉이도 되었다. 때로는 두더지가 되기도 했다. 시간은 매듭을 지어가며 이어졌다. 거대한 윤전기가 나이아가라 폭포처럼 출렁거렸다. 롤러를 타고 흐르는 전지全紙는 거대한 오케스트라였다. 인간의 등급을 결정하는 인생 파노라마였다. 세상의 모든 분야를 총망라한 백과사전이었다. 멈춰진 시간 속으로 여행하는 타임머신이었다. 닫혀진 공간 속으로 달리는 떼제베(TGV)이자 자기부상열차였다.

그것은 시간이 흐를수록 행진곡으로 변했다. 사람들의 움직임은 그 리듬에 맞춰 이어졌다. 그들의 숫자놀이는 마치 카지노의 딜러(Dealer)처럼 보였다. 봉투에 담고 봉인을 찍는 모습은 우체국 직원이었다. 박스에 담고 포장하는 장면은 택배기사보다 나았다. 축구천재 박주영을 닮은 청소년은 늘 웃는 얼굴이었다. 그는 등록금을 벌기 위해 일하는 휴학생이었다.

롤(Role) 가문은 20연連의 대가족이었다. 20연은 또 10,000장의 전지全紙로 갈라졌다. 그것이 롤러를 타고 출렁거렸다. 국수반죽 같은 모습으로 꾸불꾸불 흘러갔다. 한참을 흐르던 전지는 마침내 벼룩시장 같은 묶음으로 변했다. 멈춰진 시간과 공간 속에서 나온 반딧불이 같은 형광체였다.

떼제배는 달리다 멈추기를 반복하기도 했다. 흔적이 생기면 늘 지우고 갔다. 조금만 이상이 있어도 새로 시작했다. 회사 얼굴에 묻은 얼룩으로 생각하는 모양이었다. 완벽주의를 추구하는 그들만의 자존심이었다. 공직자들이 배워야 할 윤리이자 책임감이었다.

보름간 롤러를 타고 흐르던 거대한 행진이 멈춰 섰다. 대단원의 막이 내리자 적막이 흘렀다. 환풍기 사이로 별과 달이 보였다. 귀뚜라미 소리도 희미하게 들려왔다. 그것은 가을동화의 전령이었다. 겨울 소나타로 이어지는 징검다리였다. 휘어진 바나나가 아니라 요트를 닮은 얼굴이었다. 반달 그림자에 비친 한 폭의 풍경화였다. 멈춰진 시간과 닫혀진 공간 속에서 일어난 외인부대 용병들의 이야기였다.

딸들을 시집보내는 날이 되자 밖이 웅성거렸다. 그 중에는 축구감독 출신인 장학사의 모습도 보였다. 그는 강원도 출신 유명축구선수들을 길러낸 명감독이었다. 하지만 그는 숫자놀음에 정신이 없었다. 한치의 오차도 없어야 한다는 생각 때문인 것 같았다.

다음날 TV에서는 문제 풀이가 한창이었다. 환호와 탄식이 연속으로 이어졌다. 그것은 인간의 등급을 갈라주는 단편 드라마였다. 시간의 매듭을 누가 더 잘 맺었는가를 판정하는 레퍼리(Referee)였다.

하지만 그것은 시간에 매듭을 짓지 말라는 암시이기도 했다. 무언가 잘못 됐다면 'D－365' 를 다시 시작하라는 나팔수였다. 멈춰진 시간과 닫혀진 공간은 진공 속의 필라멘트를 더 밝힐 수도 있기 때문이다.

인생의 파노라마는 그렇게 쉽게 끝나는 게 아니다. 개구리처럼 움츠렸다 더 멀리 뛰기도 한다. 떠돌다가기도 하고 머물다가기도 한다. 그러다 여울져 가는 게 우리네 삶이다. 시간의 매듭을 한번 잘못 맺으면 그것이 결국 인간의 등급이 된다. 세계기능올림픽에서 금메달을 딴 사람도 치킨(chicken)을 배달하는 세상이다.

[2005년 12월 14일 강원도민일보 － 2006년 01월 (호)
한국교육과정평가원 게재]

저질들의 합창

사랑하지도 말고 미워하지도 말라고 했다. 사랑하면 섭섭한 마음이 생기고 미워하면 마음이 괴롭다. 이 가르침은 히틀러의 철학과도 연계된다. "꼭 해야 할 말은 꼭 해야 할 곳에서, 꼭 해야 할 시간에, 꼭 해야 할 사람과 해야 한다."고 제시하고 있다.

그런데도 꽤나 말들이 많다. 강정구교수 때문에 말이 많고, 맥아더 동상 때문에 또 시끄럽다. 중국산 김치와 농수산물 때문에 장사꾼은 죽겠다고 아우성이다. 한여름 밤의 개구리처럼 너무 와글거린다.

프로크루스테스의 잣대가 달라 그런 모양이다. 서로 다른 잣대는 투기와 투자, 로맨스와 불륜으로 갈린다. 미국을 은인과 원수로 표현하기도 한다. 이 논리를 벗어나면 정체성이 훼손되는 모양이다. 한국은 미국을 표기할 때 아름다울 미美자를 쓴다. 일본과 북한은 쌀 미米자를 쓴다. 원자폭탄과 6.25 때문이 아닐까 싶다.

사회는 급속도로 변화해 왔다. 60년대는 '뉴 프론티어' 정신이었다. 70년대는 '최루탄'문화였다. 80년대는 대차대조표가 같아야 하는'람보' 문화였다. 90년대는 개인주의가 팽창된 '철판' 문화였다. 이것은 결국 '주둥아리' 문화로 이어졌다.

사람들은 거칠어지고 영악해졌다. 툭하면 붉은 머리띠를 두르고 거리로 나선다. 일이 안 풀리면 정치인들을 '저질'이라고 욕한다. 정치인들 역시 그들을 '저질'로 여긴다. 서로가 뽑고 뽑혔기 때문이다. 같은 저질들끼리 살아가니 늘 시끄럽다. 모두가 높은 곳을 원하니 그럴 수밖에 없다.

베트남 내전 당시 호찌민胡志明은 노벨평화상을 제의 받은 바 있다. 하지만 그는 일언지하에 거절하고 베트남을 통일시켰다. 한국에는 왜 그런 지도자가 없을까. 기득권 층만 있고 지도층이 없기 때문일까. 진보와 보수간의 기득권 싸움 때문일까. 붕어빵에 붕어가 없는 것과 같은 이치일까. 정말 모를 일이다.

한국인들은 원래 다양한 표현을 좋아한다. 붉은 입술을 앵두 같다고 한다. 독식하는 입을 '아가리'라고 한다. 제멋대로 떠드는 입을 '주둥아리'라고 한다. 이것만 보아도 이분법 사회는 아니다. 노래도 다양해서 가리지 않고 부른다. 위정자들의 노래는 대부분 독창獨唱이었다.

첫 무대 주연은 친일파를 사랑했던 한심한 노인이었다. 그는 독 짓는 늙은이가 아니었다. 하시고, 또 하시고, 계속 하시려다 쫓겨난 여우였다. 그 후 카랑카랑한 소프라노가 심장을 긁었다. 마피아 두목 같은 존엄한 목소리도 들려왔다. 내시처럼 간드러진 목소리가 그 뒤를 이었다.

바야흐로 살맛나는 세상이 열리는가 싶었다. 허나 그것은 오판이었다. 잘못된 모음조화가 IMF(국제통화기금) 사태를 일으켰다. 어눌하고 음흉한 목소리도 들려왔다. 사람들은 생각을 바꿔 합창合唱을 시작했다. 2002 월드컵 합창이었다. 허나 들려온 것은 개그와 조크뿐이었다. 윤창輪唱은 그렇게 만들어진 소음과 공해였다.

미디어로 본 세상

기러기 울어 예니 낙엽이 우수수 떨어진다. 오동잎 떨어지는 소리에 스잔나의 병은 깊어만 간다. 리칭의 애절한 노래가 폐부를 파고든다. 바람이 싸늘 부니 너도 가고 나도 가야한다. 기러기 아빠의 가슴은 그래서 하늘 구만리다. 지知·효孝 반비례 현상을 알면서도 기러기 합창은 계속된다.

물은 골짜기에서 바다로 흐른다. 골짜기는 도사의 안식처다. 시냇물에선 아이들의 정서가 숨쉰다. 강물은 잔잔하다 여울져 가기도 한다. 인생의 굴레처럼 꾸불꾸불 흘러간다. 그런데도 바다는 포용력을 멈추고 심술만 부린다. 조삼모사 인간들에게 경종을 울린다.

저질들의 합창은 그래도 이어진다. 최영 장군 부친과 남구만의 분노는 극에 달한다. 내가 언제 "황금을 보거든 먼저 본 놈이 임자다" 라고 가르쳤느냐? X창이 터졌느냐 닭 새끼 울어댄다. 청소하는 아이 놈은 아직도 자빠져 자느냐…?

[2005년 11월 01일 강원도민일보]

효_孝와 지식_{知識}은 반비례한다

세상은 흐름과 소통_{疏通} 속에 역사를 이어간다. 행복과 불행은 그 속에서 이뤄진다. 잔잔하게 흐르다 여울져 부서진다. 햇살을 따라 노을져 가기도 한다. '흐름'에 밉보여 폭풍에 시달리기도 한다. '소통'을 무시하다 태풍에 멍들기도 한다. 나그네길 인생은 그렇게 흘러간다.

아내와 만난지도 어느 덧 25년이 흘렀다. 첫 만남은 24세 활짝 핀 꽃송이 때였다. 화장기 없는 보송보송한 얼굴이었다. 작은 키에 앳된 목소리의 소녀였다. 활짝 웃는 모습은 한 떨기 백합이었다. 모진 세파를 견뎌낸 들국화이기도 했다. 아내는 나를 '소도둑'이라고 했다. 들국화와 소도둑은 밤길을 걸었다. 잡초가 무성하게 자란 들길이었다. 인적이 드문 전형적인 시골길이었다.

엿가락 같은 쇳덩이가 평행선을 긋고 있었다. 젖 줄기를 자랑하는 강물은 도도하기만 했다. 밤하늘에는 초생 달이 힘겨운 듯 걸려 있었다. 장인장모께 첫 인사를 가는 길이었다. 거대한 쇳덩이의 실루엣 같은 기차가 지나가자 아내는 내 손을 꼭 잡았다.

장인장모께 큰절을 올리자 장모는 꽤나 좋은 모양이었다. 싱글벙글 웃으면서 술상을 내오셨다. 허나 장인은 미소만 지을 뿐 말씀이 없으셨다. 평생 농사만 지으면서 땅과 대화한 탓이었다. 겨우 하시는 말씀이 "우리 집안으로 말할 것 같으면…." "사람이 살아가기 위해선…." 라는 말이 전부였다.

유교적 사상이 몸에 밴 분이었다. 눈과 귀와 사지四肢로 살아가는 분이었다. 입은 닫았지만 굵은 줄기를 아는 분이었다. 술자리가 끝날 때쯤 "아버지, 열심히 살겠습니다."라고 하자 흐뭇해하는 모습이었다. 어머니도 내 손을 잡고 좋아하기는 마찬가지였다.

생애 최고의 날이었다. "아버님"은 사위가 장인에게 부르는 존칭이었다. '아버지'는 자식이 아비에게 부르는 애칭이었다. 유복자인 내가 드디어 아버지가 생긴 것이었다. 32년 만에 불러본 아버지였다. 홍길동이 울고 갈 일이었다. 흐름과 소통을 중시한 결과였다.

아버지와 어머니는 농사에만 열중했다. 봄이면 산나물을 뜯어다 주셨다. 간장과 된장, 고추장도 담아주셨다. 여름이면 푸성귀를 한 아름씩 안겨주셨다. 가을이면 잘 익은 과일과 곡식도 넉넉하게 주셨다. 장인장모의 사랑과 아내의 정성이 늘 입맛을 돋웠다. 겨울이면 메주 익는 냄새가 방안에 가득했다. 농촌작가 오영수의 냄새가 온 집안을 맴돌았다. 삽살개는 꼬리를 흔들면서 누구나 반기는 귀염둥이였다.

아버지는 환갑을 넘기자 다리가 아픈 모양이었다. 세 발로 걸으면서 힘겨워하셨다. 서울로 모시고가 주사를 맞혔다. 두 달에 한 번씩 맞는 주사였다. 프로축구선수들이 잘 가는 곳이었다. 그런데도 미안한지 한 번 맞고 그만 두셨다. 아버지의 세 발 인생은 그렇게 시작되었다.

논농사를 도지賭地 주고 밭농사에만 매달렸다. 어머니와 함께 기어다니면서 짓는 농사였다. 가끔 힘이 들면 소주 한잔이 전부였다. 힘없이 먼 곳을 바라보기만 했다. 조영남의 노래 '내 고향 충청도'가 그리운 모양이었다. 돌아가시기 두 달 전까지 그렇게 일하셨다. 향년 85세였고 자식 사랑을 실천한 분이었다.

아버지는 큰 숨을 두 번 몰아쉬다 운명하셨다. "저 세상에 가면 꼭 다리부터 고치고 살아…!" 어머니는 이말 뿐이었다. 오열과 통곡은 두 딸의 몫이었다. 아버지는 효와 지식이 반비례한다는 것을 이미 안 분이었다. '기러기 아빠'들이 깨우쳐야 할 부분이었다.

25년간 불러온 아버지였다. 아비 없는 '후레자식'을 막아준 아버지였다. 졸지에 원점으로 돌아간 순간이었다. 정철의 시조가 또다시 생각나는 순간이었다. '어버이의 사랑은 끝이 없어라'가 눈물 나는 순간이었다. 처갓집과 역 앞의 사족蛇足이 내 앞의 인생이었다. 나그네길에 여울져가고 노을져 가는 것이 인생이었다. 결국 고아가 되는 것이 우리네 삶이었다.

[2006년 12월 12일 강원도민일보]

설화說話 속의 풍경風景들

인류의 역사는 설화說話로부터 시작된다. 그것은 신화와 전설과 옛이야기로 나뉜다. 신화는 태고 적에 일어났던 사건들이다. 전설은 트로이전쟁과 같은 실제 일이다. 옛이야기는 신데렐라와 같은 오락적 얘기다. 이들의 공통분모는 '선과 악'이다. 모두가 욕심 때문에 일어난 일이다.

프로메테우스는 불을 훔쳤기 때문에 인간을 타락시켰다. 불로 무기를 만들어 서로가 죽이고 죽었다. 물론 문명을 발전시킨 긍정적 요소도 있다. 프로테우스는 또 인간들에게 변신을 가르쳤다. 닭발로 오리발을 만들고 양두구육羊頭狗肉간판을 내걸었다.

때문에 5공 청문회는 말장난 잔치였다. 앙드레 김의 본명이 '김봉남'이라는 사실뿐이었다. 29만원 짜리 통장 역시 한편의 코미디였다. 그때부터 사람들은 강아지를 '개새끼'라고 했다. 병아리와 송아지를 닭 새끼와 소 새끼라고 불렀다. '새끼'가 들어가야 말이 통하는 세상이 되었다. 억지춘향 신화는 그렇게 만들어졌다.

트로이전쟁 스타는 당연히 목마木馬였다. 박인환이 노래한 '목마와 숙녀'가 아니었다. 담배 갑에다 쓴 깨알 같은 글도 아니었다. 인생을 노래하고 예찬한 것은 더더욱 아니었다. 정적 속에서도 숨 막히는 흉악한 음모였다. 트로이는 그렇게 무너진 '전설의 고향'이었다.

한 사나이가 죽어 염라대왕 앞에 섰다. 대왕이 보기에 아까운 청년이었다. 세상으로 다시 보내고 싶었다. 대왕은 청년에게 조건을 말하라고 했다. 청년은 거침없이 대답했다. "우선 세상에서 가장 예쁜 아내여야 합니다. 나와 자식들은 모두 고관대작이 돼야 합니다. 첩과 노비는 많을수록 좋고, 창고에는 금은보화가 가득…."

대왕은 듣다말고 화를 벌컥 냈다. "그렇게 좋은 조건이면 내가 나가지, 왜 너 같은 놈을 보내겠느냐?"

사막에서 인간이 천막을 치고 쉬고 있었다. 지나가던 낙타가 너무 더우니 한 발만 들여놓자고 했다. 인간은 그렇게 하라고 했다. 잠시 후 몸이 불편하니 한 발만 더 들여놓자고 했다. 인간은 또 그렇게 하라고 했다. 허나 나중에는 네 발이 다 들어오고 인간은 쫓겨나야 했다. '진짜' 노벨평화상을 수상했던 투투 주교의 말이었다.

옛이야기는 인간의 욕심에 대해 경고하고 있다. 하찮은 미물에게 당할 수 있다는 것을 암시하고 있다. 그래서 '산은 산이요, 물은 물'이라고 했다. 본분을 잃지 말고 순리대로 살아가라는 말이었다. 만물은 인간의 스승이라는 뜻도 담겨 있다. 헌데도 마구 파헤치고 오염시키고 있다.

게티스버그 연설은 또 이렇게 오역(誤譯)되어 왔다. 국민을 봐주라고(by the people) 했는데 밟아주기만 했다. 국민을 업어주라고(of the people) 했는데 업어치기만 했다. 마구 퍼주라고(for the people) 했는데 퍽 치기만 했다. 군·관·민 시대의 전설이었다.

그리하여 사람들은 만발한 꽃만 찾아다녔다. 접시저울이 기우는 쪽

미디어로 본 세상

으로 몰려다녔다. 재테크를 위한 땅만 찾았고 깨끗한 척했다. 허나 들어갈 때는 대도무문大道無門이요 나올 때는 대도무문大盜無門이었다. "한국 고속도로에는 통행료가 없다."라고 통역되기도 했다.

쌍팔년은 단기 4288년이자 곧 1955년이다. 한국전쟁이 끝나자 군기가 풀어졌던 시절이다. 요즘 군대가 쌍팔년도로 돌아간 듯 한 느낌이다. 내무반에 수류탄이 터지고 총기가 난사되고 있다. 미국 내시들은 그것을 바라보며 야릇한 미소를 짓고 있다. 국적포기를 잘했다고 흐뭇해하고 있다. 머리 좋은 놈들끼리 하는 짓거리니 할 말이 없다.

남의 코를 꿰려고 하면 자기 코도 꿰인다. 특히 참스승은 특정인을 비판하지 않는다. 가족끼리는 더더욱 아껴주고 감싸준다. 당랑규선螳螂窺蟬과 조자건曹子建의 7보시七步詩가 좋은 예다. 기승전결起承轉結이 안 된 한국판 설화가 혼란스럽기만 하다.

[2005년 07월 20일 강원도민일보]

대학통합을 바라보며

축구심판들이 연수중에 경기를 한다. 그러면 꼭 "심판 똑바로 봐!"라고 말한다. 이구동성이고 으름장이다. K-리그는 매년 후기 리그에 독일 심판을 배정한다. 구단주들이 전임심판들의 목줄을 쥐고 있는 데도 꼭 그렇게 한다. 이상한 일이지만 현실이다.

경찰 가족이 교통사고로 사망하면 경찰을 믿지 않는다. 죽은 자가 말이 없어서 그런 모양이다. 마술공연을 보면 한국인들은 꼭 의심부터 한다. 재미로 보는 것이 아니라 어떻게 속이는가에 초점을 맞춘다. 마술사가 신이 날 턱이 없다.

왜 이렇게 되었을까. 속고 속이는 풍토 때문이다. 서울사수 방송은 한강다리를 폭파시켰다. 유류 값 장난질은 라콤파르시타였다. 절대 안 올린다고 하고선 그 다음 날 올렸다. 돈 버는 방법도 요지경속이다.

아파트 값을 퉁겨놓고 앉아서 번다. 부동산 장난질로 누워서 번다. 대물림 덕택에 놀면서 번다. 뼈 빠지게 일해도 희망이 없으니 노숙자만 는다. 이제 학문의 전당은 상아탑이 아니다. 우골탑과 체루탑일 때만해도 희망이 있었다. 허나 취업이 안 되니 먹자탑에다 놀자탑이다.

비싼 등록금에 학부모들의 허리만 휘청거린다. 그러나 배경이 좋으면 분데스리가도 간다. 좋은 스승을 만나면 맨체스터 유나이티드도 간다. 그렇지만 빽이 없으면 군대스리가로 간다. 바야흐로 아버지 시대가 열린 것이다.

힘이 없는 아버지들은 꽃이 만발한 친구만 찾아다닌다. 저울의 기울기에 따라 움직이기도 한다. 자식들 취업 때문에 어쩔 수 없는 현상들이다. 한국축구가 골을 넣어 신바람이 날 때 한국경제는 골골거린다. 요즘 세상 돌아가는 모습들이다.

요즘 강원대가 삼척대와의 통합에 진통을 겪고 있다. 일부 교직원과 학생들의 반대 때문이다. 학생들은 찬반투표를 저지하고 아예 본관까지 점거하고 있다. 총장의 무릎 꿇은 사진도 중앙지 1면에 실렸다. 물론 가십기사에도 실리고 방송도 탔다. 그래서 얻은 것이 과연 무엇인가.

강원대와 삼척대 통합 모형은 이렇다. 우선 학교명을 강원대학교로 정한다. 1도 1국립대학을 지향한다. 광역지자체별로 기초·응용(실용) 분야를 종합적으로 담당하는 거점 캠퍼스를 둔다. 중견기술 및 고급전문인력을 양성한다.

지역 캠퍼스는 주로 지역 연계성이 강한 응용(실용) 학문중심으로 운영한다. 즉, 춘천 캠퍼스는 기초학문의 기반을 갖춘 기초·응용(실용) 분야의 중견 기술·고급전문인력을 양성한다. 삼척 캠퍼스는 응용(실용) 학문 중심의 중견기술 인력을 양성하게 된다. 특히 춘천 캠퍼스는 4T(BT·IT·ET·CT) 등 춘천 및 강원지역에 적합한 분야를 특성화한다.

삼척 캠퍼스는 지역적 특성이 강한 방재 및 한방 바이오 분야 등에

주력한다. 사람 인ㅅ자는 받쳐주고 기댄 현상이다. 어릴 때는 부모에게 기대고 그 다음은 선생님에게 기댄다. 거기에 사이 간間자가 들어가면 인간이 된다.

인간은 사람 사이에서 기대고 받쳐주기 때문에 인간이다. 인간은 사람 냄새가 나야한다. 남의 표정도 읽어야 한다. 사회적 동물이라는 표현은 그래서 설득력이 있다. 나무는 세 가지 변화로 자란다. 처음엔 새 잎이 난다. 그 다음엔 잎이 넓어진다. 그리고 줄기가 굵어진다. 언뜻 보기에는 새 잎이 나고 넓어지는 게 변화의 중심인 듯하다. 하지만 줄기가 커지는 것이 가장 중요하다.

잎이 무성해도 줄기가 약하면 버티고 서 있을 수 없다. 풍성함을 자랑하기엔 역부족이라 가지가 부러진다. 인간도 마찬가지고 조직도 마찬가지다. 잎보다는 줄기가 튼튼해야 한다. 남에게 보이는 것도 흔들리는 것도 줄기가 튼튼해야 한다. 발전이란 보이는 것으로만 이루어지지 않는다. 보이지 않는 내면의 당당함이 있어야 한다. 부드러움과 평화·자유·향기…. 이런 것들로 인간은 발전하고 조직도 발전한다.

세상에서 가장 어려운 단어는 '결정'이다. 잘될 수도 있고 잘못될 수도 있다. 그러나 에디슨만큼 많은 시행착오를 거친 사람도 흔치 않다. 대학통합으로 히딩크 감독이 될지, 아니면 네티즌들이 믿지 않는 본프레레 감독이 될지는 지켜봐야 한다. 지금은 변화의 시대인 것이다.

[2005년 06월 27일 강원도민일보]

미디어로 본 세상

단심가_{丹心歌}와 하여가_{何如歌}

정 의(鄭 義)는 6.25 때 부모를 잃었다. 할머니와 사글세 단칸방에서 산다. 할머니는 칠순이 넘었지만 거의 밖에서 지낸다. 정의도 학교에서 돌아오면 산에 오른다. 칡넝쿨로 나무를 둘둘 말아 지고 내려온다. 중심을 잡지 못해 기우뚱거리다 자빠지기 일쑤다.

그럴 때마다 아이들은 거침없이 놀려댄다. 나무꾼이라고 놀려대고 거지라고도 흉본다. 그가 주로 입는 옷은 군용 담요잠바가 아니면 작업복이다. 그렇다고 흔들릴 그가 아니다. 키도 크고 힘도 세기 때문이다.

고구마와 정의_{鄭義}

고구마는 부유한 집안에서 태어난 외아들이다. 할머니는 그를 위해 온갖 정성을 다했다. 뜨거운 음식과 매운 반찬을 가려 먹였다. 늘 새 옷만 골라 입혔다. 가정교사까지 두고 금지옥엽처럼 아꼈다. 부러울 게 없는 그는 왕자처럼 굴었다. 안 되는 일도 없었다. 늘 학용품이나 과자로 선심을 썼다.

1학년 때부터 그는 줄반장이었다. 언제나 말이 많고 앞에서 설쳤다.

그는 정의를 무척 싫어했다. 우선 거지같은 모습이 싫었다. 늘 침묵하는 것도 싫었다. 정의는 또 남의 약점을 들춰내는 고구마가 싫었다. 말이 많아 약장수 같은 모습도 싫었다. 말을 자주 바꾸는 모습은 더더욱 싫었다. 그의 별명은 '주둥아리'였다.

사랑과 감동은 비례

6학년이 되자 새로운 선생님이 부임하셨다. 갓 대학을 졸업한 예쁜 여자 선생님이었다. 오뚝한 콧날에 영롱한 눈을 가진 앳된 소녀였다. 입을 열 때마다 하얀 이가 반짝거렸다. 가는 목소리지만 깊은 정이 담겨 있었다. 초롱초롱한 눈들은 영롱한 눈을 따라다녔다.

선생님은 가정방문을 자주 하셨다. 주로 어려운 가정이었다. 정에 굶주렸던 아이들이었다. 그들은 함께 동심원을 그려나갔다. 선생님의 철학은 도덕과 정직이었다. 하지만 수업시간에 백묵을 부러뜨리기 일쑤였다. 손가락이 아파 울상이었다. 킥킥거린 것은 늘 고구마 패거리였다. 선생님의 손가락은 늘 부어 있었다.

50년 후, 여의도 모습이 TV를 통해 방송되고 있었다. 고성이 오가고 명패가 날아다녔다. 멱살을 잡고 잡히는 등 난장판이었다. 그 곳에는 고구마도 있었다. 한심한 모습에 정의는 TV를 꺼버렸다. 수 없는 좌절 끝에 교사가 된 그였다.

고구마는 국민을 위해서 싸우는 게 아니었다. 얼굴 껍질이 없는 그였다. 끼리끼리 '하여가何如歌'나 즐겨 부르는 철판이었다. 당리당략만 쫓는 욕심꾸러기 '바흠'이었다. 속고 속이는 헛다리짚기 천재였다. 단심가丹心歌를 까뭉개고 '실험쥐'나 만드는 야바위꾼이었다. 도덕의 어(ㅓ)를 돌려 우(ㅜ)로 만드는 도둑이었다. 학창시절 그의 도덕 점수는

미디어로 본 세상

늘 만점이었다.

<h2 style="text-align:center">도덕과 도둑은 형제</h2>

독도 문제만 해도 그랬다. "들어오기만 해봐라." "가져가기만 해봐라." "또 오기만 해봐라." 고구마가 말하는 '주둥아리 공화국' 표어였다. 코미디언 '한 무'씨 동생도 다 아는 사실이었다. 뉴턴의 제3법칙도 모르는 한심한 인간이었다. 1999년 맺은 '신新 한 — 일 어업협정'이 왜 폐기되어야하는지도 모르는 얼간이었다. 고구마의 고향이 원래 '대마도'라서 그런 모양이었다.

이 나라는 기준이 없는 나라였다. 57시간 만에 쫓겨난 무無기준도 있었다. 구워먹고 튀겨먹고 데쳐먹고 볶아먹고 삶아먹다 쫓겨난 인간들도 부지기수였다. 5.18 진압군도 훈장 받는 나라가 이 나라였다. 정의는 퇴직할 때 주는 훈장을 거부해야 한다고 생각했다. 그들과 동격이 될 수 없기 때문이었다.

정의는 교원평가제를 생각하다 깜빡 잠이 들었다. 꿈속에서 선생님의 환한 미소가 보였다. 자신을 꼭 끌어안더니 속삭이듯 말했다. "뭇사람이 하여가何如歌를 노래하더라도 교사는 단심가丹心歌만 불러야 한다." "교사는 절대 남의 흉을 봐서도 안 된다." "교사는 이 나라 양심의 마지막 보루이다." "교사가 흔들리면 나라가 흔들린다." "준비된 자에게 스승이 나타나는 법이다…."

정의는 선생님 품에 안겨 깨어날 줄을 몰랐다. 어머니와 누나의 냄새가 무척 그리웠던 모양이다.

[2005년 05월 25일 강원도민일보]

동물 왕국 리더(Leader) 뽑기

동물왕국에 하계 올림픽이 열렸다. 후계자를 뽑기 위해서였다. 대회가 시작되자 동물들은 한껏 기량을 뽐냈다.

허나 결과는 역시 마찬가지였다. 달리기는 퓨마와 표범이, 수영은 오리와 악어였다. 날기야 물론 독수리였고 잠수는 고래였다.

동물 능력은 천차만별

대회가 끝나자 모두가 툴툴거렸다. 전 종목 채점이 바로 그 이유였다. 왕은 결국 통치 스타일로 기준을 삼았다. 부족마다 돌아다니며 채점하는 방법이었다. 왕이 원하는 후계자는 진정한 지도자(Leader)였다.

첫 방문지는 L부족이었고 국정지표가 'Listen'이었다. 지표대로라면 인격으로 다스려야 제격이었다. 송덕비와 직결되기도 했다. 허나 부족장은 정보원 출신이었다. '주둥아리 새'와 '시궁창 쥐'가 그 하수인이었다. '전설의 고향'은 늘 그곳이 발원지였다.

두 번째로 방문한 곳은 E부족이었다. 국기에는 'Eros' 로고가 새겨져 있었다. 그것은 곧 사랑이었다.

산과 들에는 새와 나비가 희로애락을 노래해야 했다. 허나 부족장은 에로스가 아니라 에피투미아(Epitumia)였다.

그는 욕망으로 뭉쳐진 현실주의자였다. 조나단 리빙스턴을 좋아했던 지식인이었다. 허나 '갈매기의 꿈'을 반만 읽은 게 흠이었다. 아침 일찍 일어났으나 높이 날지 못했다. 먹이는 잘 챙겨 먹었으나 멀리 볼 수 없었다. 그는 인권 권위자로 위장한 '땅 투기꾼'이었다.

리더는 사랑·보호·책임이 덕목

세 번째는 A부족이었다. 노동자 천국이라 'Assist'가 기본이었다. 하지만 그것은 말뿐이었다. 툭하면 삭발에다 머리띠를 둘렀다. 정의의 깃발 아래 채용비리가 난무했다. 연금·보험 역시 마찬가지였다. 연금은 '리마리오(Lee Mario)'춤으로 킥킥거렸다. 보험은 '라 콤파르시타(La Comparcita)'가 기본이었다.

네 번째로 방문한 곳은 'd'부족이었다. 이곳은 'Defense'가 기본이었다. 음흉한 위정자들 때문이었다. 위정자들은 두 개의 'D'로 만들어진 원圓을 반으로 갈랐다. 그 반의 'd'를 또 뒤집어 'b'로 만들었다. b는 곧 박테리아(bacteria) 균이었다.

좋은 균보다 나쁜 균을 쓰는 게 이들의 특징이었다. 장맛을 잃은 동물들은 수시로 툴툴거렸다. 결국 노숙자가 생기고 기러기 아빠도 생겼다. 강물에 빠져 죽고 고층 건물에서도 떨어져 죽었다. 군軍 의문사 특별법은 딴 나라 얘기였다. 죽은 자는 말이 없으니 거의가 자살이었다.

역사왜곡과 국토문제 역시 뒷전이었다. 땅 투기는 기본이고 재테크가 급선무였다. 기준 미달로 57시간 만에 쫓겨나기도 했다. 도덕성에 휘말린 경제 대부가 또 쫓겨나야 했다. 동물들은 D를 합쳐 동심원을 만들고 방어에 나섰다. 이것이 곧 노조의 탄생이었다.

옛것 그리워하면 시행착오 뿐

마지막 방문지는 R부족이었다. 주로 판관들이 모여 사는 동네였다. 법에 밝고 예의 바른 그들이었다. 'Responsibility'라는 휘호가 상징이자 자존심이었다. 허나 축구경기에서만큼은 예외였다. 경기 때마다 그들은 패싸움을 벌였다.

어느 날 이웃 마을과 경기할 때였다. 심판은 양兩 팀 주장을 불러 토스했다. 그리고 이긴 팀에게 킥오프 시켰다. 그러나 불과 1초 만에 골이 터졌다. 브라질 4부 리그에서 일어났던 골과 마찬가지였다. 골을 먹은 팀에서 승복할 리 없었다. 토스 승자는 골 진영 선택이 원칙이었다. 분쟁의 씨앗은 늘 그들이 만들었다.

백수의 왕은 결국 '아키다(Akita)'를 후계자로 삼았다. 옛것을 그리워하다 시행착오에 빠진 무리들 때문이었다. 그것은 일본 개였지만 서양개와 교배시킨 잡종이었다. 투견과 사냥 때문이었다. 추종자들은 만주 피까지 섞인 그것을 '삽살개'라고 우겼다. 현판 휘호를 잘 써서 그런 모양이었다.

동물왕국은 결국 꽈배기 공화국이었다. 부족장이 문제가 아니라 동물들이 문제였다. 저질은 곧 저질 리더만 선택하기 때문이었다. 동물왕국에선 요즘 '땅 투기와 재테크'로 가공된 로스구이가 최고 인기 상품이었다.

[2009년 12월 25일 크리스마스를 보내며]

미디어로 본 세상

들쥐들의 합창

쥐의 역사는 곧 인류의 역사였다. 쥐는 인간 세상을 비추는 거울이었다. 쥐 싸움에 돈을 건 인간들은 열광했다. 쥐와 인간은 사투를 벌였지만 결국 닮은꼴이었다.

로버트 설리번은 그렇게 표현했다. 그가 연구한 건 라투스 노르베기쿠스(Rattus Norvegicus)라는 시궁창 쥐였다.

소박한 미키 마우스

미키 마우스(Mickey Mouse)는 소박함의 상징이었다. 늘 최선을 다하는 작은놈이었다. 점잖고 수줍음 많은 신사였다. 최초로 오케스트라를 지휘한 생쥐였다. 우리가 잃어버린 것들을 표현하는 멋쟁이였다. 세상의 즐거움을 알리는 '나팔수'였다. 어둠 속에서 자유를 찾는 '빠삐용'이었다.

미키는 시간이 흐를수록 인간을 닮아갔다. 예쁜 생쥐 '미니' 도 만났다. 미니는 순수함의 상징이었다. 둘은 곧 사랑에 빠졌고 결혼으로 이어졌다. 헌데 태어나는 놈마다 말썽이었다. 날이 갈수록 아비의 단점만 닮아갔다. 최초의 미키는 왕방울 눈이었다. 천방지축으로 뛰어다니던 말썽꾼이었다.

장남은 조조曹操를 닮은 간웅이었다. 루페리노를 닮은 '두 얼굴의 사나이'였다. 원판보다 는 반쪽을 좋아했던 늙은이였다. 아집에 빠진 욕심꾸러기 옹고집이었다. 착시현상에 흔들리던 돌아온 애꾸였다. 첫 단추를 멋대로 끼운 비극의 주인공이었다. 나르시스와 자가당착에 빠진 너구리였다. 미국 LA에 세워진 손문孫文 동상이 부러운 고양이'톰' 이었다.

둘째는 아비를 닮은 인천 쥐였다. 신앙심이 깊은 양반 쥐였다. 사랑과 믿음이 가득한 철학 쥐였다. 미키 마우스 시대가 오는가 싶었다. 허나 조비曹조 같은 셋째가 그냥 둘 리 없었다. 한강 다리를 넘어온 그는 모든 것을 뒤엎었다. 정통성이 없었기 때문에 반공을 국시로 삼았다.

역사를 망친 들쥐들

서민 모습으로 위장했지만 그는 들쥐였다. 각종 바이러스로 장난치기 일쑤였다. 조자건曹子建의 칠보 시七步詩가 난무해도 그만이었다. 물장난도 치고 누전화재도 일으켰다. 가끔 데어 죽고 얼어죽는 쥐들도 나왔다. 개들조차 꼬리를 내리고 눈치를 보았다. 그는 충신보다 간신을 더 사랑했다. 조강지처보다 애첩을 더 좋아했다. 열 여덟 '18' 년의 긴긴 시집살이는 그렇게 이어졌다.

넷째는 입이 무겁고 듬직한 시골 쥐였다. 매사가 공정하고 깨끗했다. 운명과 숙명에 길들여진 합리주의자였다. 차려진 밥상이 날아가도 참을 줄 아는 착한 쥐였다. 늘 순리대로 살았고 그것이 생활철학이었다. 미키 마우스 시대가 또 날아가는 순간이었다.

‘율 브린너’ 들쥐는 유격전에 강한 람보였다. 존 웨인이나 클린트 이스트우드보다 리 반 클리프를 더 좋아하던 서부의 Gun man이었다. 사마천司馬遷과 백낙천白樂天이 두렵지 않은 ‘패륜아’여포呂布였다. ‘탁! 쳐서 억!’하고 죽이기도 했다. 그 옆에는 늘 단맛만 쫓던 절친한 친구가 있었다. 남의 돈으로 인심 쓰는 게 주특기였다. 29만 원짜리 통장이 그 증명서였다.

둔재가 열심히 일하면 나라 망해

그 다음 3형제가 더 문제였다. ‘김 양식’이나 해야 할 위인들이었다. 낚시터가 제격인 강태공들이었다. 모음조화가 안 되는 언어장애인이었다. 말이 입 속으로 기어 들어가는 신체장애자였다. 4자성어로 말장난이나 일삼던 심신장애자였다. “둔재가 너무 열심히 일하면 나라를 망친다.” 고 했다. 바로 이들을 두고 한 말이었다.

험한 길을 달려온 쥐 공화국이었다. 미키 마우스는 뚜껑을 열 수밖에 없었다. 제리(생쥐)를 괴롭힌 톰(고양이)을 잡기 위해서였다. 역사를 바로 잡기 위한 첫 걸음이었다. 허나 ‘딴나라’는 ‘딴죽’끊이기에 바빴다. 엘콘도 파사(El condor pasa)와 가마솥 행진곡은 또 다른 오케스트라였다.

희망과 목표는 삶의 활력소요 매개체다. 경제가 되살아나 고위공직자 75%가 재산이 늘었다. 지자체는 환경파괴로 돈 벌기에 급급하다. 국민건강을 불모로 제 배불리기에 여념이 없다. 수입식품이 국산으로 둔갑하기 일쑤다. 자치부는 점(·)을, 복지부는 (ㄱ)자를 떼어 낸지 오래다. 시궁창 쥐들이 판치는 양두구육羊頭狗肉 시대가 열릴까 걱정이다.

[2005년 03월 03일 강원도민일보]

하늘로 날아간 천사天使

사람은 젊을수록 미래지향적이고 늙을수록 과거過去지향적이다. 인생을 절기로 4등분한다면 가을이 가장 잔인한 계절이다. 갑자기 떨어진 일조량에 허우적거리기 때문이다. 가을에 떠나는 사람들이 많은 것도 결국 이와 무관치 않다.

사랑했던 천사가 가을 속으로 떠났다. 그녀는 겨울이 두려운 모양이었다. 유난히 낙엽을 좋아했던 해맑은 소녀였다. 촉촉한 눈망울을 지닌 한 떨기 백합이었다. '스잔나'를 닮은 고독한 오동잎이었다. 우리는 멀고도 가까운 이종사촌 간이었다.

코 흘리게 시절 우리는 함께 살았다. 전쟁의 여파가 가시지 않았기에 무척 힘든 시절이었다. 당시 우리는 외할머니가 돌봐주셨다. 할머니는 고희古稀를 훨씬 넘긴 상태였다. 허리가 굽어 지팡이를 짚고 다녔다. 기관지가 약해 늘 골골거렸다. 그런 할머니를 나는 "꿀꿀돼지!" 라고 놀렸다.

할머니는 늘 동생만 예뻐하셨다. 천사 같은 얼굴 때문이었다. 내 머리에 버짐이 많아 그런 모양이었다. 맛있는 과자가 생기면 꼭 동생부터 주었다. 그때마다 나는 할머니 곁에서 "꿀꿀!"거렸다. 어김없이 지팡이가 날아왔지만 그래도 그치지 않았다.

동생은 얼굴만 예쁜 게 아니라 마음씨도 고왔다. 언제나 반쯤 남겨 나를 주었다. 나는 그것을 먹으면서도 "꿀꿀돼지 할망구!" 라고 툴툴거렸다. 세월은 그렇게 이어지다 헤어지게 마련이었다. 1963년 겨울. 세찬 바람에 문풍지는 꽤나 서러운 모양이었다. 울기도 하고 비명도 질러댔다. 온갖 음을 제멋대로 연주하는 고장 난 바이올린이었다.

고장 난 소리에 고장 난 마음이 생겼다. 문득 외할머니와 천사가 보고 싶어졌다. 천사의 얼굴은 오케스트라였고 할머니의 "골골!" 소리는 교향곡이었다. 호남선 열차에 몸을 실었다. 해거름 녘이었다. 수많은 사람들로 북적거렸다. 고성과 온갖 사투리가 난무했다. 보따리 열차였고 도떼기시장이었다.

거대한 쇳덩이의 실루엣 같은 기차가 기적을 울렸다. 쇳덩이는 바람난 거북 사촌이었다. 역마다 들러 사람들을 쏟아 내고 실었다. 시커먼 연기로 사람들의 얼굴을 온통 검둥이로 만들었다. 할머니는 나를 보자 환한 미소를 지었다. 꼭 껴안더니 검둥이 얼굴을 하얗게 씻어주었다. 할머니는 내가 좋은 모양이었다. 천사도 오빠가 왔다고 너무 좋아했다.

그날 저녁은 푸짐한 밥상이었다. 생선도 있었고 돼지고기도 있었다. 천사는 음식에는 별 관심이 없었다. 할머니에게 야단을 맞고서야 수저를 들었다. 툭하면 울었고 그런 일은 늘 반복되었다. 천사는 평강공주를 닮은 '울보'였다. 잠자는 '숲 속의 요정'이었다. 저팔계는 게걸스럽게 먹다 혼나기 일쑤였다.

세월이 흘러 천사는 무용을 전공했다. '미스 춘향春香'으로도 뽑혔다. 대기업에 취업하자 날개를 달은 듯 했다. 1954년 말馬띠였지만 날개를 단 백마白馬였다. 그녀를 본 친구들은 늘 내게 술과 밥을 샀다. 그러나 정작 백마를 채간 것은 바보온달이었다.

바보온달은 47년 멧돼지였다. 이마에는 무궁화가 두 개 붙어 있었다. 무궁화는 별(☆)과 이웃한 계급이었다. 그들은 세상에서 가장 행복한 부부처럼 보였다. 토끼 두 마리가 생긴 것은 그 후의 일이었다. 세월은 그렇게 잊혀져 갔다. 그러던 어느 날이었다. 천사가 아프다는 소식이 들려왔다. 처음엔 별 대수롭지 않게 여겼다. 독감毒感 정도로 생각했다.

늘 건강하고 맑은 미소로 살아갔기에 더욱 그랬다. 그러나 다음에 들려온 소리는 청천벽력이었다. 암 중에서도 치명적인 폐암 선고였다. 부산행 버스에 몸을 실었다. 6시간이나 걸리는 느림보 버스였다. 주마등走馬燈이 '회오리 눈'속에서 반짝거렸다. 천사의 아름다운 얼굴이 클로즈업되어 왔다. "하필이면 왜 네가?" 라는 꼬리표가 달라붙었다. 6시간이 마치 6년처럼 느껴졌다.

천사는 무척 야위어 있었다. 눈물이 핑 돌았다. "술 잘 마시고 담배 많이 피우는 내가 아파야지 왜 네가 아프냐?"라는 말이 고작이었다. 그 이상 더 할 말이 없었다. 고통을 참는 모습이 역력해 보였다. 그런데도 미소를 띠었다. 천사는 늘 착하고 예쁜 소녀였다.

천사는 세상에 할 말이 많은 것 같았다. 그것을 혼자 삭이다 스트레스를 받은 것 같았다. 그것은 눈덩이처럼 싸여만 갔다. 혼자 삭이는 힘든 고행이었다. 위안을 삼아야 했던 두 아들도 군대 가고 없었다. 결국

미디어로 본 세상

백마는 낙엽을 사랑하던 '스잔나'가 될 수밖에 없었다.

5개월간의 외로운 싸움이었다. 강한 의지로 버텨 보았으나 소용없는 짓이었다. 오는 데는 순서가 있어도 가는 데는 순서가 없는 게 인생이었다. 그녀는 휠체어에 앉아 마지막 잎새를 바라보다 눈을 감았다. 세상의 모든 괴로움과 짜증나는 일들을 혼자 안고 가는 모습이었다.

사랑하는 남편과 두 아들에게 미안한 모습이었다. 그게 끝이었고 우리들의 삶이었다. 그때 강한 바람이 책장을 흔들었다. 그 페이지에는 이렇게 쓰여 있었다. "도대체 이놈의 세상엔 천도天道가 있는 것이냐, 없는 것이냐?"

[2004년 12월 29일 강원도민일보]

로또, 화살추첨 방식으로 바꿔야

요즘 피부로 느끼는 서민경제는 말이 아니다. 장사의 기본인 음식점마저 파리를 날리고 있다.

솥단지를 집어던졌지만 악만 남은 사람들이 부지기수다. 그래도 살아야하겠기에 로또를 사고 있다.

물론 사행심을 부추기는 로또가 예쁠 턱이 없다. 서민경제를 좀 먹기에 얄미울 수밖에 없다. 헌데도 울며 겨자 먹기로 `계륵 로또`를 사고 있다. 요즘 로또 공이 꽤나 수상하다. 로또 복권은 이미 100회를 넘어섰다. 2004년 08월 전까지는 당첨자가 없어 이월되기 일쑤였다.

화살추첨 방식으로 바꿔야

최고 당첨금도 407억 원이나 나왔다. 1등 당첨확률이 814만 5060분의 1이기 때문이다. 그것은 하루에 벼락을 두 번이나 맞을 확률이기도 하다. 금년 8월부터는 판매 가격이 1,000원으로 내렸다. 헌데 이상한 일이 벌어지고 있다.

당첨 확률이 그렇게도 낮건만 1등이 매주 4~10명씩이나 나오고 있다. 102회 차는 무려 9명이나 나왔고, 103회 차는 8명이 나왔다. 물론

미디어로 본 세상

머리 좋은 사람들이 많으니 그럴 수도 있다. 하지만 추첨시간은 단 몇 분 만에 이뤄진다. 여기에 맹점이 있지 않나 싶다.

45개 추첨공 개별 점검하나

축구심판은 경기시작 전 공의 압력 (0.6~1.1 기압)부터 측정한다. 공이 무거우면 무게(410~450g)를 측정하기도 한다. 압력과 무게에 따라 크기와 흐름이 바뀌기 때문이다. 물론 국제 공인구라면 둘레 (68~70cm)는 생략한다.

로또 추첨 공도 이처럼 검증돼야 한다. 45개의 공을 한 개씩 구멍에 통과시켜봐야 한다.

그래야 설득력이 있다. 그런데도 SBS는 일사천리로 진행하고 있다. 물론 방송시간 관계상 그럴 수도 있다. 그러나 과정을 생략하면 시청자들은 믿지 않는다.

축구심판이 괜히 있는 것이 아니다. 공정성 때문에 존재하는 것이다. 2004년 10월 13일 레바논(전)에서 골대의 높이가 10cm 낮았다고 한다. 크로스바를 맞고 나온 안정환의 슛은 그래서 아쉬움을 더한다. 축구에 대한 에피소드는 많이 있다. 그 중에서도 특히 60~70년대의 '추첨봉투' 사건이다. 당시에는 연장전과 승부 킥 없이 대부분 추첨이었다.

심판은 양兩 팀 주장을 불러 추첨봉투 선택권부터 정한다. 그리고 대회본부 측에서 받은 봉투를 하늘 높이 던진다. 약속된 승자는 봉투를 열자마자 환호성부터 지른다. 그리고 감독에게로 달려간다. 감독은 봉투를 건네받자마자 찢어버린다. 봉투 속에는 어떤 표시도 없는 백지뿐이다. '짜고 치는 고스톱'은 그렇게 이루어진다.

변칙 양산 풍토 경쟁력 없어

별걸 다 의심한다고 할지 모른다. 그러나 믿지 않는 풍토는 해방 이후 계속되어 왔다. 정식 국제축구심판은 5~7년이 지나야 나온다. 그러나 2~3년 안에 나오기도 한다. 변칙은 또 다른 변칙을 낳기도 한다. 경쟁력이 없는 이유가 바로 여기에 있다. 박정희가 총에 맞아 죽었기 때문에 못 바꾼다는 얘기는 설득력이 없다.

이제부터라도 '화살 추첨 방식'으로 바꾸면 어떨까 싶다. "맞아서 기쁘고 안 맞아도 흐뭇한 주택복권!" 송해 씨가 화살 추첨 당시 했던 말이다. 그의 말은 아직도 흐뭇한 맛을 풍기고 있다. 일곱 개의 로또 공, 그 크기와 무게가 수상하다. 과연 잘못된 생각일까. 모를 일이다.

[2004년 11월 29일 강원도민일보]

미디어로 본 세상

서민경제 좀먹는 '로또'

서민은 한탕 욕심에 주머니가 털린다. 정부는 그 뒷전에서 빙그레 웃고 있다.

요즘 광풍이 일고 있는 로또 복권 얘기다. 사행심이 인간의 원초적 본능을 자극하기 때문이다.

도박에 성공하면 동·서양 모두 그 순서가 정해져 있다. 공돈이 생겼으니 우선 차부터 바꾼다. 그 다음 집을 장만한다. 마지막으로 아내를 바꾼다. 결국 인간관계가 파괴되면서 망하는 것으로 끝이 난다.

그래서 '로또'는 멧돼지다. 멧돼지는 잡식성이니 닥치는 대로 먹어치운다. 서민들의 동산은 물론 부동산까지 꿀꺽꿀꺽 삼켜버린다. 힘도 세서 한반도 전체를 휘젓고 다닌다. 그러다 살이 찌면 어김없이 죽임을 당한다. 주인이 잔치를 벌여야 하기 때문이다.

잔치는 주로 선심성 위주이고 끼리끼리 나눠먹는다. 우선 총 판매액의 50%는 미끼(당첨금)로 사용된다. 30%는 발행 주최인 건설교통부 등 7개 부처에서 꿀꺽 삼킨다. 20%는 또 시스템 사업자와 운영사업자가 가져간다. 운영비와 판매자 수수료인 것이다.

이중 KSL(로또 시스템 대행사)에 전체 판매액의 9.5%가 돌아간다. 그 9.5% 중 부가세를 제외한 8.55%의 2~3%는 IGT(美 운영시스템 제공사)사에 로열티로 나간다. 전체 판매액의 0.17~0.25%이니 10회까지 무려 10억 2천 490여만 원에 이른다.

이런 잔치이니 일본의 오지(王子)제지사도 한몫 끼어 든다. 2002년 하반기에만 400만㎡의 용지를 수출했다. 앞으로 더욱 늘어날 전망이라고 한다. 일본 아사히朝日신문 보도내용이다. 로또는 요즘 마구 퍼 먹이는 훈장 잔치와도 같다. 그런데도 체하지도 않는다. 위정자들이 워낙 좋은 약만 골라먹어 위장이 튼튼하기 때문이다.

도박은 요행을 바라고 돈을 거는 투기행위이다. 한번 빠지면 손을 떼지 못하는 아편과도 같다. '노름에 미친 놈 신주도 팔아댄다'는 속담은 결코 과장이 아니다. 독일 속담은 또 '도박은 악마의 일과'라고 경계하고 있다.

세상에서 가장 불행한 사람은 목표가 없는 사람이다. 목표가 없으면 꿈도 없고 희망도 없다. 꿈과 희망이 없으면 죽은 삶이다. 그러나 좋은 목표를 설정하면 꿈과 희망이 생긴다. 그것이 곧 삶의 질을 높여주는 매개체이기 때문이다.

"복권은 맞아서 기쁘고 안 맞아도 흐뭇해야 한다." 초창기 주택복권 추첨 사회를 보던 송해씨의 말이다. 그래서 꼭 한 두 장으로 만족해야 한다. 정부의 꾐에 빠져 목표를 잃은 분들께 꼭 하고픈 말이다.

[2003년 03월 05일 강원도민일보]

미디어로 본 세상

금강산金剛山 단상斷想

72년 전방 수색대에서 근무할 때였다. 당시 우리는 DMZ(비무장지대)를 순찰하였고 가끔 북한군과도 마주쳤다. 그러나 서로가 못 본 척해야 했다. 우리는 결코 만나서는 안 될 배다른 형제였다. 국가보안법과 노동당 규약이 모체였기 때문이다.

남북으로 갈라진 배다른 형제

순찰 중에는 대남 방송도 흘러나왔다. 거의가 악센트 강한 정치비판이었다. 그러나 대북 방송은 가요 일색이었다. 은희 씨의 '꽃반지 끼고'는 아지랑이에 휩싸여 너울거렸다. 최안순씨의 '산 까치야'는 산들바람을 타고 하늘거렸다. 당시 이 노래들은 향수병을 달래 주는 최음제였다.

금강호가 군사분계선을 넘어가고 있었다. 선상에서 바라본 동해는 늘 푸른 얼굴이었다. 천해의 보고寶庫답게 마음 또한 넓고 깊었다. 일본日本해가 아니라 동해였기에 사뭇 정다웠다. 주마등走馬燈이 '회오리 눈' 속에서 반짝거렸다.

지난달 7일에는 아시안컵 축구 결승전이 있었다. 그것은 축구가 아니라 전쟁이었다. 두 팀 모두 역사왜곡 강국이었다. 하나는 고구려高句麗요, 또 하나는 다케시마竹島였다. 이날 중국中國응원단의 구호는 "죽여라! 죽여라!"였다.

역사왜곡 강국과 축구전쟁

경기에 진 중국 팬들은 일장기를 불태웠다. 일본공사가 탄 차의 유리창도 깼다. 이날 중국 팬들의 반일감정은 극에 달했다. 이것을 KBS가 중계했고 한국 팬들이 시청했다. 결국 역사왜곡 강국들의 추태였다. 지난달에는 또 아테네 올림픽이 열렸다. 남북한이 한반도韓半島기를 앞세워 동시 입장했다. 그러나 한반도韓半島기에는 독도가 없었다.

제주도만 있을 뿐 울릉도도 없고 고구려도 없었다. 88 서울 올림픽 때도 없었고 시드니올림픽 때도 없었다. 독도가 그려진 한반도韓半島기는 딱 한번 있었다. 지난해 대구유니버시아드대회 때 북한 선수단이 만든 것이었다. 남북선수단은 이번 올림픽에서도 한반도韓半島기를 들고 입장했다. 그것을 든손에는 힘이 있었다. 그렇지만 무언가 미안했다.

장보고張保皐에게 미안했고 이사부異斯夫에게 미안했다. 을지문덕 장군과 광개토대왕에게도 미안했다. 독도 해양경비대원들에게는 더더욱 미안했다. 한반도韓半島기에는 분명 고구려와 독도, 동해가 있어야 했다. 영문표기도 있어야 했다. 그래야 세계인들이 알 것 같았다.

우리는 역사왜곡에 대해 조용한 외교를 펼치고 있다. 이전투구 하느라 여력이 없으니 그럴 수도 있다. 선비정신 때문에 침묵할 수도 있다. 그런 반면 국가보안법 철폐와 과거사 청산도 벌이고 있다. 그러니 시끄러울 수밖에 없다.

미디어로 본 세상

땅 투기와 쓰레기 공화국 될까 못하는 통일

금강산에서 만난 북한여성들은 역시 미인이었다. 그들은 조각미인이 아니라 원형미인이었다. 자태는 물론 말도 매끄러웠다. 표현력도 좋았고 애교도 있었다. 그러나 주제와 내용이 같다는 게 흠이었다. 그곳에서 가장 중요시하는 것은 자연이었다. 자연 훼손은 곧 벌금으로 이어졌다. 쓰레기를 버려도 안 되고 냇물에 머리를 감아도 안 되었다.

구룡연과 삼일포를 돌아보던 중 문득 떠오르는 것이 있었다. 바로 국가보안법 폐지와 과거사 청산, 통일반대 이유였다. 친일파와 친미파가 북측이 두려워 그런 것도 아니었다. 가진 자가 부를 빼앗길까 반대한 것도 아니었다. 보수언론이 혼날까 두려워 그런 것도 아니었다. 그들이 반대하는 이유는 따로 있었다. 통일이 되면 '땅 투기 공화국'이 될까 염려한 것 같았다. '쓰레기 공화국'이 될까 더더욱 두려운 모양이었다.

인생은 잠시 머물다 가는 하숙생

집에 돌아오자 해는 서산에 걸려 있었다. 황혼에 젖은 서산마루는 하숙생이었다. 구름이 흘러가듯 떠돌다 가는, 강물이 흘러가듯 여울져 가는, 그래서 정도 주지 말고 미련도 두지 말자는 하숙생이었다. 서산마루에서 히딩크 감독이 빙그레 웃고 있었다. 심판에게 물을 먹이고 있었다. 오른손 어퍼컷 세리머니를 보여주고 있었다. "대~한민국!" 엇박자와 "오, 필승 코리아!"를 다시 한 번 외쳐보라고 윙크하고 있었다.

그런데 국가보안법이 드라큐라 이빨로 노려보고 있었다. 미국의 은혜를 벌써 잊었냐고 질타하고 있었다. "기브 미 껌!"이 결국 "양키 고

홈!”이냐고 짜증내고 있었다. “갓 댐!(빌어먹을)”과 “선 오브 어 비치!
(개자식)” 라고 중얼거리고 있었다. 결국 금강산은 풍악산楓嶽山이 아니
라 카오스(Caos) 산이었다.

[2004년 09월 14일 강원도민일보]

금강산金剛山 탐방기 — ①

민족의 통일과 고향발전을 염원하던 분이 있었다. 그가 곧 정주영鄭周永 전 현대그룹 명예회장이다. 그는 98년 11월 18일 바다를 열었다. 2003년 5월에는 또 육로를 열었다. 이제 하늘만 열리면 모든 것이 다 열릴 것 같다. 그는 고인이 되어서도 할 일을 다하고 있었다.

금강산으로 들어가는 길은 편도 1차선이었다. 도로는 시골길처럼 꼬불꼬불했다. 비무장지대에는 수많은 시멘트 말뚝이 박혀 있었다. 모두 1,292개라고 했다. 민정경찰의 모습이 사라지자 북한군의 모습이 보였다. 그들은 팔을 좌우로 흔들면서 행진하고 있었다.

한국 모은행 노조와 금강산

서틀버스에서 바라본 들녘은 한가로운 시골모습이었다. 들판에서 농부들의 일하는 모습이 보였다. 굴뚝에서는 연기가 모락모락 피어올랐다. 로봇처럼 서있는 초병들의 모습도 보였다. 우리는 여장을 풀자마자 곧 공연장으로 향했다. 북한이 자랑하는 평양 모란봉 교예단 공연을 보기 위해서였다.

공연장에 도착하자 노조 복장을 한 모某 회사 노조원들이 보였다. 알아본 결과 160명이나 되는 대집단이었다. 그들의 복장에는 '단결·투쟁'이라는 문구가 박혀 있었다. 크고 선명하게 새겨진 글씨였다. 그들은 투쟁의 본거지에 와서 폼을 잡고 있었다. 공자孔子 앞에서 문자 쓰고 있었다. 응석으로 봐주기에는 턱없는 짓거리였다.

그들은 여행기간 동안 줄곧 그 옷만 입고 다녔다. 제복이 많은 제약을 준다는 사실을 잊은 듯싶었다. 단결과 투쟁은 회사 안에서만 하는 것이었다. 그런데도 세를 과시하는 듯 당당하게 행동했다. 사람들은 그들을 이상한 눈초리로 바라보았다. 시간이 흐를수록 그들을 향해 웅성거리기 시작했다.

제복은 행동제약을 동반

그들은 제복을 입었기에 실수가 눈에 띄었다. 북한 안내원에게 "지금도 아오지 탄광이 있냐?"고 물었다. "한국정부와 투쟁해서 이겼노라"고 자랑했다. "하루 빨리 미국자본을 몰아내야 한다."고도 했다. 그들의 제복은 노조 옷이 아니라 예비군복이었다.

예비군복은 '루페리노'가 되는 옷이었다. '두 얼굴의 사나이'가 되는 옷이었다. 노상방뇨는 기본이고 술 마시고 게걸대는 옷이었다. 수시로 개가되는 옷이었다. 그것을 입어본 사람은 누구나 다 아는 사실이었다. 그렇기에 실수의 연속이었다.

그들은 금강산온천에서도 말썽을 일으켰다. 노조간부는 온천입구에서 일반인들의 출입을 막고 그들부터 입장시켰다. 사람들의 표정이 일그러지고 있었다. 여기저기서 험악한 말들이 쏟아져 나왔다. 그들

미디어로 본 세상

눈에는 노조원들만 보이는 모양이었다.

　그들은 또 다른 객기도 부렸다. 온정각 관광 상점 입구에서 단체 사진을 찍었다. 오른손을 번쩍 든 모습은 투쟁의 상징이었다. 160명이 입·출구를 막고 앉았으니 대단한 세였다. 당시 그곳은 '돌아가는 삼각지'였다. 사람들의 눈에 곱게 보일 턱이 없었다.

　그들은 특별대우를 받는 것 같았다. 버스 앞창에는 회사표시가 붙어 있었다. 출국심사 때도 앞에 온 차를 세웠다. 한참 후에 왔지만 여유 있게 출국하는 모습을 보였다. 그들은 마지막까지 사람들을 희롱하고 있었다. 예비군복의 위력이었고 집행부의 횡포였다.

　여기저기서 항의가 터져 나왔다. 가이드는 위의 지시라고만 대답할 뿐이었다. 그때 한 노(老)신사가 유창한 영어로 욕설을 퍼부었다. 집행부에 대한 불만이었다. 그들 간의 끈끈한 관계에 대한 성토였다. 사람들의 눈은 이미 세모꼴로 변한 상태였다. 소수가 전체를 욕 먹이는 불행한 일이었다. '오만 쇼크'와 '몰디브 쇼크'가 생각나는 순간이었다.

[2004년 10월 금강산에서 보고 느낀 일]

금강산(金剛山) 탐방기 — ②

인민배우들이 펼치는 종합교예공연은 한편의 그림이었다. 그들은 인간이 펼칠 수 없는 한계를 넘어서고 있었다. 어릴 때 쥐구멍으로 들어가서 보았던 동춘 서커스단의 묘기가 아니었다.

그들의 연기는 세계를 놀라게 할 수 있는 한편의 드라마였다. 특히 여성 사회자의 목소리는 호소하는 듯한 속삭임이었다. 인민 배우는 대단한 예우를 받는다고 했다.

90세 할머니와 소녀

구룡폭포로 가는 길은 무척 아름다웠다. 왕복 8km로 펼쳐진 주변경관은 말 그대로 금수강산이었다. 골짜기로 흐르는 물은 파란 하늘이었다. 주변에 웅크리고 있는 기암괴석은 천하절경이었다. 그곳을 한 할머니가 오르고 있었다. 90세였지만 자연과 어우러진 한 마리 나비였다.

할머니는 많은 말씀을 하셨다. 장수비결은 욕심부터 버리는 것이라고 했다. 너무 많은 욕심은 화를 부른다고 했다. 너무 사랑하면 섭섭한 마음이 생긴다고 했다. 너무 미워하면 원수지간이 된다고도 했다. 얼굴가죽 한 커플씩만 벗기면 모두가 똑 같다고 했다. 미운 놈과 고운 놈이 따로 없다는 말씀이었다. 할머니는 부처님 말씀을 하고 계셨다.

구룡폭포 정상에 오르자 한마디로 장관이었다. 기암괴석 사이에서 쏟아지는 물은 물보라를 일으켰다. 떨어진 폭포수는 금세 파란색으로 변했다. '선녀와 나무꾼'의 전설이 어우러진 폭포였다. 폭포수는 맴돌고 맴돌다 계곡을 타고 흘러내렸다.

그때 "볼만하십네까?" 라는 속삭임이 들려왔다. 북한여성 안내원이었다. 아름다운 얼굴이었다. 조각미인이 아니라 원형미인이었다. "폭포도 장관이지만 당신도 참 곱습니다." 라는 말이 절로 나왔다. 북한어로 '곱다'는 말은 '예쁘다'는 뜻이었다. 그녀의 얼굴에 홍조가 끼었다 사라졌다. 우리들의 대화는 이렇게 시작됐다.

그녀는 김일성 대학을 나온 인텔리였다. 아는 것도 많았다. 나는 축구평론가라는 것부터 밝혔다. 웹사이트 주소도 알려주었다. 그리고 북한축구에 대해 설명했다. 우선 북한이 아시아청소년(U – 17)대회에서 준우승한 것을 알렸다. 성인대표팀이 태국을 4 – 0으로 이긴 것도 자랑했다. 2006 독일獨逸 월드컵 아시아지역 5조 선두라는 것도 알렸다.

그녀는 가슴이 뿌듯한 모양이었다. 월드컵 4강 신화를 조심스럽게 꺼내 났다. 이에 나는 '사다리 전법'을 접목시켰다. 그것은 북한의 월드컵 8강 신화 전법이었다. 인민체육인 박두익과 신영규의 얘기도 자연스럽게 나왔다. 신영규는 내 아들과 같은 이름이었다.

그것을 밝히자 소녀가 생긋 웃었다. 아름다운 눈이었다. 곧 빨려 들 것 같은 눈이었다. 시리도록 하얀 이였다. 경련이 일 것 같은 입술이었다. 몇 알의 주근깨는 친근감이었다. 오메가형 귓바퀴는 그녀의 상징이었다. 모가지가 길어서 슬픈 짐승이었다.

욕심에 아들 모습을 그녀 옆에다 붙여보았다. 괜찮은 그림이었다. 허나 부질없는 짓이었다. 소녀는 더 많은 얘기를 나누고 싶어 했다. 그러나 말이 많으면 실수가 뒤따르는 법. 우리는 유도영웅 계순희와 공화국 영웅 정성옥(마라톤)의 얘기를 끝으로 작별했다. 그녀의 마지막 인사는 빨리 통일하자는 것이었다.

위대한 수령과 강아지

금강산 곳곳에는 큰 바위마다 붉은 글씨가 새겨져 있었다. 김일성 부자를 찬양하는 글이었다. 모두가 위대한 수령으로 시작되는 문구였다. 그것을 한 노조원이 유심히 읽고 있었다. 그것은 마치 핫팬티의 소녀가 섹스잡지를 읽는 것처럼 보였다. 아마 '강아지 시리즈'와 비교하는 모양이었다. 사실 우리의 영웅은 모두가 강아지로 통했다.

우선 아집과 편견으로 얼룩진 늙은 개가 있었다. 바로 친일파만 사랑했던 고집불통 개였다. 두 번째는 선글라스를 통해 세상을 보았던 장애 개였다. 수줍음을 잘 탔던 그 개는 바로 아끼다(Akita)였다. 아끼다는 일본에서 만들어진 혼혈 개였다.

그 다음이 아무나 물어뜯는 도사(tosa)견이요 불독(bulldog)이었다. 제멋대로 생각하고 제멋대로 행동했다. 아무 곳에서나 사냥하고 닥치는 대로 물어뜯었다. 엉성한 총잡이들의 대부였다. 그 다음은 말할 가치도 없는 잡종 강아지들이었다. 금강산에서 본 것들은 모두 혼돈 그 자체였다.

[2004년 10월 금강산에서 보고 느낀 일]

운명의 사과나무를 키워 보자

오늘도 독도에는 꽃이 피고 온갖 새들이 노래한다. 독도는 우리가 신라 때부터 애지중지해온 천연적 요새요, 또 그 밑에 펼쳐진 동해바다는 천혜의 보물창고이기도 하다. 그래서 우리는 독도의 정기를 받아 오늘까지 이어왔고, 동해바다와 같은 깊고 넓은 마음으로 서로가 믿고 의지하며 살아왔다.

그런 의미에서 나는 우리 청소년들에게 세계 최고가 되라고 권하고 싶다. 세계 최고라고 하면 무척 어려울 것 같지만, 그렇게 하다보면 무언가 이룰 수 있기 때문이다. 허나, 유교적 사상에 물들어 있는 사회적 구조는 우리 여성들의 발목을 잡기도 한다.

페미니즘(Feminism)을 강조하면서도 호주제로 홀대하는 등, 온갖 규제로 여성들의 사기를 떨어뜨린다. 심지어는 여성상위를 강조하면서도 '놈년'들이라 하지 않고 꼭 '연놈'들이라고 한다. 참으로 한심스럽기 짝이 없고 웃기는 얘기다. 이렇듯 유교적 남존여비 사상은 늘 여성들을 괴롭히는 암적 존재로 이어져 왔다.

인간에 대한 존엄성은 제쳐 두고라도 태어날 때부터 시작되는 '남아 선호 사상'은 온통 편견과 아집으로 뭉쳐져 있다. 이 때문에 남자아이들은 초등학교 때부터 '홀아비 연습'을 하고 있지만, 아직까지도 전반적 사회구조는 여성들에게 절름발이일 수밖에 없다.

상속문제만 하더라도 늘 뒷전에 서 있어야 함은 물론, 취업에서부터 승진에 이르기까지 거의 모두가 취약한 것은 사실이다. 더군다나 뭇 남성들의 편견과 아집은 여성들을 가끔 당혹하게도 만든다.

예컨대 어느 직장에서 여직원이 자리를 비웠을 때면 "이 여자는 무슨 꼬리가 길어 그렇게도 싸돌아다니는가?"라고 흉보기 일쑤이고, 책상에 서류가 너절하면 "집안에서는 물론 직장에서조차 엉망인 칠칠맞은 여자" 라고 비꼬아 댄다. 그렇다면 이런 편견들을 어떻게 깨고 또 어떻게 해야 세계 최고가 될 수 있을까.

그에 대한 해답은 그림을 많이 그리라는 것이다. 감수성이 예민한 청소년시절부터 미래에 대한 그림을 많이 그리라는 것이다. 그림은 그릴수록 더 많은 상상력이 생기기 때문이다. 그러기 위해서는 우선 공상을 많이 해야 한다. 공상이란 결국 현실적으론 이룰 수 없는 불가능한 일이다.

하지만 공상을 많이 함으로써 그것은 곧 상상으로 이어질 것이고, 그 상상은 또다시 이상으로 이어지는 행동의 변화를 가져오게 된다. 또 그 같은 변화는 곧 운명을 바꿔 주는 매개체 역할로 이어질 것이다. 성공한 사람들의 요인을 분석해보면 대개 빠지지 않는 두 가지가 있다.

첫째는 끈기 있는 추진력이고, 둘째는 성공의 길로 가라고 채찍질해준 은인이다. 은인은 또 어려울 때마다 포기하지 않게끔 격려도 해준다. 1,300건의 발명을 한 에디슨은 어릴 때 선생님이 도저히 가르칠 수 없다고 하였고, 아인슈타인은 8세 때 담임선생이 그 부모에게 "학교에 오지 않는 것이 다른 아이들에게 도움이 될 것입니다." 라고 정중하게

미디어로 본 세상

통보했다.

카루소의 목소리는 깨지는 그릇소리가 난다고 성악을 포기하라고 하였고, 링컨은 선거에서 10전 7패의 확률을 갖고 수없이 낙선했다. 이 때문에 에디슨은 그 어머니가 직접 가르쳐야 했고, 아인슈타인도 15세가 되어서야 철학과 수학을 통달하게 되었다.

뿐만 아니라 공자도 60세를 훨씬 넘어 그 뜻을 펼쳤으며 맥아더 장군이 6.25 한국전쟁 당시 인천 상륙작전을 검토했을 때도 단 한 명의 참모도 찬성하지 않았다. 이밖에도 일본의 산토리라는 회사에서 위스키를 만들겠다고 했을 때 모두가 반대했고, 한국경제개발 5개년 계획을 수립했을 때도 중화학과 제철사업은 모두가 반대하였다.

이렇듯 아무도 가지 않는 길을 가겠다고 결단을 내릴 때, 마음속 깊이 도와주는 주위 사람들의 성원은 성공을 재촉하는 촉진제가 된다. 아무도 가지 않는 길로 가는 사람은 외롭다. 앙드레지드도 '좁은 문'으로 가는 이가 적다며 노력하자고 했다. 노력은 곧 행운을 불러들이기 때문이다.

철강鐵鋼왕 카네기는 생활의 고통을 말하는 양친의 대화를 듣고 12세부터 일을 시작했다. 화부火夫, 기계공, 우편배달원, 철도원, 역장으로 한 걸음 한 걸음 꾸준히 앞으로 나가며 전진했다. 결국 그는 어디서나 열심히 일해 드디어 철강鐵鋼왕이 되었다.

큰 꿈은 갑자기 실현되는 것이 아니다. 주위의 작은 일부터 제1인자가 되려는 자세가 행운을 부르고 큰 꿈에까지 이르게 한다. 넓고 큰문으로 가는 사람은 많다. 쉽고 유혹이 많기 때문이다. 그러나 우리 인생의 길목에서 좁은 문으로 가고 또 아무도 가지 않은 길로 가는 사람은 기억에 남는다.

　한창 예민할 나이인 이 길목에서 누군가를 기억해보고, 또 내가 누구에게 기억될 수 있는 지를 돌이켜보는 것도 뜻 있는 일일 것이다. 청소년들이여, 이제부터라도 큰 꿈을 키워보자. 인류의 운명을 바꿔준 '아담과 이브의 사과'가 아니라, '뉴턴의 만유인력 사과'가 아니라, '빌헬름텔의 진정한 용기의 사과'가 아니라, 내 운명을 바꿔줄 '운명의 사과나무'를 키워보자는 말이다.

[2001년 08월 07일 한가한 오후]

내시內侍들이 죽었다

역대 대한축구협회장 중에는 닮은꼴이 있다. 그것은 곧 최순영 회장과 김우중 회장이다. 이들의 공통점은 임기를 채우지 못하고 쫓겨났다는 점이다. 임기만 채우고 나가겠다는 이들을 축구계의 내시들이 밀어내듯 쫓아냈다.

"지금 축구협회는 정 회장 1인을 위한 행정을 하고 있다고 해도 과언이 아니다. 마치 60~70년대 군사문화를 방불케 한다."

(신문선 SBS 해설위원)

축구협회가 쓴 소리는 아예 듣지도 않는다. 지난 2001년 서명 파동 때 조중연 당시 전무가 우리 단장한테 전화를 해서 "다음 시즌부터 감독을 바꿔달라"고 요청했다. 정 회장 퇴진 성명서에 서명한 나를 쫓아내라는 얘기다. 어떻게 축구협회 간부가 프로팀 단장에게 그런 전화를 할 수 있나. 그러다간 정말 한국축구 망한다.

(조광래 FC서울 감독)

2004년 06월 17일자 주간지 <한겨레21>에 났던 기사다.

내시들이 비단 축구계만 있는 것이 아니다. 정치·경제·사회 등 어느 분야에나 다 있다. 특히 공직사회가 가장 많다.'줄을 잘 서야 출세한다'는 제1법칙 때문이다. 물론 제2법칙은 도망갈 구멍 만들어 놓고 일하기이다. 제3법칙은 누구나 알고 있는 공짜정신이다. 그런데도 외교통상부는 제2법칙 때문에 망신당하고 있다.

역사적으로 봐도 내시들은 늘 득시글거렸다. 역사학자들은 그 같은 현상을 사대주의라고 했다. 처음에는 당唐나라 내시와 원元나라 내시가 생겼다. 명明나라 내시와 청淸나라 내시도 생겼다. 물론 요즘은 미국 내시가 극성을 부린다. 6.25 때 도움을 주었기 때문이란다.

내시內侍는 환관宦官이자 첩妾이다. 이들의 공통점은 표정이 없다. 늘 웃는 낯이다. 조강지처처럼 쓴 소리를 하지 않는다. 상사가 화를 내도 손바닥을 잘 비빈다. 생글생글 웃기만 한다. 때로는 '큰바위 얼굴'로 위장해서 리더가 되기도 한다. 뒷구멍으로는 온갖 못된 짓을 다 저지른다. 5급 승진시험에 3진 아웃돼도 기어코 심사제로 뜻을 이룬다. 요즘 현상이다.

사람들은 을사오적乙巳五賊을 경멸한다. 하지만 그 후손들의 재산을 앞장서서 찾아주는 내시들도 있다. 그런 내시일수록 애국가를 장송곡쯤으로 여긴다. 그들은 내가 있어야 국가도 존재한다고 믿는다. 손목에 수갑이 채워져도 재수가 없었다고 생각한다.

1993년 10월 28일 '도하의 기적'이 있었다. 이라크의 움란 자파르 선수가 일궈낸 기적이었다. 그는 1994년 01월 한국에 초청돼 많은 환영도 받았다. 2004년 04월 06일에는 또 자이툰 부대의 응원 속에 이라크와 한국올림픽 팀간의 친선전도 열렸다. 당시 서울월드컵경기장 본부석 맞은편에는 'IRAQ FRIEND'라는 카드섹션이 연출되었다.

미디어로 본 세상

그런데도 한국의 유망한 젊은이가 이라크에서 살해됐다. 아마 도처
에 널려 있는 이런 내시들 때문이 아닐까 싶다.

[2004년 07월 14일 강원도민일보]

리더(Leader)의 조건

리더는 여러 형태로 나누어진다. 우선 인격으로 다스리는 경우이다. 인격이 높으니 만인이 존경한다. 자신에겐 엄격하고 남에겐 너그럽다.

새로운 지식과 방향제시를 해준다. 백범 김구나 도산 안창호, 안중근 의사 같은 분들이다. 이들은 모두 조국독립을 위해 평생을 바쳤다. 특히 백범은 분단된 조국을 늘 걱정하였다.

두 번째가 이익으로 다스리는 경우이다. 달콤한 유혹으로 희생을 강요한다. 가난을 물려주지 말자고 설득한다. 모두가 잘 살아보자고 강조한다. 새마을 운동은 그래서 성공했다. 박정희 같은 스타일이지만 이중인격자들도 있다.

세 번째가 직위로 다스리는 경우이다. 인격도 없고 미래도 없다. 무조건 카리스마로 다스린다. 잘되면 제 탓이고 안 되면 남의 탓이다. 유신헌법도 나오고 삼청교육대도 나온다. 마카로니웨스턴 군부독재 스타일이다.

네 번째가 우유부단優柔不斷형이다. 허리를 90도로 잘 꺾는다. 자신의 표정관리는 물론 남의 표정도 잘 읽는다. 도어맨 같은 순종형이라 총칼 앞에선 벌벌 떤다. 잠시 리더가 되었던 장張씨와 최崔씨 같은 스타일이다. 당초 이들은 수녀원이나 면사무소에 근무했어야 했다. '차 떼기'와 '29만원 짜리 통장' 역시 이들과 무관치 않다.

지도자를 우리는 리더(Leader)라고 한다. 리더는 남의 삶을 책임질 줄 알아야 한다. 그러기 위해선 듣기(Listen)부터 해야 한다. 많이 들을수록 지식은 늘어난다. 훌륭한 선장 중에는 무식한 사람이 없다.

리더는 또 부하들을 사랑(Eros)하고 또 사랑(Eros)한다. 폭풍우가 몰아치거나 눈보라가 휘날려도 방패(Defense)가 된다. 배가 목적지에 도착할 때까지 많은 도움(Assistance)을 준다. 무슨 일이 터져도 끝까지 책임(Responsibility) 진다. 인격과 지식을 갖췄으니 어떤 불평도 나오지 않는다. 만인이 우러러보면서 믿고 따른다.

한국은 대학의 천국이자 교수들의 천국이다. 그곳에는 늘 푸른 캠퍼스가 있다. 늘 푸른 동량들이 있다. 늘 푸른 마음도 있다. 조선시대의 선비정신도 있다. 그래서 사람들은 정치인과 재벌들은 미워해도 교수들은 존경한다. 그런데 언제부터인가 '학문의 동종교배'가 이뤄지고 있다. 실력보다는 '줄서기 문화'가 번지고 있다. 학문적 비판도 없다. 경쟁력이 살아날리 없다.

그 동안 노벨상 수상자는 48개국에서 배출되었다. 아시아 국가 중에도 여러 명의 수상자가 나왔다. 일본에선 11명의 수상자가 나왔다. 그러나 4년제 대학이 무려 200개가 넘는 한국에선 단 한 명도 없다. 특권과 명예만 있고 책무가 없어 그런 모양이다.

요즘은 또 지방대 기피현상까지 겹쳐 말이 아니다. 지방대는 악몽이지만 수도권대학은 길몽이다. 매년 서울소재 대학의 편·입학시험은 북새통을 이룬다. 그 와중에 '무전기 커닝'사건도 터졌다. 이제는 가만히 있어도 학생들이 몰려왔던 시대는 지났다. 양질의 강의를 제공하고 국가와 공동체 발전을 위한 연구업적을 쌓을 때다.

강원대 총장선거가 불과 20여 일 앞으로 다가왔다. 후보 중에는 지와 덕을 겸비한 인물들도 있다. 대학관리와 세일즈에 능한 사람도 있다. 그러나 고정관념에 물든 후보도 있다. 고정관념은 고장 난 생각이다.

대학은 교수들만의 전유물이 아니다. 그곳에는 학생들과 교직원들도 있다. 리더는 아무나 하는 것이 아니다. 풍부한 지식과 소양, 사랑과 도움, 보호와 책임이 뒤따라야 한다. 그래야 모두가 발전한다. "사람의 다리는 얼마나 길어야 하는가?" "사람의 다리는 걸을 수 있으면 된다." 링컨과 선거 참모가 나눈 대화다. 편견과 오만에 빠진 리더와 그 참모들이 꼭 새겨들을 얘기다.

[2004년 06월 07일 강원도민일보]

미디어로 본 세상

정치수준은 곧 국민수준

인생은 나그네길이고 나그네길은 곧 인생이다. 나그네는 구름이 흘러가듯 떠돌다 가기도 하고, 강물이 흘러가듯 여울져 가기도 한다. 1965년 최희준 씨가 불러서 히트했던 '하숙생'의 가사 일부다.

인생은 나그네와 같은 하숙생

인간은 누구나 나그네 길을 간다. 나그네가 가는 길에 별 차이가 있겠냐마는 인간은 누구나 토끼인생부터 시작한다. 그 토끼가 자라 어느덧 20년이 넘으면 결혼을 한다. 그리고 가족들을 먹여 살리는 소(牛)가 된다.

열심히 일하던 그 소는 어느 날부터 사오정·오류도와 싸우는 투견으로 변한다. 싸우다 지친 투견은 어느 새 힘을 잃고 집이나 지키는 개가 된다. 그 개는 또 남의 비위나 맞추는 원숭이가 된 것을 알고는 한숨짓는다.

결국 이렇게 사는 것이 인생인데도 딴 나라와 새 천년 민주철새는 뚜껑 열린 우리 속에서 싸움질만 계속한다. 국민들이 눈총을 주건 말건 목청을 높이면서 시각장애와 소음공해를 일으킨다. 그렇게 해야 살림살이가 좀 나아지는 모양이다.

그러나 요즘은 무언가 잘못되었다고 판단했는지, 아니면 여론의 눈총에 정신이 번쩍 들었는지 새 판짜기에 여념이 없다. 그리고 파파라치가 떠돌아다니니 평소 안 하던 종친회도 하고 동창회도 하고 이상한 모임까지 만들어 술판을 벌인다. 파리처럼 웽웽거리며 달려드는 벌레가 과연 무섭긴 무서운 모양이다. 4.15 총선을 앞둔 요즘 정치권에서 벌어지고 있는 행태다.

정치 판 닮은 대학총장 선거

대학총장 선거도 마찬가지다. 연구하고 가르쳐야 할 교수들이 우르르 몰려다니면서 술판이나 벌인다. 혈연·지연·학연으로 연고주의나 부추기면서 패를 가른다. 후보자들은 아예 음식점을 정해 놓고 동료 교수들을 불러 모아 술판을 벌인다. 얼마 전 지방신문에 났던 일부 기사내용이다.

이러니 '제돈 내고 술 마시면 바보'라는 말까지 나돈다. 지방토호 세력들은 또 지역 이기주의를 앞세워 기득권을 주장한다. 히딩크 감독이 이 모습을 보았다면 뭐라고 말할지 창피할 지경이다. 월드컵 4강 신화는 분명 연고주의 파괴로 일궈낸 히트작이기 때문이다.

사마천의 사기열전 '백이 편'이 사라진지 이미 오래다. 경제가 엉망이라 물가가 오르고 노숙자가 늘어나는 이때, 우리는 중국의 뛰는 모습만 바라보아야 하는가. 한심한 노릇이 아닐 수 없다.

미디어로 본 세상

그 나라의 정치수준은 곧 국민수준

16대 국회는 탈법과 무법으로 찌는 국회였다. 국민들은 각종 비리로 줄줄이 구속되는 정치인과 재벌 총수들을 바라보아야 했다. 방송과 언론매체는 온통 비리사건으로 얼룩져 왔다. 머리띠 두르고 촛불 든 사람들도 엄청 많았다.

국민들은 그 꼴이 보기 싫어 아예 외면했다. 아이들이 볼까 겁나 TV도 켤 수 없었다. 국민들이 식상한 건 당연한 이치였다. 어느 후보자는 '정치판이 개판'이라고 하면서 출마를 포기했다고 한다. 그래도 우리는 선거를 해야 한다. 참신한 인물을 가려서 뽑아야 한다. 더 이상 나라를 말아먹지 않도록 해야 한다. 각종 비리로 줄줄이 구속되는 꼴을 더 이상 보지 말아야 하기 때문이다.

"국민은 투표하는 하루만 나라의 주인이 된다. 그 나머지는 노예나 다름없다." "그 나라의 정치수준은 곧 국민수준이다." 소크라테스의 말이고, 19세기 프랑스의 보수주의자였던 드메스트르의 말이다.

[2004년 07월 대학총장 선거를 바라보며]

가을 단상_{斷想}…①

북풍의 그림자가 서서히 밀려든다. 리칭의 눈물이 오동나무 잎에 뚝 뚝 떨어진다. 스잔나의 애절한 노래에 샤오팅의 통곡이 이어진다. 담 쟁이넝쿨에는 앙상한 가지만 남아 있다. 누군가가 담에다 마지막 잎새 를 그려 넣고 있다.

무심코 던진 한마디에 멍드는 동심

아비는 모처럼 가족과 함께 외식을 했다. 아이들은 오랜만이라 너무 좋아했다. 식사가 끝나자 아비는 큰아들에게 성적이 떨어진 이유를 물 었다. 아이는 중3이었고 성적은 하위권이었다.

갑작스런 질문에 당황한 아이는 곧 울먹이며 대답했다. "선생님이 내 관상을 보더니 오래 못 살 거라고 했어 씨!" 녀석은 눈물을 훔치면서 씩씩거렸다. 무당 선생의 말 한마디가 시멘트 자국이 된 모양이었다.

고교에 진학한 아이는 생기가 흘러 넘쳤다. 그곳에는 무당 선생도 없었고 폭력교사도 없었다. 어쩌다 수업시간에 조는 녀석이 있으면, "저 녀석은 지금 평강공주와 협상 중이다. 너희들은 그렇지도 못하니 열심히 공부해!" 라고 웃기면서 꼭 깨웠다. 자갈을 시멘트 바위로 만드는 선생님들이었다.

고교를 졸업한 아이는 지방국립대학에 들어갔다. 그러나 1년이 지난 어느 날 자퇴를 하고 재수를 시작했다. 스스로 인생진로를 바꾼 것이었다. 1년 후 아이는 자신이 원하는 대학에 들어갔다. 졸업하면 무조건 취업되는 학과였다. 허나 그곳은 지옥문이었다.

교수들이 얼마나 독한지 공부를 안 하고는 못 배기게 만들었다. 공휴일 보강은 물론 리포트에다 수시 시험에 녹초가 되기 일쑤였다. 부모 입장에선 너무 고마운 교수들이었다. 작은아이는 큰아이에 비해 너무 소심했다. 초등학교 6학년이었지만 수줍음이 많아 나서기를 꺼려했다.

그런 아이가 어느 날 얼굴이 말이 아니었다. 깜짝 놀란 아비는 아이의 옷부터 벗겼다. 온몸이 멍이었다. 아비가 다그치자 아이는 울면서 대답했다. "운동장에서 조회를 서는데 앞에 애들이 장난을 쳤단 말야. 그래서 엉덩방아를 찧었는데 뾰족한 돌에 항문을 찔렸단 말야 씨! 얼마나 아팠는지 내가 막 우니까 선생님이 달려왔고, 내가 에이 XX!이라고 하니까 담임이 막 때렸단 말야!"

담임과 자신은 동년배였다. 실력이 없어서 공직과 교사를 택한 것도 마찬가지였다. 당시는 할 일이 없으면 "공무원이나 하지, 선생이나 하지." 라고 말하던 시절이었다. 그런 선생들이 지금은 대부분 교감 교장이 되어 교육계를 이끌어 가고 있다. 하지만 그 중에는 제왕처럼 군림하는 자들도 있다. 국립학교일수록 더욱 많다.

아비는 비애를 느끼면서 담임에게 전화를 걸었다. 항의를 하자 담임은 발뺌하기에 급급했다. 교육적 차원이라고 계속 우겼다. 결국 '진단서와 고소' 얘기가 나오자 그가 머리를 숙였다. 아비는 참교육을 실천하는 전교조의 위대함을 그때 알았다.

칭찬 한마디가 인생을 바꿔

프랑스의 작가 앙드레 지드의 학교생활은 엉망이었다. 소년시절의 그는 거짓말과 속임수에 능한 아이였다. 꾀병으로 3주 동안이나 학교에 결석하기도 했다. 가련할 정도로 겁이 많은 열등생이었다. 그러던 어느 날 선생님은 그에게 시를 낭송하도록 했다.

앙드레 지드는 감정을 한껏 실어 멋지게 시를 낭송했다. 그러자 선생님은 "넌 아주 훌륭한 작가가 될 소질이 있다." 라고 칭찬해 주었다. 그는 이 일로 운명을 바꾸는 계기를 마련했다. 기러기 울어 예니 너도 가고 나도 가야 하는 계절에 잠시 생각해본 일이다.

[2006년 06월 24일 오후]

가을 단상 斷想…②

태풍 루사가 할퀴고 지나간 자리에 낙엽이 우수수 떨어진다. 산봉우리 위에 우뚝 솟아 세상을 내려다보던 나뭇잎들도, 독야청청 늘 깨끗함을 자랑하던 가로수의 잎들도 바람에 흩날리고 있으니 가을은 정녕 농경사회에서나 대접받던 잔인한 계절인가 보다.

오늘도 산에 올라 사방을 둘러보니 도토리 줍는 아낙들의 모습이 보이고, 그것을 바라보는 청설모와 다람쥐의 모습은 왠지 모르게 측은하기만 하다. 아마 "도토리 벤또 가지고 소풍을 간다"라는 '산골짝의 다람쥐'란 옛 동요를 생각하는 모양이다.

이렇듯 제몫 찾기와 힘겨루기가 진행되는 가운데 사람들은 더욱 영악스럽게 변해가고, 산짐승들은 먹이를 찾아 이곳저곳을 헤매다 사라지곤 한다. 그것이 곧 세상사는 과정이요 약육강식으로 이어지는 생존 법칙이기도 하다.

요즘 일부지역에서 보충수업과 자율학습 때문에 학부모와 전교조 간에 분쟁이 발생, 사회적인 문제로 대두되고 있다. 전교조가 보충수업·자율학습 관리비 징수에 대해 감사원에 청구한 국민감사가 학부모들의 대규모 항의 집회로 비화됐기 때문이다.

이에 학부모 협의회가 공동결의문을 통해 ①전교조 도지부의 언론 공개 사과 및 집행부 사퇴 ②감사원 감사청구 대상학교 선정기준과 근거 공개 ③학부모 상대 협박전화 중지 ④면학분위기 조성과 자율학습 보장 등을 촉구한 반면, 전교조 도지부 관계자는 "보충수업補充授業비의 학부모 부담전가와 편법집행에 대한 감사원 국민감사 청구를 철회할 뜻이 전혀 없다."고 맞서고 있다.

하지만 올 대학에 들어간 '이해찬 1세대'들이 무더기로 학사경고를 받아 대학 당국이 골머리를 앓고 있다. 1998년 중학교 3학년이었던 이들은 당시 이해찬 교육부장관이 특기적성만 살리면 대학에 갈 수 있다고 하면서, 보충수업과 자율학습도 하지 말고 모의고사도 필요 없다고는 했으나 결국은 대학수학능력 부족으로 나타났기 때문이다.

학생들은 왜 공부를 하고 직장인은 왜 또 출근을 할까. 학생들은 좋은 대학에 가서 출세가도를 달리기 위해 공부할 것이고, 직장인은 봉급을 주니까 출근해서 일할 뿐이다. 만약 봉급을 안 주는데도 국가와 직장을 위해서 일한다면 그것은 한낱 반대급부 때문일 것이고, 그렇지 않으면 어딘가 모자라기 때문이 아닐까 싶다.

서울을 비롯한 대도시에서는 보충수업과 자율학습, 모의고사가 꼭 필요치는 않을 것이다. 돈만 있으면 유명학원에 가서 공부해도 되고, 수백만 원씩을 주고서라도 족집게 과외를 하면 그만이다. '부익부와 빈익빈'이 말해주듯 부자 집 아이가 공부 잘하는 것은 누구나 다 아는 사실이다.

그러나 모든 것이 열악한 지방에서는 변변한 학원조차 없을 뿐 아니라, 이들을 풀어놓게 되면 한창 감수성이 예민한 나이에 나쁜 길로 들어설지도 모른다는 우려도 있다. 학교 정문만 나서면 이들을 노리는

미디어로 본 세상

유흥업소가 즐비하기 때문이다.

정치·경제·교육·외교 등 어느 것 하나도 제대로 된 것 없는 이 땅에서 왜 일부지역의 학생들만 희생양이 되어야 하는가? 특히 21세기를 짊어지고 나아갈 우리의 동량들이 좌절해서야 무엇이 되겠는가.

교육정책이 교육을 황폐화시켜서 모든 것이 뒤죽박죽인, 황희 정승에게 물어봐도 정답이 나올 것 같지 않은, 이 을씨년스런 계절에 학부모와 전교조간에 투쟁하는 모습을 바라보면서 잠시 생각해본 일이다.

[2002년 10월 02일 강원도민일보]

독도 망언 정치인이 나서라

고이즈미 준이치로小泉純一郎 일본 총리는 42년생 말띠다. 말도 보통 말이 아니라 적토마이다. 선거구를 3대째 세습해온 정치 명문가의 3세 국회의원이다. 조부가 일본 제국국회에서 체신상을 지냈고 부친이 60년대 방위청 장관을 지냈다. 그는 27세에 정계 입문, 29세에 첫 중의원에 당선되었다.

10선을 기록하는 동안 대장성 정무차관, 후생상, 우정상 등의 각료를 역임했다. 그러니 보통 인물이 아니다. 사무라이를 닮은 얼굴은 4각이요 눈매 또한 범상치 않다. 야스쿠니 신사참배를 하는 모습은 마치 마약을 먹고 가미가제에 오르는 조종사처럼 굳건하기만 하다.

그런 그가 독도 망언을 했다. '독도(다케시마)는 일본 영토다. 한국도 잘 분별해 대응하라'는 내용이다. 가히 공갈협박 수준의 침략적 망언이다. 일본 영토로 알고 그에 합당하게 대응하지 않으면 좋지 못하다는 의미가 담겨 있다. 이는 종래 일본 총리나 장관들도 삼갔던 것인데 고이즈미 총리가 처음으로 포문을 연 것이다.

독도는 역사적·국제법적·실효적 점유 면에서 명백한 한국의 배타적 영토다. 한국의 독도영유권은 국제사회·국제법상 공인된 '실체

영유권'이다. 이에 반해 일본의 독도영유권 주장은 근거 없는 '주장'일 뿐이다. 한국의 독도영유권 증거는 완벽하게 다수 갖추어져 있다. 한국 사학가들의 주장이다.

근래 일본은 툭하면 독도 망언을 꺼내고 한국은 무대응이다. 우리가 실제 독도를 점유하고 있는데 맞대응하면 독도를 분쟁지로 만들려는 일본의 정책에 말려드니 무 대응으로 가자는 것이다. 그러나 실제 한일어업협정 내용을 보면 꼭 그렇지만도 않다. 한국은 동해 방면 배타적경제수역(EEZ) 기점으로 당연히 독도를 취했어야 했다. 그런데도 한국 외교부는 울릉도를 취했고 일본 외무성은 독도를 취했다.

신新한일어업협정에서도 한국은 일본 제안을 수용하여 '중간 수역'을 설정, 독도가 한국 영토라는 어떠한 시사도 않은 채 '중간 수역' 안에 넣었다. 무대응의 논리가 설득력을 잃는 부분이다.

사랑하는 아내도 갈라서면 남이다. 그래서 촌수가 없다. 미인은 대부분 영웅들이 차지한다. 내 것이라고 아무리 우겨봤자 힘 센 자가 채가면 그만이다. 진시황제나 솔로몬 왕이 남의 자식이라는 역사적 사실이 이를 잘 증명한다. 물론 생물이 아닌 무생물도 마찬가지다. 힘이 있고 관심을 가질 때 내 것이 될 수 있다. 힘없고 꾀 없는 사람이 원래 내 것이라고 우겨봤자 웃음거리일 뿐이다.

루스벨트 대통령은 일본이 독도를 죽도竹島로 등록하는 것을 보고 조선인들은 "밸도 없는 민족"이라고 했다. 당시야 먹고살기 힘들었으니 그럴 수도 있다. 그러나 80년대 초에는 가수 정광태 씨가 불렀던 '독도는 우리 땅' 이라는 노래가 금지禁止곡으로 지정되었다. 그 후 정광태 씨는 일본 비자발급이 번번이 거절당했다.

90년대 말에는 경북도지사가 독도해경 격려 차 외교부에 출장신청을 냈으나 무산되었다. 천연기념물 보호가 주된 이유였다. 독도는 우리 땅이지만 아무나 갈 수 있는 곳이 아니다. 반드시 외교부의 허가를 받아야 한다.

이제 독도 망언은 정치인들이 풀어야 한다. 사학가들의 주장은 이미 한계에 와 있다. 밝힐 것은 밝히고 잘못된 부분이 있으면 뜯어 고쳐야 한다. 일본의 공격 외교에 도망 외교 대응만이 능사는 아니다. 독도는 영유권 '분쟁지'가 아니라 영유권 '논쟁지'로 부상된 지 이미 오래다. 논쟁에서 정당하게 맞대응하지 않으면 바보가 될 뿐이다. 우표 하나 만드는데 왜 일본에게 내정간섭까지 받아야 하는가.

정치인은 얼굴 껍질이 없는 사람들이다. 양두구육羊頭狗肉의 탈을 쓴 양상군자梁上君子들이기 때문이다. 따라서 해골 망언에는 해골 박치기가 최고일 것이다. 그럴 때 국민들이 박수를 치기 때문이다. 총선을 앞둔 지금 해골들끼리 뭉쳐 상대의 골 파먹기에 열중할 때가 아닌 것이다.

[2004년 02월 03일 강원도민일보]

미디어로 본 세상

바위와 자갈론_論

태풍 '매미'가 울고 간 자리에 피눈물이 맺힌다. 매미는 공해와 소음이 심할수록 더 크게 울어댄다. 루사보다 더 독했던 것을 보면 오랫동안 별러왔던 모양이다. 아침저녁으로 북풍의 그림자가 꿈틀거린다. 엽록소가 죽어 노랗게 변한 은행잎들이 보도블록 위에서 너울거린다. 한 아낙이 가로수의 은행을 털고 있다. 긴 장대를 휘두르다 나를 발견하곤 씩 웃는다. 덩달아 웃어주니 마음이 한결 가벼운 모양이다.

아침산책을 끝내고 돌아오니 아내가 된장찌개를 끓여놓았다. 된장은 장모님이 해마다 담아준 것이다. 장모님의 사랑과 아내의 정성이 입맛을 돋운다. 맛있게 먹는 두 아들의 모습이 한없이 사랑스럽다. 그러나 쭉정이만 남은 벼를 바라보던 장인의 모습을 지울 수가 없다. 장인과 장모는 벌써 8순이 넘으셨다.

6년 전 집을 지으려하자 많은 업자들이 몰려들었다. 그 중에는 동문들과 꽤 큰 건설(사)도 있었다. 그러나 단 한 사람만이 마음에 들었다. 생김새는 봉추선생_{鳳雛先生}이요 덥수룩한 수염은 장비_{張飛}였다. 출신학교도 3류 고교였다. 겉으로 보기에 그는 좀 모자라 보였다.

우선 '대화의 장'을 마련했다. 사장을 비롯해서 20여 명의 공사관계

"

자들이었다. 건축에는 문외한이라고 고백하고 도의적 책임을 약속했다. 그날 술자리는 3차까지 이어졌다. 이런 대접은 처음이라고 모두가 좋아했다. 믿음은 그렇게 해서 만들어졌다. 공사가 시작되자 사장은 직원보다 더 열심히 일했다. 아내는 주방장이었고 나는 술 상무였다. 그 후 6개월 만에 입주를 하였다.

평당 건축비를 시중가보다 35만원이나 싸게 한 상태였다. 그런데도 사장은 특별선물까지 마련해 주었다. 감동 속에 또 다른 정을 쌓아갔다. 사장은 아직도 하자보수를 해주고 있다. 바위보다 자갈을 선택한 결과였다.

상식에는 두 가지 의미가 있다. 하나는 지적 상식이요 또 다른 하나는 도덕적 상식이다. 즉, 명문고 출신의 바위와 3류 고교 출신의 자갈인 것이다. 우리는 한민족 특유의 동심원 마력으로 '대~한민국!'이라는 엇박자를 만들어 냈다. 그것이 곧 월드컵 4강 신화의 원동력이고 자갈들이 만들어낸 도덕적 상식이다.

그런 반면 바위들은 틈만 나면 지지고 볶으며 싸운다. 자신이 마치 '큰바위 얼굴'이라도 되는 듯 위장하고 국민들이 죽겠다고 아우성을 치든 말든 신·구파로 갈려 허구한 날 싸움질만 한다. 망한 기업 재벌들이 수 백 억 원을 빼돌려도 보수 세력들은 법 개정에 무관심이다. 학교에서 배운 지적 상식으로 말장난이나 치면서 몰상식의 극치를 이루고 있다.

바위끼리 부딪치면 굉음과 함께 금이 가고 파편이 튄다. 물론 대형 사고가 기본이고 그 피해는 모두 자갈들의 몫이다. 그러나 자갈은 부딪치는 소리가 '세레나데'일 수 있고 콘크리트 바위도 만들 수 있다. 고교 평준화와 자갈들을 선량으로 뽑아야 하는 이유가 바로 여기에 있

미디어로 본 세상

다. 직선제로 선출하는 대학총장도 이와 마찬가지다.

비가 오면 생각나는 사람이 있다. 첫 사랑의 연인일 수 있고 영원히 이별한 사람일 수도 있다. 그러나 무엇보다 도덕적 상식을 갖춘 사람일 것이다.

[2003년 10월 03일 강원도민일보]

세상 돌아가는 이야기

피서가 한창인 요즘 도로가 몸살을 앓고 있다. 삶을 재충전해야 하니 참을 수밖에 없지만, 짜증나는 일이 어디 이뿐이겠는가. IMF(국제통화기금) 때보다 더한 경기침체는 서민들을 자살로 내몰고 있다. 카드빚은 또 유괴와 납치, 살인, 자살로까지 이어지고 있다. 돈과 사회적 병목현상 때문에 일어나는 일이다.

한국은 투캅스 사회

그러나 결코 흔들리지 않는 집단이 있으니 바로 공직사회이다. 공직자는 공무에 종사하는 자로서 국가의 녹을 받는다. 국민을 위해서 일하는 공복公僕인 것이다. 하지만 그들도 인간이기에 생존법칙을 따를 수밖에 없다.

그 첫 번째가 줄을 잘 서는 일이다. 돈과 혈연·지연·학연이 중요하기 때문이다. 시험에서 심사제로 바뀐 5급 승진인사는 그래서 가끔 말이 많다.

충청남도 교육청 5급 승진인사 비리가 좋은 예이다. 물론 군軍인사비리가 가장 심하지만 어느 부서나 다 마찬가지다. 두 번째가 도망갈 구멍 만들어 놓고 일하기이다. OECD 국가 중 한국이 가장 기업하기 힘든 나라라고 한다. 각종 규제와 노사문제가 만만치 않기 때문이다.

규제가 많으면 공직자들이 일하기가 매우 좋다. 귀에 걸면 귀걸이가 되고, 코에 걸면 코걸이가 된다. 도망갈 구멍이 많은 것도 당연한 이치다. 오죽하면 국내 사업자가 외국에 나가 공장을 설립할까. 다시 한 번 생각해볼 일이다.

세 번째가 "공짜로 꿀꺼~억億!"하기이다. 규제 있는 곳에 비리 있고, 비리 있는 곳에 덫이 있다. 덫이 있으니 걸려들기 마련이고 걸려들면 뜯어먹는다. 뜯어먹는 이유야 적당히 둘러대면 된다. 누이 좋고 매부 좋은 '투캅스'는 아직도 건재하다.

마지막으로 떼거지 집단행동이다. 예로부터 서명운동과 궐기대회, 규탄대회는 한국인들의 상징이다. '뭉치면 살고 흩어지면 죽는다'는 말도 이를 뒷받침하고 있다. 그래서 툭하면 삭발에다 붉은 머리띠를 두르고 집단행동에 나선다. 아마 그래서 세상을 시끄럽게 만드는 떼거지 집단들이 탄생하지 않았나 싶다. 원칙과 기준이 없는 나라이니 목청만 크면 이기기 때문이다.

지도자는 국민수준과 동격

새 정부가 들어서면 공직자부터 기강을 잡는다. 공무원 윤리강령도 그래서 만들어졌다. 그런데 굿모닝시틴가 뭔가가 처음부터 재를 뿌렸다. 청와대와 국무총리실에서도 또 다른 재를 뿌렸다. 그러니 모든 것이 뒤죽박죽이다.

우리 사회는 요즘 중산층이 없다. 공직사회도 물론 중간 관리管理층 이 없다. 피라미드식 사회구조를 팽이구조로 바꿨기 때문이다. 그 주 범은 바로 '부익부 빈익빈 정책'과 '복수 직급職級제'일 것이다. 팽이가 돌 때마다 서민들과 하위下位직급들이 벼랑 끝으로 내몰리는 것도 바로 이 때문이다.

피서철이 지나면 강산은 온통 쓰레기로 변한다. 바로 국민들의 수준 이다. 결국 국민들은 자기 수준만큼의 지도자를 가질 수밖에 없다. 요 즘 세상 돌아가는 모습을 보면 대한민국은 자살공화국이요 부패공화 국이요 뇌물공화국이다. 그래서 민원民願인들이 공직자들을 '개XX' 라 고 부른다고 한다. 허나 일선 공직자들도 견마지로犬馬之勞를 다하고 있 다. 서로가 함께 하는 세상이어야 하기 때문이다.

인생이 꽤 즐겁고 긴 것 같지만 꼭 그렇지만은 않다. 20대까지의 '토 끼인생'이 끝나면 곧 가족을 위해 일하는 '소'가 된다. 그러다 '사오정 과 오륙도'가 그들을 끝내 '개'로 만든다. 꼬리나 흔들면서 집이나 지 키던 개는 어느 새 자신이 곡마단의 '원숭이'로 변한 것을 알고 한숨짓 는다. 요즘 세상 돌아가는 얘기다.

[2003년 08월 08일 강원도민일보]

오! Peace 코리아!

동그라미 속에는 여러 가지 얼굴이 있다. 꿈과 희망의 얼굴이 있고 사랑의 얼굴이 있고 동안의 얼굴도 있다. 동그란 얼굴에는 또 영롱한 눈빛이 있다. 그 눈빛 속에는 지혜가 있고 동심원이 있고 평화도 있다. 그래서 축구공은 사랑의 대명사요 평화의 상징이기도 하다. 그런 메시지를 담은 2003 Peace Cup Korea 대회가 이제 아인트호벤(또는 올림피크 리옹)의 우승으로 대단원의 막을 내렸다.

2003년 처음 열린 2003 Peace Cup Korea 대회는 여러 가지 측면에서 시사하는 바가 크다. 우선 A매치가 아닌 클럽대항전이었음에도 10% 이상의 시청률을 유지했다. 특히 2003년 07월 17일 열렸던 성남－카이저 치프스(전)은 15.9%나 되었다. 실제로 방송사가 A매치를 중계할 경우 15~30% 정도의 시청률이 나온다. 그러나 K－리그 중계는 불과 5%를 겉돌 뿐이다.

그런데도 Peace Cup Korea 대회는 큰 관심을 불러일으켰고 축구토토 역시 11억원의 매출액을 기록했다. 또 최근 엠파스가 발표한 인기 검색檢索어에선 Peace Cup이란 단어가 8위를 기록했다. Peace Cup이 축구 팬들에게 좋은 반응을 얻었다는 얘기다.

두 번째가 부패와 경제침체에 찌들어 있는 서민들에게 그나마 위안 거리가 되었다. 축구 꿈나무들에게는 또 세계적인 선수들을 접할 수 있는 기회를 주었다. 2002월드컵 4강 신화와 마찬가지로 한국축구에 새로운 활력소를 불어넣었다.

세 번째가 대회규모와 상금 면에서의 우수성이다. 도요타 컵은 유럽 과 남미의 클럽챔피언 간에 승자를 가리는 단판 승부이다. 그래서 아 기자기한 맛이 없다. 북중미 골드컵은 북중미 와 카리브해 연안 국가 외에 타 지역에서 초청된 몇몇 나라가 우승컵을 놓고 격돌하는 국가대 항전이다.

대회의 규모나 질이 Peace Cup보다 높지 않을 수밖에 없다. 우승 상 금만 해도 Peace Cup이 200만 달러인 반면 골드컵은 15만 달러, 도요 타 컵은 100만 달러 수준이다. Peace은 또 팀마다 따로 출전개런티를 지급한다. 따라서 전체 상금 규모는 1,000만 달러이고 운영예산도 1,600만 달러에 이른다. FIFA가 주관하는 컨페더레이션스컵의 상금 규모가 1,000만 달러 내외인 점에 비춰보면 Peace Cup의 대회 규모를 대충 짐작할 수 있다.

Peace Cup은 클럽 축구의 묘미를 일깨워준 의미 있는 대회였다. 비 록 성남 일화가 결승전에는 오르지 못했지만 대견하다는 생각이다. 만 일 PSV 아인트호벤과 결승에서 만나 우승했다면 히딩크 감독에 대한 오해(?)의 소지도 싹 씻어버렸을 것이다.

한국의 레알 마드리드로 불리는 성남이 지난 2001년과 2002년 K− 리그 2연패를 달성하면서 한국 프로축구의 강자로 군림했지만, 히딩 크 감독으로부터 철저히 외면당했기 때문이다.

2002년 월드컵 때는 전국이 붉은 물결을 이루면서 '오! 필승 코리

미디어로 본 세상

아!'로 메아리 쳤다. 그것을 본 어떤 할머니는 발음이 제대로 안돼 '오! 미스 코리아!'로 외쳤다. 금년에는 또 '오! Peace 코리아!'의 열기가 한반도 전체를 수놓았다. 이 Peace Cup의 열기가 K - 리그로 이어지기를 바랄 뿐이다.

축구공은 사랑의 마술사요 평화의 전도사이기도 하다. 경제침체 뿐아니라 '단심가'와 '하여가'가 뒤죽박죽 된 요즘, 바둑판을 수놓은 듯한 Peace Cup이 그래서 신선한 것 같다. 축구공에는 유니세프의 마력이 있고 유체역학의 마력이 있고, 한민족 특유의 동심원 마력도 있기 때문이다.

[2003년 07월 Peace Cup Korea 대회를 지켜보며]

고인 물은 썩는다

5공 시절 '청탁배격국민운동'이란 것이 있었다. '서정쇄신'에 이어 또 다른 정권이 만들어낸 작품이었다. 정통성이 없으니 오직 깨끗한 것만 강조했다. 전시행정답게 그 명패는 항상 책상 모서리에 붙어있었다. 형식적이긴 해도 그 내용을 매월 상부에 보고해야 했다. 그러나 훗날 밝혀진 것은 결국 '청탁=OK'라는 사실뿐이었다. 물론 피라미드 꼭대기에서 일어난 일이었다.

정권이 바뀌었으니 '부패와의 전쟁'은 또 시작된다. 우선 거창한 부패척결 대책이 발표된다. 구치소를 향해 정치인과 고위공직자들의 행렬이 이어진다. 그러다 세월이 지나면 또 잠잠해진다. 역대 정권들의 사례를 보면 대충 그렇다는 얘기다. 정치가 깨끗하면 모든 것이 깨끗해진다. 윗물이 맑으면 아랫물도 맑아진다. 그러나 물이 흐르지 않는 사각지대가 있으니 그게 바로 웅덩이다.

웅덩이에 물이 고인다. 그 물은 차츰 썩어 들어간다. 파리나 모기 같은 해충들이 자라면서 주변을 괴롭힌다. 그곳 주인은 몸에 향수를 뿌리고 부나비로 위장한다. 그 향수에 위정자들의 눈과 귀가 멀고 부패는 또 이어진다. 웅덩이에 고인 물부터 퍼내고 부나비를 잡아야 한다.

웅덩이에는 政·財界가, 부나비들은 공직사회에 기생하고 있다.

춘천은 댐으로 둘러싸인 호반의 도시이다. 금강金剛의 정기를 받은 봉의산이 우뚝 서 있다. 호수는 또 춘천시민들의 마음처럼 잔잔하기만 하다. 특히 경춘선 열차를 타고 오는 길목마다 펼쳐지는 산과 강줄기는 외지인들의 마음을 사로잡기에 충분하다. 강촌이 대학생들의 MT 장소로 유명한 것도 바로 이 때문이다.

강물은 흘러갈 때 가장 아름답다. 흐르는 물은 언제나 맑고 투명하다. 그런 뜻에서 의암댐을 없애야 한다. 예전처럼 신영강에서 아이들이 퉁가리도 잡고 쏘가리도 잡아야 한다. 지역 인재들이 한강이나 바다로 나갈 수 있도록 과감하게 부숴야 한다. 발전량도 얼마 안 되는 그것을 왜 고집하는지 모르겠다.

사방이 꽉 막힌 물은 연못과 다를 바 없다. 연못에는 미꾸라지나 메기, 개구리들이 주를 이룬다. 그리고 뒤엉켜서 지지고 볶아댄다. 어느 스님이 말하기를 "봉의산은 삼태기형"이라고 했다. 삼태기는 흙이나 재, 거름 따위를 담아 옮기는 농기구이다. 그런 삼태기로 인재들을 얼마나 퍼 나를 수 있을까. 의암댐을 뚫어야 하는 이유가 바로 여기에 있다.

강원도를 잠시 삼행시로 옮겨본다. 물론 웃자고 해본 허튼 소리다. 절대 오해 없기를 바란다. 강릉 앞 바다에 붉은 해가 솟아오른다. 원주 벌판에 찬란한 무지개가 뜬다. 도청소재지인 춘천은 낙하산 부대 합숙소로 이용된다. 그래서 강원도의 센터인 원주에는 도청이 없다. 믿거나 말거나 해본 소리다.

[2008년 08월 공지천 썩은 물을 바라보며]

새봄 국내외 정세 유감

작은 물방울은 큰 물방울에 붙어 있을 때 가장 행복하다. 큰 물방울은 거대한 물결을 이루면서 힘이 있기 때문이다. 힘이 있으면 남을 사랑할 수도 있고 용서할 수도 있다. 그런 이치로 나는 늘 푸른 교정에서 늘 푸른 아이들과 함께 늘 푸른 마음으로 생활해왔다. 희망과 보람이 한데 어우러진 행복한 나날이었다.

그러나 늘 푸른 교정도 언제 반 동강이 날지 모른다. 춘천시 측의 '교통난 해소'와 강원대 측의 '교지 확장'이란 욕구가 입맛을 돋구기 때문이다. 그리 되면 아이들은 정서적으로 불안해진다. 학습 분위기도 망치게 된다. 자연은 있는 그대로가 가장 아름답다.

봄이 오는 길목에 서서

산들바람이 월드컵경기장에서 하늘거린다. 프로축구선수들의 거친 숨소리가 터져 나온다. 관중들의 함성이 이를 삼켜버린다. 월드컵 4강 신화가 가져온 멋진 선물이다. 월드컵 성공개최는 또 정몽준 대한축구협회장이 1등 공신이다.

그런 축구 수장이 무언가 한 가지 잊은 것 같다. 바로 원주에 축구전용구장을 만들어주겠다던 약속이다. 하지만 아직까지 아무런 소식이 없다. 허긴 '경선'에서 패하고 '마의 5분'을 넘기지 못해 '배반의 역사'를 창출해냈으니 그린 된 모양이다. 그것도 아니면 '정치인의 말을 믿으면 바보'라는 사실을 새삼 일깨워 주나 보다.

계곡에 쌓인 눈이 녹아 시냇물을 이룬다. 냇가에 버들강아지가 긴 겨울잠에서 깨어나 눈을 뜬다. 바위틈에 기대어 있던 개나리도 빙그레 미소 짓는다. 아지랑이 아른거리는 들판에는 새들이 우지 짓는다. 짝을 찾아 새 보금자리를 마련하기 위해 그런 모양이다.

그런데도 요즘 들려오는 건 우울한 소식뿐이다. 동화 속의 아라비안 나이트는 포성과 화염에 휩싸여 있다. 평양 金씨와 목포 金씨는 또 무엇을 잘못했기에 한동안 시끄러웠다. 그래서인지 가구 당 빚은 3천만 원이나 되고 서민들은 경제난으로 아우성이다.

"나라를 '이 꼴'로 만들어놨다" 라고 해서 국민들은 웃은 죄밖에 없다. 그런데도 나라는 '요 꼴'로 변했다. 결국 특별검사가 뜨면 밝혀지겠지만, 정치란 과연 무엇인지 정말 모르겠다.

공직사회 조직구조는 피라미드형이 정상이다. 그러나 복수직급 제도가 실시되면서 팽이 형태로 변했다. 피라미드는 언제 보아도 안정감이 있다. 팽이는 계속 돌리지 않으면 곧 쓰러진다. 돌리면 돌릴수록 밑부분(하위직)만 닳는다. IMF(국제통화기금) 사태 때처럼 팽이가 또 쓰러질까 걱정된다.

결국 공직사회는 16절 종이 한 장에 울고 웃어야 한다. 그것이 가보가 될 수도 있고, 흉측한 물건이 될 수도 있기 때문이다. 봄이 오는 길목에 서서 잠시 생각해본 일이다.

[2003년 03월 26일자 강원도민일보]

어머니는 마음의 고향

살다보면 무언가 일이 안 풀릴 때가 있다. 마음이 울적하고 심성이 뒤틀릴 때도 있다. 그럴 때면 늘 어머니를 생각게 된다.

어머니는 사랑의 대명사요 공통분모이기 때문이다. 그런 어머니를 나는 2002년 12월 19일 밤 영원히 이별하였다. 어머니는 1923년에 태어나 스물일곱에 홀로 되셨다. 일제시대와 6.25를 거쳐 격동기 시대를 살다 간 외로운 분이었다. 그 와중에도 유복자遺腹子인 나를 끔찍이도 아꼈다.

혹 '아비 없는 후레자식'이라고 남들이 놀릴까 늘 걱정하였다. 3남매를 홀로 키우느라 한시도 편할 날이 없었다. 어쩌다 내가 새알을 훔쳐 오면 어머니는 화부터 벌컥 내셨다. 새알을 마치 나로 생각한 모양이었다. 고슴도치처럼 굴러다니던 내가 친구와 안 다툴 리 없었다. 그러면 꼭 형을 닮으라고 입에 침이 마르도록 타일렀다. 형은 성실하고 착한 공부벌레였다.

1965년 6월, 태풍이 휩쓸고 지나간 자리에는 지붕과 기둥만 남아 있었다. 어머니는 그 집을 바라보면서 대성통곡을 하셨다. 그 후 고구마를 먹기 싫다는 나에게, "이것도 형이 가정교사해서 보내준 돈으로 먹는 거야. 굶어 죽지 않으려면 빨리 먹어." 라고 말씀하셨다.

당연히 월사금月謝金을 못내 학교에서 쫓겨오면 어머니는 애써 나를 외면하시곤 했다. 논산훈련소에 입소한 두 아들의 옷과 신발이 돌아왔을 때도 통곡을 하셨다. 내가 결혼할 나이가 되자 `아버지 없는 여자`는 절대 안 된다고 하셨다.

그런 어머니였기에 '새마을 노래'가 시작되기 전에 일어나 생활전선에서 뛰었다. 자식의 입에 밥이 들어가는 것을 가장 큰 낙으로 삼았다. 돌아가시기 며칠 전에는 내 손을 힘없이 잡고 눈물을 주르륵 흘리셨다. 아마 '반쪽 짜리 고아'가 당신이 죽으면 '영원한 고아'가 되는 것이 너무 안쓰러운 모양이었다.

그런 어머니도 이제 '레테강'을 건너가셨을 것이다. 생전에 어렵고 힘들고 억울하고 분하고 짜증났던 수많은 '희로애락'의 일들을 그 강물에 띄워 보냈을 것이다. 희랍신화에 나오는 레테강은 '망각의 강' 이기 때문이다.

고향을 생각하면 어머니가 떠오르고, 어머니를 생각하면 고향이 떠오른다. 그래서 어머니는 마음의 고향이요 세상에서 가장 따뜻한 품이라고 한다. 정철의 시조나 '망각이 없으면 행복도 없다'는 모루아(Andre Maurois)의 말이 한데 어우러지는 것도 바로 이 때문이다. 미디어 시대를 살아가는 우리 현대인들이 어머니란 동심원을 너무 자주 벗어나는 것이 아닌지 모르겠다.

[2003년 01월 04일 강원도민일보]

아버님 날 낳으시고 어머님 날 기르시니
두 분 곧 아니시면 이 몸이 살았을까
하늘같이 높고 큰 은덕을 어디대어 갚사오리.

이고 진 저 늙은이 짐 벗어 나를 주오
나는 젊었거니 돌인들 무거울까
늙기도 설워라커든 짐을 조차 지실까

어버이 살아 계실 제 섬기기를 다하여라
지나간 후면 애닯다 어이 하리
평생에 고쳐 못할 일은 이 뿐인가 하노라.

정치政治 판은 뷔페 식판

대선이 코앞에 다가온 요즘 서로가 약점 들춰내기에 바쁘다. 집단 이기주의에 빠진 무리들 역시 제몫 찾기에 정신이 없다. 그래서 지도자는 잘 뽑아야 한다. 지도자는 모름지기 존경받는 인물이어야 한다. 수신제가를 잘하고 자신을 다스릴 줄 알아야 한다. 가정과 이웃을 편하게 해주기 때문이지만, 불행하게도 우리에게는 그런 지도자가 없다.

두 번째가 고개 숙일 줄 아는 사람이다. 목이 뻣뻣한 사람은 개성이 강해 선민의식마저 있다. 자신을 신격화하면서 곧 아집투성이의 독재로 이어진다. '마카로니웨스턴'대통령들이 아닐까 싶다.

세 번째가 입이 깨끗한 사람이다. 입은 자신의 인상을 나타내는 심미적 부분이고 교양과 품위의 상징이다. 하지만 더러운 입은 치아를 썩게 만든다. 입병을 돋게 하면서 혀의 맛도 감퇴시킨다. 닥치는 대로 먹어 치우는 하이에나 습성까지 있다. 비리에 연루된 역대 대통령들의 자녀가 좋은 예이다.

네 번째가 눈동자가 빛나는 사람이다. 눈은 마음의 거울이다. 눈이 맑은 사람은 늘 건강하고 남을 이해할 줄도 안다. 나와 너와 세계를 알면서 비전을 제시하기도 한다. 싱가포르의 리콴유 수상이 좋은 본보기이다.

다섯 번째가 콜롬보 형사 같은 합리적인 사람이다. 바보 같지만 성실하고 우직하면서 책임감도 있다. 도덕성과 청렴성은 시대에 걸맞지 않게 어수룩해 보인다. 지도자가 너무 영악스러우면 '김두한 신드롬'이 최고일 수밖에 없다.

다음은 국민의 마음을 열고 닫을 수 있는 문짝 같은 사람이다. 문짝은 아무나 열고 닫을 수 있어야 한다. 그것이 곧 국민의 희망이기 때문이다. 태국의 잠롱(장롱) 시장이 그런 지도자가 아닐까 싶다.

마지막으로 단맛만 쫓는 기회주의자 경계이다. 변칙은 또 다른 변칙을 만들어내면서 썩게 마련이다. 혈연·지연·학연 등의 배경이 있기 때문에 뒤탈도 없다. 마음 놓고 해먹다 발각되면 '아니면 말고 식'이다. '옷 로비 청문회'에서 밝혀진 것은 '앙드레 김'의 본명이 '김봉남'이었다는 사실뿐, 권력과 결탁한 각종 게이트가 이를 증명한다.

어차피 정치政治란 바르다는 정正자로부터 시작된다. 그리고 매로 톡톡 친다는 복卜자가 그 옆에 붙는다. 그러므로 정치란 곧 나라를 '바르게 다스린다治'는 뜻이다. 그런데도 예나 지금이나 변한 것은 아무 것도 없다.

뷔페식사는 아무리 정성껏 담아도 개밥그릇으로 변한다. 먹다 보면 여러 가지가 뒤섞여 뒤죽박죽 되기 때문이다. 정치가 뷔페식사처럼 변한 것이 어제오늘의 일이 아니지만, 요즘처럼 집단이기주의가 판치는 세상에서 지도자를 잘 뽑아야 함은 두 말할 나위도 없다.

[2002년 12월 10일 한잔 술에 취해]

미디어로 본 세상

잘 있거라 정든 교정아

가정은 사람들의 안식처다. 학교는 마음의 고향이다. 사회는 화학반응을 일으키는 분자들의 모임이다. 국가는 이들을 끌어안고 사는 공동운명체다. 그러나 학교는 늘 푸른 곳이다. 늘 푸르기에 꿈과 희망이 있다. 사랑도 있고 리듬도 있다. 해트트릭과 쿼드러플(Quadruple)도 있다. 늘 푸른 교정, 늘 푸른 아이들, 늘 푸른 선생님, 늘 푸른 마음이 바로 그것이다. 젊은 꿈은 늘 그곳에서 이뤄진다.

그런 정든 곳을 이제 떠나야 한다. 공직생활을 한 것이 엊그제 같은데 벌써 주마등을 밝혀야 한다. 첫 공직이 시작됐을 때는 문외한이었다. 시키는 대로 따라하는 로봇이었다. 말석은 언제나 내 차지였다. 그러나 청춘의 피가 끓을 때도 있었다. 한 달간의 신규공무원 교육 때였다.

당시 우리는 제복을 입었다. 남자들은 연한 황토색의 새마을 복장이었다. 여자들은 흰 칼라의 푸른색 제복이었다. 한 소녀를 보는 순간 가슴이 출렁거렸다. 눈은 좀 작았지만 지혜로운 눈이었다. 명찰 번호는 7번이었고 잘 웃는 스타일이었다.

곧 가슴앓이가 시작되었다. 강의는 뒷전이고 그녀 모습만 바라보았다. 어쩌다 마주치면 벙어리 삼룡이가 되어버렸다. 젊은 패기는 어디로 갔는지 모를 일이었다. 결국 말띠 소녀와의 짝사랑은 그렇게 끝이 났다. 동료들은 그런 나를 '바보・얼간'이라고 놀려댔다.

그 후 초등학교로 전출되었다. 바닷바람이 솔솔 불어오는 아담한 학교였다. 교실과 운동장에선 언제나 참새들의 지저귐이 일었다. 아침이면 "안녕하세요!"라는 아이들의 인사말도 들렸다. 선생님들도 언제나 웃는 얼굴이었다. 그들은 결코 남의 흉을 보지 않았다. 아이들을 편애하지도 않았다. 남을 배려하는 마음이 그들의 장점이었다. 속상하고 출출할 때면 쌀 막걸리로 더치페이(Dutch pay)를 하는 서민 가장들이었다.

중・고등학교는 또 다른 맛이 있었다. 아이들은 사뭇 어른스러워 보였다. 럭비공 시절이기에 툭툭 튀었다. 대화 중에는 반론도 서슴지 않았다. 일과 후에는 럭비부원들과 함께 뛰면서 뒹굴었다. 한창 때인 29세 젊은 나이였다.

그러던 어느 날 주장이 불쑥 내 자취방을 찾아왔다. 녀석의 손에는 오징어와 소주병이 들려 있었다. 제일 큰 대병 소주였다. 그것을 뚝 따더니 마시자고 했다. 난감해서 타일렀지만 들을 녀석이 아니었다. 그렇다고 화낼 일도 아니었다. 녀석은 평소 나를 친형처럼 따르던 21세의 늦깎이 학생이었다. 결국 잘못된 또 하나의 추억거리였다. 그러나 결혼식 때 군복을 입고 찾아온 그가 제일 반가운 손님이었다.

84년 시작된 대학생활은 모든 게 낯설었다. 주체도 선생님들이 아니라 교수들이었다. 높고 높게만 보였다. 행정도 교무・수업・학생 등 꽤나 넓었다. 이것을 배우느라 한창 헤매야 했다. 그러나 대학은 또 다른 느낌이 있었다. 밤늦게까지 켜진 교수 연구실 불빛이었다. 그들은 가르치고 연구하는 대학의 자존심이었다.

미디어로 본 세상

그 불빛에 문득 맹모삼천孟母三遷이 떠올랐다. 변신에 대한 마음이 꿈틀거렸다. '안 되면 되게 하라'는 군인정신도 떠올랐다. 동일시하고픈 마음이 자나깨나 일었다. 다음 날부터 신문을 정·다독하기 시작했다. 신문은 이 시대 최고의 스승이었다.

대학은 그 동안 상아탑→우골牛骨탑→최루催淚탑→실업失業탑으로 변해왔다. 그 탑을 체루涕淚탑 선배들이 취업就業탑으로 바꿔주면 어떨까 싶다. 실업失業탑이 너무 안쓰럽기에 해보는 말이다. 사람은 누구나 세 가지 실수를 한다.

만남과 사랑과 헤어짐이다. 그러나 사랑했던 연인들도 헤어진 뒤에는 느낌이 다르다. 귀여웠던 점과 지겨웠던 점이다. 자, 그렇다면 이제 마지막 노래를 불러보자.

[2006년 07월 04일 강원도민일보]

잘 있거라 아우들아 정든 교정아
선생님 이제 저는 물러갑니다.

통치스타일로 바라본 지도자_{指導者}상

지도자들 중에는 여러 가지 스타일이 있겠지만 대체로 세 가지로 나눌 수 있다. 그 첫 번째가 인격으로 다스릴 때이다. 이럴 경우 백성들은 무조건 믿고 따른다. 지도자의 인격이 산처럼 높고 바다처럼 깊고 넓기 때문이다. 중국의 탕왕湯王이나 세종대왕이 이에 해당되겠지만, 사리사욕에 눈이 어두워 이전투구泥田鬪狗나 일삼는 요즘 정치政治판과는 거리가 멀 수밖에 없다.

두 번째가 이익으로 다스리는 경우이다. 이러한 지도자는 목표가 뚜렷하고 신념이 확고하기 때문에 국민들을 설득해서 무언가를 바꾸어 놓기도 한다. 이유야 어찌됐건 국민들에게 희망을 심어주고 경제를 부흥시킨 Sunglasses의 Gun man이 아닐까 싶다.

세 번째가 힘으로 다스리는 경우이다. 이런 지도자일수록 정통성이 없기 때문에 정상보다는 비정상적인 방법을 선호한다. '안 되면 되게 하라'는 구호 아래 모든 것을 뒤죽박죽으로 만들어 놓은 '마카로니웨스턴의 주역'들이 바로 이들일 것이다.

또 다른 유형으로 살펴보면 그 첫 번째가 똑똑하면서 부지런한 경우이다. 똑똑한데다 부지런하니까 혼자서 '북 치고 장구 치고'다 한다.

그래서 아래 사람들이 할 일이 없어지고 자신이 아니면 안 된다고 생각하기 때문에 하시고, 또 하시고, 계속 하시다 결국은 쫓겨나고야 마는 우남雩南과 같은 스타일이 아닐까 싶다.

두 번째가 똑똑하지만 게으른 경우이다. 지도자가 게으르다는 것은 밑에서 하도록 위임하기 때문에 아래 사람의 역량도 개발될 것이고, 결국 아래 사람도 똑똑하게 되어 주인이 된다는 것이다. 결코 이런 뜻은 아니지만 멍청하게 있다 당한 해위海葦나 운석雲石, 서옥瑞玉이라고 답하면 잘못된 표현일까 정말 모를 일이다.

세 번째가 멍청하면서 부지런한 경우이다. 멍청하고 부지런하면 하는 일마다 일만 저지르기 때문에 아예 일을 하지 않는 편이 더 났다. 그런데도 낚시나 하지 않고 온갖 구박과 핍박을 받아오다 결국 IMF(국제통화기금)사태를 터트렸고, 문만 열었다 하면 온갖 악취를 쏟아내 국민들의 5감五感을 오염시키는 언어장애인과 신체장애인, 심신장애인과 정신장애인들이 이에 해당된다.

지도자(LEADER)란 무엇인가? 그것은 곧, 남의 말을 경청(LISTEN)하면서 국민들을 사랑(EROS)하고 또 사랑(EROS)하는 사람들이다. 그리고 또 도움(ASSITANCE)을 주고 보호(DEFENCE)하면서 최후에는 책임(RESPONSIBILITY)을 진다는 뜻이다.

하기는 뭐 헌법 위에 특별법 있고, 특별법 위에 합법이 있는 세상이니 그 누가 뭐라고 할 사람은 없다. 그러나 지방선거를 비롯해서 대선에 이르기까지 모두가 지도자指導者감이라고 나서는 것을 보면 영 불안하기 짝이 없다. 선거가 끝난 후나 임기 중, 비리에 연루된 자치단체장들이 줄줄이 구속되는 것을 또 보아야 하기 때문이다.

루스벨트(상)을 받으면 무얼 하고 노벨 평화(상)을 받으면 무얼 하겠는가. 월드컵이 끝날 때쯤이면 없어지겠지만 홍어 썩는 냄새와 함께 온갖 부정부패가 난무하는 것을….

그런데 왜 지구본이 23.50만큼 기울어진 것처럼 보일까. 그것은 곧 지구가 태양의 공전궤도를 돌기 때문에 여름이면 남해기선을 돌면서 23.50가, 또 겨울이면 북해기선을 돌면서 23.50가 기울어진 것처럼 보인다. 그런데도 지구가 정말 기울어진 것이라고 여기는 사람들이 너무 많은 것 같다. 지구촌의 축제인 월드컵과 맞물려 돌아가는 대선과 지방선거를 바라보면서 잠시 생각해본 일이다.

[2002년 07월 29일 대선과 지방선거를 바라보며]

미디어로 본 세상

스승의 은혜는 끝이 없어라

학교는 늘 푸른 곳이다. 늘 푸른 교정이 있고 늘 푸른 정신이 있다. 늘 푸른 아이들과 선생님은 동심원을 그려나간다. 함께 호흡하면서 4차원의 그래픽도 그린다. 때로는 부모·형제가 되고 친구가 된다. 늘 푸른 교실에서는 언제나 웃음꽃이 핀다. 아지랑이는 윙크하고 산들바람은 너울거린다.

실로 40년 만에 이뤄진 만남이었다. 강산이 네 번씩이나 바뀌었으니 모두가 중늙은이였다. 그들은 만나자마자 고교시절로 돌아갔다. 몸은 늙었어도 여전히 청춘이었다. 사회적 지위도 필요 없는 영원한 친구였다. 다만 먼저 간 친구들이 아쉬울 뿐이었다. 여덟 분의 담임선생님도 다섯 분이나 타계한 상태였다. 무정한 세월이었다.

식이 시작되자 애국가와 교가를 모두가 우렁차게 불렀다. 아내들도 덩달아 신이 난 것 같았다. 남편 모습이 대견스런 모양이었다. 동창회장은 역시 교장 출신다웠다. 간간이 웃기면서 은사들의 고마움을 표시해 나갔다. 총 동문회장은 모교를 더 많이 돕자고 했다. 동문들의 사회적 지위를 은근히 자랑한 것은 모교 교장이었다.

은사들은 노구임에도 목소리만은 여전했다. 카랑카랑한 목소리로 옛일을 들춰내며 제자들을 웃겼다. 수학(기하학) 선생님은 백묵 던지기의 달인이었다. 그의 직구는 거의 100%를 자랑했다. 박찬호의 강속구였고 선동렬의 변화구였다.

하품하다 입 속으로 들어간 백묵도 있었고, 이마에 맞아 혹이 생기기도 했다. 때로는 유제두의 펀치가 날아가고 홍수환의 어퍼컷이 춤을 췄다. 그래도 우리는 사부일체師父一切를 아는 학생이었다. 선생님은 결국 재미도 없는 기하학을 배우느라고 고생 많았다며 끝을 맺었다. 화학 선생님은 또 원소기호를 외우는 순서를 말하자 파안대소 하셨다.

큰 사건이 있어야 명작도 나온다. 남북전쟁이 있었기에 '바람과 함께 사라지다'라는 대작이 나왔다. 선생님을 정의의 여신女神으로 보면 된다. 오른손엔 칼을, 왼손엔 저울을 들고 있다. 물론 눈도 가리고 있다. 엄정함과 공평무사함을 존중하기 때문이다. 심하게 다룬 선생님일수록 잊지 못하는 이유가 바로 여기에 있다.

잘 나가는 동창들도 꽤나 있었다. 브라질 대사도 있었고 전 의무사령관도 있었다. 대기업 사장도 있었고, 탤런트와 의사 등 다양한 직업이었다. 허나 이들은 고교를 졸업하자 신영강을 건너간 사람들이었다. 금강의 힘찬 줄기가 봉의산을 끼고 돌다 신영강에서 죽었다. 봉의산도 삼태기 모습을 하고 있다. 미꾸라지만 키우는 의암댐이 미운 이유다.

선생님은 참 좋은 직업인 것 같다. 지식이 있으니 가르칠 수 있다. 풍부한 경험과 지혜는 일류 항해사가 되기도 한다. 힘이 있으니 사랑할 수도 있고 용서할 수도 있다. 다만 오랑우탄 같은 인간들이 문제다. 오랑우탄은 인간과 유전자가 95%나 같다. 허나 피(열정)와 땀(노력)과 눈물(의지)이 없다. 물론 대화와 동정심도 없다.

오랑우탄은 선생님에게 맞았다고 경찰서에 신고한다. 학부모는 학

미디어로 본 세상

교에 찾아와 다시 교사를 폭행한다. 예전에는 꿈도 꾸지 못할 일들이 벌어지고 있다. 허나 세상이 바뀌어도 변하지 않아야 할 것이 있다. 부모와 자식의 관계, 스승과 제자의 관계가 바로 그렇다. 40년 전의 은사들을 만나고 보니 더욱 그렇다. 이제 곧 스승의 날이 돌아온다. 우리 함께 스승의 노래나 힘차게 불러보자.

[2008년 춘천고등학교 졸업 40주년 행사장에서]

스승의 은혜는 하늘같아서
우러러볼수록 높아만 지네
참되거라 바르거라 가르쳐주신
스승은 마음의 어버이시다
아아 고마워라 스승의 사랑
아아 보답하리 스승의 은혜…. (하략)

해찬표 1세대의 비극

별칭은 인간관계를 돈독히 해주는 매개체 역할을 한다. 물론 그 사용방법과 빈도에 따라 달라질 수는 있어도 여하튼 별칭은 우리의 삶과 직결되는 미덕이기도 하다. 예컨대 대학에서 일반직원들을 호칭할 때 '박 선생, 이 선생'하는 것이 그러하고, 박사가 아닌데도 '이 박사, 정 박사'라고 부르는 것도 다 그러한 뜻이 담겨져 있는 것이다.

그러나 누가 무심코 '곰 박사'라고 불렀다면 그건 좀 곤란한 얘기가 된다. '곰'이라면 아무래도 고집이 센 사람을 일컫는 말일 터이고, 나아가서는 교육인적자원부가 옛날 문교부 시절 공무원 배지(badge)에 '문'자를 새겨 넣었으니 그것을 뒤집으면 곧바로 '곰'자로 변하면서 변덕이 죽 끓듯 하는 사람을 뜻하기 때문이다.

이렇듯 별칭은 나쁜 뜻보다는 좋은 뜻으로 많이 쓰이면서 인간관계를 돈독하게도 만들지만, 요즘 '해찬표 1세대'라는 별칭을 갖고 있는 고3 학생들은 수학능력 성적 때문에 무척 불안해하면서 열 받고 있다. 해찬표 아저씨가 특기적성을 살리면 대학을 갈 수 있다고 하더니, 그래서 보충수업과 자율학습도 못하게 하고 모의고사도 보지 말라고 하더니 수능시험문제가 너무 어렵게 출제되었기 때문이다.

그러나 별칭은 또 교사들 사이에서 더 많이 사용된다. 예컨대 문제

미디어로 본 세상

가 많은 학생에게 "황 박사, 어제 내준 숙제는 해왔나?"라고 묻는다든지, 아니면 "에디슨이나 아인슈타인도 너처럼 말썽꾸러기였지."라고 말하면서 동일시 해준다. 이 모두가 아이들에게 상처를 주지 않으려는 뜻일 뿐더러 그들은 또 절대 남의 흉을 보지 않는다. 그래서 교사는 남을 가르칠 수 있는 자격이 있는 모양이다.

세상이 변하면 인간도 변한다. 그런데 나쁜 인상을 가진 사람은 그 이미지를 벗는데 무척 오랜 시간이 걸린다. 물론 사람들의 지독스런 아집과 고정관념 때문이겠지만, 또 고정관념이란 것 자체가 '고장난 생각'이겠지만 그것은 틀림없는 사실인 걸 어찌하랴.

그런 나쁜 이미지를 갖고 있는 '해찬표 아저씨'가 고3 학생들을 울리더니 이번에는 또 남쿠릴 열도에서 꽁치들이 비웃고 있고, 독도에 있는 갈매기들도 항공기를 안타깝게 바라보면서 독도를 떠날 차비를 하고 있는가 하면, 이번에는 또 중국인들까지 낄낄거리면서 비웃고 있다. 교육정책이 교육을 황폐화시켜서 모든 게 뒤죽박죽이기 때문이다.

정치·경제·교육·외교 등 어느 것 하나도 제대로 된 것 없는 이 땅에 사는 민초들만 희생양이 되어야 하는가? 특히 21세기를 짊어지고 나아갈 우리의 동량들이 좌절해서야 무엇이 되겠는가?

깊어 가는 초겨울에 보도블록 위에 나뒹구는 낙엽과, 이 을씨년스런 날씨에 고3 학생들이 의기소침해 하는 모습들을 바라보면서 잠시 생각해본 일이다.

[2001년 12월 03일 강원도민일보]

남자를 여자로 만드는 교육정책

2001년 11월 19일 2002년 월드컵 축구대회 조직위원회에서 개최한 2002 월드컵 성공개최에 대한 간담회(롯데호텔 에메랄드 룸)에 참석하고 돌아오는 길에 처남이 교감으로 근무하고 있는 모某초등학교에 들렀다. 37학급 규모인 이 학교에 들러 교장선생님께 인사를 드린 후, 차를 한잔 마시고 나오려니까 교장선생님께서 갑자기 나를 잡으시며, "오늘 학교에 회식이 있으니 꼭 함께 합시다"라고 말씀을 하신다.

2002년 2월말이면 정년퇴직을 하신다는 교장 선생님의 청이라 거절을 못하고 학교를 둘러본 후, 오후 5시가 되어 회식 장소로 가보니 그곳은 다름 아닌 숙직실이었다. 그리고 참석자는 교장선생님을 비롯하여 처남인 교감선생, 교무부장과 학교 기사 2명해서 모두 다섯 분이었다.

때문에 나는 삼겹살에다 소주를 마시면서 왜 5명만 회식을 하느냐고 물었더니 전 직원 45명 중 남자가 5명이고 나머지는 모두 여자라는 설명이었다. 그렇다면 이 학교는 모두가 여자선생님들이 담임을 맡고 있다는 얘기였다.

아이들은 아직 빚어지지 않은 콘크리트들이다. 그들은 성장하면서

미디어로 본 세상

아버지로부터는 남성다운 씩씩한 기상을 배우고, 어머니로부터는 섬세하면서도 자상한 면을 보고 들으면서 자란다. 그래서 그것들이 잘 융화되어 사회생활을 하는 데도 튼튼한 기초가 된다.

그런데 여자 선생님들 밑에서 배운 남자아이들은 여성적인 기회만 접할 뿐 남성다운 씩씩한(용감성) 기상을 접할 기회가 없다. 예컨대 체육시간만 해도 축구 같은 경기를 통해 서로가 부딪치고 밀치고 하면서 남성답게 커갈 수 있지만, 여자 선생님의 경우 대부분이 축구를 싫어하기에 교실수업으로 땜질하고 만다.

교실 수업에서도 마찬가지다. 남자 선생님이라면 군대 갔다 온 이야기를 해가며 군대에 다녀와야 할 필요성을 얘기하겠지만, 여자 선생님들은 또 군대 얘기라면 기겁을 하니 그것 또한 축구애기일 수밖에 없다. 그래서 결국 남자아이들만 손해 볼 수밖에 없고, 그들은 또 자신도 모르게 '하리수'가 되어 가면서 어찌됐건 군대 가는 것을 피하려고 잔재주를 부리기도 한다. 엄연히 국민의 4대 의무 중 하나가 '국방의 의무'인데도 말이다.

그렇다면 '하리수'는 누구이고 스포츠신문에서는 왜 그녀를 띄우려고 하는 것일까. 하리수는 남성에서 여성으로 성전환을 한 여자이고 CF모델과 가수활동을 하고 있다. 그리고 스포츠신문은 판매대상이 10대들이니까 연예인들부터 띄우고 야구와 농구, 배구, 축구 순서로 비중을 두고 있다. 물론 지금은 2002년 월드컵이 있는 관계로 축구를 생각하는 척하지만, 월드컵만 끝나면 또다시 '찬밥'신세로 돌아서야 한다.

나라가 망하는데 그 첫 번째 조짐이 남성의 여성화 현상이고, 두 번째는 향락문화가 발달해 성도덕이 문란해지는 것이고, 세 번째는 아이들의 머리에 서캐가 생기는 것이다. 그러므로 남자들이 2년 동안 군대에서 머리를 썩히는 동안 여자들이 학교를 다 점령(?)해 버렸고, 2002 년 월드컵을 앞두고 관광호텔에서 카지노와 슬롯머신에다 증기 탕(일 명 터키탕)까지 허가를 안 해주면 외국손님들을 못 받겠다고 엄포를 놓고 있으며, 일부의 아이들 머리에 서캐가 생기고 있다.

아무튼 여자들이 점령해 버린 학교에서 노老 교장과 삼겹살로 소주 를 마시는 순간이 결코 즐거울 수만은 없었고, 정년을 코앞에 둔 노老 교장이 아무 말 없이 소주잔을 기울이는 것을 보니 우리의 미래가 밝 지 않음을 실감할 수 있었다. 그런데 어디선가 이런 속담이 들려오고 있었다. "암탉이 울면 집안이 망한다."고…

[2001년 11월 21일 처남의 학교에서]

미디어로 본 세상

부대찌개와 꿀꿀이죽

1950, 60년대 미국에서 원조해준 동물사료용 우유가루와 옥수수가루를 먹고 자란 사람들은 '꿀꿀이 죽'이나 부대찌개를 알 것이다. 꿀꿀이죽은 미군부대에서 병사들이 먹다 버린 잔반이요, 부대찌개는 또 서양식 재료인 소시지나 햄 등에다 김치나 고추장 같은 전통음식을 넣고 끓인 찌개이다.

그러나 6.25를 전후해서 나온 이 꿀꿀이죽에서는 담배꽁초와 휴지조각도 심심치 않게 나오곤 했다. 그리고 '부대찌개'가 1960년대 이후 국내 식당食堂가에 처음 등장했을 때만 해도 여기에 들어가는 통조림 고기나 베이컨, 콩 요리 등은 거의 미군부대에서 흘러나왔다.

부대찌개가 용산 이태원, 의정부 등 미군부대 주변에서부터 전국으로 퍼져나갔다는 사실이 이를 말해 준다. 그리고 이 부대찌개는 미군기지 주변의 양공주들이 심심풀이로 개발했다는 얘기도 전하고 있으나 보릿겨로 만든 깔깔한 수제비나 깡 보리 주먹밥에 비하면 그야말로 진수성찬이나 다름없었다.

그런 추억의 부대찌개를 미군들이 먹다 버린 찌꺼기를 사용해서 만들어 팔았다니 검둥이 녀석들이 허연 이빨을 드러내고 웃을 일이다.

허긴 미국이 좋아서 그랬는지는 모르겠으나 어차피 돈만 벌면 되니까, 또 돈을 벌면 명문가로 올라설 수 있으니까 그렇게 했는지도 모를 일이다. 그렇지 않다면 한국인들을 소나 돼지로 착각, 돈을 왕창 번 다음 큰집에 잠시 다녀오면 되니까 그랬는지도 모른다.

그렇다면 왜 이런 짓거리를 보아란듯이 저지르고 있을까. 그것은 곧 법이 물러터진 것이 아니라, 법 집행자들이 도덕불감증에 걸려서 그런 것이 아닐까 싶다. 의약분업으로 백성들의 피를 빨아먹고 사는 이 나라의 지식인들이 있는가 하면, 복지부란 고유명사에 'ㄱ'자를 팔아먹어 백성들의 원성을 사는 높은 분들도 계시고 하루살이 장관들도 많으니까 말이다.

만약 이 같은 일이 싱가포르나 중국에서 일어났다면 그 결과가 어떻게 될까. 두말 할 것도 없이 공개적으로 죄를 묻는 것은 물론, 국민의 건강을 해치는 파렴치범으로 몰아 얼굴을 들게 다니지 못하게끔 하지 않을까 싶다.

그러나 한국 사람들은 시간만 지나면 잊어먹는 '망각의 병'이 있고, 나만 괜찮으면 그만 이라는 '무관심 병'까지 있으니 '짜가'가 판을 쳐도 그만인 모양이다. 수입쇠고기를 한우로 속여 파는 것은 물론 생선이나 산나물 등이 그렇고, 또 농약 콩나물에다 농약 두부 등 별별 '짜가'들이 판을 쳐도 '누이 좋고 매부 좋으면 그만'이기 때문이다.

법이 너무 엄해도 안 되지만, 법이 너무 물러 터져도 안 된다. 그러나 대다수의 한국인들은 끗발 좋고 위대하니 누가 누구를 탓하고 원망하면서 죄를 물을 수 있을까. 그래서 그 밥에 그 나물이라는 표현을 이렇게 쓰지 않았나 싶다.

미디어로 본 세상

　"저질들이 있는 곳에 쓰레기 문화가 판치고, 쓰레기 문화가 판치는 곳에는 저질들만 모여 산다. 그리고 탈리오의 법칙은 아예 잊어버린 지 너무 오래되었고, 겨우 한다는 짓거리가 서명운동이 아니면 규탄대회나 궐기대회 같은 뒷구멍 일뿐이다."라고….

[2001년 10월 05일 망각의 병 한국 병]

이상한 나라의 앨리스

어느 나라에서 이런 일이 있었다. 분명 공과금을 냈는데도 영수증을 못 찾아 가산금까지 물어야 했다. 의료사고가 발생해서 자식이 죽었건만 힘이 없어 찍소리도 못했다. 아내가 몰던 차가 피해를 당해 사망했으나, 그녀가 오히려 가해자로 몰려 피해보상금까지 지급해야 했다. 그리고 어느 날 길을 걷다 단지 힐끗 쳐다보았을 뿐인데도 그는 '조폭'에게 흠씬 두들겨 맞았다. 하지만 보복이 두려워서 신고조차 할 수 없었다.

요즘 그 나라 서민들이 살아가는 생활의 한 단면이다. 그런데 그 나라에서는 무슨 이유에선지 '무슨, 무슨 게이트'란 것도 잘 터졌고 '청문회'라는 것도 잘 열렸다. 아마 '이 게이트'와 '여 게이트' 그리고 '정 게이트'등인 모양인데, 그렇지 않아도 얼마 전에는 재벌부인과 고관부인들이 무슨 고급 옷인가 뭔가를 놓고 로비활동을 하다 말썽이 되었던 '옷 로비 게이트'란 것도 있었다.

모순矛盾 투성이 사회

대검 공안부장이라는 사람은 또 폭탄주 몇 잔에 공기업의 파업을 유도한듯한 발언을 해 조폐공사 파업유도 의혹이 불거지기도 하였다. 뿐만 아니라 검찰 간부들이 한 변호사에게 향응을 받아 줄줄이 옷을 벗은 대전 법조비리 사건도 있었다. 아마 그래서 특검제도 하고 청문회도 해서 진실을 파헤쳐 보고자 했던 것 같기도 하다.

때문에 서민들은 가뜩이나 분통 터지는 판에 이게 웬일인가 하고 그 결과를 지켜보기 시작하였다. 예전에는 모르쇠와 함께 '구렁이 담 너머 가는 식'으로 했지만, 이번만큼은 안 그렇겠지 하는 기대감 때문이었다.

그러나 기대했던 것과는 영 딴판이었다. 마치 짜고 하는지 증인은 뻣뻣한 자세로 일관하다 가끔 억울하다는 듯이 눈물로 호소(?)하였고, 묻는 사람들 역시 손가락으로 V자나 그려가며 자신의 정견발표회나 하는 것 같은 인상이었다. 서로가 도와야 할 입장이라 힘이 있으니까 용서해주고 싶었던 것이고, 돈이 있으니까 베풀고 싶었던 모양이다.

그뿐만이 아니었다. 온갖 좋은 것만 골라 먹어 비정상적으로 살이 쪘는데도, 증인들은 한결같이 닭발이 아니라 오리발만 먹었다고 잡아떼는 것이었다. 하긴 오리발을 내밀지 않거나 TV 카메라를 들이댈 때 뻣뻣하지 않으면 형량을 다 살아야 하는 것이 이 나라의 법 풍토였다.

꿈이 비록 대리만족이겠지만

혹시나 하는 큰 기대감 속에 TV를 쭉 지켜보던 그가 너무 지루했던지 깜빡 잠이 들었다. 청문회를 통해 대리만족이라도 얻으려고 했던 것이 다 수포로 돌아갔기 때문이었다. 하지만 그는 꿈속에서 이상한 곳으로 가고 있었다. 바로 인형을 파는 가게였다. 그는 쥐 인형을 하나 사서 거리로 나섰다.

그런데 이게 웬일인지 모든 쥐들이 그를 따라오는 것이었다. 그는 겁에 질려 그 인형을 강 속에다 힘껏 집어 던졌다. 그러자 신기하게도 모든 쥐들이 강물 속으로 뛰어드는 것이었다. 그는 희열감을 느끼면서 또다시 가게로 가, 게이트에 얽혔던 사람들과 청문회장에서 본 사람들을 닮은 인형들을 무더기로 구입하였다.

그리고 또다시 기적이 일어나기를 바라면서 그것을 강 속에다 힘껏 집어 던졌다. 나 같은 불행한 군인이 아니라, 나 같은 불쌍한 서민이 두 번 다시 이 땅에 태어나지 않기를 빌면서 말이다. 그러나 예전에는 공부 잘하면서 착한 사람은 선생님이 되었고, 공부는 잘 했지만 악한 인간은 정치꾼이 되었는데 요즘은 모두가 죽 사발이 되었으니 이 일을 어찌할꼬...!

이상한 나라의 앨리스 내용

'이상한 나라의 앨리스' 는 영국의 수학자이자 논리학자인 루이스 캐럴이 어린 친구인 앨리스와 앨리스의 자매 로리나와 이디스에게 들려주었던 이야기를 글로 적은 것이다. 루이스 캐럴이 앨리스의 천진난만함과 귀여운 호기심을 얼마나 사랑했는가 하는 것은 글 전체에 잘 나타나 있다.

앨리스가 토끼 굴로 떨어지면서 자신이 어려운 단어를 알고 있다는 걸 자랑하고 싶어한다든가, 자꾸 키가 자라는 바람에 멀어진 자기 발한테 인사를 건네는 장면, 여왕에게 사형 당할 것을 두려워하면서도 위험을 무릅쓰고 정원사들의 생명을 구해 주는 장면들은 친구 앨리스에 대한 작가의 따뜻한 사랑을 그대로 보여 주기도 한다.

앨리스는 이상한 나라에서 호기심을 가득 채우고 상상력을 마음껏

미디어로 본 세상

발휘한다. 그러니 얼마나 신기하고 놀라운 일들이 많이 일어날지 상상
이 가겠는가. 물론 뜻밖의 어려운 사건들도 겪기도 하지만 즐거운 모
험임에는 틀림이 없다.

　[이상한 나라의 앨리스]를 읽으면서, 루이스 캐럴이 왜 이런 세계를
만들어 냈을까, 내가 앨리스라면, 이럴 땐 어떻게 했을까, 앨리스가 여
행한 이상한 나라와 우리가 지금 살고 있는 세계는 어떻게 다른가, 혹
시 두 세계 사이에 비슷한 점은 없는가 하는 질문을 스스로에게 해 보
는 게 어떨까 싶다.

　　　[2001년 09월 29일 이상한 일만 벌어지는 풍토를 바라보며]

얼렁뚱땅 우왕좌왕 2003년

올해 대학교수들이 뽑은 사자성어四字成語는 우왕좌왕右往左往이다. 모두가 갈피를 잡지 못하고 헤매는 '허둥지둥'꼴이다. 그 뒤를 잇는 사자성어 또한 점입가경漸入佳境, 이전투구泥田鬪狗, 지리멸렬支離滅裂, 아수라장阿修羅場등 모두가 희망 없는 얘기들뿐이다.

암담한 사자성어 난무

그러나 사오정이 뽑았다면 토사구팽兎死狗烹, 삼팔선이 뽑았다면 읍참마속泣斬馬謖, 이태백이 뽑았다면 분명 일망타진一網打盡이었을 것이다. 얼렁뚱땅 정치에 멍든 그들이 취중욕설醉中辱說밖에 할 수 없기 때문이다.

그 외에도 언론에 오르내린 사자성어 역시 암담하긴 마찬가지다. 코드정치, 특검정국, 측근비리, 검찰소환, 출국금지, 청년실업, 카드대란, 오리무중, 정치개혁, 불법자금, 반칙야합, 시민혁명, 오만쇼크 등 모두가 답답한 용어들뿐이다.

왜 이런 암담한 용어들만 떠오르게 되었을까. 그것은 곧 국민들의 의식수준 때문이 아닐까 싶다. 우선 마카로니웨스턴 운전문화가 이를 증명한다. 또 노태우 비자금을 밝혀 청문회 스타로 떠올랐던 박계동

미디어로 본 세상

전 의원이 총선에서 연속 고배를 마신 것도 이와 무관치 않다.

사실 똑똑한 바보일수록 애국과 정직을 멀리한다. 애국과 정직은 너무 많은 희생을 강요하고 피곤하기 때문이다. 그것보다는 우선 내가 잘돼야 한다.

선거 때마다 단맛을 쫓는 파리들이 득시글거린다. 2010년 평창 동계올림픽 유치보다는 IOC 부위원장 감투가 우선이다. 오만 쇼크로 월드컵 4강 신화가 무너져도 협회는 방관한다. 오죽하면 영원한 야인 김호 전 수원 감독이 코엘류를 무능하다고 혹평했을까.

사회가 불안하면 사람들은 술을 마신다. IMF(국제통화기금) 때보다 더한 경기 체감에 모두가 울상이다. 물론 잊고 지내던 다정한 사람과 회포를 푸는 술자리도 있다. 송년회는 그래서 자주 이어진다. 그리운 사람끼리 모여 한해를 보내는 공허감을 서로가 위안할 수 있기 때문이다.

도덕－악마 술의 양면성

이 좋은 자리에는 한 잔의 술이 있기 마련이다. 술은 좋은 만남을 축하하고 좋은 추억을 남긴다. 술은 마음을 열고 가식을 벗긴다. 그래서 한 잔의 술은 도덕적이다. 그러나 술이 술을 부를 때부터 술은 악마가 된다. 첫 잔은 갈증을 풀기 위해, 둘째 잔은 영양섭취를 위해, 셋째 잔은 즐겁기 위해, 넷째 잔은 발광하기 위해 술을 마신다. 술의 악마성을 경고한 로마 격언이다.

술은 자신에게 주어진 것만 마시면 양처럼 온순해진다. 그러나 더 먹으려고 덤비다 보면 늑대처럼 사나워진다. 또 저장하기 위해 남의 것을 빼앗다 보면 돼지처럼 지저분해 진다. 마지막으로 자손 대대로 잘 살고자 남의 것을 탐내다 보면 언젠가는 원숭이처럼 남의 입에 오르내리는 광대가 된다.

　이렇듯 술은 사람을 광대로 삼아 제멋대로 연극을 만든다. 술을 마시면 잃는 것이 일곱 가지가 있다. 그것은 곧 건강, 재물, 지혜, 사랑, 우정, 신용, 평화이다. 술집 주인은 술꾼을 좋아한다. 그러나 아무도 술꾼을 사위로 삼으려 하지 않는다. 술을 마시듯 세상을 제멋대로 주무르는 욕심꾸러기들의 유산은 결국 패가망신뿐이다.

새해에는 밝은 세상 기원

　맹장이 곪으면 맹장을 떼어내야 한다. 그렇지 않으면 복막염에 걸려 목숨이 위험하기 때문이다. 나라경영도 마찬가지다. 나라가 맹장에 걸린지도 모르고 소화제만 써서는 건강한 나라를 만들 수 없다. 옛말에 '망치가 가벼우면 못이 위로 솟는다'고 했다.

　가발장사를 하던 사람도 욕심 때문에 들어가 계신다. 2010년 평창 동계올림픽 유치를 망쳤던 김운용 씨도 개인비리 혐의로 검찰 수사를 받고 있다. 새해에는 제발 이런 양상군자(梁上君子)들이 없는 밝은 세상이 열렸으면 좋겠다.

[2003년 12월 27일 강원도민일보]

마카로니웨스턴과 하이 히틀러!

60년대 말 크린트 이스트우드 주연의 ≪황야의 무법자≫가 단성사에서 개봉되었다. 당시 이 영화를 보고 나온 사람들이 한결같이 담배를 꼬나물었다.

영화 속에서 크린트 이스트우드와 리반 클립이 시가를 물고 멋진 연기를 펼쳤기 때문이다. 그 후에 이어진 ≪석양의 건맨≫이나 ≪The Good the bad the Ugly≫ 등 마카로니웨스턴의 걸작품 속에서도 어김없이 시가가 등장하고 딱 성냥으로 불을 붙여 수많은 관객들을 매료시켰다.

이렇듯 영화 속에서의 멋진 장면은 관객들을 동일시 시켜 담배 소비가 늘고 딱 성냥이 등장하는 등 수많은 에피소드를 만들어 내면서 사람들을 자극시켰고, 그 자극이 요즘에는 조직폭력배까지 미화시키는 수준으로까지 발전하게 되었다.

그 결과 '권선징악勸善懲惡'을 위해서는 어떤 방법을 써도 괜찮다는 의식이 팽배하여 무조건 자신의 일은 합리화시키고, 남이 한 일은 또 어떤 이유를 들어서라도 매도하는 풍토가 이 땅에 자리 잡은 지 오래다.

물론 그런 풍토가 '이전투구_{泥田鬪狗}'나 일삼는 정치꾼들이 만들어낸 일이지만, 이대로 가다가는 2002 월드컵이고 뭐고 엉망이 되지 않을까 우려된다.

1969년 10월 14일 서울운동장(現 동대문구장)에서 있은 `70 멕시코 월드컵 아시아 지역 15 − A조 호주와 최종 예선_{豫選}전을 치렀다.

당시 한국 팀이 패하자 관중들이 소주병과 쓰레기 등을 경기장 안으로 마구 집어 던져 다음 날 호주신문에 "Korean Savage People" 이라고 대서특필된 적도 있었다.

한국인들이 겉으론 무척 순정적이고 단순해 보이지만, 내면으로 들어갈수록 아주 복잡 미묘한 기질이 있다고 한다.

이 때문에 땅덩어리에 비해 사투리가 많아 혀를 내두를 정도다. 그런 사람들끼리 국회에서 편이나 가르면서 지지고 볶아대니 왜 이런 일이 발생하지 않겠는가. 그러니 `2002 월드컵을 1년도 채 남기지 않은 상태에서 교통 정책이나 운전문화를 바라보아도 우려되기는 마찬가지다.

운전대만 잡았다하면 자신이 마치 마카로니웨스턴의 주역 배우라도 되는 듯이 담배를 질끈 꼬나물고 인상부터 긁어댄다. 10년 앞도 예측 못하는 교통정책 탓에 도로가 몸살을 앓는데도, 주행 중 아주 작은 접촉사고만 일어나도 서로가 인상을 써가면서 목에 핏대를 세운다.

그것도 차량을 갓길에 세워놓고 싸우는 게 아니라 도로를 가로막고 멱살까지 잡고 싸운다. 기득권층이라야 전 국민의 1%가 안 되는데도 모두가 기득권층이라 생각해서인지, 그것도 아니면 짐승들처럼 목청

미디어로 본 세상

이 커야 이긴다는 말을 들었는지 무조건 기선부터 제압하려 든다.

뿐만 아니라 교차로에서 잠시만 주춤거려도 뒤에서 경적 울리기, 조금만 틈이 나도 마구 끼어들면서 '하이, 히틀러!'식으로 손바닥 펼쳐 보이기, 전조등을 상향 조정하거나 또는 사팔뜨기로 만들어서 상대편 운전자 시야 방해하기, 규정속도를 무시한 채 비상등을 번쩍거리면서 빨리 비키라고 겁주기. 비가 오는 날 웅덩이에 고인 물을 튀기면서 도망가기, 백화점들이 바겐세일을 하면서 교통흐름 방해하기 등등, 놀부의 36가지 심술心術보가 터진 것처럼 수많은 일들이 우리 주변에서 무작위로 벌어지고 있다.

물론 국토가 좁고 차량이 많은 탓도 있겠으나 그것은 곧 졸속행정의 결과라고 단정 지을 수도 있다. 예컨대 부지가 선정되기가 무섭게 아파트를 짓고 도로를 닦고, 상·하수도에 가스공사까지 '빨리 빨리' 행정이나 외치면서 일사천리로 해나간다.

그 후에 뭐가 잘못되었다고 하면 뜯었다 묻었다 하면서 '엿장수 마음대로 식'으로 한다. 가스배관 공사를 한지가 얼마 안됐는데도 또다시 파고 전화선을 묻거나, 연말이면 또 예산이 남아서 파헤치고, 선거철에도 역시 또다시 뜯고 파고 묻는다. 그러니 결국 도로가 누더기로 변할 수밖에 없어 사고공화국이란 명칭이 늘 따라다닌다. 오죽하면 반드시 지켜야할 교통법규를 지키는데도 '양심냉장고'란 것을 줄까 싶어 아이들 보기가 정말 민망할 정도다.

그 외에도 일일이 열거할 수 없을 정도로 개선할 점들이 많이 있다. 피서지나 역 주변의 화장실은 말할 것도 없고, 공중전화 부스나 휴식공간 주변에는 늘 담배꽁초나 휴지들이 굴러다닌다. 대학 캠퍼스 안에 있는 공중전화를 뜯었더니 그 속에서 한 양동이나 되는 담배꽁초가 나온 것만 봐도 그렇다는 얘기다. 그러니 왜 온갖 비리사건이 안 터지겠는가. 정말 부끄러운 일이 아닐 수 없다.

`2002 월드컵은 뉴 밀레니엄 시대를 맞아 한국과 일본이 벌이는 첫 사업이다. 그리고 전 세계의 이목이 집중되면서 한국과 일본 두 나라가 비교되는 문화사업 이기도 하다. 그러므로 16강을 목표로 하고 있는 선수들만 갈고 닦을 일이 아니라, 국민전체가 양심을 갈고 닦아 문화시민으로서의 자긍심을 가져보자는 얘기다. 그러할 때 월드컵도 성공하면서 한민족의 저력이 또다시 증명될 수 있기 때문이다.

'마카로니웨스턴 식'의 운전문화나 히틀러를 존경하는 것 같은 '하이, 히틀러! 식'의 양심문화를 바꾸지 않는 한, `2002년 한일월드컵은 또다시 "Korean Savage People" 이라는 대서특필 기사를 만들어 낼 것이고, 그것을 보는 우리들 마음도 정녕 편치 않을 것이다.

[2001년 07월 27일 마카로니웨스턴 식 운전문화를 바라보며]

도박 賭博과 패가망신 敗家亡身

동서양을 막론하고 역사적으로 볼 때 도박만큼 질긴 끈으로 이어져온 것도 드물다. 오죽하면 영국의 수필가인 찰스 램이 『인간은 도박을 하는 동물』이라고 갈파했겠는가. 중국 춘추시대의 탁월한 병가兵家인 손빈孫臏도 귀족들이 재물을 걸고 벌이는 경마에서 그의 주인 전기田忌가 이길 수 있도록 계책을 일러주고 마침내 제나라의 군사軍師가 된 얘기는 유명하다.

조선의 실학자 연암 박지원도 사신을 따라 청나라에 가는 도중 무료함을 달래기 위해 투전판에 끼어들었다가 돈을 따서는 술을 샀다. 그러나 연암은 '잠깐 놀이로 족함을 알아야 한다' 며 즉시 물러서는 현명함을 보였다.

18세기 영국의 켄트주에 살던 샌드위치 백작은 밥보다 도박을 더 좋아하는 사람이었다. 그가 트럼프를 손에 잡았다하면 하루종일 카드를 놓지 못해 식사를 거르기가 일쑤였다. 그는 하인을 시켜 두개의 빵 사이에 고기와 야채를 끼워 한 손에 들고 먹을 수 있도록 준비를 시켰다. 그 결과 만들기 쉽고 먹기도 편한 샌드위치가 마침내 도박판에서 만들어졌던 것이다.

김유정의 소설 ≪만무방≫에도 아내를 팔아 노름판에 뛰어드는 얼빠진 기호와 기호의 돈을 꾸어 돈을 따는 응칠의 얘기가 나온다. 육방예경六方禮經의 불경에서도 부처님은 도박에 빠진 한 장자의 아들에게 이렇게 설법하고 있다. 도박에 빠지면 여섯 가지의 불이익이 따르는데,

① 도박에 이기면 상대방이 앙심을 품게 되고,

② 지면 자신의 마음에 멍이 든다.

③ 이기건 지건 산재를 피할 수 없고,

④ 관가에 잡혀가게 되며,

⑤ 이웃들로부터 지탄받고,

⑥ 혼담이 생길 때 자손까지 '왕따'당한다고 했다.

이렇듯 도박이 얼마만큼 사람을 못되게 하는 망물妄物인가는 팔도 난장판을 떠도는 직업 도박꾼의 지침이랄 수 있는 팔법심요八法心要에도 잘 나타나 있다. 그것은 즉,

① 심心＝남의 마음을 읽어라.

② 본本＝밑천을 많이 갖고 잃을수록 많이 걸어라.

③ 수手＝들키지 않게 속임수를 써라.

④ 세勢＝허세를 부려라.

⑤ 역力＝시종 집착하는 힘을 일관시켜라.

⑥ 논論＝입심으로 상대방을 주눅들게 하라.

⑦ 모謀＝불리하면 삼자와 꿍꿍이를 꾸며라.

⑧ 해害＝공갈과 협박으로 겁을 주어서라도 상대방의 기를 꺾어야 한다고 되어 있다.

따라서 인간 말종이 지녀야 할 심술을 이 심요가 빠짐없이 가르치고 있다. `94미국美國 월드컵에서는 멕시코에 승부를 던졌던 말레이시아

미디어로 본 세상

의 한 도박사가 승부 킥으로 불가리아가 승리하자 12만 1천 파운드(약 1억 5천 2백만 원)의 거금을 날렸고, 브라질과 스웨덴의 경기에서는 홍콩의 한 도박사가 브라질의 승리로 18만 7백 파운드(약 2억 2천 9백 10만 원)의 돈을 챙겼다.

아르헨티나와 불가리아의 4조 예선전에서는 또 아르헨티나에 승부를 걸었던 알바니아의 한 도박사가 0－2로 완패하는 바람에 아내까지 잃었다. 패인은 바로 아르헨티나의 간판스타인 마라도나가 약물복용으로 출전이 정지됐기 때문이었다. 비단 월드컵 때문에 빚어진 부부의 비극은 이것만이 아니었다.

스웨덴에선 심야의 TV 시청을 강요하는 남편을 부인이 가위로 찔러 죽인 사건도 있었고, 내기에 진 태국의 한 도박賭博사는 권총으로 자살까지 하였다. 그러나 도박하면 뭐니뭐니해도 중국이 빠질 수가 없고, 마작 때문에 가산을 전부 탕진하고 끝내는 딸과 부인까지 팔아먹는 사례가 비일비재하였다.

우리나라도 주식을 비롯해서 경마나 경륜까지, 또한 카지노나 슬롯머신에다 각종기금 마련이라는 미명아래 도박의 일종인 주택복권을 시작으로 체육복권 기술복권 월드컵 복권 또또복권 등 수십 종의 복권들이 난무되어 국민들의 사행심을 조장시키고 있다.

그러나 도박은 가장 불확실한 것을 얻기 위해 확실하다고 믿는 것에 돈을 거는 투기 행위다. 한번 빠져들면 손을 떼지 못하는 아편 같은 것이기도 하다. 『노름에 미친 놈 신주도 팔아댄다』는 말이나, 『술주정뱅이와는 함께 살 수 있어도 노름에 미친놈과는 함께 살 수 없다』는 우리 속담은 결코 과장이 아니다. 재산을 탕진하고 가정파탄을 일으키는 도박이야말로 독일 사람들 속담처럼 『악마의 일과日課』인 것이다.

여하튼 도박은 사람을 미치게 하는 마력 때문에 여러 사람들의 눈살을 찌푸리게도 만든다. 잘되는 놈은 "오고가는 현찰 속에 명랑 도박 이뤄진다"라는 고스톱 공화국 국정지표를 외쳐가며 기분 좋다고 낄낄거리고, 잘 안 되는 놈은 감정을 앞세워 같이 터진 동료에게 "너 때문에 쓰리 고에 피 바가지 썼다"라고 시시비비하며 판돈시비로 시끌벅적, 고성방가에 싸움질까지, 담배 불 카펫에 비벼 끄기 등 난장판을 벌이고, 심지어는 수영장과 사우나(실)에까지 진출해서 남이 보거나 말거나 의식하지 않고 저 잘난 맛에 온갖 추태를 일삼기도 한다.

결국 도박은 누가 뭐라고 해도 분쟁의 대상이지 화합의 대상은 아니다. 따라서 온통 머릿속이 도박으로 가득 차있는 사람들에게 들려주고 싶은 말이 있다. "술 좋아하는 놈 술로 망하고, 도박 좋아하는 놈 도박으로 망한다"는 순수한 우리 선조先祖들의 가르침이다.

헤르만 헷세도 "인간에게는 세 가지 유혹이 있다"고 했다. 그것은 곧 거친 육체의 욕망享樂, 저 잘났다고 거들먹거리는 교만, 졸렬하고 불손한 이기심이라는 것이다. 유혹은 지금 당장 아름다움만 보게 한다는 특징이 있다. 한 가정이 파괴되는 때는 아름답다고 느끼고 그곳에 매료되어 있을 때 그 독이 온몸에 퍼져버리기 때문이다. 이렇듯 유혹의 특징은 "꼭 한번만"이라는 속임수가 있다.

그러나 그 한 번에 나의 일생을 망치게 하는 무서운 독이 숨어 있는 것이다. 하와의 꼭 한 번의 선악과를 따먹은 결과가 일생에 죽음을 가져오게 했다고 한다. 꼭 한 번의 아편은 마약중독자로 만들고, 꼭 한 번의 도박은 평생의 도박꾼으로 인생을 망치며, 꼭 한 번의 엽색獵色 행각은 ≪미워도 다시 한 번≫이란 70년대의 영화처럼 두 집 살림을 차리게 된다.

미디어로 본 세상

오늘날 이 사회에는 부쉬마스터(남미의 밀림 속에 살며 몸집이 크고 무지개 색깔의 아름답고 맹독을 가진 독사)와 같은 독을 뿌리는 유혹이 끊임없이 넘실거리고 있다. 구별 없이 달라붙은 버러지처럼 우리 모두에게 달라붙으려고 한다.

그러나 그 유혹에서 자기의 위치와 인간됨의 본분을 상실하지 않을 때, 오늘 우리가 살아가는 사회는 아름다워지리라 본다. 도박은 결국 자신만 망치는 것이 아니라 이웃과 사회까지 망치는, 마치 독버섯 같은 존재이기에 가까이 하면 안 된다는 것이다.

[2001년 07월 19일 도박에 중독된 사회를 바라보며]

일본의 교과서 역사왜곡

깊은 산 속에서 아이를 엎고 가다 맹수와 맞닥뜨렸을 때 한국 여성들은 대부분 뒤로 돌아 아이를 꼭 껴안고, 서양 여성들은 비록 싸우다 죽을지언정 아이를 뒤로 둔 채 맹수와 당당히 맞선다고 한다. 서양문화가 동양문화보다 더 진취적이기 때문이다.

요즘 드라마로 전개되는 여인들의 궁중암투를 봐도 그렇고, 툭 하면 뒷구멍에서 궐기대회나 규탄대회, 또는 서명운동을 벌여왔던 것만 봐도 그렇다. 그래서 옛날에는 남의 집을 방문할 때 큰소리로 헛기침을 하면서 "이리 오너라!"라고 자신이 왔음을 알렸고, 이에 여인들은 뚫어진 문 창호지窓戶紙를 통해 누구인가를 확인한 다음 "바깥양반이 안 계신다고 여쭈어라."라고 맞대응을 했다.

이렇듯 모든 것을 소극적으로 대해 와서 그런지 요즘 일본 교과서 역사왜곡에 대해 말들이 많다. 물론 한국정부가 제기한 35곳의 수정요구가 처참하게 묵살 당해 그렇기도 하지만, 아무 하자도 없기 때문에 죽어도 못 고친다는 일본정부의 대응을 바라보면 황당하기도 하고 약소민족으로서의 비애도 느끼게 된다.

그러나 만약 한국이 미국과 같이 세계를 호령하는 군사대국이라면,

또는 말을 듣지 않으면 무차별 공격을 가하겠다고 경고한다면 그들이 과연 그렇게 할 수 있을까 가정해 보니 분노마저 일게 한다. 그렇다면 어떻게 대응해야 할까. 물론 일본제품을 멀리하고 관광도 자제하는 경제적 대응도 있고 외교문제로 비화시키는 방법 등도 있다.

하지만 또다시 규탄대회나 서명운동, 궐기대회를 할 게 아니라 불구대천不俱戴天 원수로 생각하고 국력부터 키워야 할 것이다. 학교에서 '왕따'를 당하는 것도 힘이 없기 때문이요, 980여 회의 침략을 당했던 비애도 바로 힘이 없었기 때문이다.

한국인들은 성격이 조급하고 잊어버리기도 잘한다. 때문에 이 같은 사실도 세월이 흐르면 곧 잊어버리겠지만, 벌써 일본문화는 우리들 가슴 속 깊이 파고들어 온지 오래다. 방송 프로그램의 일부가 일본 것을 그대로 베껴와 우리 것인 양 펼쳐지고 있고, 가전제품이나 일본만화 역시 우리 청소년들이 매우 선호하고 있는 것 또한 사실이다.

그래서 일본만화를 그대로 베껴 팔아도 지금은 아무 대응이 없지만, 세월이 흘러 중독 상태가 된다면 그때부터 저작권 시비가 불을 뿜게 될 것이다. 따라서 그때는 '역사왜곡'정도가 아니라 '문화적 식민지'가 될 수밖에 없는 고약한 상황도 각오해야 할 것이다.

멕시코시티가 상춘常春도시라면 한국에는 4계절이 있다. 그래서 멕시코 사람들이 다혈질이면서 들떠 있는 것처럼 보이지만, 한국은 춘하추동春夏秋冬이 있어 간사하기만 하다. 정치가 늘 한해旱害가 아니면 장마철이고, 경제는 오직 '부익부 빈익빈'에다 '빈곤의 악순환' 이니 동짓달의 외기러기다. 사회 또한 앙상한 나뭇가지와 같아 늘 불안하기만 하고, 눈 밑에 깔린 오염된 문화는 녹을까 겁이 날 지경이다.

정상적인 사람도 예비 군복을 입으면 제멋대로 논다. 마치 군대시절로 돌아간 듯한 착각 속에 빠져 술 마시고 시비를 걸거나 싸움질하기 예사이고, 아무 곳에서나 방뇨하면서 고래고래 소리치기도 한다.

이렇듯 자위대 복을 입고 취해서 헛소리까지 하는 일본인들이 추하기도 하지만, 이제부터라도 우리는 무언가 달라져야 한다. 정부가 국민들에게 희망을 심어주고 법은 언제나 공정한 것이라는 것을 피부로 느끼게 해야 한다. 그러할 때 국민들은 정부를 믿고 따라 국력은 강해질 것이고, 일본인들 역시 한국인을 무서워하기 때문이다.

[2001년 07월 16일 일본의 독도 망언을 바라보며]

미디어로 본 세상

어느 교장의 궤변

만약 세계적으로 유명했던 과학자들이 한국에서 태어났다면 과연 어떤 모습을 하고 있을까. 뉴턴은 타 논문을 반박하다 괘씸죄에 걸려 사과 장사나 하고 있을 것이고, 아인슈타인은 또 암기과목 실패로 수능 점수가 낮아 철鐵가방을 들것이다.

위 사진은 2003년 08월 28일 대구 유니버시아드 최고의 미녀로 꼽히는 중국 육상선수 쉬지아가 경기에 앞서 머리를 매만지고 있다.

그런가 하면 에디슨 역시 특허청과 싸우다 지쳐 사법고시 준비를, 주체사상을 반박하던 갈릴레이는 또 아오지탄광을 거쳐 정신병원 신세를, 그리고 큐리 부인은 그 못생긴 얼굴 때문에 봉제공장 근로자가 되어있지 않을까 싶다. 물론 이것은 우스갯소리 해본 얘기지만 우리의 교육이 뭘 어떻게 가르쳤기에 요즘 들어 부쩍 궤변이 난무하고 있다.

우리 영해와 북방한계선을 침범한 북한 선박에 우리 군軍이 발포를 하게 되면 바로 전쟁위기로 번지면서 외국자본이 빠져나가 경제가 붕괴된다는 논리와, 일제시대의 완장이 요즘은 또 붉은 머리띠로 바뀌면서 경찰서장이 시위대에 폭행을 당하는 등 이상한 현상까지 벌어지고 있다.

그런가 하면 8백만 명의 관객을 동원한, 욕설과 폭력으로 패거리(조직폭력배)문화를 상징한 영화 '친구'가 살벌한 세상을 만들어내면서 붉은 머리띠와 공감대를 같이 하고 있다. 그런 와중에 또 이상한 글이 나왔으니 그것은 곧 어느 고교 교장의 '교사봉급'에 대한 궤변적 논리다.

그 교장은 교사들의 봉급을 일반직 8급 1호봉과 교사 1호봉의 비교표와 15년 경력자의 경우(23호봉), 그리고 기능직 최고 호봉 봉급(197만 1,800원)액과 교사의 최고 호봉 봉급(196만 5,000원)액을 예시로 들면서 교사가 기능직 수준에도 못 미치는 아주 열악한 실정에 있다고 했다.

실제로 기능직 1등급이 있는지는 모르지만, 이 비교표는 본봉을 기준으로 삼았고 각종 수당은 빠져 있는 상태다. 그런데 무슨 이유에서인지 그 교장은 교사 1호봉과 일반직 8급 1호봉을 예로 들었다. 아마 일반직 9급을 예로 안 들고 8급을 예로 든 것을 보면 일반직은 고교졸업자로, 교사는 4년제 대학 졸업자로 생각한 것 같지만 그것은 천만의 말씀이다.

6·70년대의 공무원들은 중·고교 출신자들이 대다수였지만 지금은 거의 모두가 대학 출신자들이다. 뿐만 아니라 개중에는 석·박사 학위를 가진 공무원들도 많이 있고, 지금 이 순간에도 학업에 정진하고자 밤을 지새우는 사람들도 부지기수다.

그런 논리에서 똑 같이 4년제 대학을 졸업한 일반직 9급 공무원과 교사간의 봉급俸給표를 비교해 보자. 우선 교사가 8호봉부터 시작하는데 반해, 일반직은 수백 대 일의 경쟁률을 뚫었음에도 불구하고 1호봉을 받는다.

미디어로 본 세상

그 차이는 매월 191.500원(676,600－485,100)이고, 일반직에게는 없는 교직수당 등의 각종 수당(수당비교표 참조)을 비교해 보면 담임을 맡았을 경우 그 차액(1,010,160원－571,470원)은 무려 438,690원에 이른다. 결국 똑 같이 4년제 대학을 졸업했는데도 매월 630,190원을 더 받고 있고, 또 내년부터는 담임수당이 월 200,000원으로 인상돼 그 차이는 더 벌어질 예정이다.

물론 일반직 공무원들은 직업을 잘못 선택한 죄(?)가 커 조용히 입을 다물고 있지만, 석·박사 학위를 갖고도 매월 50~60만원으로 생활할 수밖에 없는 대학의 시간강사들에게 오히려 미안해하고 있다. 일찍이 임어당 선생께서 인간의 욕심에는 끝이 없다고 했고, 노벨평화상을 수상했던 투투 주교主敎도 사막에서 '인간과 낙타'의 예를 들면서 똑 같은 말을 했다.

IMF(국제통화기금) 한파 이후 최고의 인기직업으로 떠오른 교사들이 제목소리를 내는 것도 좋지만, 지금은 모두가 맡은바 일에 열중할 때다. IMF가 터졌을 때 어느 멍청한 교사가 "IMF의 주범은 바로 공무원들이다"라고 아이들에게 가르쳐 쓴웃음을 지었지만, 그렇다면 과연 이들은 또 누가 가르쳤단 말인가. 곰곰이 생각해볼 일이다.

의약 분업 사태, 항공사 노조 파업, 대우노조 사태, 국립대학 병원 노조 파업 등이 솟구칠 때마다 국민들은 짜증이 나고, 정부는 또 두더지 잡는 몽둥이로 계속 휘두를 수만도 없다. '두더지 잡는 오락娛樂기'가 수많은 사람들이 오가는 길거리에 널려 있기 때문이다.

비록 지난 일이지만 우리의 청소년대표(U－19)가 브라질 팀에 10골이나 먹었고, '2001 대륙간컵'에서는 또 대표팀이 프랑스에 5골이나 잃어 멕시코와 호주를 이겼음에도 불구하고 예선 탈락하는 비운까지 겪었다.

그것도 알고 보면 자격증도 없는 일부의 감독과 코치들이 군사부일체軍師父一體의 권위나 앞세우면서 십인일색十人一色의 교육만 시켜왔기 때문이고, 틈만 나면 어린 선수들에게 욕설이나 손찌검을 하면서 공포분위기로 몰아넣었던 결과가 아닌가 싶다.

그러나 요즘은 도리 지키는 흥부가 덜 떨어진 놈이고, 놀부는 법을 제멋대로 농락해도 지켜줄 패거리가 많아 행복한 사람이다. 패거리가 많은 세상이 하도 시끄러워 잠시 생각해본 일이고, 요즘 아이들이 너무 불쌍하다는 생각뿐이다.

예전에야 마땅한 일자리가 없으면 "선생이나 하지! 면서기나 하지!"라고 말했지만, 요즘은 대학까지 나와도 취업은커녕 주변의 눈치나 살피면서 살아가야 하는 고등실업자가 부지기수이기 때문이다.

[2001년 11월 어느 날 오후]

미디어로 본 세상

지방공무원 인사차별 말라

요사이 지방공무원들의 사기가 말이 아니다. 공무원 승진인사에서 차별 받았기 때문이다. 정부는 얼마 전 15개 중앙부처 5~7급 하위 직급職級자에게 일률적으로 한 직급씩 승진 혜택을 주겠다고 발표했다. 이는 분명 지방공무원을 홀대하는 차별대우로 볼 수밖에 없다.

이번 직급인상으로 혜택을 본 중앙부처 공무원은 1천1백72명이고 직급이 오른 만큼 봉급인상도 저절로 이뤄졌다. 서울을 제외한 전국의 지방공무원들은 단지 자신이 지방공무원이라는 이유로 차별 받는 현실에 울분을 삭이고 있다.

지방자치시대에도 여전히 지방공무원 직제 및 인사규정은 내무부가 장악하고 있는 게 숨은 이유다. 공무원이라면 누구나 국가발전을 위해 노력한다. 중앙부처 공무원들만 유독 열심히 일하는 것은 아니다. 사람은 누구나 자기를 인정해줄 때 열심히 일한다.

그런데 요즘 같아서는 열심히 일할 분위기가 아니다. 「줄을 잘 서는 요령」, 「처세할 줄 아는 요령」이 공무원의 가장 중요한 덕목으로 평가되는 분위기가 되지 않을까 염려스럽다. 희망이 사라지면 누구나 의기소침해질 수밖에 없다. 일은 대충하면서 실무처리나 서류에는 언제나 도망갈 구멍을 만들어 놓고 잔칫상에 끼기 위해서 그 주변을 기웃거린다. 또한 자신의 초라함을 감추고자 일반시민들에게 고압적인 태도를 취하고 마침내는 어떠한 일에도 「나와 관계없다」는 식으로 냉소적인 반응을 보인다.

오늘날 많은 공무원들이 이렇게 살아가고 있다. 정부는 올해 초 특별상여 제를 처음 실시하면서 공무원들 간에 우열을 가렸다. 이는 다른 장점도 있겠지만 공무원 사회의 반목과 분열을 초래하는데도 일조를 했다. 그런데 이제 또 공직사회라는 배의 특실은 중앙공무원에게, 갑판은 지방공무원에게 분양하고 있으니 갑판원 입장에서 본다면 감기에다 배탈까지 날 지경이다.

더구나 정부는 민간부문에 미칠 파급효과를 우려해 공무원들의 급료인상마저 억제해왔다. 그런데 자리는 그냥 두고 직급만 한 단계씩 올려주는 것은 「임금인상 억제」라는 정부의 명분에도 어긋난다. 수십만 공직자 중에는 줄을 잘 서면서 둥글게 살아온 공무원들이 있는가 하면 좀 모난 듯 하지만 충직하게 살아온 공무원들도 많다. 많은 공무원들이 성실하게 제 일을 하면서 살아갈 수 있도록 중앙부처만 편애하는 불공정한 인사정책은 재고해주기 바란다.

[1996년 07월 09일 동아일보]

장학금, 그 허와 실

한동안 대전 법조비리 사건으로 법조계가 말이 아니었다. 오랫동안 곪았던 종기가 터지면서 사회적으로 우상이었던 명사들이 하루아침에 곤두박질했기 때문이다. 그러나 어찌 되었든 명사가 되기 위해서는 학창 시절에 공부를 잘해야 한다. 공부를 잘하려면 투자를 해야 하고, 투자를 잘하다 보면 부수적으로 따르는 게 바로 장학금이라는 보상금이다.

장학금을 국어사전에서 찾아보면 '학생에게 학비를 원조하여 수학을 돕는 돈'이라고 되어 있다. 그런데 대부분의 장학금이 기숙사 입사 조건과 마찬가지로 학생들의 성적에 의해 좌우된다. 물론 성적순에 의해 지급되는 것이 잘못 되었다는 것은 아니지만, 성적이 우수해서 받으니까 감사함보다는 당당함이 더 앞선다는 것이다.

그 결과 단순 절도나 도박범 등의 잡범들은 얼굴을 감추면서 부끄러워하지만, 머리 좋고 끗발 좋아 장학금까지 받고 성공해서 치부하다 잡힌 명사들은 텔레비전 카메라 앞에서 너무 당당하다. 얼마 지나면 보석이나 특사로 풀려날 게 뻔하고, 국회의원의 경우 또다시 출마하면 당선될 게 뻔하기 때문이다.

그래서 19세기 프랑스의 보수주의자였던 드메스트르는 그 밥에 그 나물이라는 표현을 "국민은 자기들 수준만큼의 지도자를 둔다"고 했다. 지난 2004년 사교육비가 무려 29조 3784억 원이라고 한다. 그 중에서도 특히 초·중·고생들의 과외비가 14조 1941억 원이라고 한다. 그러니 돈이 있으면 공부를 잘할 수밖에 없고, 반대로 돈이 없으면 공부 못하는 건 당연한 결과다. 이것 또한 그럴 확률이 높다는 말이지 다 그렇다는 것은 아니다.

아무튼 그래서 대부분의 장학금은 부유한 집안의 학생들이 싹 쓸어 가고, 정작 장학금이 꼭 필요한 가난한 학생들은 그저 입맛만 다실뿐이다. 그러나 이것 또한 자본주의 경쟁사회에서 웬 넋두리냐고 한다면 할말은 없다. 단지 김밥을 팔아서, 날품을 팔아서, 장사를 해서, 먹고 싶고 입고 싶고 쓰고 싶은 것을 꾹꾹 눌러 참아가며 평생동안 모은 재산을 장학사업에 바친 기증자들의 참뜻이 그게 아니라는 것이다.

공부 못하는 학생들의 비애는 여기서 끝나지 않는다. 공부 잘하는 학생들이야 일류대에 들어가면 권력과 돈이 자동적으로 붙지만, 또 공부하다 코피를 흘리면 "아이고 내 새끼, 코피까지 흘리면서 너무 열심히 공부한다"고 안타까워하지만, 만약 공부 못하는 학생이 코피를 흘리면 "멀쩡한 콧구멍은 왜 쑤셔대고 난리야!"라고 편잔듣기 일쑤다. 바로 공부 또 공부, 공부에 미쳐 있는 사회적 분위기 때문이다.

인류의 역사를 바꿔놓은 것 중에는 세 가지 종류의 사과가 있다. 그 첫째가 '아담과 이브의 사과'인데 진정한 종교는 어디에 있는지 모르겠고, 두 번째가 '빌헬름텔의 사과'인데 믿음과 용기 또한 언제부터인가 우리 주변에서 사라진 지 이미 오래다. 그리고 세 번째가 바로 '뉴턴의 만유인력의 사과'인데, 놀면서 연구하는 연구원들 탓에 외국에서

미디어로 본 세상

인공위성이 올라가면 우리는 공공요금부터 줄줄이 올라가는 실정이다.

물론 다 그렇다는 것은 아니지만 이상한 논리로 집단자살이나 일삼는 사이비 종교나 조계사의 폭력사태를 돌아보며, 또 국방부 무기구입 비리사건이나 일부 정부 출연기관 연구소 직원들의 행태를 돌아보니 왠지 쓴맛이 들어서 해보는 말이다.

따라서 법과 법조인, 경제와 정치. 경제인, 산과 등산객, 강과 바다와 낚시꾼, 이런 것들을 다시 한 번 복합적으로 생각해서 장학금에 대한 기본 틀을 좀 깨보자는 것이다. 공부는 좀 못 해도 품성이 바른 학생들이 독기를 품지 않도록 말이다.

[1999년 02월 23일 한겨레신문]

안전띠와 각개전투

각개전투各個戰鬪 훈련이라는 것이 있다. 신神의 아들들은 잘 몰라도 입영전야 부르면서 군에 다녀온 사람은 누구나 다 아는 지옥地獄 훈련이다. 이것은 총을 각개로 메고 하는 전투가 아니라 각 개인이 하는 전투란 뜻이다. 그런데도 병사들은 이 훈련 얘기만 나오면 총을 각개로 메고 하는 훈련이라고 하면서 이를 북북 간다. 자신의 생명을 지켜주는 훈련인데도 말이다.

왜 그럴까. 바로 과정에 문제가 있기 때문이다. 전투가 시작되고 총알이 날아다니면 누가 시키지 않아도 병사들은 자세를 낮춘다. 삶에 대한 본능이 무의식적으로 작용되기 때문이다. 그런데도 그 훈련을 담당하는 교관이나 조교들은 꼭 팔꿈치와 무릎에서 피가 흐를 때까지 시키고 또 시킨다. 정해진 교육시간이 있고 윗사람이 시키니까 그렇게 하고 있을 뿐이다.

이 때문에 힘깨나 쓰는 부모들은 자식이 군대에 갈 나이가 되면 얼굴에 철판을 깔고 있고, 젊은 부부들은 또 출생주의를 원칙으로 하는 미국으로 건너가 애를 낳고 있다. 군대를 안 보내도 되는 것은 물론이고 유학할 때의 경비도 부담이 없을 뿐 아니라, 경기도 화성 씨랜드 화재참사 사건이나 무너지고 부서지고 폭삭 주저앉아서 희생되는 꼴을 안 당할 수도 있기 때문이다.

요즘 도로 곳곳에는 무인자동 감시카메라가 있어 과속차량들을 마구 잡아내고 있고, 또 시도 때도 없이 경찰들이 나타나 안전띠를 미 착용한 운전자들에게 벌금을 물리고 있다. 물론 이것이 잘못되었다는 얘기가 아니다. 도로교통법에도 나와 있고 운전자들의 안전을 위한 조치이기 때문에 법적으로는 어떤 하자도 없다.

하지만 이렇게 갑자기 단속을 하는 것을 보면 마치 각개전투 훈련과 같다는 생각이 들 수밖에 없고 '정부가 총선을 치르느라 얼마나 국고가 비었기에 이렇게까지 할까'라는 생각을 떨쳐버릴 수가 없다. 단속에 걸린 운전자들 대부분이 벌레 씹은 표정들이기 때문이다. 차는 이제 생활의 필수품이 되었고 없으면 안 될 이 시대의 발이다. 그런데도 정부는 좋은 말로써 국민들을 가르치려 하지 않고 국고 채우기에만 급급하고 있다.

그것도 납기일자에 벌금을 내는 운전자에겐 벌점까지 부여하지만, 고의로 납기일자를 어긴 운전자에겐 벌점을 안 주는 이상한 요령까지 가르치고 있다. 물론 가산금을 더 챙기는 이점이 있어 눈감아 주겠지만, 너무 무작위로 단속하는 '안전띠 미착용'문제가 하도 답답해서 해 보는 얘기다.

[2000년 08월 24일 강원일보]

오늘의 흥부와 놀부

순리대로 사는 흥부는 스트레스를 받아 죽을 세상이다. 흥부야 지켜야 할 원리원칙이 많으니 세상에 약삭빠르기 어렵다. 그러나 놀부는 순발력 있게 좋은 것만 골라먹다 죄지은 몫은 적당히 사면. 복권 받으면 그만이다. 요즘 세상이 꼭 그렇다. 도리 지키는 흥부는 어딘가 덜 떨어진 놈이고, 놀부는 법을 제멋대로 농락해도 지켜줄 한패가 많아 행복한 나날이다.

놀부는 툴툴거린다. "아, 자본주의 국가에서 재벌들이 무슨 죄를 지었다고 그런 매도가 어디 있냐?" "돈 벌고 고용 창출하고 국가경제 살찌게 한 것도 흉이냐?" 중산층, 서민 지향의 세제나 개혁조처가 발표될 때면 자기 목숨 값이 국민 목숨 값이라면서 배짱 만만한 볼멘소리다.

그뿐이 아니다. 얼마 전 특급호텔 호화 예식도 허용됐다. 물론 자본주의 사회에서 내 돈 갖고 내가 쓰는데 웬 말이 그렇게 많으냐고 할 수도 있겠다. 당연히 경제논리로만 치면 전혀 문제될 게 없을 것이다. 그러나 이 땅의 부유층들은 피땀 흘려가며 돈을 벌었다는 신뢰를 받지 못 한다.

따라서 한쪽에선 수해복구로 비지땀 흘리면서 라면만 먹고 있는데, 부정한 축재를 한 자가 법으로 용서받고 호화예식을 치르는 것이 심정적으로 허용되지 않는 것이다. 정치인과 경제인들이 적당히 떡값이나 대가성 없다는 정치자금이란 걸 주고받으면서 국민들한테 거짓말을 일삼는 일이 그치지 않는다.

전前 대통령의 아들은 부당한 사면에 이어 국정을 농단하며 모은 돈을 국가에 다시 헌납하겠다는 약속마저 저버렸다. 언제까지 사이비들이 판치는 것을 봐야 하는가? 놀부 패들의 뻔뻔함을 언제까지 참아야 하는가? 헷갈릴 뿐이다.

[1999년 08월 18일 한겨레신문]

얼룩진 교육현장

실로 오랜만에 해보는 기차여행이었다. 무궁화호라서 그런지 쾌적한 공간과 깨끗한 시트, 사람들의 표정 또한 밝아 바깥 공기와는 사뭇 다른 분위기였다. 그리고 또 IMF 한파에서 벗어나서 그런지 사람들 대부분 여유가 있어 보였고, 신문과 잡지를 보는 그 표정에서 행복이라는 단어도 느낄 수 있었다.

그런데 잠시 후, 노란색 유니폼을 입은 유치원생들이 무더기로 타면서 이 분위기는 순식간에 깨졌다. 기차통로를 이리 뛰고 저리 뛰면서 괴성魁星을 질러대자 승객들의 이맛살에 골이 패인 것이다. 그러나 누구 하나 나무라는 사람이 없다. 이런 일을 수 없이 당해봤다는 식으로 오직 자신의 일에만 열중하고 있는 것이다.

결국 참다못한 나는 지도교사로 보이는 젊은 여성에게 점잖게 타일렀다. 그런데. "아이들을 좀…, 이것도 질서 교육이 아니겠습니까?" 라고 말하는 순간, 그 여성은 쌩하는 표정을 짓더니 다른 칸으로 가버린다.

무안해진 나는 결국 바보가 되어버릴 수밖에 없었고, 다른 승객들이 킥킥거리는 소리에 그 좋았던 기분을 잡치고 말았다. 짐작컨대 그 여성은 별 거지 같은 사람이 남의 일에 간섭하니까 기분이 상했을 것이고, 승객들 역시 세상이 다 그런 줄 알면서 주접을 떨었으니 우스웠던 모양이다.

　아무튼 표준어가 죽어 사투리가 판치는 세상에서 "그것 참!"이라고 말 할 수밖에 없는 내 자존심은 어디 가서 찾아야 할까. 낙엽이 굴러다니는 차창 밖을 바라보고 또 바라봐도 그 해답을 찾지 못해 안타까울 뿐이다. 그런데도 그 병아리들은 쉴 새 없이 장난치면서 조잘대고 있다. 마치 너희들이 세상을 비비꼬아 놨으니 우리도 좀 꼬면 안 되겠느냐는 식으로.

[1999년 11월 17일 강원일보]

삼국지를 읽어야 세상이 보인다

인간만사 새옹지마塞翁之馬라고 하였다. 멍청한 자는 오직 자신의 잘못을 되돌아보면서 반성하지만, 현명한 자는 남의 잘못을 보면서 자신의 삶을 개척하기 때문이다. 그런 의미에서 우리는 고전을 찾게 되는 것이고, 그 중에서도 특히 수많은 인물들이 등장하는 삼국지에 더 큰 비중을 두고 있는 것이다.

자, 그렇다면 우리 머리 좋고 착한 사람은 수경 선생(사마휘)처럼 좋은 스승이 되는데 반해, 머리는 좋으나 마음이 악한 자는 조조 같은 정치인이 된다는 사실을 생각하면서 삼국지 속으로 들어가 보자.

작은 물방울이 모여서 큰 물방울을 이루고, 큰 물방울이 분열되어 작은 물방울을 이룬다. 세계사를 돌이켜 되면 '전쟁은 필요 악'이라는 니체의 말처럼, 천하란 분열됐다 통일되고 통일됐다 분열되는 역사의 소용돌이가 반복되고 있음을 보게 된다.

중국 주周나라 말년에 분열된 7국이 다투다 진秦이 통일하였고, 진나라가 2세二世를 끝으로 망할 때까지 항우楚와 유방漢이 최종 타이틀 매치를 벌였다. 하지만 워털루 전투에서 패한 나폴레옹이 세인트 헬레나 섬에서 죽었듯이, 항우도 유방에게 패하여 사랑하는 우미인과 함께 오강에서 자살하였다.

그 후 한漢 고조高祖에 의해 평정된 천하는 200여 년만에 잠시 왕망王莽이 집권하였으나, 동한東漢의 유수劉秀가 재탈환시킴으로써 헌제獻帝까지 이어올 수 있었다. 그러나 마마보이 체질인 헌제에 와서는 오직 권력과 부와 탐욕만을 일삼았던 십상시十常侍들에 의해 삼국 분열의 수난을 겪게 된다.

민심이란 백성들의 마음이다. 번식능력도 없는 내시들이 민심을 깔고 앉자 깔린 민심들이 꿈틀거리기 시작했다. 입안을 더럽히면 치아가 썩어 입병이 생기고, 나라가 어지러우면 수많은 구더기들이 파고들기 마련이다. 그래서 용들이 꿈틀거리기 시작했다.

하지만 연꽃 피는 연못에서 솟아난 진짜 용이 아니라, 시궁창 바닥에서 오직 입신출세만을 기다려 왔던 구렁이들뿐이었다. 그런데도 그곳은 실뱀들의 놀이터가 되고 있었다. 구렁이들에게 빌붙어 실속이나 차리면서 구렁이처럼 변하고 싶은 욕망 때문이었다. 그러니 야누스 같은 놈들이 판칠 수밖에….

이에 거록鉅鹿 출신 장각張角이 사이비 종교(태평요술)를 앞세워 마침내 난을 일으켰다. 하지만 동탁을 비롯한 원소, 손견, 조조, 공손찬, 유비 등의 연합군에 의해 패하게 된다. 결국 이런 과정을 통해 동탁이 집권하게 되고, 그는 십상시들 보다 더 무서운 공포정치를 시작한다.

하지만 정직한 유비는 황건적을 토벌한 논공행상에서 중산부 안희 현감이라는 미관말직밖에 받을 수 없었다. 결국 '공이 없는 자가 상을 받으면 공이 있는 자가 떠난다'는 퇴계 선생의 말대로, 독우의 횡포는 성질 급한 장비를 화나게 만들고….

유비는 또 공손찬에게 몸을 의지하다 천하명장 조자룡을 만난다. 동탁의 폭정이 시작되자 제후들은 그를 죽이기 위해 또다시 연합군을 결성하게 된다. 하지만 동탁의 뒤에는 여포라는 명장이 있어 연합군을 난감하게 만든다. 그러나 간신이 있으면 충신도 있는 법. 태원군太原郡 기祁 땅 사람인 왕윤王允이 미인계로 초선을 앞세워 동탁과 여포를 이간질시킴으로써 그를 살해한다.

그 후 이각과 곽사가 황제를 협박해 가며 또다시 폭정을 펼치고, 제후들은 또다시 이들을 죽이기 위해 연합군을 결성하게 된다. 하지만 진궁과 함께 재기를 도모하던 천하무적 여포도 자신의 여린 귀 때문에 조조에게 죽음을 당하게 된다. 그것은 또한 현명하지 못한 자는 자신의 결점 때문에 사라질 수밖에 없다는 진리대로, 작금의 역사를 돌이켜 보게 한다는 점에서 쓸쓸한 뒷맛을 남기게 된다.

결국 여포와 진궁을 죽인 조조는 이각과 곽사를 죽임으로써 실권을 손에 거머쥐게 된다. 그리고 헌제를 협박해 승상에 오르게 되는데, 허전 사냥터에서 사슴을 쏘았을 때의 그 오만 방자함은 또 다른 불씨를 예고….

이 세상에는 간신들도 많지만 대다수의 양심적인 사람들 때문에 사회가 유지된다. 조조의 횡포에 반감을 품은 국구國舅동승은 헌제의 혈서까지 받자 어떻게든 나라를 구해 보자는 의도에서 조조 암살을 계획한다. 하지만 가노家奴 진경동과 애첩 운영雲英을 살려준 게 화근이었다. 결국 가노의 밀고로 동승과 길평이 잡혀 죽고 마등에게까지 화가 미친다. 그래서 선인들은 소인배와 아녀자들에게 잔정을 베풀지 말라고 했던가…?

결국 유비도 조조로부터 도망쳐 원소에게 몸을 의지하게 되는데, 관우는 조조와의 약속대로 5관 6참을 하면서까지 유비와 재결합하게 된

미디어로 본 세상

다. 그러나 천하에 욕심이 있던 조조는 드디어 원소 일가를 일망타진함으로써 그 세력은 날로 확장되어 간다. 원래 원소는 귀족출신으로서 제후들 중에서는 세력이 가장 강했다. 하지만 통솔력과 결단력이 없기는 그 누구와 비슷했고, 그의 부하들 또한 자신의 영욕만을 추구하던 잡초들이었다. 게다가 독선과 아집으로 뭉쳐진 것은 물론 철학조차 없는 소인배였다. 그러니 와해될 수밖에….

그런데 우리는 여기서 중요한 사실 하나를 발견하게 된다. 원술袁術과 수춘壽春 땅에서 싸우던 조조가 양식이 떨어져 군사들의 원성이 높자, 관량관 임준管糧官 任峻의 부하인 창관왕후倉官王后에게 횡령죄를 씌워 죽인다는 점이다. 조조의 간교한 성품이 적나라하게 드러나는 장면이 아닐 수 없다.

한편 강동에선 비바람을 마음대로 부리는 우길이 나타나자 손책이 죽고, 그 뒤를 이어서 손권이 부상하게 된다. 그런 반면에 유비는 신야현에서 우연히 수경선생을 만나게 되고, 그로부터 복룡과 봉추라는 이름을 듣게 된다. 그리고 서서(서원직)의 도움으로 삼고초려를 하게 되는데….

일찍부터 스스로를 관중과 악의에 비교할 만큼 정치적 야심을 품고 있던 제갈량은 유비를 만나고부터 그 뜻을 펼쳐 나간다. 그런데 재미있는 것은, 제갈량에게 모든 것은 다 배워도 그 아내 고르는 것만큼은 배우지 말라는 우스갯소리가 있다. 비록 황승언이란 명사의 딸이긴 해도 너무 박색이었기 때문이다. 또한 그가 조조나 손권 같은 기존세력과 손잡지 않았던 것은, 유비가 황실 종친이면서도 어진데다 신진세력이었기 때문일 것이다.

아무튼 그가 유비와 손잡은 후부터 연승가도를 달리게 된다. 박망파와 신야성에서의 전투가 그것을 증명했고, 손권과의 동맹관계를 맺는 데도 여실히 나타났다. 특히 동오의 모사들을 모두 세치 혀로 물리치면서 적벽대전에서의 승리는 그의 주가를 더욱 상승시켜 놓았다.

게다가 천문지리에 통달했던 그는 동남풍을 빌어 조조를 더욱 비참하게 만들었고, 결국에는 형주를 발판으로 삼아 촉한까지 세우는 쾌거를 이룬다. 뿐만 아니라 봉추선생 방통과 노장 황충을 얻게 되지만, 낙봉파에서의 방통의 죽음은 유비의 미래가 좋지 않음을 예고해 준다.

결국 조조가 위나라를 세우면서 유비가 촉한을 세우고, 마지막으로 손권이 동오를 세움으로써 삼국의 틀이 갖춰진다. 그러나 인간은 태어나서 언젠가는 죽는 법. 형주를 지키던 관운장은 결국 맥성에서 그 운명을 달리하게 되고, 그 아우 장비는 또 조급한 성미 때문에 범강과 장달에게 암살당한다. 그리고 유비는 아우들의 원수를 갚고자 혈안 돼 있다가, 그 또한 백제성에서 운명을 달리 한다.

그런데 이들 형제의 죽음을 특히 주목할 필요가 있다. 맨 처음 죽은 관우는 육손이라는 명장을 너무 깔보면서 주창의 말을 안 들었고, 또 그 누구처럼 유봉과 맹달에게 배반당했다는 점이다. 두 번째로 장비는 세상을 너무 몰랐다는 점이다. 쥐를 쫓을 때는 반드시 쥐구멍을 보고 몰아야 함에도, 너무 조급한 성미 때문에 자신의 명을 재촉했다. 그리고 유비 또한 자신의 아집 때문에 제갈량의 말을 안 들었다는 게 화근이라면 화근이었다. 결국 5호 대장 중에 두 별이 사라짐으로 해서 제갈공명의 힘든 역사는 시작되는데….

한편 조조는 손책이 우길을 죽인 것처럼 좌자를 죽인다. 그리고 촉을 치기 위해 또다시 한중을 공격하지만, 계륵이라는 암호 때문에 양수를 죽이고 철수한다. 왕후를 죽일 때처럼 또다시 그의 교활한 모습

미디어로 본 세상

을 증명해 주는 대목이 아닐 수 없다. 하지만 그도 관우의 팔을 치료한 화타를 죽임으로써 운명을 달리하게 되니 인생의 무상함을 일깨우게 된다.

아무튼 그는 현대인들처럼 교활한 면은 있었으나 최고의 지략가라는 점에서는 의심할 여지가 없다고 본다. 그 후 제위에 오른 조비는 사마중달을 영입함으로써 천하를 얻고자 노력하지만, 결국 그의 후손들이 사마씨 후손들에게 죽임을 당하면서 조씨의 역사는 끝나게 된다. 또한 제갈량은 칠종칠금을 하면서 남만을 정복하고 출사표를 올리면서 유비의 뜻을 받들고자 심혈을 기울인다.

그러나 가정을 지키던 마속은 '읍참마속'이라는 고사성어를 만들어내면서 공명을 실망시키고, 기산에서 사마의는 하늘의 뜻에 따라 살아나게 된다. 그리고 오장원에서 북두칠성에 기도하며 생명을 연장시키려 했던 공명은, 반골 상인 위연이 등불을 밟으므로 해서 끝내 숨을 거둔다. 그리고 '죽은 공명이 산 중달을 쫓았다'는 고사가 생기면서 강유가 고군분투하나, 후주 유선은 내시 황호의 꾐에 빠져 나라를 잃고 만다.

결국 해서는 안 될 유선이 나라를 통치함으로써 빚어진 이 비극은, 우리의 현대사를 되돌아보게 할 정도로 시사하는 바가 크다고 하겠다. 뿐만 아니라 조씨와 유씨와 손씨가 아닌 사마염이 천하를 통일했다는 점에서 영웅은 반드시 하늘이 점지해 준다는 사실을 일깨워 주기도 한다.

그러나 인간은 어차피 2m 안팎의 땅속에 묻히는 것, 욕심 내지 말고 너무 조급하게 살지 말라는 교훈도 담고 있다. 그런데도 현대인들은 조조의 지혜보다는 간교한 면을, 유비의 어진 덕보다는 무능한 부분을, 또 손권의 훌륭한 책략보다는 복잡한 여자관계만 탐하고 있으니 이것 또한 인간만사 새옹지마가 아니겠는가. 우리 모두가 몇 번이고 꼭 읽어볼 일이다.

[2010년 01월 15일 삼국지를 떠올리며]

말—행동 다른 「애국자들」 한심

요즈음 경기침체로 인해 국가경제가 말이 아니다. 기업마다 과감하게 체질개선을 해가며 감원사태까지 일고 있고, 정부에서는 정부대로 허리띠를 졸라맬 때라면서 국민들에게 고통분담을 요구하고 있다. 그런데 언론매체를 통해 보면 그것도 좀 알만한 지식인들과 국민의 대표라는 일부의 선량들까지도 개판 치고 있으니 한심한 일이 아닐 수 없다.

수십 억 짜리 호화빌라에서 온통 외제물품으로 치장하고 사는 양상군자들이 그러하고, 수해를 당한 국민들이 울부짖고 있는데도 「나 몰라라」 하면서 나랏돈으로 외유나 다니 는 선량들 또한 그러하다. 게다가 그들은 국민들의 혈세로 사치품 쇼핑을 일삼았는가 하면, 영화촬영이 아님에도 국회의원 아들이 초호화판 결혼식을 치렀다.

일부 지식인— 선량들의 초호화 결혼식—외 쇼핑 개탄

경비행기의 축하비행 속에 특설무대까지 갖추면서 드라이아이스와 비눗방울까지 수놓았던 이 결혼식은 한마디로 말해 자기 과시를 위한 행사였다. 더구나 세도들이 들끓었던 장소에서 보란 듯이 말이다.

사람은 언제 애국자가 되는가? 예전에야 나라가 어려울 때마다 애국자가 나타났다. 하지만 냉소주의가 확산된 요즈음은 도둑질로 치부를 한 뒤에야 나라를 걱정하는 애국자가 된다. 이들은 그것도 모자라서 인지, 아니면 나라가 안정돼야 부를 유지할 수 있기 때문인지 옛 성인들의 말씀까지 인용해 가며 애국자로 둔갑하고 있다. 참으로 애국자 만세다.

사람의 심리는 거의 대부분이 같다. 즉 어떤 재화를 한 개씩 똑 같이 받았을 때는 그대로 노출시킨다. 하지만 두개 이상씩 받을 때면 감추려 드는 속성이 있다. 그래서 수천 억 원을 부정 축재하다 들킨 전직 보스들이 재판 받고 있고, 돈으로 교육감 자리를 노리던 파렴치한들 또한 구속되고 있는 것이다.

우리의 정치꾼들 또한 입만 벌리면 「국민을 위한다」고 하면서도 연금이나 요구하는 등 제 실속을 다 차리고 있다. 이러다 보니 명예만을 간직한 채 봉사하겠다던 풀뿌리 의원들조차 보좌 관제를 요구하는 것도 탓할 수 없다. 이런 사태는 결국 너도나도 에고이스트를 만들어 낸다.

사회지도층인사는 물론 주부들까지도 외국에 나가 보신관광이나 싹쓸이 관광으로 나라 망신시키고 있다. 한 탕한 졸부들이나 도둑질로 치부한 사람들 또한 흥청망청 거리면서 공장을 지어 주겠다는 등 헛소리나 일삼아 조선족들의 분노를 사게 된다. 때문에 연변에서 발생하는 동포들의 살인사건은 우연이 아닌 것이다.

「사람의 다리는 어느 정도가 적당할까」라는 보좌관들의 질문에 링컨은 「사람의 다리는 땅에 닿기만 하면 된다」고 했다. 따라서 자동차도 굴러다니기만 하면 될 것이고, 옷도 몸에 맞으면 된다. 그런데도 외제차나 유명브랜드가 아니면 안 되고, 자기 봉급으로는 세금조차 물

미디어로 본 세상

수 없는데도 호화빌라에서 살고 있는 것을 보면 정말 이상한 일이 아닐 수 없다.

결국 GNP 1만 달러 시대라 해도 삶의 질은 자신의 가슴속에 있는 것이지, 돈과 명예 만 있다고 해서 높아지는 것은 아니다. 우리사회는 지금 60년대의 [뉴 프런티어 정신], 70년대의 [최루탄 문화], 80년대의 [람보문화]가 사라지고 [이완용 문화]가 활개치고 있다. 그것은 이완용을 비롯한 친일파들이 몇 대 손까지 호의호식하게끔 만들어 준 레토릭(Rhetoric)의 결과 때문이 아닐까 생각된다.

그 결과 [내가 존재할 때 조국이 있고, 내가 없으면 조국도 존재할 수 없다]는 위험한 발상은 국가조직을 좀먹으며 이기주의로 치닫는다. 끼리끼리 타협해 가며 패거리나 만들고, 환경이야 파괴되거나 말거나 골프장에다 스키장까지 만들면서 치부에 열중한다. 그리고는 1억~2억 원 정도의 환경보존자금을 내면서 생색까지 낸다. 공무원들을 봉이라 일컬어도, 또한 봉급이 노출됐다고 세금을 왕창 거둬 가도 90만의 공무원들은 그저 묵묵히 일하고 있다.

따라서 농부가 열심히 농사짓고 장사꾼이 남을 속이지 않고 열심히 살아갈 때, 우리는 그런 사람들을 애국자라고 부른다. 60년대 미국에서 로켓이 올라갈 때면 시사만화가들이 우리의 물가가 올라간 것을 그렸듯, 멸치 값이 소고기 값의 두 배나 된다고 한다. 그것이 열 배로 더 오르기 전에 충분히 섭취해서 국가경제가 탄탄대로를 달릴 수 있도록, 우리 모두가 노력할 때인 것이다.

[1996년 09월 25일 세계일보]

나를 알면 세상이 보인다

만물은 자연의 섭리대로 돌아간다. 그것이 우주의 법칙이요 세상사는 법칙이다. 그래서 내가 태어났고, 태어났으니까 뭔가를 남기고자 한 평생을 발버둥친다. 그렇지만 세상이 좋아서, 자신이 원해서 태어난 사람은 그 누구도 없다. 다행히 좋은 환경에서 태어나 희희낙락하는 사람들도 있지만, 그런 사람들일수록 환경에 지배받으면서 살아가게 마련이다.

그런 반면 태어날 때부터 환경을 극복하면서 살아가는 사람들도 많이 있다. 이 또한 실패와 좌절이란 단어 자체를 아예 무시하면서 용기로 이겨내기 때문이다. 프랑스의 작가 앙드레 지드의 학교생활은 엉망이었다. 소년시절의 앙드레 지드는 거짓말과 속임수에 능한 소년이었다.

그는 꾀병으로 3주 동안이나 학교에 결석한 적도 있었고, 가련할 정도로 겁이 많은 심약한 학생이었다. 그래서 도무지 비전이 없어 보이는 열등생일 뿐이었다. 한번은 학교에서 선생님이 학생들에게 시를 낭송하도록 했다. 학생들은 그저 평범하게 시를 읽었고 앙드레 지드는 감정을 한껏 실어 멋지게 시를 낭송했다.

그러자 선생님은 "넌 아주 훌륭한 작가가 될 소질이 있다."라고 칭

미디어로 본 세상

찬해 주었고, 이 일로 인해 운명을 바꾸는 계기를 마련했다. 그런가 하면 '노벨평화상'을 만든 알프레드 노벨의 초등학교 시절 생활기록부에는 이렇게 적혀 있었다. "빈궁한 가정환경과 병약한 몸으로 수업이 매우 어려움." 이라고. 그의 아버지는 고무공장을 운영하다 부도를 맞아 도피 중이었고, 어머니는 작은 채소가게를 운영하며 네 아들을 키웠다.

이 때문에 그는 가계를 돕기 위해 '성냥팔이 소년'이 되어야 했지만, 갓 태어날 때부터 "세 살을 넘기기 힘든 아이" 라고까지 불릴 정도로 몸이 허약했다. 그렇지만 그에게는 장점이 있었다. 사물에 대한 호기심과 풍부한 상상력이 그것이었다. 그는 많은 책을 닥치는 대로 읽었고 수많은 발명품도 만들었다. 그리고 나중에는 세계적인 대부호가 될 수 있었다.

세계적인 천재들 중에는 인생의 쓴맛을 경험한 사람들도 많이 있다. 발명왕 토머스 에디슨은 '구제불능의 바보'라는 소리를 들으면서 자랐다. 앨버트 아인슈타인의 중학 교 때 수학성적은 낙제점이었고, 농구천재 마이클 조던은 고등학교 때 후보 선수로 전전하다 결국 팀에서 쫓겨났다.

알렉스 헤일리는 '뿌리'의 원고 보따리를 들고 4년 동안이나 출판사를 찾아다녔다. 그는 주위의 냉소적인 태도에 충격을 받아 자살까지도 생각했었다. '디즈니랜드'를 설립한 월트 디즈니는 무려 다섯 번이나 파산한 정리해고자 출신이었다.

최근 베스트셀러로 떠오른 잭 캔필드의 '내 영혼의 닭고기 수프'는 무려 33개의 출판사로부터 퇴짜를 맞았고, 97년 '아버지'라는 소설을 써서 히트시켰던 김정현씨도 10군데의 출판사로부터 퇴짜를 맞았던 경험도 있다. 그런가 하면 '팝의 여왕'인 다이애나 로스도 9집 앨범을 낼 때까지 단 하나의 히트곡도 없었다.

이렇듯 사람은 누구에게나 약점이 있고 고통의 가시 채를 갖고 있다. 특히 청소년은 미완성 교향곡이다. 지휘자의 격려와 칭찬은 명곡을 만들어내지만, 비관적이고 냉소적인 말은 청소년의 꿈을 갉아먹는 송충이와도 같다. 또한 사람은 누구나 남들보다 뛰어난 재주가 반드시 한두 가지는 있다.

다만 그것을 계발하지 못하는 경우가 많을 뿐이다. 그리고 성공한 사람들의 공통점은 실패를 두려워하지 않는다는 것이다. '성공'은 '용기'를 재료로 해서 만들어지기 때문이다. 그렇다면 인간을 실패의 함정으로 몰아넣는 장애물에는 어떤 것들이 있을까. 미국의 강철 왕 엔드루 카네기는 인간을 실패의 함정으로 몰아넣는 10가지 장애물을 다음과 같이 제시하고 있다.

① 열등의식과 자기 비하는 의욕을 저하시키는 독약이다.

② 항상 지름길만을 선택하려는 사람은 반드시 낭패를 당한다.

③ 타인과 환경에 책임을 전가하면 신용마저 잃는다.

④ 목표가 불분명하면 고생에 비해 성과가 적다.

⑤ 독창력이 없이 남을 모방하면 잘해야 2등일 뿐이다.

⑥ 과거에 연연하는 사람의 앞길은 점점 암울해진다.

⑦ 시작도 빠르고 포기도 빠른 사람은 공연히 주변 사람에게 피해만 준다.

⑧ 판단력이 없으면 괜한 시간만 허비한다.

⑨ 치밀한 계획이 없이 무모하게 뛰어드는 것은 맨손으로 불 속에 뛰어드는 것과 같다.

미디어로 본 세상

⑩ 실패한 후에 교훈을 얻지 못한 사람은 또 실패한다.

자, 이제 성공과 실패에 대한 예시를 들어보았다. 그렇다면 어떤 목표를 정해서 어떻게 미쳐야 할까. 그것은 곧 몇 년 후의 자화상을 그려 보면서 각자가 정해야 할 몫일 뿐이다. 자신이 세상에 어떻게 태어났건 자신의 운명은 자신이 개척해야 하고, "나를 알면 세상이 보인다"는 말 정도는 충분히 이해할 수 있다고 판단되기 때문이다.

[2010년 01월 01일 경인년 새해를 맞이하며]

꽃반지 끼고

제주도는 누구나 다 알 듯이 국내 최고의 관광지이자 세계적인 명소이기도 하다. 역사적으로도 유명한 곳이지만 볼거리도 많이 있고, 특히 2002년 월드컵을 앞두고 이곳에서 조별추첨 행사를 가질 확률도 높기 때문에 더욱 그렇다는 얘기다. 그러나 유독 나는 제주도에 남다른 감회를 갖고 있다.

1980년 결혼을 앞둔 나는 신혼 여행지를 놓고 깊은 딜레마에 빠져 있었다. 당시 아내는 제주도로 꼭 신혼여행을 가고 싶다고 했고, 나는 그 돈으로 평생을 간직할 수 있는 비디오를 촬영하자고 했다. 결국 며칠간의 입씨름 끝에 아내가 양보해서 비디오 촬영을 할 수 있었지만, 나는 그 일로 인해서 아내에게 늘 미안한 마음을 지울 수 없었다.

그리고 공무원 박봉에 허덕이면서 살아오기를 19년. 아이들이 중학교와 대학에 들어가자 나는 용기를 내서 제주도를 찾았다. 그 동안 아내가 열심히 살아줬던 고마움과 결혼 당시의 미안했던 감정을 풀어주기 위해서였다. 비록 친목회원들과 함께 한 여행이었지만 그들은 우리 부부를 위해서 독방을 내주었고, 우리는 마치 신혼여행을 온 것처럼 들뜰 수밖에 없었다.

그리고 여행기간 내내 즐거워하던 아내의 모습에서 행복이 무엇인지도 찾을 수 있었다. 여행이란 재충전의 기회도 되고 무엇보다 즐거워야 하기에 우리는 제주도에 좋은 이미지를 갖고 돌아올 수 있었고, 춘천에 도착하자 핸드폰에서는 이런 말이 들려오고 있었다.

"가이듭니다. 무사히 도착하셨는지요?"

이런 서비스에 감동을 받은 나는 금년 또다시 제주도를 찾았다. 이번에는 내가 근무하는 고교 1학년 학생들의 수학여행 길이었다. 나는 또다시 들뜬 기분으로 제주도 곳곳을 둘러볼 수 있었고, 5월 24일 정방폭포를 들렀을 때는 초상화를 그리는 화가에게 못 생긴 내 얼굴까지 맡겼다.

그런데 한정된 시간이 30분 뿐이라 무척 바쁜 시간임에도 화가는 정성을 다해서 그렸고, 나는 시간이 촉박해서 안절부절못하고 있었다. 이것을 안 화가는 할 수 없이 그림을 넘겨주면서, "뒷마무리를 못해서 죄송합니다. 5,000원을 깎아주겠습니다."하고 말했다. 그리고 정신없이 뛰어와 차가 막 출발하려는데 그 화가가 헐레벌떡 뛰어오더니,

"선생님, Sunglasses를 놓고 가셨습니다."하고 말하면서 그것을 내미는 게 아닌가. 이에 나는 가슴이 뭉클할 수밖에 없었다. 그 Sunglasses는 지난 96년 유럽여행 때 프랑스에서 100불을 주고 구입했던 것이었고, 당시 교포들의 상점에서 구입한 시계를 아내에게 선물로 주었을 때,

"여보, 시계에 물이 들어가."하고 말하면서 당혹스러워하던 모습과 너무 다른 대조를 보여주었기 때문이다. 그런데 나는 왜 제주도에만 오면 71년도 전방수색대에서 즐겨듣던 은희 씨의 ≪꽃반지 끼고≫란 노래가 자꾸 떠오를까? "생각난다 그 오솔길 그대가 만들어준 이 꽃반지…."

공무원이 나라를 망친다고?

만약 직장에서 무보수로 일을 하라고 한다면 과연 몇 사람이 나와서 일을 할까? 또 북한과의 피치 못할 사정으로 전쟁이 일어났다면 과연 어떤 부류의 사람들이 제일 먼저 도망갈까?

물론 엉뚱한 발상이겠지만 대다수의 국민들은 한결같이 "오직 국가를 위해서 우직하게 일해왔던 사람들만이 나올 것이고, 머리 좋고 지식은 많은데 품성이 더러운 정치인들이 제일 먼저 도망갈 것"이라고 답할 것이다. 6·25 때 끝까지 서울을 사수하겠다던 라디오 방송이 그걸 증명하기 때문이다.

요즘 대다수 공무원들의 생활이 말이 아니다. 공기업의 60%선 밖에 안 되는 봉급에다 250%의 체력體力 단련鍛鍊비까지 삭감되어 4, 5월은 그야말로 춘궁기를 겪었기 때문이다. 뿐만 아니라 조직개편과 구조조정에다 툭하면 서릿발 같은 사정으로 인해 사기가 떨어질 대로 떨어져 있는 실정이다.

그런데 어느 일간지에 선생님이 수업시간에 IMF를 설명하면서, "공무원들이 나라를 망쳤다는 말에 어느 공무원 자녀가 풀이 죽어 있더라"라는 기사가 실려 있는 것을 볼 수 있었다. 물론 그 기사가 전적으로 잘못되었다는 것은 아니다. 그러나 무엇보다 이율배반적인 행동이나 일삼아 온 사람들에게도 책임이 있다는 말이다.

그렇다면 과연 이들에게 누가 무엇을 어떻게 가르쳤기에 이 지경이 되었단 말인가. 그리고도 남이나 탓하면서 이완용을 욕하고 을사오적을 욕하고 99명의 친일파들에게 누가 감히 손가락질을 할 수 있다는 말인가. 인간이란 단어 자체가 사이 간(間)자가 말해 주듯, 사람과 사람이 서로가 어우러지면서 살아가라고 했는데도 말이다. 세상을 그저 명청하게 살아가는 범인들로서는 정말 헷갈리는 일이 아닐 수 없다.

여하튼 누구는 세월이 좋아 폭탄주나 마시면서 금강산 여행이나 다녀오고, 로데오 거리에선 청춘의 피가 끓는데 반해 4, 5월을 춘궁기로 보낼 수밖에 없어 빈곤의 악순환에 허덕거리는, 그래서 각종 적금 해약이나 대출로 어렵게 살아갈 수밖에 없어 배가 고픈 나머지 헛것만 보여 변명 아닌 변명만 늘어놓는 공무원들의 얘기가 아니라, 어느 선생님의 말씀대로 IMF 환란 책임이 결코 공무원들의 것만은 아니라는 사실이다.

그래서 19세기 프랑스의 보수주의자였던 드메스트르가 "국민들은 자기 수준만큼의 지도자를 가진다"고 하지 않았던가. 우리 모두가 다시 한 번 곰곰이 생각해볼 일이다.

[1999년 07월 03일 강원도민일보]

강원도 푸대접 이제 그만

정부는 2000년 01월 07일 재정적인 어려움을 겪고 있는 5개 월드컵 개최도시의 경기장 건설비용으로 모두 1,803억 원을 지원하기로 했다. 이에 따라 수원시는 440억 원을, 인천 418억 원, 울산 346억 원, 전주 314억 원, 서귀포시는 285억 원을 각각 지원 받게 됐다.

당초 이들 도시들은 정부에 손 벌리지 않고 자체자금만으로 경기장을 건설하는 조건으로 월드컵 경기 개최권을 따냈다. 그런데도 이렇듯 혜택을 받는 것을 보면 총선이 정말 무섭긴 무서운 모양이다.

지난 97년 초 정몽준 대한축구협회장은 비중 있는 모某일간지와의 인터뷰에서 '제아무리 축구전용구장을 건설한다고 해도 강릉과 수원, 서귀포 시 등은 재정적인 어려움과 인구수가 적기 때문에 개막식 경기는 어려울 것이다'라고 발표했다. 물론 이것은 해석하기 나름이겠지만 수원은 수도권 지역이기 때문에, 강릉과 서귀포는 관중 수 때문에 월드컵유치 후보도시에서 제외한다는 것으로도 풀이할 수 있다.

그런데도 강릉만 제외됐지 다른 두 곳은 정부의 지원까지 받고 있다. 강원도민의 한 사람으로서 입맛이 쓸 수밖에 없다. 이 밖에도 입맛 쓴 것은 또 있다. 지역대표를 유독 강원도에서만 팍팍 줄였을 뿐 아니

미디어로 본 세상

라, 서울이 가깝다는 이유로 낙하산 인사가 횡행되었던 것이 어제오늘의 일이 아니다.

그런가 하면 삼미 슈퍼스타즈와 청보 핀토스가 팬 서비스 차원에서 강원도를 연고로 했으나 태평양돌핀스가 인수하면서부터 현대 유니콘스도 강원도를 외면했고, 프로축구의 성남 일화가 마치 강릉을 연고로 할 것 같이 사탕발림을 하다 또 외면했으며, 금년도 프로축구(대한화재컵, 정규리그) 경기일정표를 봐도 강원도에서 열리는 경기는 눈을 씻고 찾아봐도 없다.

그런데도 강원도에 프로야구팀을 만들어달라고 각계에 탄원서나 보내면서 10,000배를 드리는 멍청한 사람이 있고, 강원도 촌사람이 서울에 오면 길을 몰라 우왕좌왕한다고 하자 발끈한 축구인들도 꽤나 많이 있었다. 그리고 요즘은 월드컵조차 유치하지 못했으면서도 또 뽑아달라고 뻔뻔스럽게 얼굴을 내미는 총선 후보자들도 있다.

물론 97년 당시 강원도에서 일어난 고성 산불과 철원 화천 지역의 수해, 그리고 강릉 무장공비 사건을 예로 들면서, "무장공비가 나오는 곳에서 꼭 월드컵을 치러야 하는가?"라고 반문한 일부의 스포츠기자들도 있었지만, 늘 소외 받으면서 당하기만 하는 강원도이기에 해보는 말이다. 그리고 또 뻔히 국고지원을 받는 것을 보면서 강원도민들 전체가 입을 다물고 있다면 강원도에는 바보들만 산다는 말이 나돌 것 같아 꿈틀해 본다. "강원도야 늘 푸대접이었기에 그럴 줄 알았다"고.

[2000년 04월 03일 강원일보]

타임머신 (Time Machine) 속의 친구들

타임머신은 시간과 공간을 넘나든다. 옛일과 미래를 훔쳐보기도 한다. 현실적으론 불가능하기에 다른 방법을 찾아야 한다. 추억을 더듬어 옛일을 떠올리고, 공상과 상상, 이상 속에서 미래를 펼쳐본다. 물론 꿈속에서도 가끔 나타난다. 나이가 들수록 옛날이 그리워지는 이유다. 학창시절이 그렇고 군대 시절이 그렇다. 이용복의 노래 '어린 시절'은 그래서 마음의 고향이다.

중국 음식점 아이는 엉뚱한 데가 있었다. 어느 날 그가 만두와 배갈(고량주)을 가져왔다. 아이들에게 자랑하자 모두가 손을 내밀었다. 허나 배갈을 마셔야 만두를 준다는 것이었다. 배고픈 시절이었지만 나서는 아이가 없었다. 모두가 군침만 흘리고 있을 때 내가 나섰다.

우리는 배갈을 마시고 만두를 씹었다. 하늘이 빙빙 돌고 다리가 후들거렸다. '눈조리개'가 우리를 측은한 눈으로 바라보았다. 졸린 듯한 눈 때문에 생긴 별명이었다. 결국 우리는 잔디밭에 쓰러져 의식을 잃었다. 귓가에는 아이들의 웅성거림이 메아리처럼 들려왔다.

가난한 것이 죄였고 견물생심이 죄였다. 목구멍이 포도청인 것도 죄였다. 정신이 들자 선생님은 노발대발 하셨고 아이들은 킥킥거렸다.

눈에서 불이 번쩍 나고 출석부와 싸리비가 춤을 췄다. 결국 무릎 꿇고 손을 드는 벌을 받아야 했다. 한 달간 변소청소는 또 다른 보너스였다. 눈조리개는 그 모습이 안쓰러운지 눈을 감고 있었다.

6학년이 되자 우리는 축구선수로 뽑혔다. 배갈 친구는 수비수이고 눈조리개와 나는 포워드였다. 방과 후 연습 때는 언제나 관포지교管鮑之交였다. 비록 싸구려 운동화를 신었을망정 꿈 많은 아이들이었다. 그 후 교육감 배盃에 나가 한번 웃고 한번은 울어야 했다. 말라깽이 시절의 서글픈 서사시敍事詩였다.

중학교에 들어가자 그놈의 월사금月謝金이 문제였다. 미납자 명단을 뽑아 아예 교문에서 돌려보냈다. 단골손님은 늘 마찬가지였다. 눈조리개와 나는 버스 통학생이었다. 함께 오다 교문에서 쫓겨나는 것을 보고 늘 미안해했다. 서글픈 마음으로 돌아서는 내 모습이 무척 안쓰러운 모양이었다. 자주 뒤돌아보는 모습은 그때부터 생겼다.

선생님은 역시 남을 가르칠 자격이 있었다. 수없이 쫓겨나는 모습이 꽤나 딱했던 모양이다. 어느 날 도서관에서 나를 불렀다. 그리고 조용히 말씀 하셨다. "학생은 공부해야 애국하는 거다. 돈 때문에 쫓겨났다고 인생이 끝나는 건 아니다. 방황하지 말고 이곳에서 책을 읽어라. 언젠가는 너에게 큰 도움이 될 것이다." 평생 잊지 못할 선생님이었다. 철근 콘크리트 건축 구조물은 그렇게 만들어졌다. 선생님도 이제는 고인이 되셨다. 세월의 무상함이었다.

76년 모 직장에서 근무할 때 한 친구가 찾아왔다. 늘 중간을 지향하는 친구였다. 이름 한자漢字도 중간이 근본이었다. 지리학이 전공인 그는 날씨 정보를 원했다. 10년간의 자료였고 논문을 쓰기 위해서라고 했다. 학생들을 가르치고 밤새 공부하는 미래지향적 교사였다.

세월이 흐른 뒤 우리는 자연스럽게 어울렸다. 술도 마시고 고스톱도 쳤다. 아내의 정성어린 음식을 먹으며 희희낙락했다. 한데 고스톱이 문제였다. 내 돈은 언제나 '먼저 본 놈이 임자'였다. 여러 친구들이 있었지만 늘 눈조리개와 복(puffer)지리가 땄다.

돈 잃고 기분 좋을 턱이 없었다. 그들이 낄낄거릴 때마다 "무섭다 무서워 복지리!"라고 툴툴거렸다. '무서워'의 워(war)는 전쟁을 뜻한다. 전쟁을 치르는 것처럼 일상생활도 그렇게 한다. 복지리도 복어에 독이 있듯이 모든 일에 최선을 다한다. 일어설 때가 되면 그들은 딴 돈을 모두 아내 손에 쥐어준다. 매너 좋고 인간관계가 좋은 그들이 존경받는 이유다.

그들에게는 늘 푸른 정신이 있다. 무서워(War)와 복(Puffer)지리地理란 별명이 괜히 있는 것이 아니다. 왕王의 한자어가 하늘과 백성과 땅을 받치는 지렛대이듯이 말이다.

[2008년 08월 28일 옛 친구들을 생각하며]

절대 포기하지 마라. /작가미상

내게는 오래된 그림이 한 장 있다. 오래 된 일이라 누가 보내 줬는지 잊어 버렸다. 자본도 없이 망한 식품점 하나를 인수해서 온 식구들이 이리저리 뛰어 다니던 이민생활 초기였다. 당시에 누군가 팩스로 그림 한 장을 보내 줬는데 연필로 쓱 쓱 그린 그림이다.

휴스턴에 사는 미국 친구가 그렸던 듯도 한데 누구인지는 기억이 가물가물하다. 하여튼 그 날 이후, 황새에게 머리부터 잡혀먹히게 된 개구리가 절체절명의 순간에도 끝까지 포기하지 않고 죽을힘을 다 해 황새의 목을 조르고 있는 이 한 컷 짜리 유머러스한 그림은 내 책상 앞에 항상 자리 잡고 있다.

"Never Ever Give Up"

그림을 설명하면 잡풀이 깔린 호숫가에서 황새 한 마리가 개구리를 막 잡아내어 입에 덥석 물어넣은 모습이다. 개구리 머리부터 목에 넣고 맛있게 삼키려는 순간, 부리에 걸쳐 있던 개구리가 앞발을 밖으로 뻗어 황새의 목을 조르기 시작했다.

느닷없는 공격에 당황하며 목이 졸리게 된 황새는 목이 막혀 숨을 쉴 수도 없고 개구리를 삼킬 수도 없게 되었다. 나는 지치고 힘든 일이 생길 때마다 이 제목도 없는 그림을 들여다보곤 했다. 이 그림은 내가 사업적인 곤경에 빠졌을 때 그 어떤 누구보다도 실질적인 격려를 해주었고 희망을 잃지 않도록 일깨어 주었다.

무슨 일이든 끝까지 희망을 버리지 않고 기회를 살피며 최선을 다하면 반드시 헤쳐 나갈 수 있다는 용기를 개구리를 보며 얻을 수 있었다. 가족이 운영하던 사업이 차츰차츰 성장을 하면서 가족의 노동력에 의존하여 돈을 버는 구멍가게의 한계에서 벗어나 보려고 새로운 사업에 도전했다가 몇 년 동안의 수고를 다 잃어버리고 난 아침에도, 나는 이 그림을 드려다 보고 있었다.

재산 보다 많은 빚을 가지고 이국이란 나라에서 실패를 딛고 다시 성공한다는 것은 쉬운 일이 아니었다. 절망감이 온 몸을 싸고돌았고 나의 실수가 내 부모님들의 노후와 아이들의 장래를 망칠 수도 있다는 생각으로 죄책감과 절망이 머리채를 휘어잡게 하곤 했던 시절이었다.

어느 수요일, 아침저녁으로 지나가는 길에 있던 휴스턴의 유명한 소매 유통업체가 경영자들의 이권 다툼 끝에 매물로 나왔다는 소식을 들었다. 매장 하나당 시세가 4백만 불이나 된다는 그 회사는 내 형편으로 언감생심 욕심을 부릴 수 있는 처지가 아니었다. 더군다나 동양인에게는 절대 안 넘기겠다는 이상스런 소문도 들렸다.

주머니를 뒤져보니 68불(68만 불이 아니다) 정도가 있었다. 당장 그 회사 사장을 찾아내 약속을 하고 그 업체의 거래 은행을 찾아가 은행 부副 행장을 만나 도와 달라 부탁을 했다. 그리고 그날부터 매일 아침마다 그 회사 주차장에 차를 세워 놓고 그 회사를 바라보며 "저건 내 꺼다. 저건 내 꺼다"라고 100번씩 외치고 지나갔다.

그로부터 8개월을 쫓아다닌 후, 나는 네 개의 열쇠를 받았다. 나의 죽어 가는 회사 살리는 재주를 믿어준 은행과 내 억지에 지쳐버린 사장은 100% 융자로 40년 된 비즈니스를 나에게 넘긴 것이다. 직원들에게 무상으로 이익의 25%를 나누는 프로그램을 통해 동요하는 직원들과 함께 비즈니스를 키워나갔다.

매출은 1년 만에 세배가 오르고 이듬해는 추가 매장도 열었다. 만약 그때 내가 절망만 하고 있었다면 지금 무엇을 하고 있을까? 내가 그 개구리처럼 황새의 목을 움켜지지 않았다면 나는 지금 어떤 모습을 하고 있을까? 우리는 삶을 살아가며 수많은 절망적인 상태에 놓이게 된다.

결코 다가서지 못할 것 같은 부부간의 이질감, 평생을 이렇게 돈에 치어 살아가야 하는 비천함, 실패와 악재만 거듭하는 사업, 원칙과 상식이 보이지 않은 사회 정치적 모멸감, 이런 모든 절망 앞에서도 개구리의 몸짓을 생각하길 바란다.

요즘 시대의 우리 인생은 불과 다음해도 예측이 불가능하다. 나는 과연 내년에도 이 일을 하고 있을까? 나는 과연 내년에도 이곳에 살고 있을까? 나는 과연 내년에도 건강하게 살고 있을까? 격랑의 바다에서 살고 있는 현대인 모두에게 개구리의 용기를 보여주고 싶었다.

나는 이 그림에 제목을 "절대 포기하지 마라." 라고 붙였다. 황새라는 운명을 대항하기에는 개구리라는 나 자신이 너무나 나약하고 무력해 보일 때가 있다. 그래도 절대 포기하지 마시라. 당신의 신념이 옳다고 믿는다면 절대로 포기하지 마시라. 운명이란 투박한 손이 당신의 목덜미를 휘감아 치더라도 절대로 포기하지 마시라. 오늘부터 마음속에 개구리 한 마리 키우시기 바란다.

[2010년 01월 01일 경인년 새해 아침에]

※ 이 글은 어느 이민移民자의 글이고 작가 미상이다. 출처는 <셀프 펀드>에 실린 글로 '함께 보고 싶은 글'이다. 내용이 좋기에 이곳에 실었다.

미디어로 본 세상

제2부 **축구**칼럼

유상철 감독에게 바란다

유상철 감독은 학구學究파다. 건국대 대학원에서 석사 학위를 받았다. 학력만큼 선수 경력도 화려하다. 2002 월드컵 4강 신화의 주역이다.

12년 동안 A매치 122경기에 출전, 18골을 넣었다. 선수시절 그는 전사戰士였다. 184cm 78kg의 체격에서 뿜어내는 강인함은 타의 추종을 불허했다.

"경기 중 코뼈가 부러지고도 헤딩골을 넣었고, 일본 선수의 코뼈도 부러뜨렸다." 다카하시(요코하마 마리노스)의 회고다. 그는 또 이태호·곽희주·김은중·곽태휘와 같은 '외눈'축구선수였다. 2002 월드컵 폴란드(전)에서의 대포알 슛은 최고의 걸작이었다.

감독은 그라운드의 지휘자다. 능력에 따라 지장智將도 되고 용장庸將도 된다. 덕장德將도 되고 명장名將도 된다. 전술(Tactics)과 기술(Technique), 팀워크(Team work) 등 3T를 갖췄을 때 얘기다. 협조와 경쟁, 균형 유지도 감독의 몫이다. 허나 그보다 더 중요한 것이 있다.

A매치가 열린다. 국가가 울려 퍼지자 외국 선수들은 힘차게 따라 부

른다. 한국 선수들은 모두 부처가 된다. 벙어리가 되고 엄숙한 표정을 짓는다. 애국가가 장송곡이라서 그런 모양이다. 초중고나 대학 선수들도 마찬가지다. 교가가 울려 퍼지면 모두 벙어리가 된다. 고개를 숙이고 땅만 바라본다.

국기에 대한 경례는 충성의 맹세다. 애국가는 또 사랑의 노래다. 교가도 물론 사랑의 노래요 자부심이다. 유 감독은 우선 교가와 응원가부터 배워야 한다. 물론 외지에서 영입한 선수들도 마찬가지다. 교직원과 학생, 수많은 동문들이 하나가 될 수 있기 때문이다.

지도자의 필수요건에는 9가지 덕목이 있다. 그 첫 번째가 전술이다. 공격과 허리와 수비의 조합이다. 제갈량의 백우선 방향에 따라 군사들이 움직이듯이, 선수들도 감독의 지시에 따라 움직여야 한다. 두 번째가 카리스마다. 잠재력 있는 선수를 바른 정신자세로 이끄는 일이다. 축구협회가 주말리그 제를 강조하는 이유다. 고졸선수보다 대학출신 선수들의 사고율이 낮은 것도 바로 이 때문이다.

세 번째가 경험 많고 판단력 좋은 참모들이다. 2002 월드컵에서의 히딩크 감독과, U-20 월드컵에서의 홍명보 감독 참모들이 좋은 예다. 그러나 수석코치에서 감독이 되었던 핌 베어백은 정작 참모들 때문에 실패했다. 네 번째가 선수를 보는 안목이다. 명성을 무시하고 경쟁력을 통해 팔팔한 선수를 영입하고 기용하는 일이다.

다섯 번째가 경험이다. 유 감독은 엘리트 축구 감독이 처음이다. 하지만 경험을 쌓아나간다면 미래의 국가대표 감독도 가능할 것이다. 히딩크 감독의 제자이기에 그렇다. 여섯 번째가 순발력이다. 선수 교체를 잘했던 감독은 역시 히딩크였다. 그는 교체 타이밍을 정확히 읽었다.

일곱 번째가 인덕이다. 그것은 교가와 응원가를 사랑할 때 자연히

미디어로 본 세상

이뤄진다. "바보 같은 K‒리그"라고 했던 베어백 감독이 반면교사다. 여덟 번째가 일관성이다. 감독의 말은 절대적이다. 모두가 믿고 따를 수 있게 해야 한다. 거짓말이나 일삼았던 본프레레 감독의 퇴출도 바로 이 부분이다. 마지막으로 자신감을 심어주는 일이다. 한국선수들은 패할 때마다 머리를 숙이고 나온다. 외국선수들은 "다음에 보자."라고 하듯이 당당하게 걸어 나온다. 지도자의 몫이다.

"천재는 노력하는 자를 이길 수 없고, 노력하는 자는 즐기는 자를 이길 수 없다."고 했다. 이영표의 말이다. 유 감독의 별칭은 유비劉備다. 유비는 오호대장五虎大將軍을 거느린 덕장이었다. 덕장에게는 많은 사람들이 믿고 따른다. 2~3년 안에 꼭 그렇게 되기를 바란다. 즐기는 축구가 바로 그 비결이다.

이를 위해선 라이벌전도 필수적이다. 강릉 단오제 때 농일(강릉농공고 vs 강릉제일고)전을 하듯이, 춘천고와의 정기전도 고려해볼 일이다. 물론 막국수와 닭갈비 축제 때 얘기다. 양교 동문들의 열기 속에 지역경제가 살아나기 때문이다.

5,60년대에는 춘천고와 춘천농고의 경기가 춘천 벌을 뜨겁게 달궜다. 춘천축구가 발전하게 된 원동력이었다. 라이벌전은 더비(Derby)전이기에 축구가 도약하는 좋은 계기가 될 것이다. 춘천시민들을 하나로 묶어주는 매개체도 될 것이다. 춘천축제를 만들어줄 유 감독의 '나비효과'를 기대해 본다.

[2009년 11월 10일 강원도민일보]

축구공의 마력魔力…①

현명한 사람은 사상을 논한다. 중간 계층은 세상을 논한다. 못난 인간일수록 사람을 논한다. 사람을 논하다보면 좌파도 나오고 우파도 나온다. 결국 서로가 친일파와 빨갱이라고 삿대질하면서 욕을 한다. 요즘 한국정치 판에서 벌어지고 있는 추태가 꼭 이렇다.

축구공 속에는 좌파도 없고 우파도 없다. 단지 마력만이 있을 뿐이다. 사람들을 웃기고 울리는 마력이다. 우선 축구황제 펠레의 유니세프 마력이 있다. 지구촌 어린이를 돕는 사랑의 마력이다. 영원한 리베로 홍명보의 소아암 어린이 돕기 마력도 있다. 세계축구올스타전과 홍명보 자선축구는 그래서 매년 열린다. 베르누이의 정리로 이어지는 또 다른 마력도 있다.

킥의 마술사 카를로스의 UFO 슛, 자로 잰 듯한 베컴의 슛, 호날두의 무無회전 슛 등이 바로 그것이다. 그들의 멋진 슛은 소화제 역할도 한다. 이 같은 마력은 사람들을 그라운드로 끌어들이고 미치게 만든다. 그러나 월드컵 4강 신화를 일궈낸 한민족 특유의 동심원 마력이 최고가 아닐까 싶다.

세상사는 맛을 일깨워준 흥분제이자 최음제였다. 당시 우리는 모두 애국자가 되어 있었다. 한민족의 우수성을 세계에 알린 축구공 덕분이었다. 이제 우리는 또 다른 'AGAIN 2002'를 향해 힘차게 달려가고 있다. 축구는 인간을 동심원 속으로 끌어들인다.

사랑의 동심원도 만들어내고 화합의 동심원도 만들어낸다. 경기가 시작되면 피가 끓는다. 차고 달리고 정지하고 빼앗는 과정을 되풀이하면서 희열을 느낀다. 남성 호르몬인 테스토스테론 분비도 급증한다. 자신감과 공격성 본능도 작동한다. 메뚜기 떼처럼 공을 쫓아 모였다 흩어지기를 반복한다.

땀을 뻘뻘 흘리면서도 힘들어하지 않는다. 신사도를 발휘하면서 상대를 존중한다. 웃고 즐기면서 내일을 약속하기도 한다. 관중은 관중대로 흥분한다. 선수를 자신으로 착각하고 동일시한다. 좋아하는 선수가 공을 잡으면 희열을 느낀다. 자신도 모르게 벌떡 일어나 흥분하고 함성도 지른다. 골을 넣으면 더더욱 미친다.

마치 자신이 넣은 것처럼 우쭐해진다. 엔돌핀을 생성시키면서 희희낙락한다. 생의 활력소를 찾기도 하고 묵었던 감정도 소멸시킨다. 축구는 또 흥분제이자 원시시대의 사냥놀이와도 같다. 사냥감을 쫓듯이 공을 쫓는다. 활을 쏘듯이 포물선을 그리기도 한다. 주고받는 월 패스는 대화하듯 정답게 보인다. 아기자기한 맛을 풍기면서 서로가 정을 확인한다.

때로는 돌진해오는 적을 향해 과감한 태클로 저지시킨다. 을지문덕 장군의 기상도 나오고 이순신 장군의 투혼도 엿보인다. 골키퍼의 다이빙 캐치는 또 예술의 극치를 이룬다. 그들의 몸놀림은 무용수의 우아하고 정교한 몸짓처럼 보인다. 그러나 최고의 예술은 중원에서 펼쳐진다. 뺏고 빼앗기는 압박 전투가 바로 그것이다.

그곳은 Formation이 필요 없는 Total Soccer의 장이 된다. 너와 내가 하나 되어 화합과 협력의 극치를 이룬다. 중원을 빼앗기면 철의 삼각지가 된다. 백마고지로 변해 수많은 사람들의 눈물을 자아낸다. 이 때문에 웨인 루니는 온 그라운드를 휘젓고 다닌다. 장판파에서 아두를 품고 달리는 조자룡을 연상시킨다. 때로는 그 모습이 망아지처럼 보인다.

허나 박지성은 좀 모자란 듯 보인다. 앞에 잘 나서지도 않고 늘 조용히 지낸다. 어눌한 모습에서 시골 냄새를 풍긴다. 허나 그라운드에 들어서면 산소탱크로 변한다. 치고 달리는 모습은 적토마를 연상케 한다. 지칠 줄 모르는 체력은 퍼거슨 감독마저 놀라게 한다.

자신보다 팀의 이익을 위해 늘 헌신한다. 밤잠을 설쳐가면서 프리미어리그를 보는 이유다. 70cm·450g·1기압으로 이뤄진 축구공은 별게 아닌 것처럼 보인다. 하지만 그 마력은 인생의 활력소가 되기도 한다.

[2009년 08월 05일 강원도민일보]

축구공의 마력魔力…②

축구공 속에는 마력이 있다. 사람들을 웃기고 울리는 마력이다. 우선 축구황제 펠레의 유니세프 마력이 있다. 지구촌 어린이를 돕는 사랑의 마력이다.

영원한 리베로 홍명보의 소아암 어린이 돕기 마력도 있다. 세계축구올스타전과 홍명보 자선축구는 그래서 매년 열린다.

베르누이의 정리로 이어지는 또 다른 마력도 있다. 킥의 마술사 카를로스의 UFO 슛, 자로 잰 듯한 데이비드 베컴의 슛, 크리스티아누 호날두의 무無회전 슛, 이을용의 왼발 슛 등이 바로 그것이다. 그들의 멋진 슛은 소화제 역할도 한다. 이 같은 마력은 사람들을 그라운드로 끌어들이고 미치게 만든다. 그러나 월드컵 4강 신화를 일궈낸 한민족 특유의 동심원 마력이 최고가 아닐까 싶다.

당시 붉은 악마의 카드섹션은 찬란한 메시지였다. 한반도를 뒤흔들었던 6월의 함성은 또 다른 회오리였다. 축구공의 마력은 이토록 강하고 아름다웠다. 세상사는 맛을 일깨워준 흥분제이자 최음제였다. 당시 우리는 모두 애국자가 되어 있었다. 한민족의 우수성을 세계에 알린 축구공 덕분이었다. 이제 우리는 또 다른 'AGAIN 2002'를 향해 힘차게 달려가고 있다.

축구는 인간을 동심원 속으로 끌어들인다. 사랑의 동심원도 만들어 내고 화합의 동심원도 만들어낸다. 경기가 시작되면 피가 끓는다. 차고 달리고 정지하고 빼앗는 과정을 되풀이하면서 희열을 느낀다. 남성 호르몬인 테스토스테론 분비도 급증한다. 자신감과 공격성 본능도 작동한다. 메뚜기 떼처럼 공을 쫓아 모였다 흩어지기를 반복한다. 땀을 뻘뻘 흘리면서도 힘들어하지 않는다. 신사도를 발휘하면서 상대를 존중한다. 웃고 즐기면서 내일을 약속하기도 한다.

관중은 관중대로 흥분한다. 선수를 자신으로 착각하고 동일시한다. 좋아하는 선수가 공을 잡으면 희열을 느낀다. 자신도 모르게 벌떡 일어나 흥분하고 함성도 지른다. 골을 넣으면 더더욱 미친다. 마치 자신이 넣은 것처럼 우쭐해진다. 엔돌핀을 생성시키면서 희희낙락한다. 생의 활력소를 찾기도 하고 묵었던 감정도 소멸시킨다.

축구는 또 흥분제이자 원시시대의 사냥놀이와도 같다. 사냥감을 쫓듯이 공을 쫓는다. 활을 쏘듯이 포물선을 그리기도 한다. 주고받는 월 패스는 대화하듯 정답게 보인다. 아기자기한 맛을 풍기면서 서로가 정을 확인한다.

때로는 돌진해오는 적을 향해 과감한 태클로 저지시킨다. 을지문덕 장군의 기상도 나오고 이순신 장군의 투혼도 엿보인다. 골키퍼의 다이빙 캐치는 또 예술의 극치를 이룬다. 그들의 몸놀림은 무용수의 우아하고 정교한 몸짓처럼 보인다.

그러나 최고의 예술은 중원에서 펼쳐진다. 뺏고 빼앗기는 압박 전투가 바로 그것이다. 그곳은 포메이션이 필요 없는 토털 사커(Total Soccer)의 장이 된다. 너와 내가 하나 되어 화합과 협력의 극치를 이룬

미디어로 본 세상

다. 중원을 빼앗기면 철의 삼각지가 된다. 백마고지로 변해 수많은 사람들의 눈물을 자아낸다.

이 때문에 웨인 루니는 온 그라운드를 휘젓고 다닌다. 장판파에서 아두를 품고 달리는 조자룡을 연상시킨다. 때로는 그의 모습이 망아지처럼 보인다. 이에 반해 순둥이 박지성은 좀 모자란 듯 보인다. 앞에 잘 나서지도 않고 늘 조용히 지낸다. 어눌한 모습은 마치 바보가 아닐까 싶도록 시골 냄새를 풍긴다.

허나 그라운드에 들어서면 산소탱크로 변한다. 치고 달리는 모습은 적토마를 연상케 한다. 지칠 줄 모르는 체력은 퍼거슨 감독마저 놀라게 한다. 늘 자신보다 팀의 이익을 위해 헌신한다. 밤잠을 설쳐가면서 프리미어리그를 보는 이유가 바로 여기에 있다.

이영표의 헛다리짚기는 또 다른 맛을 풍긴다. 세상을 살아가는데 꼭 필요한 오묘한 진리다. 중원에서는 꾀돌이답게 잘도 휘젓고 다닌다. 그러다 가끔 지혜 대결의 장을 펼친다. 헛다리짚기로 상대를 희롱한다. 상대가 헷갈리는 틈을 타 요령 것 빠져나간다. 크로스를 하고는 씩 웃는다. 사람들은 그런 모습에서 삶의 활력소를 찾는다.

70cm · 450g · 1기압으로 이뤄진 축구공은 별 게 아닌 것처럼 보인다. 하지만 그 마력은 엄청난 힘을 발휘한다. 우선 가정과 조직을 사랑하는 마음이 생긴다. 애국심과 애향심은 누가 시키지 않아도 절로 이뤄진다. 아파트 단지별 클럽대항어린이축구대회가 좋은 예다.

대회가 열리면 아이들은 파란 잔디 위에서 흙냄새를 맡는다. 콘크리트 벽에 갇혔다 풀려났으니 푸른 창공을 훨훨 나는 새가 된다. 당연히 피가 끓고 많은 친구가 생긴다. 함께 부딪치고 뒹굴면서 추억거리를 만든다. 부모들은 목이 터져라 응원하면서 동심으로 돌아간다. 부모와 자식간 대화의 장도 열린다. 부부간의 정과 이웃 간의 정도 깊어진다.

아이들은 또 경기를 통해 희생정신과 극기정신을 배운다. 규범과 의무, 가치와 미덕은 가르치지 않아도 몸에 밴다. 피(열정)와 땀(노력)과 눈물(의지)의 의미를 알게 된다. 그 같은 결과는 아이의 운명을 바꿔주기도 한다. 직장대회나 A매치의 경우도 마찬가지가 된다.

축구공은 엄청난 경제효과도 가져온다. 아프리카나 남미의 빈민촌 아이들을 부자로 만들어준다. 국민적 영웅으로 떠오르게도 한다. 토고의 영웅 아데바요르가 그렇고 브라질의 호나우지뉴가 그렇다. 축구공의 마력은 이렇듯 부와 명예를 안겨준다.

축구 하면 역시 빼놓을 수 없는 나라가 브라질이다. 브라질은 2005년 804명의 축구선수를 수출했다. K － 리그에도 용병 36명 중 29명이 브라질 출신이다. 그 이적금은 총 1억 5800만 달러(1580억 원)에 이른다. 94년부터 2005년까지 12년 동안 축구선수 수출총액은 무려 10억 달러(1조원)에 달한다.

FIFA(국제축구연맹) 월드컵 역시 돈방석이다. 2006 독일獨逸 월드컵에서 우승하면 2450만 스위스 프랑(약 194억 원)을 받는다. 또 본선 진출 32개 팀은 600만 스위스 프랑(약 47억 원)씩 보장된다. 그렇다고 축구공 속에 좋은 얘기만 있는 게 아니다. 축구공을 꿰매는 일부 동남아 국가 아이들은 노동착취를 당한다. 1620여 회의 손바느질로 공인구 하나를 만들고 150원을 받는다. 월드컵 함성 속에 묻혀버리는 가슴 아픈 얘기다.

이제 6월부터 지구촌의 함성과 함께 축구공의 마력이 시작된다. 그 마력이 태극전사들의 또 다른 포효로 이어지기를 바란다. 'Again 2002 !'를 외치는 한반도의 빛이 되기를 기대해본다.

[한라건설 사보 2006년 06월 호]

미디어로 본 세상

32조각 축구공부터 바꿔라

축구공 속에는 희로애락이 있다. 사랑과 자비가 있고 눈물의 씨앗도 있다. 좌절과 애환도 있지만 희망과 용기도 있다. 전쟁과 평화를 만들어내는 무서운 힘도 있다. 국민을 하나로 묶어주는 동심원도 있다. 운명과 숙명을 뒤바꿔주는 세계관도 있다. 축구공이 역사적으로 사랑 받는 이유다.

그 축구공 중심에는 정몽준 회장이 있다. 월드컵 성공 신화의 장본인이다. 한국 유치를 위해 지구를 수십 바퀴나 돌았다. 4강 신화로 국민을 하나로 만들었다. 한민족의 우수성을 세계에 알렸다. 한국 축구蹴球사를 다시 쓰기도 했다. 축구계의 수장으로서 책임과 의무도 다했다.

당시 축구공은 피버노바(Fevernova)였다. 그 열정(fever)은 별(nova)을 향해 힘차게 솟아올랐다. 월드컵이 끝났어도 축제 분위기는 계속 이어졌다. 허나, 그 공은 바람이 빠져 선수들의 허파로 들어갔다. 베트남 쇼크가 터지고, 오만 쇼크에다 몰디브 쇼크까지 터졌다.

독이 든 성배의 시작이었다. 코엘류와 본프레레, 아드보카트와 베어백 감독이 그 잔을 마셨다. 그것을 본 외국인 감독들이 손 사례를 쳤다. 프리미어리그 2부 감독도 마찬가지였다. 직무유기를 해도 책임지는 사람이 없었다. 하느님이 보우하사 협회 만세였다. 국내 감독 낙하산 인사는 그래서 이뤄졌다. 졸속 낙하산 인사는 국제경쟁력이 없다.

축구공은 2006 독일獨逸 월드컵부터 14조각으로 바뀌었다. 32조각에서 구조조정이 시작된 것이다. 팀가이스트(팀 정신)가 그렇고 유로 2008 패스(Pass)가 그렇다. 한데도 한국축구와 신의 직장 공기업은 32조각의 공을 쓴다. 공직사회는 한술 더 떠 64조각을 쓴다. 팀 정신이 있을 턱이 없고 패스도 자주 끊긴다. 스피드와 반발력은 물론 국제경쟁력도 없다. 열정과 우정, 액션과 훈련, 팬 서비스와 승리에 대한 욕구는 자기들끼리만 한다.

낙하산 부대는 적을 교란하기 위해 침투된다. 허나 낙하산 인사들은 적자가 나도 수십 억 원에서 수백 억 원까지의 성과급 잔치를 벌인다. 공직사회도 각종 수당 빼먹기에 혈안 돼 있다. 미키 마우스가 아니라 시궁창 쥐로 변한 지 이미 오래다. 60년대의 쥐잡기 행사를 다시 해야 하지 않을까 싶다.

최희준 선생은 하숙생에서 인생은 나그네길이라고 했다. 어디서 왔다가 어디로 가는지도 모른다. 여울져 가기도 하고 노을져 가기도 한다. 그 노래는 66년에 나왔다. 일반 서민들은 그 노래를 광석 리시버로 들었다. 그것을 끼면 잡탕 방송이 나온다. 중국방송과 일본방송, 북한 방송에다 미국방송에 이르기까지, 시장바닥을 방불케 한다. 그 와중에 한국방송을 듣고 희희낙락했다. 차기 대통령도 그런 과정을 통해 뽑지 않았나 싶다.

셰익스피어는 '루크리스의 겁탈'에서, '나라를 통치하는 군주는 그 나라의 거울이요, 학교요, 책이어서 거기서 백성들은 바라보고 배우고 읽는다'고 했다. 한데도 한국축구는 지난해 일그러진 자화상을 그렸다.

미디어로 본 세상

아시안컵 일본日本전에서는 감독과 코치, 선수가 퇴장 당했다. 대표 선수들이 술을 마시고 자신의 본분마저 잊었다. K-리그에서는 침을 뱉고 욕설까지 했다. 알몸으로 경기장을 난장판으로 만들기도 했고, 물병을 관중석으로 집어던져 징계를 당하기도 했다.

용장 밑에 약졸은 없다고 했다. 한국축구를 도약시킨 정몽준 회장이 그렇고, 드라마 영웅시대의 주인공인 차기 대통령이 그렇다. 새해에는 우리 모두가 미키 마우스가 되는 것이 어떨까 싶다. 세계로 뻗어나갈 대한민국은 지금부터 시작이다. 축구공의 외피가 14조각으로 바뀌는 그날부터 말이다.

[2008년 01월 14일 강원도민일보]

강원도민이 강원 FC를 응원하는 이유

현명한 사람은 사상을 논하고, 중간 계층은 세상을 논한다. 못난 인간일수록 사람을 논한다. 사람을 논하다 보면 좌파도 나오고 우파도 나온다. 축구공 속에는 좌파도 없고 우파도 없다. 단지 마력만 있을 뿐이다. 사람들을 웃기고 울리는 마력이다. 우선 축구황제 펠레의 유니세프 마력이 있다. 지구촌 어린이를 돕는 사랑의 마력이다. 영원한 리베로 홍명보의 소아암 마력도 있다. 세계축구올스타전과 홍명보 자선축구는 그래서 매년 열린다.

축구는 인간을 동심원 속으로 끌어들인다. 사랑의 동심원도 만들어내고 화합의 동심원도 만들어낸다. 경기가 시작되면 피가 끓는다. 차고 달리고 정지하고 빼앗는 과정을 되풀이하면서 희열을 느낀다. 남성 호르몬인 테스토스테론 분비도 급증한다. 자신감과 공격성 본능도 작동한다. 메뚜기 떼처럼 공을 쫓아 모였다 흩어지기를 반복한다. 땀을 뻘뻘 흘리면서도 힘들어하지 않는다. 신사도를 발휘하면서 상대를 존중한다. 웃고 즐기면서 내일을 약속하기도 한다.

관중은 관중대로 흥분한다. 선수를 자신으로 착각하고 동일시한다. 좋아하는 선수가 공을 잡으면 희열을 느낀다. 자신도 모르게 벌떡 일어나 흥분하고 함성도 지른다. 골을 넣으면 더더욱 미친다. 마치 자신이 넣은 것처럼 우쭐해진다. 엔돌핀이 생성되면서 희희낙락한다. 생의 활력소를 찾기도 하고 묵었던 감정도 소멸된다. 그들의 몸놀림은 무용수의 우아하고 정교한 몸짓처럼 보인다.

70cm・450g・1기압의 축구공은 별 게 아닌 것처럼 보인다. 하지만 그 마력은 인생의 활력소가 되기도 한다. 강원도민들이 강원FC를 응원하는 이유다. 최순호 감독의 용병술과 강원 전사들의 투혼, 강원도민들의 함성이 춘천 송암 스포츠타운에서 이어지기를 기대해 본다.

[2009년 09월 15일 강원일보]

강원도민프로축구단에 바란다

축구는 감독과 선수, 심판과 관중으로 이뤄진다. 22명의 선수가 공 하나로 즐긴다. 감독의 용병술은 백 코러스(back chorus)요, 관중들의 응원은 또 다른 화음이다. 그 오케스트라를 지휘하는 것이 곧 심판이다. 불협화음을 내면 가차없이 제재한다. 관중들은 박수를 치기도 하고 야유를 보내기도 한다.

그 청춘의 끓는 피가 이제 강원도를 달구기 시작했다. 바로 강원도민프로축구단(이하 강원 FC)의 힘찬 행진이다. 이에 앞서 몇 가지를 당부하고자 한다. 먼저 감독에게 바란다. 감독의 임무는 용병술도 중요하지만 지도자 정신이 우선이다. 리더(Leader)란 단어가 그렇게 가르치고 있다. 이는 곧 감탄고토甘吞苦吐가 아닌 아가페 사랑을 하라는 것이다.

김현석(울산 현대) 선수는 강릉 출신이다. 그는 96 K-리그 MVP, 97 K-리그 득점 왕이었다. 하지만 그는 `98 프랑스 월드컵 대표에서 제외됐다. 함께 있던 춘천 출신 송주석 선수도 마찬가지였다. 당시 울산 현대 감독에서 월드컵 대표팀 감독으로 발탁된, 차범근 감독에게 밉보였던 모양이다.

차車 감독은 그 후 멕시코에 1-3, 네덜란드에 0-5로 패해 현장에

서 잘렸다. 김평석 코치가 벨기에와 1－1로 비긴 것이 그나마 위안이
었다. 반면교사로 삼을 일은 계속 되었다. 수원 삼성으로 옮긴 그는 K
－리그 5년 동안 1회 우승에 그쳤다.

부자 구단이어서 그런지 선수 쫓아내는 것도 예사였다. 고종수를 쫓
아내더니 이천수마저도 임의탈퇴공시로 잘라냈다. 고종수는 현재 김
호 대전 감독이 자식처럼 돌봐주고 있다. 이것이 바로 자비와 사랑이
아닐까 싶다.

두 번째는 선수들에게 당부한다. 경기 중 심판 판정에 너무 민감하
지 말아야 한다. 인천의 방승환 선수는 난동을 부려 1년간 출장정지라
는 중징계를 당했다. 현재 프로축구 전담심판은 힘센 구단의 눈치를
안볼 수가 없다. 그들이 연봉과 수당을 주기 때문이다.

오죽하면 부처 같은 대전 김 호 감독이 목에 핏대를 세웠겠는가. 시
민구단이나 도민구단은 힘이 약하다. 힘이 없으니 사랑은 물론 용서할
수도 없다. 힘이 약하면 무조건 울며 겨자 먹기다. 강원 도민들은 특히
유순해 사랑을 많이 받는다. 타 지역 사람들이 그렇게들 말한다. 따라
서 경기장에서의 난동은 절대 금물임을 알아야 한다.

그래봤자 바뀌는 것은 없고 오직 벌금과 징계뿐이다. 그 부메랑은
결국 강원도의 이미지 먹칠과 열악한 재정만 축낼 것이다. 한국 심판
들의 수준은 알만한 사람들은 거의 다 안다. 프로축구연맹이 왜 포스
트시즌 때마다 외국인 심판들을 불러오겠는가. 이것은 강원 FC 감독
과 선수, 관중들이 꼭 지켜야할 덕목이다.

세 번째는 구단의 마케팅 전략이다. 강원 도민들은 전국과 해외에
많이 퍼져 있다. 그들에게 홈쇼핑 물을 판매하는 것이다. 유니폼이나
셔츠와 점퍼 등, 모든 축구용품들이다. 현재 감독과 선수들이 입고 있

는 재킷이나 점퍼와 코트 등은 어떤 구단 것도 살수가 없다. 그것도 포함시키라는 것이다. 그래야 착시 현상 같은 일체감이 형성된다.

아프리카 유망주들을 데려오는 것도 한번쯤은 검토해 볼 문제다. 아프리카에는 유망주들이 많이 있다. 능력은 있는데 성장 발판이 없는 아이들이다. 그들의 꿈은 유럽 무대 진출이다. 이런 선수들을 잘 조련시켜서 팀에 합류시키고, 기량이 최고조에 달하면 유럽 무대로 넘기는 것이다. 이적료와 연봉 등에서 막대한 이익금이 발생할 것이다.

마지막으로 연고지 문제다. 프로 구단은 연고지가 한 도시로 정해져야 한다. 춘천은 프로축구 관중수가 3천명이다. 원주는 5천명이고 강릉은 2만 명이다. 물론 그 위성 도시 관중 수를 다 합쳤을 때 얘기다. 마법의 힘을 가진 축구, 그것은 동심원을 만들기도 하고 부서버리기도 한다. 강원 FC의 힘찬 약진을 기대해 본다.

[2009년 01월 07일 강원일보]

미디어로 본 세상

축구와 커뮤니케이션

축구공은 사랑의 마술사다. 오묘한 진리가 있고 사랑의 묘약이 있다. 사람들을 미치게 만드는 흥분제도 있다. 무지개와 신기루를 만들어내기도 하고, 직류와 교류를 정류시키기도 한다. 물론 질투의 화신도 있고 악마의 저주도 있다. 때로는 축제와 난동. 살인과 전쟁도 불사한다. 마법의 힘도 있어 인간사를 바꿔놓기도 한다.

그 속에는 또 과학적 논리도 있다. 유체역학은 오대양 육대주를 G14(유럽 명문 축구클럽 협의체)로 만들었다. 32조각의 외피가 14조각으로 변한 이유고, 축구공의 변천사다. 요즘은 '쩐'의 전쟁도 불사한다. 동전의 양면성과 같은 머니 전쟁 탓이다.

축구는 네 가지로 구성되어 있다. 그 첫 번째 요소는 킥(kick)이다. 패스의 3요소인 속도와 정확성, 타이밍은 기본이다. 어디로 어떻게 찰 것인지는 순간판단 능력이다. 전진 패스와 백 패스, 횡 패스는 또 상황판단 능력이다. 이것이 부족하면 결국 허무 축구와 뻥 축구가 된다. 이천수의 프리킥, 황선홍의 발리 킥, 유상철의 대포알 슛이 그리운 요즘이다.

축구에는 천적도 있고 징크스도 있다. 한국과 중국 같은 경우다. 한국은 중국의 천적이고, 남미는 한국의 천적이다. 중국은 78년 이후 12무 23패로 공한중에 시달리고 있다. 한국은 2승 6무 13패로 남미 국가에 특히 약하다. 한국은 애국가라는 징크스도 있다.

A매치 때마다 애국가만 나오면 모두 꿀 먹은 벙어리가 된다. 외국팀에서는 볼 수 없는 이상한 현상이다. 코칭스태프나 관중석도 마찬가지다. 애국가는 분명 '하느님이 보우하사 우리 나라 만세'로 되어 있다. 한데도 선수와 관중은 외면하고 국토는 아직도 반 동강이다. 보수와 진보는 늘 빨갱이와 친일파로 싸우고 있다. 장송곡葬送曲속에서 뭘 보우保佑하는지 모를 일이다.

두 번째가 달리기이다. 축구도 장기나 바둑과 마찬가지다. 왕을 잡는 전술이 있어야 하고, 중원을 장악하는 지혜와 투지가 있어야 한다. 무작정 뛴다고 될 일이 아니라, 공간 확보가 최선책이다. 걸림돌이 있으면 과감하게 돌파해야 한다. 그것이 선수의 능력이자 개인전술이다. 월 패스나 트라이앵글 패스도 이때 나온다. 남미 선수들의 주특기가 곧 부분전술이다.

세 번째가 멈추기이다. 축구도 자동차 운전이나 언어와 마찬가지다. 스피드를 자랑할 게 아니라 제동 능력이다. 멈추지 않으면 대형사고로 이어진다. 청산유수로 지껄이던 말에도 헛소리가 나오게 마련이다. 스피드가 좋은 선수는 6,70년대에나 통했다. 정지할 줄 아는 자만이 넓게 멀리 본다.

네 번째가 빼앗기이다. 볼(Ball) 쟁탈전은 전투이자 전쟁이다. 길목차단과 과감한 태클, 헤딩 능력의 중요성이다. 이를 위해 감독은 지식, 선수는 지혜가 있어야 한다. 톱니바퀴는 그래야 혼연일체로 돌아간다. 아주리 군단의 가데나치오(빗장수비), 하칸 수쿠르(터키)의 월드컵 최

미디어로 본 세상

단시간 골이 빛나는 이유다.

축구는 또 분수分數와도 닮은꼴이다. 진분수는 하체가 무거워 뛰지 못한다. 가분수는 하체가 약해 뒤뚱거린다. 대분수는 옆구리 혹 때문에 가재걸음이다. 중重분수는 꼬이고 꼬여 한참 정리해야 한다. 감독과 선수를 멋대로 뽑았을 때 이야기다. 이것이 꼬이거나 뒤틀리면 엉망이 된다. 요즘 한국축구의 자화상이다. 2008 베이징 올림픽 축구 D조 예선 2차전(2008. 08. 10), 한국이 이탈리아에게 0－3으로 패한 것도 이와 무관치 않다.

한국축구는 패할 때마다 심판 탓으로 돌리기 일쑤였다. 정부도 마찬가지로 도둑 방어 식이다. 엇박자가 날 때마다 들어오기만 해봐라, 가져가기만 해봐라, 또 오기만 해봐라가 전부였다. 궐기대회와 규탄대회, 서명운동과 촛불집회가 단골 메뉴였다. 동북공정과 다케시마, 광우병과 영변 핵 때문에 그런 모양이다.

비록 한반도가 반 동강이 났을망정, 그들은 우리의 영원한 우방이다. 8.15 광복절을 건국절로 바꿔 임시정부를 무시하고, 북한을 한민족에서 떼어내려는 것도 친일파와 보수주의자들 주장이다. 그러고 보면 김춘추와 김유신이 을사오적보다 더 나쁜 놈이다. 중국을 영원한 할아버지의 나라, 미국과 일본을 아버지와 삼촌의 나라로 만든 주범이기 때문이다.

한국은 연줄사회다. 요즘은 또 종교 연까지 추가됐다. 강부자의 아들 고소영이 그렇고, 박성화와 박주영의 기도도 한마음 한 통속이다. 장발족들이 기도祈禱 Goal Ceremony 효과를 노리기 때문이다. 빡빡 머리들도 물론 마찬가지다. 초등학생들을 시켜 이상한 짓거리도 하고 있다. 장발과 빡빡 머리는 언제쯤 자르고 기를 것인지. 이것이 궁금할 뿐이다.

학생들은 또 SKY(서울대·고대·연대) 라운지에서 놀고 싶어한다. 부와 명예와 권력이 스카이 라운지에서 나오기 때문이다. 영화 '놈·놈·놈'이 이를 증명한다. 좋은 놈은 "조국은 없어도 돈은 있어야 한다"고 말한다. 친일파와 보수 세력은 웃고, 최영 장군 부친과 김구 선생은 울고 갈 일이다.

"황금黃金은 먼저 본 놈이 임자"라서 그런 모양이다. 속고 속이는 세상이다. '정말이에요?'란 말은 그래서 일상어가 됐다. 커뮤니케이션이 통하는 사회가 그리운 요즘이다.

[2008년 08월 18일 강원도민일보]

미디어로 본 세상

성격으로 본 역대 축구 감독

히딩크와 베어백이 열심히 일하다 코피가 났다. 팬들은 히딩크의 코피를 닦아주며 매우 안쓰러워한다. 반면 베어백에게는 "멀쩡한 콧구멍은 왜 쑤셔?"라고 인상쓰며 소리친다. 요즘 한국축구 팬들의 심정이다.

사람들은 결과를 중시한다. 과정이 좋았다면 그래도 위로 받는다. 허나 말만 앞세우면 믿지 않는다. 특히 거짓말과 변명을 제일 싫어한다. 그런 뜻에서 역대 감독들을 돌아보고자 한다. 물론 궁지에 몰렸을 때 얘기다.

베어백, 멀쩡한 콧구멍은 왜 쑤셔?

첫째, 화를 벌컥 내는 형이고 박종환 같은 경우다. 불의를 보면 못 참는 성격 탓이다. 평생 정의만 사랑했기에 그럴 수밖에 없다. 정의는 고독과 친구다. 서로가 서로를 위로하며 살아간다. 골을 먹을망정 공격축구다. 멕시코 4강 신화도 그래서 나왔다. 국민들이 그를 좋아하는 이유다.

둘째, 묵묵히 일하는 과묵형이고 코엘류 같은 경우다. 그는 포르투갈 대표팀을 3년이나 이끈 명장이다. 포르투갈을 유로2000 4강에 올

러놓기도 했다. 하지만 그는 바보 코리아가 되어야 했다. 14개월 동안 고작 72시간 훈련이 문제였다. 결국 오만·베트남·몰디브 쇼크에 걸려들었다. 마음씨 좋은 아저씨는 그렇게 떠나야 했다.

셋째, 양두구육羊頭狗肉 같은 오리발형이고 아드보카트 같은 경우다. 그는 작은 장군으로 불릴 만큼 카리스마가 있다. 클루이베르트 같은 스타도 과감하게 내쳤다. 네덜란드 대표팀 감독으로 성공하기도 했다. 허나 UAE 감독을 두 달 만에 사임하며 거짓말을 했다. 한국에서도 오리발로 제니트(러시아)행을 숨겼다. 오리발은 정치인들의 맞춤형 복지 카드다.

넷째, 남의 탓과 변명형이고 본프레레와 베어벡 같은 경우다. 본프레레는 양치기 소년이었다. 선수 탓과 변명만 일삼다 중도 하차했다. 그는 늘 전술은 완벽한데 선수들의 정신력이 문제라고 했다. 사우디에 연속 패한 것이 결정적 원인이었다. 한국 팬들은 그의 변명이 지겨울 정도였다.

베어벡도 마찬가지였다. 남의 탓과 변명이 우선이었다. 전술은 완벽한데 선수들이 문제였다. 단조로운 공격은 세계적 추세라고 했다. 궁지에 몰릴 때마다 K - 리그와 선수들을 비난했다. 선수들의 집중력 해이도 단골 메뉴였다.

그는 한국에서 데뷔한 대표팀 초급 감독이었다. J - 리그 일부 지도자들은 그를 교사敎師로서만 인정했다. 한데도 한국은 국가대표팀과 올림픽대표팀까지 다 맡겼다. 메이저 대회의 중압감에 결과야 뻔했다. 아시안게임과 아시안컵은 선수들이 잘했을 뿐, 그의 용병술은 비판받기에 충분했다.

초급심판은 대개 초등학교 경기부터 투입된다. 엉터리 국제심판도

미디어로 본 세상

경험이 없으니 마찬가지다. 들쭉날쭉한 판정은 곧 학부모들의 분통을 터트린다. 그런 심판을 A매치에 배정했다면 협회가 욕을 먹는다. 베어백을 중용重用한 것도 마찬가지다. 그가 자진 사퇴한 것이 그나마 다행이다.

마지막으로 부처님 상이고 김 호 감독 같은 경우다. 그는 늘 배려하는 마음을 갖고 있다. 대전은 그가 이전에 이끌었던 울산 현대나 수원 애愛제자 고종수를 사랑했던 것만 봐도 그렇다. 고졸 출신이지만 실력도 있다. 요즘 대학 졸업장이 액세서리이기에 더욱 그렇다. 실력이 있기에 K-리그 2연패도 했다. 도하의 기적도 일궈냈다.

94 미국美國 월드컵 독일獨逸전은 세계가 놀란 명名승부였다. 2무 1패의 성적은 국내감독 중 최고였다. 풍부한 경험과 지식, 카리스마와 순발력이 그의 무기였다. 선수를 보는 눈과 조합 능력은 또 다른 장점이었다. 하지만 그는 4년간 야인으로 지내야 했다. 외국인 감독만 고집하다 쌍 코피 터진 한국축구, 이제 마음을 비워야할 때가 아닌가 싶다.

[2007년 08월 01일 강원도민일보]

금강대기와 청춘예찬 _{青春禮讚}

5월은 청춘의 달이자 동심원의 달이다. 어린이가 자라니 꿈과 희망이 어우러진다. 어버이 사랑 속에 행복이 넘쳐흐른다. 스승과 제자 하나 되니 신록이 우거진다. 자비慈悲가 춤을 추니 부처님도 흐뭇하다. 청춘의 끓는 피가 있기에 금강대기도 열린다.

금강대기는 그 동안 수많은 스타를 배출해 왔다. 국가대표나 프로선수들 대다수가 이 대회를 거쳤다. 희로애락의 대명사로 수많은 일화도 만들어 냈다. 그 중에서도 특히 박지성의 얘기를 빼놓을 수가 없다. 세계적 스타가 된 그가 수원공고 3학년 때였다.

박지성은 2학년까지 4강에 들지 못했다. 4강은 대학진학의 '마지노선'이었다. 이 때문에 98년 금강대기가 중요할 수밖에 없었다. 당시 박지성은 8강에 올라 꿈에 부풀어 있었다. 하지만 경기가 무승부로 끝나자 승부차기로 이어졌다. 여기서 박지성의 PK 실축이 팀의 패배로 이어졌다.

당시 박지성의 부친 박성종 씨는 이렇게 회상했다. "눈앞이 캄캄했다. 내 아들뿐만 아니라 3학년 모두가 대학에 진학하지 못한 책임이 녀석에게 있다고 생각하니 잠을 이룰 수 없었다. 밤새도록 울며 술만 마셨다. 절대 잊을 수 없는 경기였다.”금강대기의 슬픈 소나타였다.

그 후 박지성은 대학 진학이 어려웠다. 오라는 곳이 없었다. 그나마 김희태 당시 명지대 감독을 만난 게 다행이었다. 억지춘향 식으로 밀려가야 했다. 허정무와 히딩크 감독을 만난 것은 큰 행운이었다. 세계적 스타로 발돋움한 계기가 되었다. 금강대기가 가르쳐준 피와 땀과 눈물의 결정체였다.

인체는 보통 60~70%의 수분을 지니고 있다. 그중 62%는 육각구조인 육각수로 되어 있다. 나머지 24%는 오각구조인 오각수로 되어 있다. 5각형 12조각과 6각형 20조각의 축구공과도 일맥상통한다. 사람들은 그래서 축구공을 사랑한다. 둥근 것 역시 사랑과 평화의 상징이다. 동심원을 그리면서 하나로 묶어준다. 원탁이 평등과 평화를 상징하는 것과도 같다.

아이들은 그래서 축구를 좋아한다. 우선 시멘트 콘크리트 벽에서 탈출한다. 흙냄새를 맡고 푸른 잔디와 친구가 된다. 부모와 자식간 하나가 된다. 이웃 간의 벽도 허물어진다. 축구를 통해 인내와 겸손, 투지와 극기도 배운다.

알베르 카뮈도 어린 시절 축구를 통해 큰 인물이 되었다. 그는 “도덕과 협동, 희생정신 등을 축구를 통해서 배웠다.”고 말했다. GTV 어린이클럽대항 축구대회가 빛나는 이유다.

축구는 26명이 펼치는 전투적 스포츠다. 선수 22명과 심판 4명이 주역이다. 이들을 지켜보는 수많은 관중은 동반자다. 경기장에 입장하는 순간부터 심장박동은 빨라진다. 전사들의 움직임에 따라 그 희비가 엇갈린다. 패스의 3요소(속도·정확도·타이밍)는 기본이다.

Formation도 중요치 않다. 3백을 쓰던 4백을 쓰던 생각하는 축구가 더 중요하다. 축구는 또 "사람잡아!"가 주된 목표가 아니다. 그것은 동네축구 얘기다. 축구란 모름지기 공간 침투가 주역이다. 이보다 더 중요한 것은 "재능 있는 선수는 노력하는 자를 이길 수 없고, 노력하는 자는 즐기는 자를 이길 수 없다"는 이영표의 말이다.

인간의 발길질은 분명 공격적이다. 발길질과 발길질의 충돌, 이것은 전쟁의 변형이며 잔재다. 축구는 분명 내셔널리즘을 자극한다. 선수들이 전사가 되는 이유다. 자, 그럼 이제 전쟁을 방불케 하는 금강대기 노래를 불러보자. 민태원 선생의 청춘예찬과 함께!

청춘靑春! 이는 듣기만 하여도 가슴이 설레는 말이다. 청춘! 너의 두 손을 가슴에 대고. 물방아 같은 심장의 고동鼓動을 들어 보라. 청춘의 피는 끓는다. 끓는 피에 뛰노는 심장은 거선의 기관汽罐과 같이 힘있다. 이것이다. 인류의 역사를 꾸며 내려온 동력은 바로 이것이다. (하략)

[2007년 05월 21일 강원도민일보]

미디어로 본 세상

젊음을 불태웠던 축구심판

 축구는 요술단지다. 희로애락의 대명사다. 이기면 희열을 느낀다. 지면 눈물이 앞을 가린다. 경기 중 분쟁도 일어난다. 변명과 심판 탓으로 돌리기도 한다. 국민을 하나로 뭉치게도 하지만 전쟁도 불사한다.

축구가 갖는 특성이자 마술이다. 젊은 시절 그 마력에 푹 빠져들었다. 축구심판이었다. 강습과 체력심사를 통해 자격증을 얻었다. 가슴이 뿌듯했다. 사법고시에 합격한 듯 자랑스러웠다.

축구는 만인의 연인戀人

첫 무대는 초등학교 경기였고 선심(부심)이었다. 경기장에는 응원열기가 가득했다. 감독·코치들의 눈도 번득였다. 스탠드가 출렁거리자 멀쩡한 다리가 후들거렸다. 전방 수색대에서 근무했던 예전의 내가 아니었다. 경기가 시작되자 다리는 더 후들거렸다. 깃발을 반대로 들기 일쑤였다. 우왕좌왕하자 욕설이 터져 나왔다. 주로 개犬가 들어간 욕이었다. 18과 186一八六도 들어갔다. 대머리까지 들먹거렸다.

낯이 뜨거웠다. 뒤통수가 근질거렸다. 속이 부글부글 끓었다. 깃발을 꺾고 심판審判복을 찢어버리고 싶었다. 왜 이 짓거리를 해야 하나 싶었다. 허나 이곳은 교육의 현장이었다. 굴욕을 참아야 한다고 생각했다. 공식대회 첫 무대는 그렇게 막을 내렸다.

시행착오는 수년간 지속되었다. 8년이 지나서야 결승전에 배정되었다. 고등학교 경기였고 주심이었다. 밴드까지 동원한 응원단의 열기가 스탠드를 달궜다. 결승전답게 밀고 밀리는 공방전이었다. 그들은 선수가 아니라 전사였다. 첫 골이 터지자 경기는 더욱 거칠어졌다. 깊은 태클에 거친 몸싸움이 보통이었다. 동점골이 터지자 야유가 시작되었다. 주로 코치와 학부모였고 입에 담지 못할 욕이었다. 사사건건 시비도 걸어왔다. 평소에는 점잖았던 코치들이었다.

감탄고토甘呑苦吐 현장은 결국 연장전으로 이어졌다. 시간이 지날수록 쥐가 난 선수들이 나뒹굴었다. 그때마다 경기를 중단시켰지만 잘못된 일이었다. 결국 승부차기로 끝이 나자 패한 감독이 다가왔다. "쥐가 난 선수들은 체력관리를 못한 탓이야. 근데 왜 경기를 중단시켰어?" 질책質責과 인책引責 겸한 항의였다. 쥐구멍이 내 집이었다.

황당한 얘기는 계속 이어진다. 초등학교 경기 때였다. 한 선수가 강슛을 날렸다. 허나 날아간 것은 공이 아니라 축구화였다. 그것에 맞은 선수가 코를 잡고 나뒹굴었다. 얼굴 전체가 피범벅이었다. 의료진이 달려오자 가해 선수는 사색이 되어 있었다.

밖에서는 퇴장시키라고 아우성이었다. 옐로카드를 내밀자 아이는 울음을 터뜨렸다. 그 옆에는 앞창이 쩍 벌어진 축구화가 놓여 있었다. 끈으로 묶고 뛴 축구화였다. 성난 관중들에게 그것을 보이자 아이는 더 서럽게 울었다. 그 학교는 등록된 팀이 아니었다. 선생님들이 주머니를 털어 출전시킨 것이었다.

71Cm, 450g, 1기압의 축구공 속에는 분명 마력이 있다. 도덕과 협동, 희생정신이 바로 그것이다. "대~한민국!"이 되는 것도 여기에 있고, 사랑과 봉사정신도 여기에 있다. 젊음을 불태웠던 축구공은 그래서 '그대 곁에 내 곁에'다. 강원도민일보가 창설한 금강金剛 배盃 Little K-리그도 기대해 본다.

[2007년 03월 21일 강원도민일보]

'뻥'치는 곰 백(bear bag) 축구

거짓말을 '뻥'친다고 한다. 유사_{類似}어는 '개뻥'이다. 성_姓 뒤에다 붙여 애칭으로 쓰기도 한다. 'S뻥'이 대표적 예다.

'짜가'는 그 이웃사촌이다. "여기도 짜가 저기도 짜가, 짜가가 판친다"는 노래가 이를 대변한다. 한국사회는 '뻥'과 '짜가'가 판친 지 이미 오래다. 한국인들이 축구를 사랑하는 이유다.

'짜가'와 '뻥'이 판치는 사회

축구에서의 뻥은 '뻥 축구'를 뜻한다. 동네 축구 하듯 그냥 뻥뻥 내지르면 된다. 전술도 필요 없다. 좌·우측에서 퍼 올려 우겨 넣기만 하면 된다. 그 '뻥 축구'의 대명사가 바로 조봉래 감독이다. 이동국의 머리를 겨냥해 좌·우측에서 퍼 올리기만 했다. 중앙 돌파만 고집하기도 했다. 결국 '오만 쇼크'와 '몰디브 쇼크'로 중도 하차했다.

베어백 감독이 이를 닮아 가고 있다. 2006년 10월 11일 서울월드컵경기장을 찾은 관중은 2006년 최소(24,140명·대한축구협회 기록)였다. 가나에 1 - 3으로 패했으니 신이 날 리 없었다. 경기가 시작되자 '아리랑'이 울려 퍼졌다. 아리랑은 한 맺힌 노래였다. 가나에게 당한 한을 푸는 경기는 아니었다. 전반전 내내 아리랑은 그렇게 울려 퍼졌다.

'생각하는 축구' 는 '뻥 축구'로 변질

월드컵 4강 축구는 '뻥 축구'가 아니었다. 3S(spirit, speed, stamina)와 3B(brain, ball control, body balance)를 겸비한 현대축구였다. 그런데도 베어백 감독은 '뻥 축구'만 고집했다. 최성국과 설기현을 좌우로 이동시키며 퍼 올리기에만 급급했다.

볼 점유율이 67% - 33%인데도 불협화음이 일었다. 4백 시스템에서 중앙 수비수들의 문제였다. 김동진은 왕성한 활동력과 몸싸움에 능하다. 그러나 상황판단능력과 위치대처능력, 맨투맨 마크에 약하다. 또 다른 중앙 수비수 김상식은 가끔 '지적'상식과 '도덕적'상식으로 헷갈리게 만든다.

2006년 10월 11일 시리아(전) 첫 골은 그의 발에서부터 시작됐다. 전반 8분 최성국에게 롱패스 한 것이 조재진의 골로 연결된 것이다. 지적 상식의 극치였다. 하지만 중앙 수비수로서의 도덕적 상식은 대형사고를 일으키기도 한다.

이날 사고는 전반 18분과 39분에 잇따라 터졌다. 전반 18분 동점골 상황은 김상식의 판단 착오가 빚은 참사였다. 39분 김영광에게 백 패스한 상황은 아찔한 순간이었다. 2006년 09월 02일 이란(전)에서의 동점골 상황은 그가 곧 주범이었다.

그밖에도 골키퍼의 지나친 열정과 오버액션, 골 결정력 부재, 엉성한 크로스와 백 패스, 단조로운 공격 패턴, Set Piece의 실종, 집중 수비를 깨는 중장거리 슛, 감독의 전술과 용병술 부재 등이 늘 불거지는 한국축구의 문제점으로 나타났다.

곰 백(Bear bag)이 하루아침에 히싱크 백(Hiddink – he think bag)이 될 수 없다. 나무만 보아온 그가 숲을 보지 못한 경력 탓이다. 정치인들도 개개인을 놓고 보면 훌륭한 인재들이다. 그러나 모였다 하면 이전투구로 오합지졸이다. 훌륭한 리더가 없기 때문이다.

"믿는 자에게 복이 있다.", "믿는 도끼에 발등 찍힌다." 바다이야기에 속고 카지노에 속고 로또에 속았으니 성경보다 속담을 더 믿는다. 자영업자들은 장사가 안 된다고 울상이다. 믿는 것은 이승엽의 방망이와 축구뿐이다. 그런데도 '생각하는 축구'가 결국 '뻥'으로 드러났다. 낙하산 인사가 몰고 온 한국축구의 병폐 중 하나다.

[2006년 10월 19일 강원도민일보]

미디어로 본 세상

엉터리 시인의 축구 별곡

 세상은 공평할 것 같지만 그렇지 않다. 정의보다는 불의가 앞서고, 착한 사람보다는 나쁜 사람들이 더 출세하는 세상이다. 이 때문에 엉터리 시인도 나오고, 엉터리 교사도 나오고, 엉터리 축구심판도 나온다. 이 3박자를 다 갖춘 사람이 바로 오라시오 엘리손도(아르헨티나) 주심이다.

2006 독일獨逸 월드컵은 오심誤審으로 얼룩진 대회였다. 난투극이 벌어지고 경고 2회가 아닌 3회에 퇴장 당하는 해프닝도 벌어졌다. 오심의 경우는 특히 스위스전이 가장 심했다. 2006년 06월 14일 프랑스−스위스(전). 전반 38분 프랑스의 앙리는 페널티지역 내 정면에서 오른발 슛을 했다.

그러나 이 볼은 스위스 수비수 파트리크 뮐러의 손에 맞고 방향이 바뀌었다. 그런데도 주심은 이를 모른 척했다. 이때는 손과 팔이 몸에 붙은 상태가 아니었다. 이 때문에 프랑스는 0−0으로 비겼고 한국의 비극은 시작됐다. 2006년 06월 24일 한국−스위스(전). 논란의 시작은 전반 24분에 나왔다.

이천수가 올린 코너킥이 골 지역 정면에 있던 파트릭 뮐러의 손에 맞은 것. 하지만 엘리손도 주심은 침묵했다. 뮐러가 양손을 몸에 붙였다고 판단한 것이다. 앞서 선제골을 터뜨린 수비수 필립 센데로스도 핸드볼 파울을 범했다. 하지만 엘리손도 주심은 그것도 침묵한 터였다.

핸드볼 파울은 어깨를 뺀 손과 팔로서 볼을 잡거나 또는 치거나, 추진시키거나 운반시켰을 때를 말한다. 다만 손이 몸에 붙어있을 때는 몸의 일부로 간주한다. 그러나 손이 몸에 붙어 있을 때는 대부분 Set Piece 상황에서 수비할 때다.

스위스 전에서 두 번째 골은 한국에 너무도 치명적이었다. 후반 32분 사비에 마르제라즈의 패스가 이 호의 발에 맞은 뒤 오프사이드 위치에 있던 프라이에게 가자 프라이는 이운재를 제치고 골을 넣었다.

이때 부심副審은 재빨리 깃발을 들었으나 갑자기 깃발을 내렸다. 주심이 골을 선언하자 한국선수들은 강력히 항의했다. 허나 돌아온 것은 메아리뿐이었다. 엘리손도 주심은 프라이에게 볼이 전달되기 전, 이 호의 발에 맞았기 때문에 오프사이드가 아니라고 판단했다.

여기서 논란의 여지가 발생했다. 이 호가 볼을 걷어내려다 발에 맞았다면 오프사이드가 아니다. 그러나 볼이 이 호의 발에 그냥 맞았다면 분명한 오프사이드 반칙이다. 한국과 FIFA의 견해 차이였다. FIFA는 월드컵 배당금을 프랑스(전)에 앞서 토고에게만 미리 줬다.

거짓말을 감추기 위해서는 또 다른 거짓말이 필요했다. 포클랜드 전쟁을 연상시키듯 잉글랜드 전에 그를 주심으로 배정했다.

결승전에서도 그를 배정해 우수성을 강조했다. 지네딘 지단이 마테

미디어로 본 세상

라치를 머리로 받은 것도 이때였다. 그것을 대기심판이 알려줬다. 주·부심의 능력이 이 정도였다. 하지만 그는 외계인 포청천인 콜리나가 될 수 없었고, 무엇이 부끄러웠는지 곧 은퇴했다.

지도자들은 순종형을 좋아한다. 총소리가 나면 도망가는 국방 장관을 좋아하고, 시키면 시키는 대로하는 겁 많은 면장도 좋아한다. 엉터리 시인詩人인 아르헨티나의 오라시오 엘리손도 심판은 그래서 지도자들이 좋아하는 형이다. 하지만 그가 만일 한국 조기회에서 주심을 보았다면, 더 많은 것을 배우고 갈 수도 있었을 것이다.

[2006년 06월 독일獨逸 월드컵 한국韓國전을 지켜보며]

붉은 물결 또 한 번 신화 창조 기대

붉은 물결은 또 다른 신화도 창조해 냈다. 52년만에 월드컵 본선 원정경기에서 첫 승을 일군 것이다. 그것은 또 감독의 용병술 승리이기도 하다.

아드보카트(호)는 토고와의 결전에서 3－4－3 Formation으로 출발했다. 4백은 공격형 전술이고 3백은 수비형 전술이다.

이 때문에 스타트는 불안했다. 3톱(박지성 · 조재진 · 이천수)은 고립됐고, 중앙 미드필더인 이을용과 이호도 제몫을 하지 못했다.

3백(김진규 · 김영철 · 최진철)도 여러 번 흔들리다 결국 선제골을 내주고 말았다. 골키퍼의 3대 요소인 킥력과 순간판단능력, 위기대처능력까지 갖춘 이운재도 속수무책이었다. 이에 아드보카트 감독은 곧 히든카드를 뽑아들었다. 후반에 수비수 김진규를 빼고 안정환을 투입한 것이다.

안정환은 섀도(Shadow) 스트라이커 겸 공격형 미드필더 역할이었다. 3백(3－4－3)에서 4백(4－2－3－1)으로 바뀌는 순간이었다. 좌우 윙 백(이영표 · 송종국)의 날개가 펄럭거렸다. 태극호의 심장 박동

미디어로 본 세상

이 요동치기 시작했다. 미꾸라지 이천수가 물을 만난 듯 꿈틀거렸다. 산소탱크 박지성의 폭발력이 활화산처럼 터져 나왔다. 아드보카트 감독의 전술 변형이 가져온 결과였다.

그 후 박지성은 펄펄 날아다녔다. 그라운드가 좁은 것처럼 온통 휘젓고 다녔다. 과감한 중앙 돌파를 시도하다 아발로(토고)를 퇴장으로 유도했다. 프리킥 동점골을 만들어낸 파울을 이끌어냈다. 이천수는 이 프리킥 골로 월드컵 20호 골의 주인공이 되기도 했다. 아드보카트 감독은 그 후 웨이터 출신들을 서로 교체했다.

제천에서 '조용필'명찰을 달았던 이을용을 빼고 부평에서 웨이터 생활을 했던 김남일로 바꾼 것이다. 이에 보답이라도 하는 듯 태극전사들은 하나가 되었고 안정환의 역전 결승골이 터져 나왔다.

승리를 확신한 아드보카트 감독은 곧 굳히기에 들어갔다. 공격수 조재진을 빼고 중앙수비수 김상식을 투입했다. 4-3-2-1 전형을 3-4-3 전형으로 다시 환원시켰다. 결국 3색 용병술은 극적인 대역전극의 원동력이 되었다. 일본의 지코 감독이 꼭 배워야 할 산지식이었다.

경기가 끝나자 우리는 모두 하나가 되었다. 감독·선수·국민들의 동심원 정신이었다. 그것은 곧 한마음이었고 사랑이었다. 선수들은 어린 시절 사랑에 굶주려 있었다. 피(열정)와 땀(노력)과 눈물(의지)을 먹고 살아온 그들이었다. 52년 만에 한국축구의 새장을 연 데는 그만한 대가가 있었다.

대다수의 태극전사들은 가정형편이 어려웠다. 세상에는 공짜가 없다. 공짜 돈으로 선심 쓰는 사람들은 그래서 욕을 먹는다. 공짜를 싫어하는 태극전사들이 있기에 세상사는 맛이 난다. 역경과 고난 속에서도 한국 축구사를 다시 쓴 태극전사들에게 감사드린다. "파이팅 대~한민국!"이다.

[2006년 06월 15일 강원도민일보]

축구는 한마음 스포츠

세상에는 아름다운 말들이 많이 있다. 그 중에서 '그대 곁에 내 곁에'라는 말이 있다. 너와 내가 늘 곁에 있어야 하나가 된다는 얘기다. 일찍이 이희승 박사도 1+1=2가 아니라 1이라고 했다. 너와 내 마음이 합쳐지면 한마음이 된다는 뜻이다.

축구도 이와 마찬가지다. 축구선수 11명을 더하면 11이 아니라 1이 돼야 한다. 1이 되고 한마음이 될 때 경쟁력이 살아나고 무적이 된다. 매월 발표되는 국가별 FIFA 랭킹이 이를 증명한다. 각국의 축구성적은 1위부터 207위까지 이어진다.

한국은 월드컵 4강 신화 후부터 줄곧 32위안에 들었다. 언제나 월드컵 본선 무대에 설 수 있는 실력이다. 2002 월드컵 때 우리는 '4'라는 숫자를 만들어 냈다. 물론 브라질이 1이었고 독일이 2, 터키가 3이었다. 11명의 응집력이 작은 숫자를 만들어낼수록 축구강국이 된다.

이는 응원 문화와도 관련이 있다. 국민 한 사람을 5천만번 곱해도 1이 돼야 한다. 서울시청 광장에 모여들었던 붉은 악마 물결이 바로 그것이다. 월드컵 4강 신화는 그냥 이뤄진 게 아니다. 모두 하나가 되었기에 만들어진 것이다.

인간은 태어날 때부터 축복 받은 인생이다. 휴지와 편도선을 통과하는 인생도 있기 때문이다. 인간은 어차피 토끼 인생부터 시작된다. 그후 소牛와 개犬, 원숭이 모습으로 이어진다. 여기서 가장 중요한 시기는 소牛인생이다. 선수 구성에 따라 승패가 엇갈리기 때문이다.

인생의 가장 중요한 동반자는 골키퍼다. 골키퍼는 골문(가정)을 지키는 마지막 보루이다. 우선 킥력이 있어야 한다. 순간판단능력에 위기대처 능력도 있어야 한다. 골 스위퍼 능력도 갖춰야 한다. 팀이 위기에 빠지면 김병지처럼 헤딩 동점골도 넣어야 한다.

두 번째는 골키퍼가 믿을 수 있는 수비수들이다. 한마디로 가까운 친척들이다. 영원한 리베로도 있어야 하고 더블 볼란치도 있어야 한다. 윙 포워드 또한 필수적이다. 이들의 보직은 지역방어 사령관이다. 상대의 눈빛 읽기로 공격의 흐름을 끊어야 한다. 지원사격으로 한방 터트려 주기도 해야 한다.

세 번째가 중원을 책임지는 미드필더들이다. 군대로 따지면 장교와 사병의 교량적 역할을 하는 부사관들이다. 직장 동료와 사회 구성원들이다. 강철같은 체력으로 중원을 압박해야 한다. 뛰면서 차고 정지하고 빼앗는 일이 계속 이어져야 한다. 산소탱크도 있어야 하고 훌륭한 지휘자도 있어야 한다.

중원이 무너지면 뻥 축구가 되어 고전의 연속이다. 마지막으로 공격의 핵인 포워드들이다. 프리미어리그를 보면 신바람이 난다. 티에리 앙리나 뤼트 판 니스텔루이는 완벽한 킬러들이다. 찬스만 나면 놓치는 법이 없다. 웨인 루니 역시 그라운드를 구석구석 휘젓고 다닌다. 팬들은 그런 모습에서 생의 활력소를 찾는다.

미디어로 본 세상

고故 한홍기(전 포철 감독) 선생님이 축구를 포지션 없는 전쟁이라고 했던 이유다. 장기와 바둑은 전쟁이고 축구는 예술이다. 축구는 인생의 단면이고 축소판이다. 경기장 안에서 오묘한 진리가 이루어진다. 연출을 어떻게 하느냐에 따라 결과가 달라진다.

월드컵 준비에 모두 하나가 되어야 한다. 히딩크는 '오라, 태양의 품으로!'라는 말로 월드컵 4강 신화를 만들어냈다. 아드보카트의 또 다른 기적을 기대해 본다.

[2006년 04월 22일 아드보카트 감독의 독일 월드컵 선전을 기대하며]

축구를 통해 본 세상

장기와 바둑은 머리로 싸우는 전쟁이다. 축구는 온몸으로 싸우는 예술이다. 축구는 인생의 단면이고 축소판이다. 경기장 안에서 오묘한 진리가 이어진다.

연출을 어떻게 하느냐에 따라 결과가 달라진다. 사람들은 그래서 축구를 인생에 비교하기도 한다. 인간은 태어날 때부터 축복 받은 인생이다. 휴지와 편도선을 통과하는 인생도 있기 때문이다.

인간은 어차피 토끼 인생부터 시작된다. 허나 토끼도 토끼 나름이다. 보육원으로 직행하는 토끼도 있고, 하인즈 워드 같은 복 받은 토끼도 있다. 그 후 인생은 소牛와 개犬, 원숭이 모습으로 이어진다. 여기서 가장 중요한 시기는 소牛인생이다. 선수 구성에 따라 승패가 엇갈리기 때문이다.

소는 결혼을 통해서 골키퍼를 만나게 된다. 우선 대차대조표가 급속도로 돌아간다. 남자는 여자를 위에서 아래로 훑어본다. 여자는 남자의 발끝에서 머리로 올라간다. 온달 신드롬과 신데렐라 꿈은 이렇게 시작된다.

미디어로 본 세상

골키퍼는 우선 킥력이 있어야 한다. 하인즈 워드 엄마 같은 진취적 기상이다. 순간판단능력에 위기대처 능력도 있어야 한다. 오묘한 세상을 살아가는 삶의 지혜다. 거기에다 골 스위퍼 능력도 갖춰야 한다. 최후의 보루를 지키는 능력이다. 팀이 위기에 빠지면 김병지처럼 헤딩 동점골도 넣어야 한다.

두 번째는 골키퍼가 믿을 수 있는 수비수들이다. 한마디로 가까운 친척들이다. 영원한 리베로도 있어야 하고 더블 볼란치도 있어야 한다. 윙 포워드 또한 필수적이다. 이들의 보직은 지역방어 사령관이다. 상대의 눈빛 읽기로 공격의 흐름을 끊어야 한다. 지원사격으로 한방 터트려 주기도 해야 한다.

세 번째가 중원을 책임지는 미드필더들이다. 교량적 역할을 하는 동지들이다. 강철 같은 체력으로 중원을 압박해야 한다. 뛰면서 차고 정지하고 빼앗는 일이 계속 반복돼야 한다. 산소탱크도 있어야 하고 훌륭한 지휘자도 있어야 한다. 중원이 무너지면 뻥 축구가 되어 고전의 연속이다. 인생도 마찬가지다.

마지막으로 공격을 책임지는 포워드들이다. 벌어오고 또 벌어오는 Two Jobs 같은 사람들이다. K − 리그를 보다 유럽리그를 보면 신바람이 난다. 앙리나 호나우지뉴는 완벽한 킬러들이다. 찬스만 나면 놓치는 법이 없다. 웨인 루니 역시 그라운드를 구석구석 휘젓고 다닌다. 사람들은 그런 모습에서 생의 활력소를 찾는다.

축구는 입으로 하는 게 아니다. 선수·감독·관중·심판이 연주하는 4인조 오케스트라다. 헌데도 늘 시끄러운 게 현실이다. 축구를 통해 본 정치 얘기다. 정치인들은 한결같이 우수한 선수들이다. 개인적으로 볼 때 그렇다는 얘기다.

허나 경기장에만 들어가면 오합지졸이 된다. 심판과 관중이 보거나 말거나 티격태격 싸운다. 뚜껑 열어놓고 '짤순이'나 돌리면서 헛소리만 한다. 딴 나라에서 왔는지 딴 짓거리만 한다. 차 떼기에 성희롱, 공천장사가 주 메뉴다. 그 주변을 새 천년 민주철새가 날아다닌다. 공천장사도 금방 배운다.

한쪽에서는 또 가마솥 걸어놓고 살림살이를 걱정해주는 척한다. 그리곤 자기들끼리 둘러앉아 누룽지까지 긁어먹는다. 공천에 탈락해 무無자를 부처님 이마에 붙인 선수도 마찬가지다. 이런 게 다 팬을 잃는 이유다. 제발 정치판에도 월드컵 4강 신화 같은 일만 벌어졌으면 좋겠다.

[2006년 05월 02일 강원도민일보]

늑대들의 합창 合唱

축구는 세계 최고의 스포츠다. 만인이 즐기면서 희로애락을 함께 한다. 경기규칙은 1조부터 17조까지 이어진다. 원조는 당연히 캠브리지 룰(Cambridge Rules)이다. 영국에서 만들어졌기에 유독 신사도를 강조한다. 규칙이 쉽고 단순한 것 같지만 꼭 그렇지만도 않다. 그런데도 늘 시끄러운 게 축구다. 경기 중 주먹과 발길질이 난무한다. 관중들끼리 패싸움을 하기도 한다.

외국에서는 총격사건도 벌어진다. 때로는 심판을 구타하기도 한다. 국가간 전쟁으로 비화되기도 한다. 월드컵은 늘 사건·사고의 장이다. 축구가 흥분제 역할을 하기 때문이다. 룰(Rules)은 깊이 들어갈수록 더 오묘해진다. 예컨대 A팀 공격수가 골을 넣었다. 주심은 곧 골 사인을 하고 경기를 재개시켰다.

양의 탈을 쓴 늑대 심판

허나 골이 터지기 전, A팀의 또 다른 공격수가 B팀 골키퍼를 폭행했다. 그곳은 골 에어리어(Goal Area)였다. 지역그곳은 골키퍼 보호지역이었다. 당연히 골은 취소되고 폭행선수를 퇴장시킨 후 PK를 선언해야 했다. 허나 짜고 치는 고스톱에 찌든 심판들은 아예 이를 외면했다.

두 번째는 수 조兆원이 걸린 단판 승부였다. 그런데 13명의 선수가 뛴 팀이 2－0으로 이겼다. 골을 넣은 2명이 들락날락한 것이다. 그중 한 명만 후보명단에 올라 있었다. 이를 안 상대팀에서 가만히 있을 턱이 없었다. 곧 항의에 들어가자 주심은 재빨리 레드카드를 꺼냈다. 2명을 퇴장시킨 후 1골을 취소했다. 출전선수 명단에 없는 선수의 골이었다.

주심은 결국 1－0으로 경기를 마무리지었다. 엔트리에 포함된 선수의 골은 인정한다는 규칙을 알고 있었기 때문이다. 이 광경을 바라보던 경기감독관과 심판감독관은 흐뭇한 미소를 지었다. 심판들 가슴속에는 '오고 가는 현찰 속에 사기도박 이뤄진다'는 현수막이 걸려 있었다. 이들은 결국 한 패거리였던 것이다.

레퍼리(Referee)는 R이 책임(Responsibility)을, f가 신념(faith)을, 또 다른 r은 자격(requirement)을, 그리고 4개의 e는 기사(engineer)를 뜻한다. 따라서 자격을 갖춘 4명(주심－1, 부심－2, 대기심판－1)의 기사가 책임과 신념을 갖고, 성실하게 경기를 중재하고 융화 조정해야 한다는 의미를 담고 있다.

헌데도 이들은 특정 팀을 봐주기 위해서 양심을 팔았다. A팀의 선수가 들락날락하는 것을 알면서도 모른 척했다. 저질 심판이라는 것을 스스로 인정했다. 협회 수장 역시 그들보다 더 나쁜 저질이었다. 그는 협회 차원에서 어떤 조치나 징계도 내리지 않았다. 해당 선수와 감독, 4명의 저질 심판들을 모른척했다. 사태를 수습하고자 도덕적 상식만 호소했다. 일반적 상식은 한낱 쓰레기였다.

인간은 네 가지로 분류된다. 첫째, '양의 탈을 쓴 진짜 양'이다. 늘 주시하면서 침묵하는 형이다. 참스승과 정치에 물들지 않은 종교인이다.

미디어로 본 세상

둘째, '양의 탈을 쓴 늑대'다. 협회 수장과 4명의 저질 심판 같은 경우다. 겉과 속이 다른 수박형이다. 지도자나 스승으로서는 빵점형이다. 셋째, '늑대의 탈을 쓴 양'이다. 겉은 거칠지만 마음은 비단결이다. 분노하면 활화산이다. 순수한 농민 같은 한국인 상이다. 넷째, '늑대의 탈을 진짜 늑대'다. 폭군 네로와 같은 군사독재자들이다.

가설극장은 50~60년대의 어린이들을 미치게 만들었다. 가설극장이 들어오면 수업시간에도 영화를 선전하는 확성기에 귀를 맞췄다. 그러다 선생님에게 가끔 얻어맞기도 했지만 좋은 추억거리였다. 당시 '두만강아 잘 있거라'는 영화가 있었다.

김석훈 문정숙이 주연한 임권택 감독의 1962년 작이다. 일제강점기 만주벌판을 무대로 항일투쟁 모습을 그렸다. 두만강 촬영지가 경기도 가평 철다리라서 그런지 늘 감회가 새롭다. 헌데 요즘은 '신영강아 잘 있거라'가 더 어울리는 제목 같다. 수도권 상수원 보호만 강조하기 때문이다. 양의 탈을 쓴 저질들 때문에 '사분오열四分五裂'되는 세상이다.

[2005년 12월 19일 축구심판들을 바라보며]

협회가 변해야 축구가 산다

원은 사랑과 평화의 상징이다. 동심원을 그리면서 하나로 묶어준다. 가마솥 '탕'문화는 사랑의 대명사요, 원탁은 평등과 평화를 의미한다. 움란 자파르(이라크)가 일궈 낸 '도하의 기적'은 꿈과 희망이었다. 월드컵 4강 신화는 또 다른 동심원이었다. 축구가 사람들을 미치게 만드는 이유다.

히딩크의 그림자들은 인연과 필연에서 악연에 울고 갔다. 악연은 그들 스스로 만들어냈다. 코엘류는 참고 기다리다 '오만·몰디브 쇼크'에 목이 조였다. 본프레레는 변명만 일삼다 쫓겨난 꼴이었다. 한국인들은 한강다리 폭파 때부터 속아온 국민이다.

감독이 떠날 때마다 팬들은 애처로운 눈으로 바라보았다. 사실 팬들은 그들이 미운 게 아니었다. 사랑이 잠시 미움으로 바뀐 것이었다. 사회적 불만을 대타로 삼은 것뿐이었다.

그들을 비판한 것은 '386세대'가 아니었다. '이태백', '삼국지', '사오정', '오륙도'였다. 배고픈 이들은 모든 게 미웠다. 독립군 자녀를 엿장수로 만든 고집불통의 늙은이부터, 열여덟 '18년'의 긴긴 시집살이를 시켜온 선글라스의 건 맨(Gun man), 돌과 물로 흙탕물이나 튀겼던 마카로니 웨스턴의 악당들.

축구는 마약처럼 흥분제 역할을 한다. 팀이 이기면 좋은 보약이 된다. 괴롭고 짜증나는 일들이 한순간에 사라진다. 흐뭇하기에 지역경제도 살아난다.

하나 지면 비난의 대상이 된다. 종로에서 뺨맞고 한강에서 눈흘긴다. 각종 사고로 이어지기도 한다. 1969년 엘살바도르와 온두라스간의 축구전쟁, 85년 베이징 관중폭동 사고, 94년 월드컵 자책 골 주인공 에스코바르 살해사건이 바로 그것이다.

축구는 정치적 논리로 이용되기도 한다. "고도의 자본주의 사회 속에서 터져 나오는 불만은 어떤 정서적인 배출구를 필요로 한다. 그것은 또 정서적인 배출구 역할과 해방의 기회를 부여하면서 기존의 권력구조를 타파할 수 있는 에너지를 다른 데로 돌릴 수 있다." 독일의 정치 이론가인 게르하르트 피나이의 말이다.

이건 축구협회가 왜 72년 만에 국감을 받아야 했는지 말해준다. 그 과정에서 많은 의혹이 불거져 나왔다. 'PD 수첩'은 다른 의혹들도 제기했다.

협회는 그 후유증으로 몸살을 앓고 있다. 하지만 폭풍이 지나가도 들풀은 일어선다. 잘못한 게 있으면 달게 받으면 된다.

축구는 노동자들 몫이기에 경기장에 지붕이 없다. 축구공은 또 5각형 12개와 6각형 20개의 조각으로 되어 있다. 이것은 곧 5대양 6대주를 뜻한다. 월드컵 본선진출 32개국과도 맞다. 물론 상징적이지만 세계적 스포츠라는 얘기다. 그렇기 때문에 '김운용 사건'때처럼 국제적 망신을 당하지 않았으면 한다.

축구협회는 늘 맑고 깨끗한 행정을 펼쳐야 한다. 사회적 불만이 고조된 서민들의 대리 만족도 시켜줘야 한다. 주변에 있는 적과 게르하르트 피나이의 말도 새겨들어야 한다. 물은 고이면 썩지만 허리케인과 4차원의 세계를 만들기도 한다.

이제 협회는 아드보카트 감독이 먹이사슬에 걸리지 않도록 도와야 한다. 여러 의혹에 쌓인 축구협회가 진정으로 변해야 한국 축구가 되살아난다.

[2005년 10월 11일 경향신문]

흙탕물 속 진주는 돌

법조계의 주체는 판·검사고 교육계의 꽃은 교사다. 그렇다면 경기장의 꽃은 심판일까. 아니다. 경기장의 꽃은 오직 선수일 뿐이다. 그만큼 심판은 외로운 직업이다.

외국심판들처럼 부업이라면 그나마 다행이다. 요즘 한국축구계가 감독 경질 등으로 어수선하다. 또 프로축구 심판이 관중을 폭행해 물의를 빚고 있다.

축구심판을 레퍼리(referee)라고 한다. 자격(requirement)을 갖춘 4명의 기사(engineer)가 제3자 입장에서 신념(faith)으로 판정하고 책임(Responsibility)을 진다는 뜻이다. 때문에 3F와 3C가 필요하다. 굳건한(Firm) 체력(Fit)과 공정성(Fair), 정확한(Correct) 규칙 적용과 신뢰(Confidence), 진정한 용기(Courage)가 바로 그것이다.

심판은 또 경기의 중재자(Mediator)이고 융화조정자(Arbiter)이다. 물론 화해자(Peace maker)로서의 역할도 필수조건이다. 경기장에서의 훌륭한 오케스트라는 그렇게 이루어진다. 그것이 제 역할을 못할 때는 꼭 불협화음이 발생한다.

관중들은 홈팀 선수들이 넘어지기만 해도 아우성이다. 오프사이드 반칙이나 핸들링 반칙도 예외는 아니다. 오프사이드 반칙은 관중석과 기술지역, 부심의 위치에 따라 견해가 다르다. 즉, 1mm의 편차만 나도 해석은 달라진다.

핸들링 반칙은 어깨를 뺀 손과 팔로서 볼을 잡거나(catching), 치거나(striking), 추진(propelling)시키거나, 운반(carrying)시켜서 볼의 방향이 바뀌었을 때를 말한다. 하지만 이것 또한 제멋대로의 잣대로 분쟁을 일으키기도 한다.

경기 중에 비가 오면 선수들은 갑자기 거칠어진다. 완장과 붉은 머리띠를 둘렀거나 예비군복을 입었을 때와 마찬가지가 된다. 축구에서 완장은 주장이 찬다. 헌데 주장이 뭔가를 착각할 때가 많다. 주장은 심판이 선수들을 다 상대할 수 없으니까 정한 것뿐이다.

그 역할은 골 진영을 결정하기 위한 토스. 승부차기(Penalty Kick) 때 먼저 차기에 대한 토스. 심판의 질문에 대한 답변뿐이다. 헌데도 심판에게 강하게 어필하다 옐로카드를 받기도 한다. 평소 교육부족 때문이다. 심판 역시 마찬가지다. 소신 판정을 해도 각 구단마다 이해가 엇갈린다.

프로축구 심판들의 목줄은 구단에서 쥐고 있다. 당연히 눈치를 볼 수밖에 없다. 비非 경기인 출신들은 감히 들어갈 엄두도 못 낸다. 유일한 비경기인 출신이었던 한남식韓男植씨가 있었다. 그는 95년 7월 양심선언을 하고 아예 그라운드를 떠났다. 또 바른말을 하다 심판배정에서 제외됐던 일도 있었다. 국내보다 해외에서 더 유명한 심판이었다.

2002년 7월 모某 일간지와의 인터뷰에서 "한국 축구가 심판양성을 위해 더 큰 계획을 짜야한다."고 말했다. 결국 그는 괘씸 죄에 걸려 은퇴했다.

그뿐만이 아니다. 모某 여자축구심판은 97년 심판 생활을 시작해 99년 국제심판이 되었다. 꼭 2년 만이었다. 국제심판은 최소 5년은 넘어야 한다는 규정을 무시한 처사였다. 뒤죽박죽 행정은 늘 경기장 사고의 근원이었다.

프로축구 심판이 관중에게 주먹질을 해도 심판만 자른다고 해결될 일이 아니다. 심판들의 판정 중 가장 중요한 것은 '과거사 청산'이다. 실례로 한 선수가 퇴장退場성 반칙을 했다. 주심은 어드밴티지 룰을 적용했고 골로 이어졌다.

주심은 골이 나자 두루뭉실 넘어갔다. 헌데 결과는 반칙을 했던 팀이 이겼다. 결국 퇴장을 안 시킨 게 분쟁의 대상이었다. 과거사 청산문제는 또 다른 얼룩을 만들어냈다.

세상에서 가장 어려운 일은 '선택과 결정'이다. 그것에 따라 운명이 바뀌기도 한다. 한국인은 조삼모사朝三暮四형이고 축구선 진국은 대기만성大器晚成형이다.

이 때문에 누가 감독으로 와도 마찬가지다. 히딩크의 그림자들은 인연과 필연에서 악연에 울고 있다. "흙탕물에 진주를 던져봤자 그것은 결국 돌일 뿐이라고…."

[2005년 09월 15일 강원도민일보]

탓의 대명사 조 본프레레

희망이 없는 삶은 죽은 삶이다. 희망이 없는 축구도 죽은 축구다. 한국은 지금 죽은 축구 때문에 골머리를 앓고 있다. 그 대상은 곧 본프레레 감독이다. 6연속 월드컵 진출도 알고 보면 해외파 덕이다. 감독이 잘해서 일궈낸 쾌거가 아니란 얘기다. 이번 동아시아대회에서 팬들의 분노는 극에 달해 있다. 90% 이상의 네티즌들이 믿을 수 없다는 얘기다.

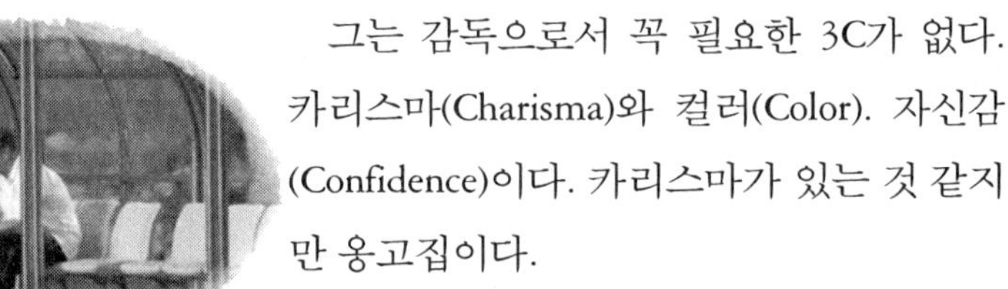

그는 감독으로서 꼭 필요한 3C가 없다. 카리스마(Charisma)와 컬러(Color). 자신감(Confidence)이다. 카리스마가 있는 것 같지만 옹고집이다.

고유 색깔과 자신감은 없고 패할 때마다 '탓'일색이다. 오죽하면 순둥이 박지성이 "히딩크는 심리학 박사, 본프레레는 고집쟁이"라고 했을까.

그뿐이 아니다. 그에게는 3P마저도 없다. 합리적이고 치밀한 계획(Plan), 다양한 공격 패턴(Pattern), 적절한 대처 페이스(Pace)가 바로 그것이다. 이번 대회에서 11-8로 싸운 중국中國전, 선先수비 후後역습으로 대처한 북한北韓전, 신예들로 대처한 일본日本전에서의 모습들이다.

84년 취득한 지도자 자격증을 갱신하지 못해 그런 모양이다.

감독의 눈은 혜안慧眼이라야 한다. 그는 축구천재 박주영을 가리켜 "훅! 불면 날아갈 것 같다."고 했다. 그러다 여론에 밀려 엉거주춤 뽑았다. 리틀 마라도나 최성국은 아예 버렸다. 박주영에게는 늘 구세주 역할을 기대하고 있다. 거의가 같은 선수이고 같은 색깔이다.

봉 체조를 할 때 작은 사람이 있으면 키 큰 사람이 피해를 본다. 축구도 마찬가지다. 경기 중 느림보가 있으면 다른 선수가 그만큼 더 뛰어야 한다. 어쩌다 발리킥으로 골만 넣으면 되는 게 아니다. 박지성은 종횡무진 뛰면서 공간을 침투한다.

동료들과의 콤비네이션도 좋다. 퍼거슨 맨-U 감독이 그를 사랑하는 이유다. 이것이 바로 황태자와 산소탱크의 차이점이다. 본프레레 감독의 가장 큰 문제점은 용병술이다. 소속팀에서 좌측 윙백인 이영표를 우측에 포진시킨다. 좌측에는 매번 김동진 차지다. 김동진이 이영표보다 훨씬 낫다고 생각하는 모양이다.

패스는 주로 횡 패스와 백 패스 위주다. 전방으로 찔러주는 칼날 패스는 거의 없다. 세트 피스(set piece)에서 얻어낸 것도 별로 없다. 굳이 따지자면 이천수(베트남전)와 김진규(중국전)의 프리킥 골뿐이다. 세트 피스는 축구에 있어 전공필수과목이다. 지난 2005년 베트남(전)에서는 또 5-0-5 Formation이다. 미드필더가 없는 이상한 전술이다. 그러니 모든 게 뒤죽박죽이다.

"나는 영웅주의(heroism)를 좋아하지 않는다. 다만 경험과 지식을 선수들에게 전달하는 역할을 할뿐이다.” “내가 대표팀과 훈련한 시간은 단 72시간뿐이다.” “나는 전술적으로 완벽했으나 선수들의 정신 상태가 해이했다.” 히딩크―코엘류―본프레레 감독의 말이다.

남이 비난할 때 나타나는 세 가지 유형이 있다. 첫째는 불 같이 화내는 형이다. 자신감과 책임감이 있기 때문이다.

히딩크가 이에 해당된다. 두 번째는 묵묵히 들으면서 반성하는 형이다. 코엘류 감독 같은 경우다.

세 번째는 변명과 남의 탓으로 돌리는 형이다. 바로 본프레레 감독 같은 케이스다. “본프레레는 목숨이 아홉 개나 붙은 위대한 생존자(Great Survivor)다.”

“본프레레는 봉 프레르(Bon fr re · 좋은 형)가 아니라 모베 프레르(Mauvais fr re · 나쁜 형)다.” 영국 BBC 방송과 프랑스 RFI 라디오 방송 내용이다. 한국인들이 가장 싫어하는 말은 거짓말과 변명이다. 리모델링 결과가 나쁠 때마다 제품 탓만 한다고 될 일이 아니다.

음식 맛은 손끝에서 나오고, 축구 작품은 감독 머리에서 나온다. 한국의 국제적 신뢰도가 떨어지지 않게끔 처신해 달라는 얘기다. ‘거짓말 공화국’과 ‘주둥아리 공화국’에 희망을 주라는 얘기다.

[2005년 03월 25일 사우디아라비아에 0―2로 패한 조봉래 감독을
믿지 못하며]

미디어로 본 세상

박주영 A대표팀에 선발하라

돼지 눈에는 돼지만 보이고 부처 눈에는 부처만 보인다. 이성계와 무학대사의 얘기다.

조 본프레레 감독은 끝내 박주영(U-20 대표)을 외면할 것인가. 요즘 네티즌들 사이에서 한창 벌어지고 있는 논쟁이다.

박주영은 카타르 청소년(U-20) 대회 4경기서 9골을 터트렸다. 오른발, 왼발, 머리 등 온몸이 무기다. 그의 골 결정력은 천부적이다. 사각지대에서도 예외가 아니다.

한국축구는 그 동안 이회택-차범근-최순호-황선홍 등의 계보로 이어왔다. 하지만 박주영만큼 일찍 빛을 본 적은 없다. 박주영의 최대 장점은 빠른 슈팅력이다. 2~3명이 샌드위치 마크해도 번번이 당한다. 반 박자 빠른 슈팅이 허를 찌르기 때문이다. 박주영의 신장은 182cm이다. 그런데도 이번 대회 9골 중 3골을 머리로 터트렸다. 그만큼 장신 수비수를 능가한다는 얘기다.

그의 특기는 또 위치선정과 동물적 점프력이다. 사전트(Sagent

Jump)기록은 박성화 감독이 90cm로 역대 최고다. 그것을 朴 감독이 가르친 모양이다. 게다가 프리킥까지 맡고 있어 세트 피스(Set Piece)에도 능하다.

그의 고교시절을 돌아보면 더욱 놀란다. 3학년 때인 2003년 4개 전국대회(문광부장관기-12골, 금강대기-9골, 대통령배-5골, 추계연맹전-6골)에서 득점得點왕을 싹쓸이했을 정도다.

한마디로 3S(Speed · Stamina · Spirit)와 3B(Brain · Body balance · Ball control)를 두루 갖췄다는 얘기다. 이렇듯 박주영은 기술적 측면에서 뛰어난 선수다. 늘 움직이는 상태에서 공을 다룬다. 골 마우스 지역에서는 동물적 근성이 나온다. 무게 중심이 불안정해 보이나 이것 또한 장점이다. 발뒤꿈치가 지면과 떨어져 있다는 것은 순발력이 좋기 때문이다.

대다수의 유럽출신 감독들은 장신 선수를 선호한다. 조 본프레레 감독도 예외는 아니다. 통나무든 느림보든 체구만 크면 무조건 OK다. 신장이 작거나 체구가 빈약하면 아예 거들떠보지도 않는다. 한국인들처럼 2분법에 빠져있기 때문이 아닐까 싶다.

감독의 눈과 귀는 늘 열려 있어야 한다. 그래야 올바른 선수선발과 전술을 구사할 수 있다. 지난 2004년 09월 08일 독일獨逸 월드컵 아시아 지역예선 베트남(전)에서는 5-0-5 시스템이었다. 한마디로 MF가 없는 이상한 전술이었다. 다행히 이천수가 구해냈지만 형편없는 경기였다.

이날 통나무는 팔꿈치로 상대를 가격해 4경기 출장정지를 받았다. 느림보는 늘 어슬렁거려도 주전이었다. 어쩌다 한 골 주워 먹으면 언

미디어로 본 세상

론이 더 호들갑을 떨었다. 느림보는 히딩크가 버렸고, 통나무는 박종환 감독이 고개를 흔든 선수였다.

웨인 루니는 만 16세, 마이클 오언은 만 18세, 한국의 서정원은 만 20세에 A대표로 발탁되었다. 이들은 체구가 좋아 선발된 게 아니었다. 에릭손 잉글랜드 감독과 박종환 감독의 혜안 덕이었다. 박주영(182cm · 70kg)은 루니(177cm · 78kg)나 오언(176cm · 70kg), 서정원(173cm · 68kg)보다 체구가 좋다.

헌데도 본프레레는 "휙! 불면 날아갈 것 같다" 라고 말했다. 또 체력에 문제가 있다고도 했다. 그러나 박주영은 이번 알제리(전)에서 120분을 줄기차게 뛰었다. 몸싸움에서도 강했다. 결국 앞뒤가 맞지 않는 말이었다. 사실 본프레레 감독은 신인선수를 발굴한 예가 없다. 주로 해외파들만 선호해 왔다. 나이지리아에서도 그랬고 카타르에서도 그랬다. 그러다 일이 잘못되면 늘 선수 탓으로 돌렸다.

언론에서도 박주영을 100년만에 나올까말까한 국보급 선수라고 했다. 대한축구협회에서도 특별관리에 들어갔다. 높은 경험은 A매치에서 많이 나온다. 그를 A대표로 선발해야 하는 이유 중 하나다. 물론 선수선발은 감독의 고유권한이다. 그 권한에 왈가왈부할 수는 없다. 단지 참고해 달라는 것뿐이다. '월드컵 4강 저주'가 너무 두렵기 때문이다.

[2005년 01월 31일 강원도민일보]

본프레레 감독 교체하라

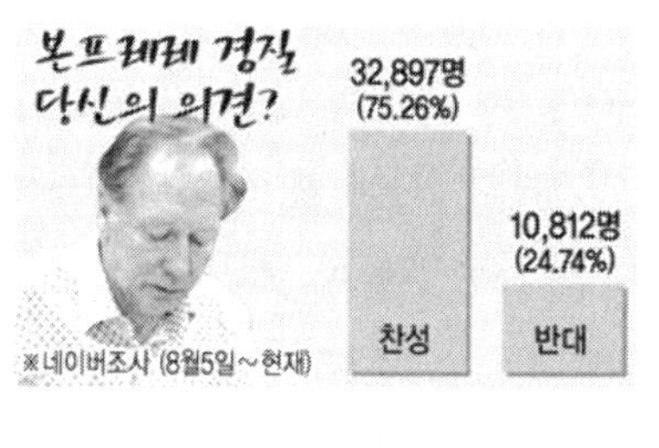

축구 감독의 지도자 자격증은 생명이다. 그것이 없으면 죽은 거나 마찬가지다. 히딩크와 본프레레는 84년 똑 같이 자격증을 땄다. 그러나 히딩크는 살아있고 본프레레는 죽었다. 연장을 하기 위해서는 재교육을 받아야 하기 때문이다.

축구심판도 매년 보수교육을 받고 쿠퍼테스트(체력테스트)를 한다. 이를 통과해야 심판 배정을 받는다. 그것도 단 1년뿐이다. 매년 되풀이 해야 하는 의무규정이다. 운전도 마찬가지다. 운전면허증이 죽으면 음주운전과 마찬가지로 살인 면허다.

그래서 본프레레의 자격증은 프로크루스테스의 잣대다. 이런 잣대를 휘두르니 수석 코치 자리는 늘 공석이다. 본프레레의 눈은 또 이중 잣대다. 한국에 와서 배운 것이 '이분법'뿐인 모양이다.

황태자도 탄생시키고 통나무도 애지중지 한다. 5kg의 체중이 불어난 골키퍼도 늘 가까이 둔다. 돼지고기 5kg을 몸에 붙이고 뛰어 보라.

미디어로 본 세상

순발력이 나올 턱이 없다. 한번 찍힌 선수는 또 영원히 매장 당한다.

이을용이 그렇고 최성국이 그렇다. 이을용은 근성이 강한 악바리 선수다. Little 마라도나 최성국은 수비수들을 서 너 명씩 달고 다닌다. 훅! 불면 날아갈 것 같아 그런 모양이다. 그런 박주영도 여론에 밀려 엉거주춤 뽑았을 뿐이다.

그는 감독으로서 꼭 필요한 3C가 없다. 카리스마(Charisma)와 컬러(Color). 자신감(Confidence)이다. 카리스마가 있는 것 같지만 옹고집이다. 고유 색깔과 자신감은 없고 패할 때마 '탓'일색이다. 3P가 없는 것도 마찬가지다. 합리적이고 치밀한 계획(Plan), 다양한 공격 패턴(Pattern), 적절히 대처할 줄 아는 페이스(Pace)가 바로 그것이다.

감독의 눈은 혜안慧眼이라야 한다. 상표만 보고 뽑을 일이 아니다. 내용물이 좋지 않으면 바꿀 줄도 알아야 한다. 거기다 위기대처능력도 있어야 한다. 순간 판단 능력도 빼놓을 수 없다. 그런데도 거의가 같은 선수고 같은 색깔이다.

봉 체조를 할 때 작은 사람이 있으면 키 큰 사람이 피해를 본다. 축구도 마찬가지다. 어슬렁거리는 느림보나 굴러다니는 통나무가 있으면 팀웍이 깨진다. 어쩌다 골만 넣으면 되는 게 아니다. 박지성은 종횡무진 뛰면서 공간을 침투한다. 동료들과의 콤비네이션도 좋다. 퍼거슨 맨체스터 유나이티드 감독이 그를 사랑하는 이유다.

본프레레 감독의 가장 큰 문제점은 용병술이다. 원래 좌측 윙 백인 이영표는 늘 우측 셋방살이다. 좌측은 이미 김동진이 전세 냈기 때문이다. 패스는 주로 횡 패스와 백 패스 위주다. 전방으로 찔러주는 칼날 패스는 거의 없다.

세트 피스(set piece)에서 얻어낸 것도 별로 없다. 굳이 따지자면 이 천수(베트남전)와 김진규(중국전)의 프리킥 골뿐이다. 세트 피스는 축구에 있어 전공필수과목이다. 지난해 베트남전에서는 또 5-0-5 Formation이다. 미드필더가 없는 이상한 전술이다. 그러니 모든 게 뒤죽박죽이다.

"나는 영웅주의(heroism)를 좋아하지 않는다. 다만 경험과 지식을 선수들에게 전달하는 역할을 할뿐이다.", "내가 대표팀과 훈련한 시간은 단 72시간뿐이다.", "나는 전술적으로 완벽했으나 선수들의 정신 상태가 해이했다." 히딩크-코엘류-본프레레 감독의 말이다.

남이 비난할 때 나타나는 세 가지 유형이 있다. 첫째는 불 같이 화내는 형이다. 자신감과 책임감이 있기 때문이다. 히딩크 형이다. 두 번째는 묵묵히 들으면서 반성하는 형이다. 코엘류 감독 같은 경우다. 세 번째는 변명과 남의 탓으로 돌리는 형이다. 바로 본프레레 감독 같은 케이스다.

한국인들이 가장 싫어하는 말은 거짓말과 변명이다. 리모델링 결과가 나쁠 때마다 제품 탓만 한다고 될 일이 아니다. 음식 맛은 손끝에서 나오고, 축구작품은 감독 머리에서 나온다. 6연속 월드컵 진출도 알고 보면 해외파들 덕이다. 감독이 잘해서 일궈낸 쾌거가 아니란 얘기다. 본프레레 감독을 빨리 교체해야 하는 이유다.

[2005년 08월 17일 사우디아라비아에 0-1로 패한 조봉래 감독을 믿지 못하며]

박용주 유니폼 도난 사건

국가대표시절 왼쪽 날개를 누볐던 선
수는 많다. 가깝게는 이영표(PSV 아인트
호벤) 이을용(터키 트라브존스포르) 김대
의(수원), 멀게는 신동철(강릉농공고 감
독), 고정운(FC 서울 코치) 등이다. 그 중

에서도 특히 박용주 선수는 기억에 가장 오래 남는 선수다.

70년대 박용주 선수가 국가대표팀 왼쪽 날개로 한창 날리던 시절, 그
는 16번을 달고 뛰었다. 현란한 드리블과 빠른 발로 왼쪽을 파고드는
그를 안 좋아하는 사람이 없었다. 당시 팬들은 그를 박이천 선수와 함
께 '거지머리(?)'라고 불렀다. 그만큼 외모에 신경 쓰지 않았던 탓이다.

럭비 코치가 구해준 박용주 유니폼

1978년 모某고등학교에 근무했을 때 일이다. 당시 이 학교는 럭비부
가 활동하고 있었다. 럭비부 감독은 체육부장 이었고 코치는 김병계
씨였다. 김병계 코치는 박용주 선수와 친분이 있었다. 그는 나이가 어
려 동생처럼 지냈다. 우리는 가끔 술친구가 되었다. 그러나 둘이 마셨

다 하면 꼭 두 얼굴의 사나이가 되곤 했다.

그러던 어느 날. 나는 박용주 선수의 유니폼을 구해달라고 압력(?)을 가했다. 동일시하고픈 욕심 때문이었다. 물론 꼭 구해올 것이라고는 믿지 않았다. 그 유명한 선수를 알고 있다 기에 괜한 객기를 부려본 것뿐이었다.

하지만 그는 박용주 선수가 입었던 국가대표선수 유니폼을 가져왔다. 16번의 등 번호와 태극마크가 새겨진 빨간 색 유니폼이었다. 그것을 받자 마치 국가대표선수가 된 기분이었다.

물론 그날 김 코치는 병든 닭(병계)이 되었다. 나 또한 두 얼굴의 사나이가 되었다. 병든 닭과 루페리노는 이렇듯 술로써 의기투합했다. 나는 그것을 입어보기도 하고 잘 때는 꼭 끌어안고 잤다. 럭비부원들이 훈련할 때면 그 유니폼을 입고 함께 훈련했다.

럭비공으로 킥을 해서 바(Bar)를 넘기기도 했다. 코너킥 연습도 했다. 헌데 이 모습을 유심히 지켜보는 소녀가 있었다. 바로 이 학교 음악 선생이었다. 그녀는 바이올린을 전공한 앳된 소녀였다. 국가대표 유니폼을 입고 땀을 뻘뻘 흘리는 모습이 보기 좋았던 모양이었다.

유니폼에 반한 음악 소녀

그 후 우리는 급속히 가까운 사이로 발전했다. 효창구장과 동대문구장을 전전하며 축구를 보러 다녔다. 경기가 끝나면 무교동 낙지볶음 집에 가서 인생을 노래했다. 얼굴이 홍당무가 될 정도로 술도 마셨다. 친구들 결혼식장에 함께 가기도 했다. 그 유니폼은 곧 큐피드 화살이

미디어로 본 세상

었다.

A4 용지 한 장에 울고 웃는 게 공무원 인생이었다. 우리는 그 종이 한 장 때문에 헤어져야 했다. 서로가 아픈 가슴을 안고 임지로 부임했다. 그때부터 조기축구에 매달렸다. 물론 그 유니폼을 입고 뛰었다. 그것은 내 분신이자 마스코트였다. 그것만 입고 뛰면 마력이 생기는 듯했다. 공을 차면 빨래 줄처럼 날아갔다. 가끔 매그너스(magnus) 효과도 나타났다. 실력은 없었지만 동일시 효과를 만들어주기도 했다. 즐거운 나날의 연속이었다.

그러던 어느 날이었다. 운동을 끝낸 후 샤워를 하고 유니폼을 빨아 널고 출근했다. 그러나 점심 때 돌아와 보니 유니폼이 온데간데없었다. 하숙집 주인에게 물어보니 모른다는 대답뿐이었다. 하늘이 노랗게 보였고 무너지는 것 같았다. 도둑맞은 것이었다. 분신이 사라진 것이었다. 사랑하는 연인을 빼앗긴 것 같았다. 하루 종일 우울했고 일손이 잡히지 않았다.

돼지와 진주 목걸이

그날 저녁 마시고 또 마셨다. 그래도 분이 풀리지 않았다. 죽어도 잊을 수 없는 유니폼이었다. 애인에게 자랑하던 유니폼이었다. 어느 녀석이 훔쳐갔는지 잡히면 당장 죽일 기분이었다. 그 후부터는 플레이가 되지 않았다. 가뜩이나 못하는 실력이 더 엉망이었다.

동료들이 비웃는 것 같았다. 유니폼 하나가 삶을 엉망진창으로 만들고 있었다. 며칠 후 생각다 못해 김 코치에게 사연을 얘기했다. 또 하나 구해달라는 암시였다. 그러나 돌아온 대답이 걸작이었다.

"형, 돼지에게 진주목걸이는 어울리지 않아…!"

"뭐라구? 에이, 망할 놈! 못 구해주면 그만이지 사람 속은 왜 긁어?"

버럭 고함을 쳤지만 너무 아까운 유니폼이었다. 27년이 지난 지금도 눈에 선한 유니폼이었다. 마스코트가 사라진 후부터는 모든 게 뒤죽박죽이었다. 음악 선생과의 로맨스도 그 유니폼이 있었을 때 얘기였다. 마스코트를 왜 아끼는지 그 이유를 알 것 같았다.

국가대표^{國家代表}급 선수들이 지도자로 돌아설 때면 대학팀이나 실업팀 또는 프로팀들을 기웃거리곤 한다. 그러나 정용환 선수나 박용주 같은 진정한 지도자가 있기에 한국축구는 발전한다. 두 분 다 초등학교에서 후학들을 묵묵히 가르치고 있기 때문이다. 대한축구협회 에서 박용주(부산 금정초등학교 축구감독) 씨를 소개했기에 반가워서 잠시 생각해본 일이다.

[2005년 06월 09일 강원도민일보·한국 축구 미래 위하여 게재]

월드컵 4강 저주

선수는 4강 신화에 취해 비틀거렸다. 지도부는 무관심했다. 오만과의 경기에서 오만했다. 그래서 오만 쇼크가 터졌다. 베트남(전)에서는 배트맨으로 착각했다.

몰디브(전)에서 그냥 몰아칠 줄 알았다. 몰디브 쇼크까지 일어나자 코엘류 감독을 마지막 카드로 내쫓았다. 계약기간 동안 월급까지 다 주기로 하는 조건이었다. 코엘류는 세계적 명장이었다. 하지만 한국 지도부가 그를 바보로 만들었다. 그리고 3류 감독을 데려왔다.

그는 카타르, 이집트, 나이지리아에서 쫓겨난 감독이었다. 본프레레는 코엘류가 당한 것을 알았다. 한국에서는 오기와 뚝심으로 버텨야 하는 것도 알았다. 기선부터 잡았다. 오연교 장례식장에서 축구원로와 협회 직원들이 고성과 함께 싸움도 벌였다.

세상을 살아가면서 신세진 일들은 강물에 띄워 보낸다. 그러나 안 좋았던 일들은 가슴에 새긴다. 원수졌던 일들은 또 바위에 새긴다. 그래서 인생의 비극은 시작된다. 만화책에서 자주 써먹던 내용이다. 그러나 나는 모든 것을 강물에 띄워 보낸다. 인간들이 너무 영악스럽기 때문이다.

발 밑에 떨어진 행복부터 주워담아라

행복이 오는 길은 여러 갈래다. 표정 또한 다양하다. 그런데도 사람들은 이러저러한 조건과 한계를 붙이고 행복을 고른다. 그런 사람은 설사 행복이 곁에 오더라도 결코 그 행복을 알아차리지 못한다. 네모라는 행복을 꿈꾸던 당신에게 지금 곁에 다가온 동그란 행복의 미소가 보일 리 없는 것이다. 세상살이에 힘을 갖고 싶다면 발 밑에 떨어진 행복부터 주워담아라.

= 틱낫한 <힘> 중에서 =

산봉우리에서 흐른 물은 산 밑의 웅덩이에 이른다. 산 밑 웅덩이에다 던진 하나의 풀잎은 다시 냇물로 흐르고, 그것은 계속 흘러 강으로 흐른다. 강으로 흐른 풀잎은 결국 바다에 이른다. 인생도 이와 마찬가지로 웅덩이와 작별하고, 냇물과 이별하고 강물과 이별하다 바다에서 끝난다.

그러나 개중에는 웅덩이에서 이별하고 냇물에서 작별하고, 강물과 작별하는 경우도 있다. 이것이 곧 인간의 슬픈 운명이 아닐까 한다. 이별은 슬픈 것일 망정 멈춤은 아니다. 성장 촉진제이기도 하다. 산봉우리에서 시작된 물줄기가 바다에 이르기 위해서는 산 밑 웅덩이와도 이별해야 하고, 냇물과도 헤어져야 한다. 강과도 헤어져야 한다.

앞에서 오는 것이 운명이고 뒤에서 오는 것이 숙명이다. 운명과 숙명은 동소체인 것처럼 보이나 전혀 다르다. 골프장에서 벼락을 맞은 장관부인의 죽음은 숙명이다. 그러나 게을러서 거지가 된 것은 운명이다. 운명은 마음에서 나오고 선택부터 시작된다. 중간 중간에 결정하

미디어로 본 세상

는 것에서 운명도 바뀐다.

세상 이치는 다 자업자득이다. 원인이 있기에 결과도 있다. 히딩크는 운도 따랐지만 색깔이 있었다. 지혜와 용기가 있었고 카리스마도 있었다. 선수를 바라보는 혜안도 있었다. 바보온달을 스타로 만드는 평강공주였다. 그는 또 다른 축구발전을 위해 출가出家했다.

변화를 싫어하는 코칭 스태프

코엘류는 60년대 문교부 공무원처럼 순진했다. 공무원 배지(Badge)에 새겨진 '문'자를 늘 뒤집어 달았다. 그는 '곰'이었고 그린 맨(Green man)이었다. 서커스 단장처럼 보였으나 실은 피에로(pierrot)였다. 단맛에 빠진 부르주아들에게 끌려 다닌 희생자였다. 결국 그는 가출家出할 수밖에 없었다.

조 본프레레는 소문대로 '탓 맨'이었다. 선수발굴은 뒷전이고 해외파만 선호했다. 완성된 작품에 인테리어만 했다. 리모델링 결과가 나쁠 때마다 제품 탓만 했다. 이런 그를 두고 BBC 방송은 "목숨이 아홉 개나 붙은 위대한 생존자(Great Survivor)"라고 했다. "봉 프레르(Bon frre · 좋은 형)가 아니라 모베 프레르(Mauvais frre · 나쁜 형)"라고 평한 것은 프랑스 RFI 라디오였다.

그는 4개월 동안 여덟 번 리모델링 했다. 4승 3무 1패였으나 늘 불안했다. 그의 첫 번째 의무는 아시안컵 제패였다. 그러나 8강전에서 이란에게 3－4로 패했다. 현재까지 그는 색깔과 전술이 없다. 선수를 보는 혜안도 없다. 배고픈 자와 배부른 자도 구분하지 못했다. 그는 지금 '가출'과 '출가'의 기로에 서 있다.

2005년 02월 08일 베트남전에서는 5-0-5 포메이션이었다. 미드 필더가 없는 이상한 전술이었다. 이번 레바논전은 '나 홀로 플레이'였다. 조직력은 딴 나라 얘기였다. 전술부족도 그랬지만 세트플레이도 엉망이었다. 14개의 코너킥이 있었지만 거의가 엉망이었다. 전담 키커 송종국은 낮은 볼로 일관했다. 밀집 수비인 것을 뻔히 알면서 중앙 돌파만 고집했다.

선수들은 반칙이 일어날 때마다 심판만 바라봤다. 어디서 많이 본 수법이었다. 심판을 무시하다 경고 받기 일쑤였다. 어이없는 백 패스는 화를 자초했다. 마음껏 쏜 슛은 크로스바 위가 타깃이었다. 한국축구는 럭비 골대가 제격이었다.

해외파 선수들의 체력은 무시한 채 지옥地獄 훈련訓練으로 일관했다. 운동장을 돌게 하는 학원축구 감독과 흡사했다. 그래야 본분을 다 하는 것으로 착각한 모양이었다. 과학축구와 창조축구가 나올 턱이 없었다. 선수들이 본 경기에서 빌빌거린 것은 당연했다.

월드컵(World Cup) 4강 저주

월드컵 4강 저주咀呪라는 말이 있다. 월드컵 4강 국가 중 한 국가는 반드시 차기 월드컵 지역예선에서 탈락한다는 얘기다. 이 같은 저주는 90이탈리아 월드컵부터 시작됐다. 첫 테이프는 잉글랜드가 끊었다. 잉글랜드는 90 이탈리아 월드컵 4강국이었다.

두 번째 희생자는 94 미국美國 월드컵 4강국 스웨덴이었다. 세 번째 가 98 프랑스 월드컵 4강국 네덜란드였다. 이것이 맞는다면 한국과 터키 중에서 나오게 된다. 독일은 개최開催국이므로 자동 출전한다. 브라질은 남미 예선에서 승승장구하고 있다.

한국은 현재 '종이 호랑이'로 전락해 있다. AFC(아시아축구연맹) 여론조사 결과다. '오만 쇼크와 몰디브 쇼크'에 '레바논 쇼크'까지 나왔으니 그럴 만도 하다. 월드컵 4강 전사는 이미 단맛을 본 부르주아였다.

월드컵 본선 실패 때 파장 생각해야

만약 2006월드컵 본선 실패 땐 어떤 파장이 일까. 생각조차 싫은 일이지만 한번쯤은 짚어볼 필요가 있다. 감독이야 선수 탓으로 돌리고 떠나면 그만이다. 그러나 한국축구가 희망을 잃고 10년간 퇴보한다. K—리그가 힘이 빠져 갈 지之자로 간다.

축구계의 스폰서가 썰물처럼 빠져나간다. 국민들이 들고일어나 협회에 돌을 던진다. 코칭스태프는 물론 집행부까지도 버티지 못할 큰 파장이 인다. 차기 협회장 선거에도 악영향이 미친다. 어차피 칼을 꺼냈으면 작품을 만들어야 한다. 어떤 작품을 어떻게 만드는가는 감독과 협회에 달려있다.

이번 몰디브전도 중요하지만 최종 예선도 만만치 않다. 세대 교체를 통해서 또 다른 4강 전사를 만들어야 한다. 그러기 위해선 월드컵 4강 전사와 올림픽(U—19 포함) 팀간의 맞대결을 제안해 본다. '닭 쫓던 개 지붕 처다 보는 일'은 결코 없어야 한다.

[2005년 03월 11일 한국축구 대표팀을 바라보며]

언론이 8강 망쳤다

2004년 08월 22일 2004 아테네 올림픽 축구 8강(전) 파라과이(전)을 앞둔 상태에서 모 방송국은 특집방송을 마련했다. 한국올림픽대표팀이 지난 2002년 12월 출범해서 2004 아테네 올림픽축구 8강에 오르기까지 전 과정을 밀착 취재해 특집으로 꾸몄던 것.

이 과정에서 올림픽대표선수들은 심적으로 많은 부담을 갖게 됐다. 물론 영웅지상주의에도 빠졌다. 우선 4강에 오르게 되면 호주나 이라크와 결승 진출을 다투게 된다. 최소 동메달을 따게 되면 또 병역면제 혜택이 주어진다는 사실이다.

특집방송과 보도에 시달린 어린 선수들

이 과정에서 어린 선수들은 영웅심리와 압박감에 많은 것이 흔들리기 시작했다. 더군다나 호주는 지난 7월 평가(전)에서 3 - 0으로 이긴 바 있다. 또 파라과이는 금년 1월 15일 카타르에서 열렸던 2004 도요타 컵에서 5 - 0으로 이겼고, 2004년 07월에는 또 1 - 1로 비긴바 있어 자신감이 넘쳐 났다. 하지만 그 팀들은 알다시피 2진 팀이었다.

미디어로 본 세상

이에 경기가 시작되자 한국선수들은 마인드 컨트롤에 실패, 우왕좌왕 했다. 특히 윙 백인 최원권 선수는 꼭 이겨야 한다는 심적 부담이 그대로 드러났다. 후반 32분 박규선과 교체될 때까지 표정은 계속 굳어 있었다.

결국 마인드 컨트롤이 안 되자 수비수들은 조직력이 흔들렸고 전반전에만 무려 두 골을 허용했다.

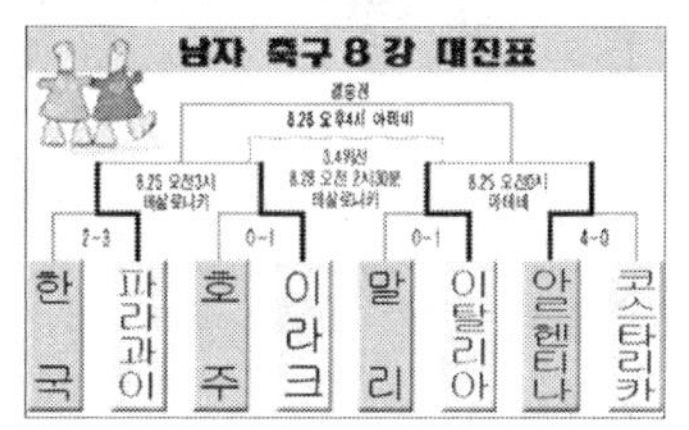

거기에다 김호곤 감독은 후반 11분에 최성국을 정경호로 교체했다. 힘좋은 정경호로 밀어 부치기로 마음을 바꾼 것. 그러나 정경호는 제 컨디션이 아니었다.

축구란 의욕으로만 되는 것이 아니란 것을 여실히 보여주는 장면이었다.

따라서 김호곤 감독은 최성국의 활약상을 좀 더 기다려야 했다. 이날 부진했던 조재진을 믿듯이 최성국도 믿어봐야 했다. 최성국의 재치넘치는 플레이는 순간적으로 나오는 것이지 계속 나오는 것이 아니기 때문이었다.

더군다나 조재진이 말리(전)에서 2골을 뽑았다는 사실을 파라과이 감독이 모를 리 없었다. 이점 또한 참작했어야 옳았다. 특정선수만 선호하는 감독들의 이분법 사고방식이 또 다시 실패하는 순간이었다. 결국 이 교체는 실패의 사례로 꼽을 수 있다.

방송과 언론들은 물론 시청자와 독자들에게 양질의 볼거리를 제공해야 한다는 원칙은 있다. 그렇지만 올림픽대표선수들이 어린 선수들이란 점도 간과했어야 했다. 그들을 밀착 취재하다보면 영웅심리에 빠

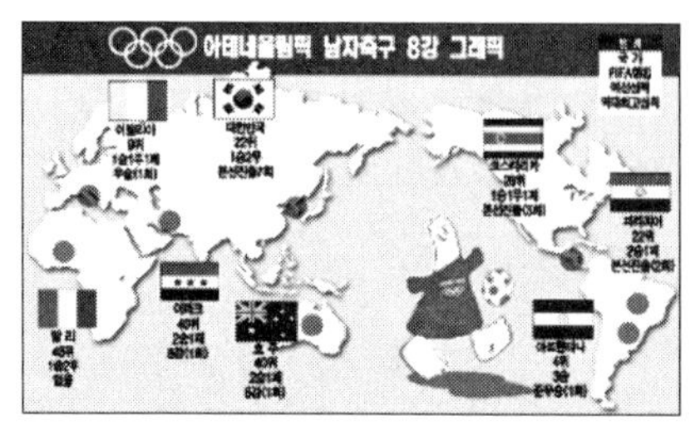

지게 되고 괜히 우쭐해지는 경향도 있다.

그렇게 되면 평소 실력이 나올 수 없고 자만에 빠지게 된다. 마인드 컨트롤 또한 엉망이 된다. 실제 2002 한일韓日 월드컵 폴란드(전)에서 한국선수들이 얼마나 긴장했던지 20분이 넘어서야 마인드 컨트롤이 이루어졌다.

그러므로 언론은 앞으로 신중 보도해야 한다. 자성의 기회로도 삼아야 한다. 뿐만 아니라 대표팀 감독들은 이천수처럼 마인드 컨트롤을 자유자제로 할 수 있도록 지옥훈련도 실시해야 한다. 양궁대표 선수들의 배짱도 그냥 나온 것이 아니다. 그들은 해병대에서 지옥훈련을 했기 때문에 나왔다. 이천수의 배짱 역시 공동묘지 훈련을 했기에 나왔다는 사실이다.

그러나 밤잠을 설치게 하면서 온 국민들을 들뜨게 만들었던, 올림픽 대표팀 코칭스태프와 선수들에게 힘찬 박수를 보낸다. 역시 대한민국 축구선수들은 자랑스런 태극전사들임에 틀림없다. 2006년 독일獨逸 월드컵에서 이 영광을 다시 한 번 보여주기 바란다.

[2004년 09월 02일 강원도민일보]

그린 존 (Green Zone)

60 · 70년대 무법자 시리즈는 수많은 스타를 탄생시켰다. 스파게티 웨스턴(spaghetti western)의 주역은 케리 쿠퍼와 존 웨인이었다.

마카로니 웨스턴(macaroni western)은 역시 크린트 이스트우드였다. 전자는 선과 악이라는 이분법으로 미국식 영웅주의와 개척정신을 다뤘다. 후자는 주로 멕시코를 무대로 삼은 60~70년대 이탈리아산 서부영화였다.

주인공과 조연들은 자신의 이해와 탐욕을 위해 싸웠다. 음모와 배신이 얽히고설킨 것이 특징이었다.

그 대표작이 바로 황야의 무법자(A Fistful Of Dollars)였다. 1964년에 나온 이 영화는 당시 센세이션을 일으켰다. 무명이었던 크린트 이스트우드를 일약 대스타로 만들었다. 이 영화에는 빼 놓을 수 없는 세 가지가 있다. 바로 주인공이 즐겨 피우는 시가(cigar)와 딱 성냥, 방랑의 휘파람(Titoli)이었다.

당시 이 영화는 뭇 남성들을 동일시하게 만들었다. 주인공처럼 담배를 꼬나물게 했다. 딱 성냥을 벽이나 구두 밑창에 그어 불을 붙였다. 필터를 질겅질겅 씹으면서 이리저리 돌렸다. 가끔 휘파람도 불었다. 마치 무법자가 된 것처럼 인상을 긁었다.

50대 이상의 골초들은 그렇게 담배를 배웠다. 백해무익하다는 것을 알면서도 끊지 못했다. 금연구역은 날로 확산되어 갔다. 담배 값도 계속 올랐다. 골초들이 설자리는 점점 더 좁아졌다. 가끔 원시인 취급도 받았다. 골초들의 비애가 아닐 수 없다.

모처럼 여행을 떠나 고속도로 휴게소에 들렀다. 자판기 커피는 역시 맛이 있었다. 담배를 꺼내 물고 흡연장소로 향했다. 재떨이에는 이미 꽁초가 수북히 쌓여 있었다. 많은 사람들이 뿌연 연기를 뿜어내고 있었다. 하지만 그곳에는 못 보던 팻말이 걸려 있었다. 바로 그린 존(Green Zone)이라고 쓰인 팻말이었다.

직역을 하자면 녹색환경을 뜻하는 청정구역이었다. 마음놓고 힘차게 피우라는 흡연구역이었다. 그러나 의역을 하면 얼간이들이 담배 피우는 곳이었다. 덜 떨어진 미숙한 바보들이 모이는 곳이었다. 그린(Green)이란 단어에는 이처럼 양면성이 있었다.

그린은 분명 녹색그린과 바보그린이 존재했다. 소주병이 녹색인 이유가 바로 여기에 있었다. 소주는 가끔 영웅과 바보를 만들어내기도 한다. 녹색 그린은 한 잔 술로 대화를 이끌어낸다. 그러나 바보 그린은 인사불성이 될 때까지 무작정 퍼마신다.

물론 한탕주의도 불사한다. 도박을 하고 증권에 빠져 패가망신까지 한다. 희망과 목표가 없으니 주변이 늘 시끄럽다. 표정을 읽을 줄 모르니 모두가 적일 수밖에 없다. 세상이 자신을 인정해주지 않는다고 툴

미디어로 본 세상

툴거린다. 시국을 비판하고 세상을 증오하기도 한다. 결국 '무덤 속의 경 읽기'는 바보 그린들의 공통분모일 뿐이다.

한국 올림픽 축구가 8강에 올랐다. 56년만에 일군 쾌거였다. 허나 '옥의 티'가 있었다. 바로 최태욱 선수였다. 최태욱은 말리(전)에서 정경호와 교체(전반 35분)되자 발끈했다. 나오자마자 유니폼을 벗어 던졌다. 그는 한국을 대표하는 공인이자 외교사절이었다.

화가 났더라도 참았어야 했다. TV 화면에까지 나왔으니 김호곤 감독이 모를 리 없다. 김(金) 감독은 파라과이(전)부터 3톱에서 2톱으로 바꿨다. 최태욱을 완전히 뺀 Formation이었다. 녹색 그린에서 바보 그린으로 뒤바뀌는 순간이었다.

요즘 한국팀은 아시안컵 실패로 재정비 상태에 놓여 있다. 수많은 선수들이 태극전사를 꿈꾸고 있다. 선수들의 운명이 갈라지는 곳이 바로 녹색 그라운드이다. 태극전사들의 올리브 관을 기대해 본다. 독일獨逸 월드컵 4강 신화 재창조도 기대해 본다. 담배와 그린 존에 대해 잠시 생각해본 일이다.

[2004년 08월 그리스 올림픽을 지켜보며]

히딩크 – 코엘류 – 본프레레

거스 히딩크는 사막의 여우였다. 롬멜 장군처럼 상대의 표정을 읽을 줄 알았다. 어떻게 해야 승리하는 줄도 알았다. 힘센 자들과 타협할 줄도 알았다.

필요에 따라 자신의 색깔도 죽였다. 한국팀이 안방 호랑이라는 사실도 알았다. 결국 이동국을 버리고 차두리를 선발했다.

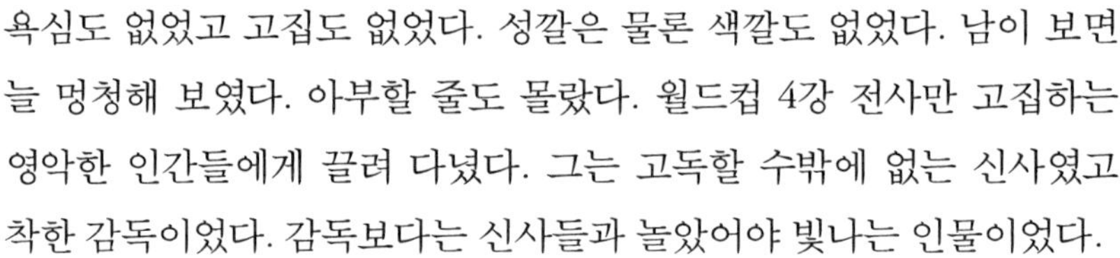

코엘류는 인자한 구멍가게 아저씨였다. 욕심도 없었고 고집도 없었다. 성깔은 물론 색깔도 없었다. 남이 보면 늘 멍청해 보였다. 아부할 줄도 몰랐다. 월드컵 4강 전사만 고집하는 영악한 인간들에게 끌려 다녔다. 그는 고독할 수밖에 없는 신사였고 착한 감독이었다. 감독보다는 신사들과 놀았어야 빛나는 인물이었다.

조 본프레레는 2분 법 신봉자 같았다. 타협을 모르는 고집불통처럼 보였다. 선수를 보는 혜안도 없었다. 전술도 엉망이었다. 상황판단능력은 물론 위기대처능력도 없었다. 우선 그는 배고픈 자와 배부른 자를 구별하지 못했다.

그가 선호하는 차두리는 배부른 자였다. 근성이 나올 수 없었다. 그가 자랑하는 스피드도 순간적인 스피드가 아니라 가속이 붙었을 때의 스피드였다. 60, 70년대에나 통했던 차범근 식 축구였다.

게다가 그는 축구의 기본이랄 수 있는 3B(Ball control, Brain, Body balance)와 3S(Speed, Stamina, Spirit)가 모자란 선수였다. 국내감독들이 왜 그를 외면하는 지가 바로 그 이유였다.

실제 배고픈 킬러는 김은중 선수였다. 하지만 그는 힘이 없었다. 근성은 있었지만 늘 무대 뒤에 서 있어야 했다. 2002년 월드컵 때 당한 이동국과 안정환(아시안컵)에 이어 세 번째 희생자였다. '힘이 없으면 정의를 논할 수 없고 남을 사랑할 수도 없다'는 진리가 통하는 사회의 희생자였다.

국내 복서 중 난타전의 대명사는 김태식(金泰式 · 46) 선수였다. 그는 160cm의 작은 키였지만 거인이었다. 80년 2월 WBA 플라이급 세계챔피언 루이스 이바라(파나마)를 2회 1분 11초만에 KO시킨 돌 주먹이었다. 그 경기는 죽음을 각오한 난타전이었다.

한국을 KO시킨 브랑코 이반코비치 이란 감독은 명감독이었다. 처음부터 난타전으로 나왔다. 한국팀의 약점인 왼쪽을 송곳이론으로 찔러댔다. 한국팀은 흔들렸고 우왕좌왕하는 사이 4골이나 터져 나왔다. 물론 자책 골도 그중 한 골이었다. 얼마나 당황했는지 2002년 월드컵 당시의 압박축구는 찾아볼 수 없었다.

거기에다 또 망신살까지 뻗쳤다. 김진규가 이란 벤치를 향해 "Fuck You!"라는 손가락 욕까지 했다. 그것은 고스란히 TV카메라에 잡혀 여러 나라로 퍼져나갔다. 공인으로서 도저히 묵과할 수 없는 상식밖의 행동이었다.

상대가 난타전으로 나왔을 때는 배고픈 킬러들을 투입, 맞받아쳤어야 했다. 물론 결과론이지만 유상철과 이천수, 최성국 선수가 생각나는 대목이었다. 그런데도 김호곤 올림픽팀 감독은 박지성을 안 줬다고 강한 불만을 토로했다. 2004년 07월 22일 파주NFC에서 조인스닷컴과 가진 인터뷰에서였다.

아시안컵과는 인연이 없다고 하지만 영 입맛이 쓰다. 코칭스태프가 선수를 보는 혜안과 위기대처능력, 상황판단능력을 키워야 할 한국축구과제다. AFC(아시아축구연맹)에서 밝힌 인터넷 여론조사 결과는 본프레레 감독의 운명이 단명할 것이라고 예고했기 때문이다.

[2004년 08월 09일 강원도민일보]

미디어로 본 세상

대표선수들에게 경기규칙을

■ 최진철(요르단) – 박재홍(UAE) 경고 2회 퇴장

아시안컵 요르단(전)에서 최진철이 경고 2회로 퇴장 당했다. 박재홍이 또 UAE전에서 경고 2회로 퇴장 당했다.

모두의 마음을 불안케 하는 퇴장의 연속이었다. 한국팀의 퇴장의 역사를 돌이켜 보면 역시 만만치 않다. 하석주는 98 프랑스 월드컵 때 두 번째로 가린샤 클럽에 가입했다. 2000년 시드니 올림픽 칠레(전)에서는 이천수가 퇴장 당했다.

2000년 04월과 12월 한·일전에서는 김태영과 김상식이 퇴장 당했다, 2004년 동아시아대회에서 이을용의 퇴장 등 A매치에서만 11건에 이른다. 왜 그렇게 됐을까. 그것은 곧 한국심판들의 문제만은 아니다. 경기규칙을 가르치지 않은 코칭스태프에 더 큰 책임이 있지 않나 싶다. 사실 우리의 국내경기를 보면 웬만한 파울은 두루뭉실 넘어간다.

예컨대 선수가 슬금슬금 앞으로 전진하면서 파울 Throw in을 해도 그만이다. 태클 실패로 제2동작을 취하는데도 어물쩍 넘어간다. 단순

오프사이드를 제대로 이해 못해 난동의 빌미를 제공해준다. 파울이 났을 때 공을 들고 가다 한참 후에 던져준다. 프리킥을 할 때 파울지점보다 앞에서 킥을 해도 그렇거니 한다. GK의 6초 룰도 가끔 초과하는 경우도 허다하다.

선수들은 또 명백한 득점기회에서의 반칙행위는 곧 퇴장인 것을 안다. 그런데도 퇴장 당해 팀을 곤경에 빠뜨리기도 한다. 이 모두가 무언가 눈치를 봐야 하는 잘못된 풍토 때문이 아닐까 싶다. 선수들은 감독의 눈치를 봐야 한다. 어릴 때부터 그렇게 해왔기 때문이다.

심판은 또 그들의 목을 쥐고 있는 프로연맹의 눈치를 봐야 한다. 프로연맹은 프로구단 소속으로 구성되어 있다. 심판들이 어물쩍 판정사례가 그치지 않는 것도 바로 이 때문이다. 그래서 매번 독일심판들을 불러온다. 하지만 이들이 한국 심판보다 나은 것은 별로 없다. 사실 도토리 키 재기이다. 결국 이것은 서로가 믿지 못하는 풍토 때문이 아닐까 싶다. 총체적 부실이 아닐 수 없다.

선수들은 어떤 경우든 팀에 손해를 끼치는 행위를 해서는 안 된다. 이것은 선수들이 지켜야 할 기본덕목이다. 2004 아시안컵에서 최진철이나 박재홍이 경고를 받아 퇴장 당한 것도 심판의 자질부족 때문이 아니다. 그런데도 이운재가 지나치게 강한 어필을 하다 경고를 받았다.

이미 내려진 심판판정은 번복될 수 없다. 물론 오프사이드나 가까이 있던 부심이 어필했을 때는 예외다. 경기 중에 심판에게 어필할 수 있는 선수는 아무도 없다. 주장은 팀을 대표해서 어필할 수 있다고 알고 있지만 천만의 말씀이다. 주장은 심판이 선수들을 다 상대할 수 없으니까 대표자를 정해놓은 것뿐이다. 주장은 진영 결정에 대한 토스와 승부차기 때 어느 팀이 먼저 찰 것인지에 대해 토스하는 권한뿐이다.

　그런데도 백전노장 이운재가 그런 행동을 했다는 것은 도무지 이해할 수 없다. 퇴장은 팀을 궁지로 몰아넣고 동료들에게 심적 부담을 준다. K－리그부터 경기규칙을 엄격하게 적용해야 한다. 어물쩍 넘어가는 판정은 근절돼야 한다. 선수들이 몸에 밸 수 있게끔 해야 한다. 대표선수들에게 경기규칙부터 가르쳐야 함은 말할 것도 없다.

[2004년 07월 19일 아시안컵을 바라보며]

학원축구의 허와 실

축구는 최고의 스포츠이자 최고의 놀이이다. 위대한 놀이는 대부분 공을 이용한다. 공은 생명도 있고 일종의 치외법권도 누린다. 그런 위대한 놀이에 욕설이 난무한다. 가끔 폭력도 등장한다. 생활축구와 학원축구를 들여다보면 더욱 그렇다.

2004년 5월 18일 학부모들이 부심을 집단 폭행했다. 물론 판정에 대한 불만 때문이었다. 부심은 전치 12주의 중상을 입었다. 2004년 5월 초에도 경기장에서 학부모들의 욕설이 난무했다. 부심의 오프사이드 판정을 시비 삼았다. 금강대기(강릉)와 금석배(익산)에서 일어난 일이었다.

왜 이런 일들이 발생할까. 그 이유는 의외로 간단하다. 우리의 학원축구는 대부분 학부모들이 이끌어간다. 축구과외를 시키기 때문에 돈을 낸다. 그것도 한두 푼이 아니다. 그 속으로 들어가 보자.

유니폼과 축구화 등 개인장비는 필수품이다. 씨랜드 사건이 있었지만 합숙비도 기본이다. 거기에다 대회출전비와 전지훈련비를 내야한다. 간식과 목욕 비용도 대부분 포함된다. 코치월급도 학부모들 몫이다. 그런 코치일수록 교장보다 학부모를 더 무서워한다.

학부모들의 허리는 늘 이렇게 휘청거린다. 그래도 자녀가 주전이라면 위로가 된다. 그러나 늘 후보라면 심각해진다. 이런 학부모일수록 기회를 엿본다. 만약 집행부나 심판들이 잘못을 저질렀을 때는 가차없이 난동을 일으킨다.

언어폭력은 기본이고 폭력사태까지 몰고 간다. 감독과 코치에 대한 불만 때문이다. 그것을 힘없고 만만한 심판들에게 뒤집어씌운다. 감독과 코치가 말릴수록 더욱 거칠어진다. 너도 이 꼴이 될 수 있다는 것을 은연중 암시한다. 이런 일은 가끔 발생한다.

시나리오는 대충 이렇게 전개된다. 하지만 운동을 그만 시킬 입장도 아니다. 공부는 이미 딴 나라 얘기가 된지 오래다. 그렇다면 감독이나 코치들 입장은 어떠한가. 국공립학교야 덜하지만 사립학교는 좀 다르다.

우선 학부모들의 입방아를 조심해야 한다. 심판들과도 친해야 한다. 기본基本기보다는 주로 기교를 가르친다. 스핀킥이나 과감한 태클도 가르친다. 그래야 빠른 효과가 나타나 안 쫓겨난다. 그러나 이런 과정을 거친 아이들이 성장하면 대부분 부상에 시달린다. 주로 허리, 무릎, 발목 등이다. 학원축구의 비애가 아닐 수 없다.

이탈리아와 스페인 사람들이 가장 미워하는 심판이 있다. 바로 모레노(에콰도르)와 간두르(이집트)이다. 그들은 모두 한국의 월드컵 4강 신화를 도왔다. 하지만 당시 경기장에선 언어폭력도 없었고 폭력사태도 없었다. 선수자녀를 둔 우리의 학부모들이 꼭 배워야 할 덕목이다.

[날짜 미상 한겨레신문]

곰 백(Bear back) 축구 '뻥' 축구

베어백을 번역하면 곰 백(Bear back)이 된다. 곰이 뒤로 가는 형상이다. 앞으로 나갔다 뒷걸음치니 먹이 찾기가 힘들다. 기껏해야 약한 동물이나 잡는다.

한국축구가 바로 그렇다. 이번 아시안게임에서 감독과 선수가 따로 놀았다.

돌출행동은 선수단 분위기를 위축시켰다. 투지와 전술, 조직력과 위기관리능력 등은 제로섬이었다. 팬들은 '베트남 쇼크와 오만 쇼크'에 분노했다.

결국 코엘류는 '몰디브 쇼크'로 짐을 쌌다. 조봉래 감독도 예외가 아니었다. 그는 패할 때마다 변명으로 일관했다. 지난 2005년 07월 동아시아대회에서는 중국 선수가 3명이나 퇴장 당했다. 그런데도 1－1로 비겼고 변명 일색이었다. 결국 그도 사우디아라비아에 두 번 패해 보따리를 쌌다. '뻥'축구의 대명사가 바로 그였다.

곰백 감독도 이와 무관치 않다. 역대 A매치 성적은 7승 2무 4패다. 포장은 그럴듯하나 내용은 엉망이다. 7승은 대부분 동남아 축구 약체들이다. 3패는 가나와 이란에게 두 번 당했다. 또 한번은 FIFA(국제축

미디어로 본 세상

구연맹) 랭킹 88위의 이라크였다.

슈팅 수 22 : 5, 코너킥 수 17 : 1, 볼 점유율 65% : 35%의 통계는 '뻥축구'를 뜻했다. 결국 0 − 1로 패했고 '도하 쇼크'를 만들어냈다. 13년 전 김 호 감독이 만들어낸 '도하의 기적'을 뒤집어 놨다. 결국 움란 자파르와 사메르 무즈벨에 의해 웃고 울었다.

베어백 감독은 그 동안 코치 역할만 해왔다. 그런데 자고 일어나니 감독이 되어 있었다. 그것도 대표팀 감독뿐만이 아니었다. 아시안게임·올림픽 팀·아시안컵 대표팀까지 3개나 되었다. 협회는 그가 마법의 힘이라도 가진 것으로 착각했던 모양이다. 거기다 홍명보 코치를 은근슬쩍 끼워 넣었다. 당시 홍명보는 자격 미달이었다. 코치는 숲을 보지 못하고 나무만 본다. 감독과 코치의 차이점이고 밀실행정의 결과였다.

한국축구는 사람 잡는 게 우선이다. 조기축구나 학원축구 현장에 가면 "사람 잡아!"라는 말이 유행이다. 공은 놓쳐도 사람만 잡으면 된다는 얘기다. 남미나 유럽 등 선진축구는 공간활용이 우선이다. 한국축구와 선진축구의 차이점이다. '탓 문화'도 한국축구의 병폐 중 하나다. 이라크 선수들은 배우 뺨치는 시뮬레이션 액션을 취했다. 스치기만 해도 그라운드에 데굴데굴 굴렀다.

들것이 나올 때까지 누워서 시간을 끌었다. 그러다 경기가 재개되면 벌떡 일어나 사력을 다했다. 아카데미 주연상 감이었다. 그러나 주심은 좀체 옐로카드를 꺼내지 않았다. 오히려 흥분한 한국선수들이 시간을 더 끌었다. 김치우는 경기 막판 심판에게 항의하다 퇴장 당했다.

프리미어리그를 보면 Throw in 반칙하는 한국선수도 보인다. A매치에서도 가끔 나온다. 무엇을 어떻게 가르쳤는지 모르겠다. 그렇다고 심판만 탓할 수도 없다. 엉터리 심판은 곳곳에 널려 있다. 모레노(에콰도르), 간드루(이집트), 엘리손도(아르헨티나)가 바로 그들이다. 심판은 홈팀에게 유리하도록 판정한다는 통계도 있다. 승자는 말이 없다. 추한 말은 패자의 몫일뿐이다.

경제가 어려운 요즘 축구와 야구는 희망의 스포츠였다. 허나 둘 다 망했다. 배부른 돼지들의 병역혜택 욕심 때문이었다. 94미국월드컵 한국팀 예선전은 '뻥 축구'가 아니었다. 감독과 선수들의 피와 땀과 눈물의 결실이었다. 감독을 사랑하는 계기가 되기도 했다.

한국축구는 요즘 협회와 지도자, 연구소로 3분되어 있다. 뻥 축구가 한국축구의 대명사로 변질되어 가고 있다. 그래도 외국인 감독을 믿고 따라야 하는가. 그에게 아시안컵이나 올림픽 팀 중 하나만 맡기면 안 될까. '생각하는 축구'가 그의 몫이 아니기 때문이다.

[2004년 04월 08일 몰디브와 오만쇼크를 바라보며]

미디어로 본 세상

한국축구 연고주의 탈피 시급

월드컵 4강 신화는 정말 "억지춘향"이었나. 한국축구가 요즘 마구 흔들리고 있다. 세계청소년대회에 출전했던 17세 이하 한국 대표팀이 예선 탈락했다. 대구 유니버시아드대회에서도 한국대표팀이 대회 사상 최악의 성적으로 8강 진출에 실패했다.

이 같은 결과는 ①공부하지 않는 감독의 경험 부족과 용병술 부재 ② 협회의 무관심 ③최(最) 약체 대표선수 선발 ④선수들의 정신력 해이 ⑤ 끼리끼리 해먹는 연고주의 풍토가 여전하기 때문이 아닐까 싶다.

김준현 유니버시아드 대표팀 감독은 처음부터 문제가 있었다. 최근 각종 축구전문 사이트에 연세대 축구(감독 김준현)부의 운영비리를 고발하는 비난의 목소리가 빗발쳤다. 연세대 축구蹴球부는 2003년 05월 말에도 24명의 선수 중 10명이 훈련을 거부하고 집단 이탈했다.

김준현 감독은 청소년(20세 이하)대표팀의 주포로 활약했던 김동현(한양대 · 현 오이타)을 선수명단에서 아예 빼버렸다. 프로선수 선발도 단 한 명뿐이었다. 프로팀과 선수 선발에 따른 잡음을 피한다는 이유였다. 하지만 능력 있는 프로 2군 선수들조차 배제한 독불장군獨不將軍 식 경영이었다.

협회도 이 과정에 일조—助했다. 감독 선발은 대학연맹에 위임했고 형식적인 기술위원회 인준절차만 밟았다. 모든 권한을 김준현 감독에게 넘겨버렸다. 대회 때마다 감독이 바뀌면서 국제대회가 감독 실험대상으로 전락하고 있다. 학원축구가 무너지면 한국 축구의 미래는 뻔할 수밖에 없다.

또 연고주의 탈피가 시급한 과제가 아닌가 싶다. 원칙이 무너지면 변칙이 판을 친다. 변칙은 모래성일 뿐이다. 축구蹴球인들이 월드컵 4강 신화에 취해 흥청거릴 때가 아닌 것이다.

[2003년 08월 27일 세계일보]

지도자론(Leader 一論)

동물 왕국에 하계 올림픽이 열렸다. 왕이 후계자를 정하기 위해서였다. 대회가 시작되자 그들은 한껏 기량을 뽐냈다. 허나 결과는 예상했던 대로였다. 달리기는 퓨마와 표범이었고 수영은 오리와 악어였다. 날기야 물론 독수리였고 잠수는 고래였다.

대회가 끝나자 모두가 툴툴거렸다. 전 종목 채점이 바로 그 이유였다. 왕은 결국 통치 스타일로 기준을 삼았다. 부족마다 돌아다니며 점수를 매기기 시작했다.

왕이 원하는 후계자는 진정한 지도자(Leader)였다. 첫 방문지는 리슨(Listen) 부족이었다. Listen은 인격으로 다스려야 제격이었다. 송덕비와 직결되는 단어이기도 했다. 허나 부족장은 정보원 출신이었다. '주둥아리 새'와 '시궁창 쥐'가 그 하수인이었다. 그들은 출세욕에 불타는 간신이었다. 제 뱃속 채우기에 급급한 모사꾼이었다. '전설의 고향'에 자주 나오는 주역들이었다.

두 번째는 에로스(Eros) 부족이었다. 에로스는 뜻 그대로 사랑이었다. 들판에는 나비와 잠자리가 날아다녀야 했다. 산에는 다람쥐와 토끼가 여가를 즐겨야 했다. 청설모는 잣나무 위에서 희로애락을 노래해야 했다. 허나 부족장은 에로스가 아니라 에피투미아(Epitumia)였다.

그는 욕망으로 뭉쳐진 현실주의자였다. 조나단 리빙스턴(Jonathan Livingston)을 좋아하는 지식인이었다. 허나 '갈매기의 꿈'을 반만 터득한 게 흠이었다. 아침 일찍 일어났으나 높이 날지 못했다. 먹이는 쪼아 먹었으나 멀리 보지 못했다. CEO는 행상이라도 해서 돈을 벌어와야 했다. 아니면 좌판이라도 벌여야 했다.

허나 그는 꼼꼼하고 잔소리 심한 시어머니였다. 오직 집안일에만 몰두하는 쪼달 선생이었다. 내부 환경사업은 기본이었다. 그렇다고 새 가구와 집기를 사오는 것이 아니었다. 오직 위치 바꾸는 게 목적이었다. 틈만 나면 잔소리가 쏟아져 나왔다. 동물들은 어느 새 눈치보기에 급급했다. 반쪽 CEO가 저지른 결과였다.

세 번째로 간 곳은 Assistance 부족이었다. 이곳은 서로가 돕고 사는 게 기본이었다. 허나 서로가 돕지를 않고 제몫 찾기에 급급했다. 긴 수저로 서로에게 먹여주기 보다는 자기 입에 넣기 위해 몸부림만 치고 있었다. 왕은 실망해서 그대로 돌아올 수밖에 없었다. Defense 마을과 Responsibility 마을도 역시 마찬가지였다.

축구에서의 리더는 여러 형태로 나뉘어 진다. 우선 인격으로 다스리는 경우이다. 인격이 높으니 만인이 존경한다. 새로운 지식과 방향제시만 해주면 된다. 김 호나 니폼니시(전 부천 SK) 감독 같은 스타일이다. 김 호 감독은 선수들을 친자식처럼 사랑했다. 고종수에 대한 사랑이 바로 좋은 예다. 니폼니시 감독도 선수들에게 존경받았다. 이웃들과도 화목했다.

두 번째가 이익으로 다스리는 경우이다. 너도 살고 나도 살아야 한

미디어로 본 세상

다는 논리다. 대부분의 프로감독들이 이에 해당된다. 세 번째가 직위로 다스리는 경우이다. 인격도 없고 이익조건도 없다. 무조건 카리스마로 다스린다. 선수들이 반발하는 경우가 허다하다. 내가 하면 연애고 남이 하면 불륜이다. 히딩크 감독의 연애戀愛관이다. 에리자베스와의 러브스토리가 이를 증명한다.

코엘류가 떠나자 거북선이 흔들렸다. 이에 협회는 깜짝 쇼를 준비했다. 전 세계의 명장들을 차기 감독 후보로 발표했다. 로이터통신은 한국 감독監督직책을 '독배(poison chalice — 毒杯)'라고 타전했다. 전세계 언론들은 '놀랍게도(surprisingly)'라고 표현했다. 오거나 말거나 국민들의 눈을 다른 곳으로 돌렸다. 그리고 위원장이 사임하자 부위원장이 승계 했다.

히딩크의 위대한 업적 중 하나는 연고주의 배제였다. 헌데 요즘은 '짜고 치는 고스톱'이었다. '눈 가리고 아웅'이었다. '그 밥에 그 나물'이었다. 한국 식탁 메뉴가 초라할 수밖에 없었다. 이는 기술도 없는 요리사들이 주범이었다.

그런데도 주방장만 물러났다. 일류 요리사가 아니면 식탁 메뉴는 바뀌지 않는다. 결국 '정치판을 닮은 3류 코미디'가 국민들의 분노를 자아냈다. 리더는 아무나 할 수 있는 것이 아니다. 풍부한 지식과 소양, 사랑과 도움, 보호와 책임이 뒤따라야 한다. 지금은 눈 가리고 아웅할 때가 아니다.

협회도 실패한 감독들의 휴양休養소가 아니다. 축구는 국민들을 하나로 묶을 수 있는 매개체이다. 협회가 요즘 정치 판을 닮아 가는 모습이 너무 안쓰럽기만 하다.

[2005년 04월 25일 코엘류 대표팀 감독을 떠나 보내며]

옥의 티 한국축구

2004년 05월 01일(한국시간). 김호곤 감독이 이끄는 한국올림픽축구대표팀이 중국 창샤에서 열린 올림픽 최종 예선 A조 5차(전) 중국과의 경기에서 조재진과 김동진의 골로 중국을 2 - 0으로 완파하고 아테네(행)을 결정지었다.

이로써 한국은 1988년 서울올림픽에 이어 5회 연속 올림픽 본선진출의 금자탑을 쌓았다. 그러나 대표팀 선수들을 어떻게 가르쳤는지 '옥의 티'가 나왔다. 먼저 한국이 2 - 0으로 앞선 상태에서 한국팀의 박규선은 Throw in을 빨리 해야 함에도 경기를 지연시켜 주심으로부터 경고를 받았다.

이는 2004년 03월 17일 이란(전)에서 김영광이 이기고 있는 상황에서 미적거리다 경고를 받은 것과 같은 결과였다. 두 번째는 한국팀이 센터라인 바로 아래 지점에서 오프사이드 반칙을 얻었다.

그런데 그 볼을 센터라인을 넘어선 지점에서 프리킥을 하려고 했다. 주심이 그냥 넘어갈 턱이 없었다. 해프닝이 아닌 망신이었다.

그렇다면 센터라인을 넘지 않아도 오프사이드 반칙이 성립되는가. 천만의 말씀이다. 오프사이드 반칙은 센터라인을 넘은 상태라야 비로소 성립된다. 이런 것들은 평소에 교육을 시켜야 하지 않을까 싶다. 경기규칙은 누구나 명백히 알고 있어야 한다. 특히 대표선수들이 Throw in과 퇴장(退場)성 반칙을 자주 범하는데 이것 역시 고쳐야 할 부분이다. 월드컵 4강 신화를 창조한 대표팀이 이런 경기규칙을 모른다면 정말 웃음거리가 될 수도 있다.

중계방송을 하는 캐스터와 해설자는 '찰떡 궁합'이라야 한다. 방송을 매끄럽게 해야 함은 물론이다. 가끔은 재미있는 말도 만들어 내야 한다.

그런데 일부 캐스터와 해설자는 말이 너무 많아 듣기 거북할 때도 있다. 예컨대 한국팀이 이기고 있을 때다. 심판이 조금만 불리하게 판정하면 '선심성 판정'이라고 거침없이 말한다. 이는 심판비하 발언이다.

또 한국팀이 시간을 끌면 "좋아요! 체력을 아낄 필요시간을 벌어주고 있어요. 아주 노련미가 돋보이는 선수이군요."라고 칭찬 일색이다. 반대로 상대팀이 이기고 있을 때다. 상대팀이 시간을 끌면, "저런 선수는 당장 퇴장시켜야해요."라고 말하면서 자신이 마치 심판이라도 되는 듯한 착각 속에 빠진다.

　이런 것을 보면 동네축구처럼 혼자서 감독·주장·심판까지 다 하고 있는 느낌이다. 월드컵 4강 신화를 맛본 국민들의 축구수준이 꽤나 높은데도 말이다. 60, 70년대는 라디오 시대라 거짓말을 해도 그냥 넘어갔다. 직접 눈으로 볼 수가 없었기 때문이다. 그 대표적인 분이 바로 KBS의 이광재(李光宰·사진) 아나운서였다.

　"고국에 계시는 애청자 여러분 안녕하십니까. 여기는 말레이시아의 수도 콸라룸푸르입니다. 지금부터 메르데카배 축구대회 결승전, 한국과 말레이시아의 경기를 직접 중계 방송해 드리겠습니다." 이렇게 운을 뗀 뒤 온갖 거짓말로 국민들을 웃기고 울리곤 했다. 당시 중계방송을 듣다보면 한국팀이 늘 월등한 것 같았다. 그러다 패하면 심판의 편파판정이 꼭 애국중계와 맞물려 나왔다.

　지금은 시청자들이 눈으로 직접 보고 판단하는 시대이다. 대표선수쯤 되면 경기규칙을 훤히 알고 있어야 한다. 중계방송을 하는 캐스터와 해설가도 필요 없는 말은 빼야 한다. 그렇지 않을 땐 시청자들이 볼륨을 죽여놓고 본다. 지금은 '아날로그'시대가 아닌 '디지털'시대인 것이다.

[2004년 05월 중계방송을 지켜보며]

코엘류가 떠난 4월은 가장 잔인한 달

코엘류 한국대표팀감독이 14개월만에 포르투갈로 돌아갔다. 지난 2003년 03월 수많은 경쟁자들을 물리치고 인천공항에 모습을 드러낸 그의 모습은 꽤 늠름했다. 한국인들은 그런 모습을 보고 월드컵 4강 신화를 창조했던 히딩크 감독보다 더 위대한 감독이 되기를 바랐다.

구멍가게 주인처럼 착한 아저씨

그러나 구멍가게 아저씨처럼 착하기만 했던 그의 성품은 결국 '오만쇼크'와 '몰디브 쇼크'를 몰고 왔다. 그 후 한국대표팀은 '쇼크 호'란 별칭이 붙었다. 그렇지 않아도 한국팀은 경기력이 들쭉날쭉한 도깨비 팀이었다.

결국 월드컵 4강 신화에 자부심을 가지고 있던 국민들의 가슴에는 분노의 불길이 번졌다. 그 불덩어리가 결국 이런 결과를 가져왔다. 참으로 가슴 아픈 일이 아닐 수 없다.

그렇다면 왜 이 지경까지 왔을까. 그에 대한 첫 번째 이유가 바로 빈약한 목표였다. 거스 히딩크 전임 감독은 월드컵 첫 승과 16강 진출이라는 거대한 목표가 있었다. 하지만 그는 아시안컵이라는 초라한 목표뿐이었다. 축구협회의 목표도 아테네올림픽이었다. 세계를 깜짝 놀라게 했던 선수들이 신이 날 턱이 없었다.

두 번째는 지도자가 꼭 갖춰야 할 '3C'부족이었다. 그것은 곧 선수들을 장악할 수 있는 카리스마(Charisma)와 자신을 나타내는 고유 색깔(Color), 그리고 승부사로서의 자신감(Confidence)이었다. 그는 선수들에게 좀체 싫은 소리를 하지 않았다.

지나치게 자율을 강조한 나머지 선수들은 제멋 대로였다. 한국축구에 대한 파악도 늦었다. 적응하는데도 상당한 시간이 걸렸다. 내국인 코치들과의 불화도 가끔 보였다. 경기 때마다 '색깔이 없다'는 비판을 받았다. 골 결정력 부재에도 시달렸다.

잘못된 선수 선발 치명타

세 번째가 선수선발의 문제점이었다. 히딩크는 한국의 고질병인 연고주의를 깨고 선수들을 직접 골랐다. 경쟁심을 유도해 자기 색깔을 심으면서 선수들을 장악했다. 하지만 그는 월드컵 4강 신화의 단맛과 돈맛을 본 선수들을 주축으로 선발했다. 배부르고 거만한 부자가 마당쇠가 될 턱이 없었다. 경기 때마다 빗자루는 들었으나 모두가 제멋 대로였다. 빗자루로 쓰는 척하다 거만을 떨었다.

월드컵 4강 전사에 걸 맞는 실력은 그 어디에도 없었다. 경기를 하다가 조금만 안 풀려도 신경질로 일관했다. 결국 베트남과 오만이 버린 쓰레기만 잔뜩 가져왔다. 몰디브와는 또 빗자루 장난질까지 치며 빈손으로 돌아왔다. 국민들이 분노한 건 당연했다.

네 번째가 색깔론 실패였다. 그가 뽑은 선수들 대부분이 히딩크의 제자였다. 당연히 그가 칠할 곳이 없었다. 그나마 덧칠할 수 있는 시간

미디어로 본 세상

도 14개월 동안 72시간뿐이었다. 그림이 엉망으로 변한 것은 당연했다. 처음부터 그는 헝그리 정신이 있고 히딩크 색깔이 없는 무색 도화지만 골랐어야 했다. 협회와 싸워서라도 자신의 그림을 그렸어야 했다.

감독·선수·협회가 자초한 졸 작품

마지막으로 감독·선수·협회가 자초한 졸  작품이었다. 2004년 03월 31일 몰디브(전)에선 월드컵 4강 전사가 9명이나 되었다. 그날은 누가 보아도 월드컵 영웅들이 자만했다. 국내國內 파들은 스스로 '대타'라는 자괴自愧감에 빠져 의욕을 상실했다. 거기다 나태한 정신력도 한 몫했다.

감독을 견제하고 지원할 책임이 있는 협회도 마찬가지였다. 협회는 히딩크 감독 때와는 비교도 되지 않을 만큼 지원에 소홀했다.

규정에 묶여 선수 차출과 소집기한 지키기에 급급했다. 그가 제갈량이라고 해도 역부족이었다. 결국 그는 전임傳任 감독監督제 도입(92년 07월) 이후 여섯 번째 희생자가 될 수밖에 없었다. 결국 움베르투 코엘류 전前 축구대표팀 감독은 2004년 04월 20일 오전 9시 45분 프랑스 항공 267편을 이용 아내 로랑스, 둘째딸 조안나와 함께 한국을 떠났다.

[2004년 04월 20일 코엘류 감독을 생각하며]

코엘류 감독 유임 시켜라

대한축구협회 기술위원회는 2004년 04월 08일 알맹이 없는 토론을 6시간 동안이나 벌였다. 마라톤 세계기록 보유자라면 42.195km를 무려 세 번이나 완주할 기록이었다. 그러고도 탈진하지 않았던 것을 보면 기술위원들의 체력은 정말 대단했다.

그날의 주제는 코엘류 감독의 거취문제였다. '오만 쇼크'에다 '몰디브 쇼크'까지 만들어냈으니 어쩔 수 없이 만들어낸 자리였다. 그러나 결론은 뻔했다. '네가 그만 두면 나도 책임을 져야 한다'는 그런 논리를 피할 수 없기 때문이다.

처음부터 회의가 제대로 진행될 리 없었다. 시간을 질질 끌면서 갑론을박하다 눈 가리고 아웅할 수밖에 없었다. 결국 시간이 너무 흐르자 오는 4월 19일로 사안을 미뤘다. 공무원의 신조 중 제2법칙인 '도망갈 구멍 만들어 놓고 일하기'를 적용한 것이었다. 구렁이 담 넘어가듯 급한 불은 껐으니 이젠 적당한 구실만 찾으면 되는 일이었다.

사실 한국인 감독 같았으면 벌써 잘리고도 남을 판이었다. 93년 10월 '도하의 기적'을 일궜던 김호 감독이 일본에 패하자 차경복 기술위원장이 사임했다. 95년 06월 박종환 감독은 코리아컵 준결승에서 잠비아에 2 - 3으로 지자 곧바로 잘렸다. 박종환 감독은 또 96년 12월 UAE 아시안컵 8강(전)에서 이란에 2 - 6으로 패하자마자 불명예 퇴진했다.

98 프랑스 월드컵에서 멕시코(1 - 3 패)와 네덜란드(0 - 5 패)에 패한 차범근 감독은 사상 첫 임기 중 해임이라는 오명을 썼다. 그러나 차 감독보다 더 많은 구설수에 올랐던 조중연 당시 전무는 상근 부회장으로 아직도 건재하다. 그리고 2002부산아시안게임 사령탑에 올랐던 박항서 감독은 '항명 파동'을 겪으며 해임됐다.

김진국 기술위원장은 선수시절 화려한 개인기를 갖고 있던 스타였다. 조그만 체구에 90분을 풀로 뛰면서 상대의 진영을 파고들 때는 모두가 혀를 내둘렀다. 특히 이영표(아인트호벤) 선수가 헛다리짚기의 대명사로 통하나 원조는 바로 김진국 선수가 아닐까 싶다.

그런 그가 기술위원장으로서 또 다른 헛다리짚기로 팬들을 기만한다면 그건 정말 안 된다는 얘기다. 사실 많은 팬들은 코엘류 감독의 경질을 바라지 않고 있다. 다만 그에게 경각심을 높여 좀더 성실한 자세를 바라는 것뿐이다. 히딩크 감독에 비해 협회지원이나 선수차출 등 너무 낮은 대우를 받았기 때문이다. 이제 김金 위원장은 좀더 당당하게 재再신임하겠다고 밝혀야 한다.

위원장으로서 우유부단한 모습을 더 이상 보여주지 말라는 얘기다. 영국시인 엘리엇(Thomas Sterns Eliot)은 황무지를 통해 4월을 가장 잔인한 달이라고 했다. 4월은 또 총선이 끼어 있어 잔인한 달이기도 하다. 그러나 요즘은 '탄핵'이라는 단어가 가장 잘 어울리는 계절이 아닌가 싶다. 대통령도 탄핵 당하는 판에 예외는 없기 때문이다.

[2004년 04월 08일 코엘류 감독 거취 회의를 지켜보며]

한국축구 안 되면 심판 탓

별 볼일 없는 사람이 자존심을 내세울 땐 꼭 조상을 들먹거린다. 주로 몇 대 조상이 정승·판서를 했고, 또 몇 대 조상이 충신이었다는 등 과거지사를 들먹인다. 또 실력이 없는 사람이 왕년에는 머리도 좋았고 펄펄 나는 체력이었다고 입에 침도 바르지 않고 열변을 토한다.

사진은 2004년 03월 31일 몰디브 선수들이 한국전서 0−0 무승부를 기록한 후 국기를 들고 그라운드 주변을 돌며 관중들의 환호에 답하고 있다.

못난 사람일수록 조상 들먹여

축구도 이와 마찬가지다. 자타가 공인하는 팀이 경기에서 패하면 꼭 심판의 편파판정을 들먹인다. 주로 생활축구에서 일어나는 일이다. 급기야 그들은 주먹질이 오가고 편싸움으로 발전해 원수지간이 되기도 한다. 모두 다 실력이 없기 때문에 일어나는 일들이다.

그런 뜻에서 한국−몰디브(전)은 더 이상 보고싶지 않은 경기였다.

미디어로 본 세상

약체와 어이없게 비겨서 꼭 그런 것만은 아니다. 우선 경기내용이 엉망이었다. 벤치도 무슨 작전을 내렸는지 통 이해가 가지 않았다. 그들은 마치 상대와 연습경기를 하는 듯 했다.

경기를 본 사람이라면 누구나 심판 판정이 석연치 않았음을 알 수 있다. 그러나 "레알 마드리드가 경기를 했어도 몇 골을 넣지 못했을 것이다"(안정환), "이런 경험은 처음이다. 플레이하면서 이쯤 되면 불겠지 하고 생각하면 어김없이 불더라. 더 이상 뛸 의욕이 사라지더라"(이영표)는 식의 발언은 분명 문제가 있다.

원정경기서 그 정도의 불리함은 감수했어야 했다. 어떤 경우든 경기 결과에 대해 심판을 탓해서는 안 된다. 선수들이 꼭 지켜야 할 덕목이다. 심판도 선수와 마찬가지로 인간이기 때문이다.

심판을 너무 탓하지 마라

누가 뭐라고 해도 몰디브(전)은 졸전이었다. 우선 선수들은 축구의 기본이랄 수 있는 3S(Speed · Spirit · Stamina)와 3B(Ball control, Brain, Body balance)가 엉망이었다. 수많은 코너킥과 프리킥이 나왔지만 세트플레이도 엉성하기는 마찬가지였다.

중앙 돌파만 고집했을 뿐, 중 · 장거리포는 한 번도 없었다. 패스 미스를 남발했고 조금 힘들다 싶으면 걸어다녔다. 심판 휘슬에 너무 집착하다보니 차츰 이성을 잃어갔다. 한마디로 선수와 벤치 모두가 성의 없는 플레이였다. 월드컵 4강이란 사실이 오히려 부끄러운 꼬리표에 불과했다. 이러니 팬들이 분노한 것은 당연했다.

이제 코엘류 감독에게 묻고 싶다. 지난해 3월말 인천공항에 모습을 드러낸 당신의 모습은 참으로 늠름했다. 한국인들은 월드컵 4강 신화

를 창조한 히딩크 감독의 업적을 한 단계 업그레이드 시켜줄 것으로
기대했다. 하지만 당신은 여태껏 18전 9승 3무 6패라는 초라한 성적을
거뒀다. 그 중에는 물론 잘한 일도 있었지만 국민들을 경악시킨 '쇼크'
가 더 많았다.

지난 2003년 10월 19일 아시안컵 예선에서 베트남에게 0-1로 패
했고, 2003년 10월 21일에는 또 오만에게 1-3으로 패해 세계를 경악
시켰다. 그것이 바로 '오만 쇼크'였고, 이번에는 또 '몰디브 쇼크'까지
만들어냈다. 월드컵 4강 전사가 아홉 명이나 끼어 있었는데도 당신은
국민들의 희망을 꺾어놨다. 도대체 국민들은 당신의 축구색깔을 의심
하지 않을 수 없다.

당신은 지금 소프트웨어(심리)와 하드웨어(전략 전술)가 모두 기대
에 못 미치고 있다. 성질 급한 중동국가나 유럽국가 같았으면 벌써 경
질되고도 남았다. 물론 당신이 경질되면 축구협회도 그 책임을 면할
수 없다. 그러니 답답할 뿐이다.

히딩크처럼 불여우가 돼야

히딩크 감독이 '불여우'라면 당신은 '구멍가게 주인'과 같은 마음씨
좋은 아저씨다. 불여우는 선수들의 표정과 마음을 읽어 꼼짝 못하도록
만드는 기술이 있다. 그런데 당신은 그저 월드컵 4강 신화에 들떠 있는
망아지들을 속수무책으로 바라만 보고 있다.

게다가 선수들의 능력을 꿰뚫어 볼 수 있는 혜안도 없다. 바로 최성
국(21·울산)을 두고 하는 말이다. 부산 아이콘스 감독시절 성적이 안
좋았던 김호곤 감독이 버티고 있는 것도 알고 보면 최성국 선수 덕분
이다. 지난 2003년 04월 06일 한일(韓日)전 참패, 2003년 06월 08일 우

미디어로 본 세상

루과이(전) 참패, 오만 쇼크와 몰디브 쇼크를 벗어나는 길은 오직 히딩크 감독처럼 불여우가 되는 길밖에 없다.

구멍가게 아저씨처럼 계속 마음이 좋다보면 협회에 끌려 다니고 선수들에게 끌려 다녀 만신창이가 될 것이 뻔하다. 그리고 히딩크 감독을 원망하면서 떠나게 될 것이다. 이제 제발 정신 좀 차리고 선수들은 또 심판판정에 무조건 수긍하는 자세부터 배워야 할 것이다. 그래야 한국축구가 다시 태어날 수 있기 때문이다.

[2004년 04월 07일 동아일보 발언대]

구멍가게 아저씨 닮은 코엘류 감독

코엘류 감독은 우선 선수 장악 능력부터 부족했다. 경고 4개가 그것을 말해준다. 거기다 전술능력도 없었다. 한국팀이 무슨 개인기가 좋은 브라질 팀이라고 오직 중앙돌파만 고집했다.

한국	한국 ― 몰디브 비교	몰디브
22위	FIFA 랭킹	142위
없음	상대전적	없음
시드배정국 (자동통과)	독일월드컵 아시아 1차예선	2승 (몽고)
1승 (레바논)	독일월드컵 아시아 2차예선	1패 (베트남)
6회	월드컵 본선진출 횟수	없음
1928년	협회창립년도	1982년
1948년	FIFA 가입년도	1986년

몰디브 지역 아크서클 부근은 마치 도떼기시장처럼 몰디브 수비수들 일색이었다. 그렇다면 중·장거리포를 쏘아야 했다. 그리고 흘러나오는 공을 주워 먹어야 했다. 그런데도 세계적 명장이라는 코엘류는 오직 중앙돌파만 고집했다. 두 번째는 세트플레이 능력도 없었다. 그 많은 코너킥과 프리킥이 발생했는데도 마치 조기축구 선수들이 하듯 번번이 실패했다.

중앙돌파 고집 답답한 코엘류

지난 2003년 10월 오만쇼크가 일어난 것도 우연한 일이 아니었다. 바로 선수선발 문제와 지도력 등이 문제였었다. 물론 이번 사건과 같이 최성국이라는 걸출한 스타가 빠진 것도 그 이유 중의 하나였다. 사실 최성국 선수처럼 부지런하고 자기 몫을 다하는 선수도 그리 흔하지 않다.

부산 아이콘스 감독시절 하위권을 달렸던 김호곤 감독이 요즘 승승장구하는 것도 알고 보면 최성국이라는 걸출한 스타가 있기 때문이었다. 그런 최성국을 무슨 이유에선지 선발하지 않았고 해외파로 적당히 얼버무리려한 것은 무조건 잘못된 일이었다.

히딩크 감독이 불여우처럼 자신의 고집을 피우는데 반해 코엘류 감독은 물에 물 탄 듯, 술에 술 탄 듯한 성격 역시 문제였다. 마치 마음씨 좋은 구멍가게 주인아저씨 같았다. 그러니 오만쇼크 때와 똑 같은 일이 벌어진 것도 당연한 일이었다. 그나마 패하지 않은 것만도 무척 다행스런 일이었다.

전술부재 · 패스미스 · 오프사이드 · 무더기 경고 동네축구

월드컵 4강국의 위엄은 어느 곳에도 없었다. 움베르투 코엘류 감독이 이끄는 한국축구대표팀이 국제축구연맹(FIFA) 랭킹 142위의 약체 몰디브와 시종 졸전 끝에 무승부를 기록하는 씻지 못할 치욕을 맛봤다.

한국은 2004년 3월 31일(한국시간) 몰디브 말레 국립경기장에서 열린 2006 독일獨逸 월드컵 아시아 지역 2차 예선 7조 2차(전)에서 변변한 조직력을 보여주지 못한 채 인구 30만의 소국 몰디브와 득점 없이 0-0으로 비겼다.

지난 2003년 베트남. 오만(전) 연패에 이어 또 한 번 축구 팬에 충격을 안긴 대표팀은 1승 1무로 승점 4를 기록해 베트남, 레바논(이상 1승 1패)을 제치고 쑥스러운 조 1위로 나섰다. 코엘류 감독 부임 이후 9승

3무 6패의 성적표를 낸 한국은 오는 6월 9일 베트남을 홈으로 불러들여 3차(전)을 벌인다.

적수가 안 되는 상대에게 대량 득점을 올리기는커녕 6회 연속 월드컵 본선 진출에 먹구름만 잔뜩 드리운 한판이었다. 시종 상대를 몰아붙였으나 밀착수비를 뚫지 못하는 단조로운 공격 루트만 고집하다 완벽한 찬스를 만들지 못했는가 하면 마무리 난조도 겹쳐 헛심만 컸다.

한국은 안정환과 함께 광대뼈 부상 여파로 마스크를 착용하고 나온 설기현, 정경호가 Three Top을 형성, 경기 시작과 함께 몰디브의 골문을 세차게 두드렸으나 거의 모든 선수가 수비에 가담해 필사적으로 저항한 상대 압박수비를 뚫지 못했다.

이 과정에서 번번이 오프사이드 트랩에 걸리고 패스 미스도 나와 리듬이 끊어지기도 했으며 '태극전사'들은 특히 심판의 치우친 판정을 다스리지 못하고 흥분, 불만을 털어놓다 여러 차례 경고 받는 모습도 보였다. 이 과정에서 이을용이 지난해 12월 동아시아대회 중국(전)에서 퇴장 당했듯이 경고를 받았다는 것은 그가 상습범이라는 것을 재차 증명한 것이었다.

코엘류는 불여우 같은 히딩크 닮아야

전반 14분 안정환의 발리슛이 빗 맞아 골문을 벗어나는 등 맹공을 퍼붓고도 골 맛을 보지 못한 한국은 오히려 28분 수비수 김태영이 상대 프리킥 때 골문 앞에서 아찔한 반칙을 범해 간접프리킥을 내주는 위기도 맞기도 했다.

한국은 43분 안정환이 골 지역 정면에서 날린 왼발 슛이 골키퍼에 걸렸고 Injury time 때 쏜 이을용의 프리킥도 GK의 손을 피하지 못했

미디어로 본 세상

다. 한국은 후반 들어 운동장을 반만 사용할 만큼 골 사냥에 가속도를 냈지만 슈팅 타이밍을 놓치는가 하면 코너킥 등이 밋밋해 수비라인에 읽히는 등 소득을 얻지 못했다.

코엘류 감독은 후반 17분과 30분 김태영, 안정환을 빼고 김대의, 박요셉 등을 투입하며 반전을 시도했지만 '교체카드'도 소용없었다. 따라서 마음씨 좋은 구멍가게 아저씨 같은 코엘류는 불여우 같은 히딩크 감독을 본받아야 한국에서 살아남을 수 있을 것이다.

[2004년 03월 31일 몰디브 경기를 지켜보며]

프로는 자신과의 싸움

2003 K - 리그 신인왕 정조국(20 · FC 서울)이 또 눈물을 흘렸다. 정조국은 2004년 03월 17일 올림픽 팀이 이란(전)을 앞두고 발표한 18명의 명단에서 제외됐다. 2004년 03월 03일 중국(전)에 이어 또 고배를 마셨다.

정조국과 올림픽 팀과의 악연은 이번이 네 번째다. 정조국은 지난 2003년 09월 2004 아테네 올림픽 2차 예선 홍콩(전)에 앞서 엔트리에서 제외됐다.

2003 K ─ 리그 신인왕 정조국의 눈물

그것을 시작으로 2004년 01월 카타르 초청 친선대회, 중국과의 최종 예선전 등에서 소집명단 혹은 엔트리에서도 빠졌다. 그렇다면 정조국의 실력이 형편없다는 것으로 풀이된다.

그가 실력이 있었다면 K - 리그 신인왕으로서 무조건 뽑혔어야 했기 때문이다. 이에 반해 신인왕 자리를 내줬던 최성국은 대표팀과 올림픽 팀을 오락가락하며 늘 주전으로 뛰고 있다.

물론 포지션이 다르기 때문이라고 그 이유를 달 수 있다. 또 중국中國 전은 박지성 때문에, 이란전은 이천수 때문이라고 또 다른 이유를 댈 수도 있다. 하지만 그것은 설득력이 없다. 최성국과 똑 같은 조건이기 때문이다. 사실 작년 오만 쇼크도 최성국이 홍콩(전)에서 부상당해 일어났던 일이다.

정조국은 우선 90분을 풀가동할 수 있는 체력부터 키워야 한다. 현란한 개인기를 갖춘 이영표(PSV 아인트호벤)처럼 헛다리짚기 기술도 갖춰야 한다. 거기다 꼭 이겨야 한다는 정신력도 있어야 한다. 반쪽짜리 게임이나 치고 달리는 시대가 아니란 사실도 알아야 한다. 그럴 때 K-리그 신인왕으로서의 가치가 인정되기 때문이다.

언론 칭찬에 애늙은이 되는 풍토

국가대표 선수라면 경기규칙쯤은 알고 있어야 한다. 그런데 언론에서 거미 손, 제2의 이운재, 제2의 올리버 칸이라고 일컫던 김영광이 6초 룰(Rule)에 걸려 간접프리킥을 당했다. 2004년 03월 17일 이란과의 경기에서 일어난 일이다. 이란 선수가 실축했기 망정이지 제대로만 찼다면 다된 밥에 코를 빠트릴 뻔한 순간이었다.

김병지(전남)는 96 아디다스컵 삼성과의 개막開幕전에서 골문을 비우고 미드필드로 전진하다 패배를 자초했다. 또 이것이 빌미가 돼 대표팀에서 제외되는 수모도 겪었다. 2001년 01월 홍콩 칼스버그 컵에서는 또 다른 과오를 범했다. 파라과이(전)에서 볼을 몰고 나가다 상대 공격수에 빼앗겨 실점 위기에 몰렸다. 대로한 히딩크 감독은 후반 교체조치와 함께 '뭘 잘못했는지 생각하라'며 호통쳤다.

제아무리 천재라 해도 본연의 임무를 망각한 자는 용서할 수 없다는 것이 히딩크의 지론이었다. 결국 히딩크의 눈밖에 난 김병지는 2인자였던 이운재(상무)에게 자리를 내줘야 했다. 언론이 좀 띄우면 선수들은 갑자기 애늙은이가 된다. 엉뚱한 폼을 잡고 여유를 부리며 자신이 마치 최고인양 거들먹거린다. 그러다 잘못되면 그때서야 뒤늦게 후회한다.

프로에게 성실은 무기이고 시행착오는 총알이다. 그것은 또 실과 바늘이기도 하다. 어디에 어떤 총을 쏠 것인가, 또 어떤 옷을 만들 것인가는 다 자신의 몫이다. 프로는 결국 자신과의 싸움이다. 그 싸움에서 지면 곧 도태될 뿐이다. 이제 곧 시즌이 시작된다. 감독과 코치 선수들 모두가 명심할 일이다.

[2004년 03월 정조국 선수를 지켜보며]

미디어로 본 세상

도깨비 방망이 국제심판

2004년에 활동하게 될 국제심판 중에는 8명의 여성 국제축구 심판이 있다. 주심이 4명이고 부심이 4명이다. 그 중에서도 탁월하다는 3명의 여성 국제축구심판이 있다. 바로 임은주(38·주심) ─ 최수진(30·부심) ─ 한경화(25·주심)씨다.

임은주 심판은 세계가 알아주는 베테랑 심판이니 접어두자. 그러나 최수진 심판은 97년 심판 생활을 시작해 99년 국제심판이 되었다. 2년 만이다. 한경화 심판은 98년에 입문해 2003년에 국제심판이 됐다. 이 외에도 포항스틸러스 김기남 유·소년 코치의 부인 김은진(35)씨가 국제심판에 도전하고 있다. 평범한 가정주부처럼 보이지만 김씨는 웬만한 남자를 능가하는 체력과 축구실력으로 국제심판이란 큰 목표에 도전장을 낸 것이다.

2년만에 국제심판

11년간 국가대표 유니폼을 입은 차성미(30)씨도 심판으로 제2의 축구인생을 시작했다. 차성미는 1991년 오산여종고 1학년 때 축구를 시작, 93년 처음 국가대표가 됐고 울산전문대를 거쳐 INI스틸 소속 선수로 활동해왔다. 그렇다면 심판자격 기준을 다시 한 번 점검해 보자.

우선 3급 심판은 1주일간 이론교육을 수료한자로 체력측정(명칭 : 쿠퍼테스트)을 거쳐야 한다. 2급 심판으로의 승급은 3급을 취득한 후 2년 이상 활동한자로 필기시험 및 체력측정을 통과해야 한다. 물론 특별 과정도 있다. 하계 및 동계 강습회를 1주일씩 총 2주간 이론교육 후 동계훈련(실기과정 1주일 이상)에 참가하여 실기점수를 획득한 후 이론시험과 체력측정에 합격한자에게는 2급을 부여한다.

정상 7년 — 특별 4년 걸려야 국제심판 자격

1급 심판 승급은 2급을 취득한 후 2년 이상 활동한 자로 보수교육을 필한 자. 또는 특별 강습회를 통해 2급을 취득한자로 1년간 활동한자로 되어 있다. 국제심판 승급은 1급 자격을 취득하고 2년이 경과한 자로 대학부 이상의 경기에 주심 10회 부심 20회 이상의 경력을 가진 자들에 한해 대한축구협회에서 주최하는 국제심판 시험에 응시할 자격을 부여한다. 해당자는 주심과 부심으로 구분하여 국제심판에 응시할 수 있다. 그러나 만 35세 이하여야 한다.

응시과목은 필기시험(규칙), 영어규칙, 영어구술, 체력측정, 신체검사(지정병원)이다. 실기 점수는 대학부 이상의 경기에서 취득한 것에 대한 평점이다. 1급 심판은 대학 이상 실업, 프로, 국제심판으로 활동이 가능하다. 2급 심판은 중등부 주심, 고등부 부심으로 활동이 가능하다. 3급 심판은 초등부 주심과 부심으로 활동이 가능하다.

사정이 이런데도 심판으로 활동한지 2년만에 국제심판으로 승격하

미디어로 본 세상

는 경우도 있다. 아마 대한축구협회는 도깨비 방망이라도 가지고 있는 모양이다. 도무지 이해가 되지 않는 부분이다. 아무리 광우병과 조류 독감이 판치는 사회라고 해도 말이다.

[2004년 05월 엉터리 국제심판을 바라보며]

휘슬 (Whistle) & 완장 (Arm band)

 경찰이 부는 휘슬과 축구심판이 부는 휘슬소리는 왜 다를까. 한마디로 연장이 다르기 때문이다. '목수가 기술은 없어도 연장이 좋아야 한다'는 말은 그래서 설득력이 있다. 축구심판들이 사용하는 휘슬에는 여러 종류가 있다. 그들은 주로 아콤(ACOM)과 바릴라(BALILLA)를 애용한다. 또는 폭스(FOX)나 국산(TIME20)을 애용하기도 한다.

■ 휘슬은 판관의 인격과 의지

아콤은 말 그대로 천둥소리가 나와야 한다. 허나 개조하지 않으면 일반 휘슬과 별 차이가 없다. 바릴라는 중간소리로 길고 짧고 강하게 불 수 있다. 폭스는 주로 농구나 배구심판들이 사용한다. 소리가 가늘고 길기 때문이다.

심판들은 휘슬을 개조해서 쓴다. 우선 휘슬 안에 있는 코르크를 빼내고 스티로폼을 동그랗게 깎아 넣는다. 스티로폼은 압축이 잘된 것이라야 한다. 그 다음 공명현상이 잘 이루어지도록 휘슬의 구멍과 바람이 부딪치는 턱 부분을 갈아낸다. 소프라노가 아닌 허스키 음이 날 때까지 갈고 또 간다. 명품은 그렇게 해서 만들어진다.

휘슬이 완성되면 부는 연습을 한다. 자신만의 고유한 색깔을 내기 위해 수없이 반복한다. 경기장에서의 멋진 휘슬소리는 바로 그런 노력 때문에 이루어진다. 심판들은 팬 서비스 차원에서 이렇듯 노력한다. 초급 심판들의 휘슬소리는 대부분 소프라노음이다. 중급이나 고급심판으로 갈수록 휘슬소리는 허스키 보이스다.

요즘 각계 각층의 휘슬소리가 그 어느 때보다도 높다. 오프사이드 반칙 때 부는 소프라노음도 들린다. 때로는 심한 반칙 때 부는 천둥소리도 들린다. 휘슬소리 후에는 옐로카드와 레드카드가 춤을 춘다. 그러다 눈 가리고 아웅하기도 한다. 축구심판(Referee)은 R(responsibility)을 버렸고, 법관(Judge)은 J(justice)를 버렸기 때문이다. 정치교수(polifessor)도 마찬가지다.

■ 완장 찼다고 법 어기면 곧 퇴장

주장 완장은 왜 축구에서만 찰까. 주장은 마음대로 어필해도 될까. 천만의 말씀이다. 주장은 심판이 여러 사람을 다 상대할 수 없으니까 정해 놓은 것뿐이다. 주장의 역할은 대충 이렇다. 경기 시작 전 골 진영을 결정하기 위해 토스한다. 이때 승자가 진영 대신 볼을 갖겠다고 하면 안 된다.

두 번째는 승부차기 때 누가 먼저 찰 것인지 토스하는 일이다. 토스에서 이긴 팀이 먼저 차는 것은 당연지사다. 한데도 어떤 심판은 제멋대로 하기도 한다. 세 번째는 심판이 팀과 관련된 질문을 했을 때 성실하게 답변하는 일이다. 결국 완장은 이 세 가지 권한밖에 없고 봉사를 의미한다.

선거가 시작되면 완장이 속속 등장한다. 그들은 대부분 공처럼 굴러 다닌다. 완장을 찼다고 무법과 탈법에 편법도 저지른다. 아마 예비 군 복을 입은 걸로 착각하는 모양이다. 완장의 추한 역사는 일제와 6.25 때가 가장 심했다. 남산 지하 벙커와 삼청교육대 완장에도 많은 사람 들이 치를 떨었다.

완장은 홍명보 선수가 가장 잘 어울린다. 그는 소아암 어린이 환자 들의 구세주다. 월드컵 4강 신화의 주역이다. FIFA가 선정한 세계축구 100인 스타이기도 하다. 완장을 차건 안 차건 늘 듬직하다. 완장은 바 로 이런 사람들이 차야 한다.

'우리'라는 말은 가마솥에서 나온다. 압력 밥솥이나 전기 밥솥에서 나오는 게 아니다. 그것은 '탕 문화'가 아니라 개인주의 산물일 뿐이 다. 그러니 내가 있어야 국가도 존재한다. 내가 잘 살아야 행복이 있다. 남이 보일 턱이 없고 국가도 없다. 요즘 세태의 흔한 풍경이다.

대선과 총선이 이제 얼마 남지 않았다. 완장 찬 사람들이 슬슬 설쳐 댈 때가 왔다. 국민들은 완장과 휘슬의 대립을 조용히 지켜보고 있다. '네 꼬락서니를 아는 게 힘이다'소포크라테스(소크라테스 + 히포크라 테스)의 말이다. 역대 정치 패거리들에게 너무 질렸기 때문이다.

[2007년 월간 Soccer bank]

미디어로 본 세상

주장(Captain)은 팀의 봉사자

주장이란 무엇인가. 한마디로 팀을 대표하는 선수일 뿐 특별한 권한은 없다. 심판이 여러 선수를 다 상대할 수 없기 때문에 정한 것뿐이다. 그러므로 주장은 경기가 시작되기 전 주심이 토스로 골 진영을 결정할 때 나서는 것이고, 승부차기 때 누가 먼저 찰 것인지를 토스로 결정할 뿐이다.

사진은 남북통일축구에서의 정용환 선수

주장은 봉사자일뿐 권한 없어

주장이라고 해서 심판에게 항의를 한다거나 이상한 짓거리를 할 때는 가차 없이 경고나 퇴장 당할 수 있다. 또 주장이라고 해서 경기규칙에 엄연히 나와 있는데도 조기축구 경기처럼 골 진영을 선택하지 않고 볼을 갖겠다고 해서도 안 되는 것이다. 주장의 권한은 오직 위의 두 가지 밖에 없기 때문이다.

한국인들은 완장을 차거나 머리띠를 두르면 사람이 갑자기 변한다.

과거 일본인들이 한국을 지배할 때 완장을 채워주면 그들에게 온갖 충성을 다했다. 6.25 때 인민군들이 완장을 채워줘도 그들은 충성을 못해 온갖 더러운 짓거리를 다 저질렀다. 요즘도 머리띠만 두르면 정말 못하는 짓거리가 없다.

아무 죄도 없는 전경들을 장애인으로 만들고 자신들의 주장을 관철시키기 위해 정말 해서는 안 되는 짓거리만 골라한다. 거기다 툭하면 한국인들의 고질병인 서명운동, 규탄대회, 궐기대회 등으로 세상을 시끄럽게 한다. 원래 이 같은 짓거리는 친일파들이 반공주의를 앞세워 자신들이 살아남기 위해 만들어낸 것이다. 물론 거기에는 이승만도 일조—助했다. 그가 이 땅에 정치적 기반이 없었기 때문이다.

따라서 완장을 찼다고 자신이 최고 선수나 되는 듯이 허튼 짓거리를 해서는 안 되는 것이다. 주장은 단지 팀을 대표하는 선수일 뿐 자랑거리도 아니다. 축구경기 중에 주장이라고 까불다가 쫓겨나는 일은 없어야 한다. 정용환 선수나 황선홍, 홍명보 선수가 완장을 찼을 때 듬직해 보이는 것도 바로 점잖기 때문이다.

국가대표를 지낸 정용환(1960. 2. 10)씨는 현재 유·소년들을 묵묵히 지도하고 있다. 그러므로 주장은 꼭 차야 할 사람이 차야한다. 나라의 지도자도 이와 마찬가지다. 완장 찬 사람을 등에 업고 온갖 비리나 저지르는 인물들도 있다. 그러니 나라가 시끄러울 수밖에 없다.

이제 4월이면 국회의원을 뽑는 총선에 들어간다. 물론 국민들이 알아서 잘 뽑겠지만 이 땅에는 친일파가 가득한 당도 있고, 얼굴만 봐도 재수 없는 당도 있다. 거기에다 뚜껑 열린 당도 있고 딴 나라 당도 있다.

그런데 "살림살이가 좀 나아지셨습니까?" 하고 서민들의 살림살이를 걱정해 주는 당도 있다. 가수 김흥국과 똑 같은 흉내를 내는 개그맨

김학도, 권영길 흉내를 내는 개그맨 배칠수 등이 나오는 코미디가 재
미있는 것도 바로 이 때문이 아닐까 싶다.

[2004년 03월 어느 날]

박성화와 코엘류의 문제점

박성화 청소년(U‒20)대표팀 감독은 대표선수 시절 포워드였다. 축구의 기본이랄 수 있는 3B(Ball control, Brain, Body balance)와 3C(Concentration, Control, Confidence)는 물론 3S(Speed, Stamina, Spirit)까지 두루 갖추고 있었다. 특히 제자리에서 튀어 오르는 서전트 점프(Sargent Jump)는 98Cm로서 국내 최고였다.

허나 포항제철로 팀을 옮기면서 리베로(Libero)로 전환했고, 그 포지션을 끝으로 선수생활을 마감했다. 상황판단능력과 위기대처능력, 서전트 점프능력이 탁월했기 때문이었다. 그 후 지도자로 돌아선 그는 4백 시스템에 빠져들었다. 즉 4‒4‒2 Formation을 바탕으로 조직력과 강한 체력, 안정적인 수비 구축이었다.

대표팀 감독은 실업자 구제소

그 결과 박 감독은 12차례 평가評價전에서 10골에 2실점만 허용했다. 놀라운 수비벽이었다. 하지만 FIFA(국제축구연맹)는 최근 룰까지 개정해가며 공격축구를 강조했다. 재미있는 축구를 유도하기 위해서였

미디어로 본 세상

다. 그런데도 박 감독은 수비를 강조하는 것이 현대 축구의 대세라고 고집했다. 공격이 최선의 방어라는 사실조차 잊은 듯 했다.

결국 박 감독은 F조 예선에서 독일에만 이겼을 뿐 1승 2패(2득점 3실점)로 겨우 16강에 턱걸이했다. 특히 미국美國전에서의 수비 축구는 팬들을 분노케 했다. 그리고 끝내 일본의 사카타에게 목덜미를 물렸다.

이것은 곧 선수들은 우수한데 감독이 무능한 결과였다. 요즘 대표팀 감독은 '실업자 구제소'였다. 박성화 감독을 비롯해서 전임자였던 조영중 감독(99년), U-17팀의 윤덕여 감독, 올림픽 팀의 김호곤 감독 등이 모두 프로에서 성공하지 못한 지도자였다.

히딩크 감독의 가장 큰 공로는 월드컵 4강 신화가 아니라 한국축구의 고질병이었던 연(지연·혈연·학연·돈연)고리를 자른 점이었다. 그런데도 축구협회가 스스로 화를 자초, 연 고리를 이어가면서 한국축구를 죽이고 있다.

구멍가게 아저씨 코엘류

코엘류 A대표팀 감독의 지도력에 다시 의문이 제기되고 있다. 히딩크가 복덕방 아저씨라면 코엘류는 구멍가게 아저씨이다. 히딩크는 공인 중개사이기에 많은 것을 집적거렸다.

만져도 보고 맛도 보고 굴려도 보고 돌려도 보다가, 이게 아니다 싶으면 미련 없이 내던졌다. 그래서 세계에서 네 번째로 큰 건물을 자신이 고른 특산품과 맞바꿀 수 있었다.

그러나 코엘류의 모습은 전혀 달랐다. 똑같은 자격증을 가졌음에도

히딩크가 버린 물건을 주워 모아 자신의 구멍가게
에다 진열했다. 결국 그것이 팔릴 턱이 없었고 끝내
'오만 쇼크'로 이어졌다. 다행히 축구협회가 지은
죄가 더 많아 살아날 수 있었으나 동아시아대회에
서의 졸전은 또다시 그를 바늘방석으로 내몰았다.

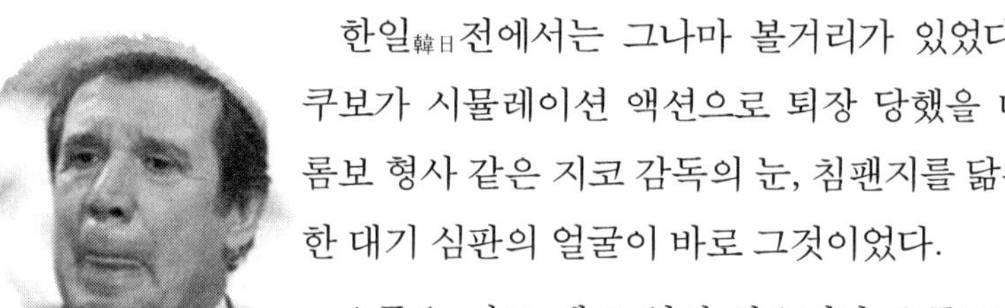

히딩크는 세상 이치에 밝았다. 남의 눈빛도 잘 읽
었다. 한마디로 불여우였다. 그는 선수들을 장악하
고 자기 관리에 충실했다. 하지만 코엘류는 이미 단맛을 본 선수들의
해이해진 정신력을 휘어잡지 못했다. 오히려 선수들에게 끌려 다니는
인상이었다. 거기에다 최성국처럼 튀는 킬러조차 없었다. 그의 무기력
한 모습은 늘 예견된 일이었다.

한일韓日전에서는 그나마 볼거리가 있었다. 오
쿠보가 시뮬레이션 액션으로 퇴장 당했을 때 콜
롬보 형사 같은 지코 감독의 눈, 침팬지를 닮은 듯
한 대기 심판의 얼굴이 바로 그것이었다.

요즘은 시도 때도 없이 사오정과 오륙도가 삼
팔선에 앉아 시국을 한탄하며 술을 마시고 있다. 그 옆에는 물론 이태
백이 기생처럼 술시중을 들고 있다.

사오정은 45세가 정년이요 오륙도는 56세까지 공직에 있다 도둑으
로 몰린 사람들이다. 38선은 또, 38세에 직장에서 쫓겨난 실업자이고
이태백은 이십대 태반이 백수들이란 얘기다. 정치·경제·외교·교
육 등 무엇하나 시원한 게 없는 요즘, 기대했던 축구마저 죽을 쒔으니
영 입맛이 개운치 않다.

[2003년 12월 15일 강원도민일보]

미디어로 본 세상

흔들거리는 한국축구

제갈량과 동문수학했던 방통龐統은 유비에게 외면당해 뇌양 현감이 되었다. 그가 중용되지 못한 이유는 바로 외모 탓이었다. 그의 얼굴은 검고 들창코인데다 눈 코 귀 등의 포지션 배열이 엉망이었다. 물론 노숙魯肅의 추천서를 가지고 있었지만 당시 제갈량은 지방 순시 중이었다.

임지에 1부임한 그가 술로 일관하자 백성들의 원성이 높았다. 결국 장비가 특별시찰에 나섰으나 송사처리에 능숙한 그의 학식에 탄복, 머리를 숙였다. 지방 순시를 마치고 돌아온 제갈량은 이 이야기를 듣고 껄껄 웃었다.

한국선수 중 가장 힘이 센 유상철은 2003년 11월 18일 불가리아(전)에서 리베로를 맡았다. 그 위치는 아시아의 영원한 리베로 홍명보의 대명사였다. 그 자리를 처음 맡아본 유상철은 흔들릴 수밖에 없었고 힘은 남아돌았다.

홍명보는 체력 때문에 박종환 감독이 리베로로 돌린 경우였다. 인간

폭탄 유상철은 2003년 09월 13일 J – 리그 경기에서 스즈키(우라와 레즈)의 코를 주저앉혔다.

98년 03월 01일 A매치에서는 또 조 쇼지(28 · 스페인 바야돌리도)의 이를 부러트렸다. 히딩크 감독은 유상철을 늘 중원의 해결사로 중용重用했다.

이승엽이 아시아 신기록 홈런을 쳤지만 LA 다저스는 마쓰이 가즈오(28 · 日세이부)에게 더 무게를 실었다. 금년 K – 리그 득점得點왕에 오른 김도훈을 히딩크는 2002년 월드컵 멤버에서 제외시켰다. 그것이 바로 한국야구와 K – 리그의 현 주소였다.

코엘류는 신구교체에 적극적이었어야 했다. 조병국(22 · 수원)을 제2의 홍명보라고 했지만 그는 한일韓日전을 비롯해, 4번의 자책 골을 기록했다. 코엘류는 그 동안 A매치에서 5승 1무 6패를 기록하면서 똑 같은 우를 세 번이나 범했다.

아시안컵 예선전인 ‘오만 쇼크’가 바로 그것이었다. 밀집 수비만 펼치던 베트남과 오만에게 당했던 것처럼, 똑 같은 전술로 나온 불가리아에게도 역시 당했다.

결과론이긴 해도 똑 같은 전술의 팀에게 세 번이나 당한 것은 우연의 일치가 아니었다. 한마디로 코엘류의 무 색깔과 전술상의 문제였다.

그렇지만 코엘류도 변명의 여지는 있다. 대표선수 차출과 훈련 때마다 프로구단 감독들의 눈치를 봐야 했다. 히딩크와는 달리 협회의 지원이나 훈련시간도 부족했다. 그런데다 오만 쇼크가 터지고 국민여론

미디어로 본 세상

이 들끓자 협회는 코엘류를 희생양으로 삼았다. 여러 번 써먹어 온 정치적 수법이었다.

협회는 그 동안 최순영 회장과 김우중 회장을 임기도 끝나기 전에 내몰았다. 프로팀에서 능력이 없다고 방출시킨 선수를 버젓이 국가대표로 발탁시켰다. `98 프랑스 월드컵 네덜란드(전)에서 0-5로 패한 차범근 감독을 팽시켰다. 국가대표 감독을 끼리끼리 나눠먹기도 했다. 그런데도 협회 실무 책임자인 전무는 아직도 건재하다.

결국 국민여론이 협회 쪽으로 쏠리자 기술위원회는 코엘류와 공존하는 쪽으로 기수를 돌렸다. 일이 터질 때마다 네티즌들이 협회를 공격하는 이유가 바로 여기에 있다. 사실 '대~한민국!'이라는 엇박자 속에는 모레노(34세 에콰도르)와 간드루(46·이집트) 심판의 숨은 공로(?)도 있다.

우리는 지금 많은 어려움에 처해 있다. 모음 발음이 약한 YS는 IMF(국제통화기금) 사태를 만들었다. 김정일 국방위원장과 친했던 DJ는 '사오정과 오륙도'를 만들어 냈다. 그래서 지금은 3·8선까지 무너졌다. 곧 통일이 되려는지 정치·경제·사회·교육·국방·외교 등 무엇하나 제대로 돌아가는 것이 없다.

희망이 없으면 삶의 보람이 없다. 보람이 없으면 무의미할 뿐이다. 서민들은 요즘 인생역전 '로또'에 실 가닥 희망을 걸고 있다. 한국야구가 대만과 일본에게 패하고 축구마저 몰락하고 있으니 그저 입맛이 쓰기만 하다.

[2003년 11월 한국축구대표팀을 바라보며]

한국축구 연고주의 탈피 시급

월드컵 4강 신화는 정말 '억지춘향'이었나. 한국축구가 요즘 마구 흔들리고 있다. 세계청소년대회에 출전했던 U-17대표팀이 예선탈락 했다. 대구 U-대표팀 역시 대회 사상 최악의 성적으로 8강 진출에 실패했다.

이 같은 결과는 ① 공부하지 않는 감독의 경험부족과 용병술부재 ② 협회의 무관심 ③ 최 약체 대표선수 선발 ④ 선수들의 정신력 해이 ⑤ 끼리끼리 해먹는 연고주의 풍토가 여전하기 때문이다.

끼리끼리 해먹는 풍토 여전

김준현 U-대표팀 감독은 처음부터 문제가 있었다. 최근 각종 축구 전문 사이트에 연세대 축구부(감독 김준현)의 운영비리를 고발하는 비난의 목소리가 빗발쳤다.

연세대 축구부는 2003년 05월말에도 24명의 선수 중 10명이 훈련을 거부하고 집단 이탈했다.

미디어로 본 세상

김준현 감독은 17세부터 28세까지 대학생이나 프로 2년이내라는 가이드라인을 적극 활용하지 않았다. 이번 대표팀은 이정운(전남)을 제외하고 모두 대학생이었다. 프로팀과 선수 선발에 따른 잡음을 피한다는 이유였다. 하지만 능력 있는 프로 2군 선수들조차 아예 무시했다. 독불장군(식) 경영이었다.

김金 감독은 또 청소년(U-20)대표팀의 킬러였던 김동현(한양대, 현 오이타)을 아예 빼버렸다. 김동현은 지난해 아시아청소년선수권대회에서 총 4골을 뽑아내며 MVP에 올랐다. 올림픽대표로도 차출되었다. 어린 나이에 해외진출의 꿈까지 이뤘다. 金 감독의 평가에는 설득력이 없다.

이것은 곧 86 멕시코 월드컵 때 가장 컨디션이 좋았다는 조병득(GK)을 단 한 차례도 기용하지 않았던 김정남 당시 감독의 괘씸 죄(?)와도 무관치 않다. 대회가 시작되자 첫 경기부터 잘 풀릴 턱이 없었다. 태국(전)을 비롯해서 아일랜드(전), 이탈리아(전)에 이르기까지 개인기도 없는 선수들이 번번이 중앙돌파만 고집했다.

전문 킬러가 없으면 다른 방법을 찾아야 했다. 특히 이탈리아(전)에서의 조민혁(GK·홍익대)은 상황판단능력마저 없었다.

가만 놔두었으면 밖으로 흐르는 볼을 코엘류 감독과 정몽준 회장, 김호곤 올림픽(팀) 감독, 조중연 전무가 관전하고 있는 것을 의식, 한껏 멋을 부리다 자멸했다.

물론 몇몇 선수들도 마찬가지였다. 투지는 찾아볼 수 없었고 정신은 온통 다른 곳에 가 있었다. 협회도 이 과정에서 일조 했다. 감독 선발은 대학연맹에 위임했다. 형식적인 기술위원회 인준절차만 밟았다. 모든 권한을 김준현 감독에게 넘겨버렸다.

그러자 곧 주먹구구가 시작되었다. 선수들의 발인 버스와 운동장에서의 식수문제까지 불거져 나왔다. 청소년(U－17)대표팀의 실패는 기대가 컸기에 실망도 컸다. U－17대표팀은 지난해 아시아선수권대회 우승에 이어 러시아, 이탈리아 등에서 열린 국제친선대회에서 좋은 성적을 거뒀다.

선수들의 면면도 역대 최강이라는 평가를 얻었다. 이에 처음 대표팀을 맡은 윤덕여 감독의 지도자 경험 부족이 도마 위에 올랐었다. 그러나 두루뭉실 넘어갔다. 감독들이 국제경기 경험을 가질 수 있도록 협회가 배려해야 한다. 대회 때마다 감독이 바뀌면서 국제대회가 감독 실험대상으로 전락하고 있다. 학원축구가 무너지면 한국 축구의 미래는 뻔할 수밖에 없다.

협회와의 갈등으로 월드컵 4강의 주역들이 뿔뿔이 흩어진 지금, 연고주의 탈피가 가장 시급한 때가 아닌가 싶다. 원칙이 무너지면 변칙이 판을 친다. 변칙은 모래성일 뿐이다. 축구蹴球인들이 월드컵 4강 신화에 취해 흥청거릴 때가 아닌 것이다.

[2003년 08월 28일 세계일보]

미국 청소년(U−17)들 한국 엽전 갖고 놀기

2003년 08월 14일 밤 미국 청소년(U−17)축구팀이 한국 엽전을 갖고 재미있게 놀았다. 즉 장송곡이 울려 퍼진 후 벌어진 세계청소년(U−17)축구대회에서 한국팀을 마치 제기차기 하듯 하면서 6−1로 대승을 거둔 것이다.

윤덕여 한국 감독이 도대체 무엇을 어떻게 가르쳤는지 의심이 가는 순간이었다. 선수들은 투지를 찾아볼 수 없었고 감독의 전술 또한 의심이 갈 수밖에 없었다. 특히 양동현을 중앙에 포진시키고 90분 내내 우왕좌왕하는 모습은 정말 가관이었다.

엽전은 만인의 장난감

그래서 감독은 많은 정보와 실력을 보유해야 하는 것이다. 이날 미국 팀은 한국의 전술을 미리 파악하고 투지와 조직력으로 맞서 대승을 거둘 수 있었다. 결국 한국팀이 치욕적인 패배를 당한 것은 당연한 이치였다.

한국은 8월 14일 밤(한국시간) 핀란드 라티에서 벌어진 2003년 세계청소년선수권대회(U - 17)에서 현격한 실력 차를 보이며 미국에 1 - 6으로 완패했다. 청소년대회 5점차 패배는 지난 97년 말레이시아 청소년선수권대회(U - 20)에서 브라질에 3 - 10으로 패한 이래 가장 큰 스코어 차이다.

또 한국이 국제축구연맹(FIFA) 주최 공식경기에서 5골 차 대패를 당한 것은 지난 98년 프랑스월드컵 네덜란드와의 조별리그 경기에서 0 - 5로 패한 이후 처음이다. 1회 대회부터 이번 대회까지 한 번도 빠지지 않고 본선에 진출한 미국의 저력은 무서웠다. 미국은 개인기, 조직력, 투지 등 모든 면에서 한국보다 몇 수 위였다.

한국은 전반 11분 오웬스의 자살골로 앞서 나가 행운이 따르는 듯했다. 그러나 5분 뒤 미국의 14세 '축구신동'아두에게 동점골을 허용하면서 무너지기 시작했다. 미드필드 중앙에서 볼을 잡은 아두는 순식간에 한국의 강진욱, 백승민을 따돌린 후 골키퍼 차기석까지 제치고 골을 터뜨렸다.

미국은 전반 26분 코너킥 기회서 오웬스가 역전골을 터트렸고 후반 8분 왓슨, 30분 카프만, 43분과 46분 프레디 아두가 릴레이 골을 추가하며 한국에 씻지 못할 치욕을 안겼다. 이로써 아두는 해트트릭도 기록했다.

한국은 첫 경기서 패한데다 골 득실차에서 '- 5'가 돼 2003년 08월 17일 오후 11시 30분 벌어지는 D조 최강팀 스페인과의 2차(전)이 더욱 버겁게 됐다. 아무튼 윤덕여 감독 만세였다. 스페인(전)에서 또다시 개망신을 떨지도 모르고, 엽전은 만인의 장난감이기 때문이다.

[2003년 08월 14일 청소년축구를 지켜보며]

미디어로 본 세상

오! Peace Korea!

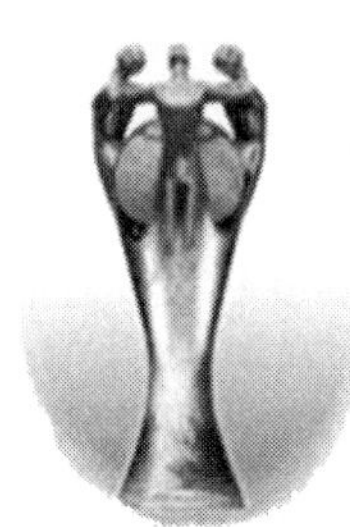

동그라미 속에는 여러 가지 얼굴이 있다. 꿈과 희망의 얼굴이 있고 사랑의 얼굴이 있고 동안의 얼굴도 있다. 동그란 얼굴에는 또 영롱한 눈빛이 있다.

그 눈빛 속에는 지혜가 있고 동심원이 있고 평화도 있다. 그래서 축구공은 사랑의 대명사요 평화의 상징이기도 하다. 그런 메시지를 담은 2003 Peace Cup Korea 대회가 이제 아인트호벤(또는 올림피크 리옹)의 우승으로 대단원의 막을 내렸다.

금년 처음 열린 2003 Peace Cup Korea 대회는 여러 가지 측면에서 시사하는 바가 크다. 우선 A매치가 아닌 클럽대항전이었음에도 10% 이상의 시청률을 유지했다. 특히 2003년 07월 17일 열렸던 성남－카이저 치프스(전)은 15.9%나 되었다. 실제로 방송사가 A매치를 중계할 경우 15~30% 정도의 시청률이 나온다. 그러나 K－리그 중계는 불과 5%를 겉돌 뿐이다.

그런데도 Peace Cup Korea 대회는 큰 관심을 불러일으켰고 축구토토 역시 11억 원의 매출액을 기록했다. 또 최근 엠파스가 발표한 인기

검색檢索 어語에서는 Peace Cup Korea란 단어가 8위를 기록했다. Peace Cup Korea가 축구 팬들에게 좋은 반응을 얻었다는 얘기다.

두 번째가 부패와 경제침체에 찌들어 있는 서민들에게 그나마 위안거리가 되었다. 축구 꿈나무들에게는 또 세계적인 선수들을 접할 수 있는 기회를 주었다. 2002 월드컵 4강 신화와 마찬가지로 한국축구에 새로운 활력소를 불어넣었다.

세 번째가 대회규모와 상금 면에서의 우수성이다. 도요타 컵은 유럽과 남미의 클럽챔피언간에 승자를 가리는 단판 승부이다. 그래서 아기자기한 맛이 없다. 북중미 골드 컵은 북중미와 카리브해 연안 국가 외에 타 지역에서 초청된 몇몇 나라가 우승컵을 놓고 격돌하는 국가대항전이다.

대회의 규모나 질이 Peace Cup Korea보다 높지 않을 수밖에 없다. 우승 상금만 해도 Peace Cup Korea가 200만 달러인 반면 골드 컵은 15만 달러, 도요타 컵은 100만 달러 수준이다. Peace Cup Korea는 또 팀마다 따로 출전개런티를 지급한다.

따라서 전체 상금 규모는 1,000만 달러이고 운영예산도 1,600만 달러에 이른다. FIFA가 주관하는 컨페더레이션스컵의 상금 규모가 1,000만 달러 내외인 점에 비춰보면 Peace Cup Korea의 대회 규모를 대충 짐작할 수 있다.

Peace Cup Korea 대회는 클럽 축구의 묘미를 일깨워준 의미 있는 대회였다. 비록 성남 일화가 결승전에는 오르지 못했지만 대견하다는 생각이다. 만일 PSV 아인트호벤과 결승에서 만나 우승했다면 히딩크 감독에 대한 오해(?)의 소지도 싹 씻어버렸을 것이다.

한국의 레알 마드리드로 불리는 성남이 지난 2001년과 2002년 K—

미디어로 본 세상

리그 2연패를 달성하면서 한국 프로축구의 강자로 군림했지만, 히딩
크 감독으로부터 철저히 외면당했었기 때문이다.

2002년 월드컵 때는 전국이 붉은 물결을 이루면서 '오! 필승 코리
아!'로 메아리 쳤다. 그것을 본 어떤 할머니는 발음이 제대로 안돼 '오!
미스 코리아!'로 외쳤다. 금년에는 또 '오! 피스 코리아!' 의 열기가 한
반도 전체를 수놓았다. 이 Peace Cup Korea의 열기가 K − 리그로 이어
지기를 바랄 뿐이다.

축구공은 사랑의 마술사요 평화의 전도사이기도 하다. 경제침체 뿐
아니라 '단심가'와 '하여가'가 뒤죽박죽 된 요즘, 바둑판을 수놓은 듯
한 Peace Cup Korea가 그래서 신선한 것 같다. 축구공에는 유니세프의
마력이 있고 유체역학의 마력이 있고, 한민족 특유의 동심원 마력도
있기 때문이다.

[2003년 Peace Cup Korea 대회를 지켜보며]

백록기는 축구스타 산실

동그란 얼굴에는 영롱한 눈빛이 있다. 그 눈빛 속에는 지혜가 있고 사랑이 있고 동심원도 있다. 그래서 사랑은 동그라미요 축구공 역시 사랑의 대명사다. 그런 뜻에서 백록기에 참가하는 모든 선수들에게 몇 가지를 당부하고자 한다.

★세상에 공짜는 없다

그 첫 번째는 우선 축구에 미쳐야 한다. 2003년 03월 천안교 화재사고 당시 수많은 사람들이 운동선수도 공부가 우선이라고 했다. 허나, 그것은 말 잔치에 불과할 뿐 설득력이 없다. 우리의 교육정책이 만물박사를 원하고 있지만 그렇게 되면 곧 도태되고 만다. 경쟁력이 없기 때문이다.

재주 많은 사람이 끼니 걱정하는 것이나, 한일어업협정 같은 외교정책 실패도 이와 무관치 않다. 어느 분야 건 세계적인 스타들은 그 분야에 미쳤기 때문에 성공할 수 있었다. 즉, 세상에는 공짜가 없다는 것을 빨리 깨우쳐야 한다.

두 번째가 실패를 두려워하지 말아야 한다. 문제아일수록 욕을 많이 먹고 시행착오가 있게 마련이다. 하지만 이런 사람들이 나중에는 꼭 성공하게 된다. 개성이 강한 이천수나 최성국, 안정환 고종수 등이 모두 이런 과정을 거쳤다. '실패는 끝이 아니다. 그러나 포기하는 순간 모든 것은 끝이 난다.' 인디언들의 속담이다.

세 번째가 자신의 주특기 개발이다. 최성국(20·울산)의 현란한 드리블에 독일인 가겔만 주심(35·현재 K-리그 파견)이 혀를 내두른다. 이천수의 총알 같은 스피드와 재치에 팬들은 마냥 즐겁기만 하다. 이을용과 하석주, 고종수의 왼발 슛에 팬들은 넋을 잃는다. 제주도가 낳은 월드컵 스타 최진철(32·전북)의 듬직한 수비에 팬들의 가슴은 뿌듯하기만 하다. 이들 모두가 자신만의 노하우가 있기 때문이다.

64년 도쿄 올림픽 때 유일하게 골(체코 1-6 패)을 넣었던 이이우 선수는 9.15m의 원 안에 닭을 풀어놓고 드리블훈련을 했다. 60년대 아시아 최고의 스타 가마모토 선수는 달리는 버스 안에서 두 다리로 버텼다. 중심 잡기 훈련이었다. 차두리(23·빌레펠트)처럼 개인기와 몸싸움에 약한 선수들이 참고할 일이다.

네 번째가 목표설정과 송곳 이론이다. 성공한 사람들 대부분은 뚜렷한 목표를 정하고 생각을 많이 한다. 생각은 행동의 변화와 함께 자신의 운명을 바꿔준다. 어차피 성공과 실패의 차이는 자신과의 싸움에서 이뤄진다. 먼 훗날 세계적인 스타가 되는 것도, 조기축구대회에서 영웅이 되는 것도 다 자신의 몫이다.

백록기는 스타 등용문

안정환과 설기현의 '눈물 젖은 빵', 톡톡 튀는 이천수와 최성국의 '끼', 자신감에 펄펄 나는 이영표와 송종국의 '영롱한 땀방울', 아시아의 호랑이로 천하를 호령했던 이회택의 '배짱', 부처님 손바닥을 들여다보듯 수비에 임했던 김호의 '여유', 분데스리가에서 맹위를 떨쳤던 '갈색 폭격기' 차범근의 근면 성실성, 갈기머리로 그라운드를 누비며 아시아의 삼손으로 불렸던 김주성의 '독기', 영원한 맏형 홍명보의 '파워'등 어느 누구도 흉내 낼 수 없는 개성이 있기에 그들은 성공했고 존경의 대상이다.

백록기는 세계스타의 등용문이다. 이제 백록기의 팡파르가 울려 퍼지면 또다시 이천수나 설기현, 송종국, 박지성, 이영표 같은 대어급 선수들이 무더기로 배출된다. 백록담의 힘찬 정기가 수많은 스타들을 배출, 태극전사들의 숨소리가 전세계에서 들려오기를 기대해 본다.

[2003년 07월 10일 제주도 제민일보 특별기고]

미디어로 본 세상

축구선수와 몸싸움

2003년 06월 18일. 서울 모某호텔에서 차범근씨의 50회 생일축하 파티가 열렸다. 차두리의 귀국과 A매치 일정 탓에 원래 생일(05월 22일)보다 한 달 늦게 열린 파티였다. 이 자리에서 차두리는 아버지를 향해 존경의 눈물을 쏟았다. 아버지가 얼마나 위대한 인물인지를 독일에서 직접 체험했기 때문이다.

어린 시절 그는 꼭 아버지보다 위대한 선수가 되겠다고 생각했다. 그러나 독일에 진출한 뒤 그것이 얼마나 어려운 것인지를 깨닫게 되었다. 특히 거친 프로무대에서 나름대로 잘해보려고 노력했지만 뜻대로 되지 않았다. '차범근의 아들'이라는 주위의 시선과 관심 때문에 늘 부담이 되었다며 눈시울을 붉혔다.

차두리 체구에 비해 몸싸움 약해

차두리는 이천수나 안정환, 최성국, 이영표에 비해 몸매가 좋다. 스피드와 파워를 중시하는 유럽축구에 딱 맞는 조건이다. 그런데도 이상하게 몸싸움에는 약하다. 그 체구에 몸싸움에 밀리고 잘 넘어진다. 왜 그럴까. 차두리는 몸싸움을 할 때 손을 거의 안 쓴다. 주먹을 오므리고 주먹이 몸 안쪽으로 굽어져 있다. 그 상태에서 어깨 싸움이 고작이다.

이때 상대가 손으로 허리를 밀치거나 옷을 잡아당기거나 등을 짚으면 곧 몸의 중심을 잃고 쓰러진다. 그래도 책임감은 있어 공을 찾느라 허둥댄다. 이에 반해 이영표나 안정환, 이천수는 몸이 왜소해도 몸싸움에는 강하다. 체구가 작은 남미 선수들이 대표적인 예다.

이들은 손바닥이나 손가락으로 상대 선수의 옷을 잡아당겨 자기 몸의 중심을 잡는다. 특히 손가락과 손바닥으로 가속도 조절과 작용·반작용의 법칙을 이용한다. 차범근 씨도 선수시절에는 손가락이나 손바닥을 자주 이용했다. 상대의 가슴을 밀거나 허리를 밀어 몸의 균형을 깨트렸다.

또 상대의 유니폼을 잡았다 몸의 중심이 잡히면 얼른 놓아주었다. 이렇듯 그는 페어플레이를 펼치면서도 몸싸움과 반칙의 전문가였다. 물론 이런 것들은 다 반칙이다. 그러나 실제 게임에서는 이 정도의 반칙은 통용되는 수가 많다. 현대축구에서 이런 것들을 다 제재한다면 유치원축구로 변할 수 있기 때문이다.

홍명보나 안정환도 예전에는 몸싸움에 무척 약했다. 그래서 박종환 감독은 홍명보를 공격형 미드필더로 기용하지 않고 이 약점을 중점 지도했다. 안정환도 이탈리아에 가서 이 부분을 많이 보강해 왔다. 이영표나 송종국, 박지성, 이천수가 몸싸움에 약하지 않은 것도 다 히딩크 감독의 탁월한 지도력 덕분이었다.

축구에서 전문기술을 배우는 방법은 여러 가지가 있다. 왼발을 못 쓰는 선수는 우측 축구화를 벗기고 훈련시키면 된다. 손가락이나 손바닥을 안 쓰는 선수는 무거운 빨래를 널거나 걷기를 반복시키면 된다. 몸의 중심 잡기 훈련은 맨발로 연습시키면 된다. 아프리카 선수들의 몸이 유연한 것도 이와 무관치 않다.

미디어로 본 세상

요즘은 돈이 있거나 아버지의 힘이 있어야 실업자 신세를 면하는 세
상이다. 그만큼 세상이 각박해졌고 힘의 논리가 통하기 때문이다. 든
든한 아버지가 있는 차두리가 더 이상 '미완의 대가'로 남지 않기를 바
란다.

[2003년 07월 18일 강원도민일보]

차두리는 아직 미완성 작품

2003년 03월 06일. 한국 대표팀이 우루과이(전)에서 0 - 2로 완패했다. 경기 전부터 붉은 악마들의 성원은 하늘을 찌를 듯 했다. 그러나 경기 초반에만 반짝했던 태극전사들은 역습작전에 말리며 고전을 면치 못했다. 한국은 전반 초반 설기현의 적극적인 측면돌파를 시작으로 경기의 주도권을 잡는 듯 했다. 그러나 차두리의 매끄럽지 못한 플레이가 팀웍을 망치면서 끝내 무너지고 말았다.

한국팀은 전반 13분 우루과이의 공격수 오르노소에게 기습적인 선취골을 허용했다. 지난 4월 16일 한일전에서 조병국의 실수가 또 다시 재현된 것이었다. 이후 한국은 전열을 가다듬고 우루과이를 몰아 부치는 듯 했다. 그러나 후반 8분 우루과이의 기습공격에 또 다시 무너지며 아브레우에게 두 번째 골을 허용했다. 상암 경기장이 대표팀의 무덤(1승 4패)이라는 것을 또 다시 증명했다.

비록 차두리(23 · 빌레펠트)가 유럽무대에서 뛰고는 있지만, 그는 박종환 감독(대구 FC)이 말했던 것처럼 기본기도 갖추지 못한 선수이다. 주니어대표는 물론 청소년대표, 대학선발, 상비군에도 선발되지 못했기 때문이다. 한국 감독들이 왜 그를 안 썼는지 생각게 하는 부분

미디어로 본 세상

이다.

차두리는 2003년 05월 31일 한일韓日전과 이번 6월 8일 우루과이戰에서 '레일 플레이'를 펼쳤다. 위치선정을 제대로 못해 레일 위를 왔다 갔다하는 '기차 꼴'이었다. 즉 상황판단능력이나 위기대처능력, 슈팅력에서도 문제를 드러냈다.

그는 축구의 기본인 3S(Speed, Stamina, Spirit)와 3B(Ball control, Brain, Body balance)는 물론, 3C(Concentration, Control, Confidence)도 찾아볼 수가 없다. 역경을 헤쳐본 경험이 없기 때문이다.

세계최고가 되기 위해서는 내가 무엇을 어떻게 해야 하는지를 알아야 한다. 특히 구기종목 선수라면 공의 낙하지점 포착은 기본이다. 그런데도 부상을 염려해서인지 공중 볼 다툼에는 몸을 움츠리기 예사였다.

이에 독일 언론은 차두리를 가리켜 "수준 미달"이라고 평가절하 했다. 독일의 축구 전문지 「키커」는 2003년 5월 5일 '차두리가 한·일 월드컵 이후 준비 없이 분데스리가에 와서 그다지 인상적인 모습을 보이지 못한다'며 '앞으로 많은 걸 배워야 하고 자칫 분데스리가에 적응하지 못할 수도 있다'고 혹평했다.

또한 「키커」는 차두리에 대해 '2003년 01월 25일 브레멘戰에서 데뷔 골을 넣은 뒤에는 별로 팀에 기여하지 못하고 있다'고 했다. 코엘류 감독은 경기 후 "차두리를 풀타임 기용한 이유가 무엇인가?"라는 기자들의 질문에, 5명의 선수를 이미 교체했기 때문이라고 답했다.

궁색한 변명이었다. 기량이 부족한 선수가 있으면 그 팀웍은 망가진다. 감독이 그것을 몰랐다면 정말 유감이다. 아울러 최용수는 기량이 뛰어난 선수임에도 태극마크만 달았다하면 꼭 죽을 쑨다. 골을 넣어야 하겠다는 욕심에 눈이 세모꼴로 변하면서 표정이 굳어지기 때문이다.

그러나 훌륭한 고수는 늘 표정이 부드러우면서 여유가 있다. 그래서 게임자체를 즐기라고 가르치고 있다. 한국이 우루과이에게 패하자 방송 캐스터와 해설가는 히딩크도 초창기에 별명이 오대영(5 - 0)이었다고 궁색한 변명을 늘어놓았다. 믿었던 코엘류(호)가 침몰해서지 영 입맛이 쓰다.

[2003년 06월 11일 강원도민일보]

젊음을 흔든 축구공의 마력

70cm · 450g · 1기압의 축구공에는 마력이 있다. 축구황제 펠레의 유니세프 마력이 있고, 킥의 마술사 카를로스의 유체역학 마력도 있다.

그러나 월드컵 4강 신화를 일궈낸 한민족 특유의 동심원 마력이 최고일 것이다.

이런 마력에 나는 푹 빠져들었다. 초등학교 선수시절에는 검정 운동화를 신고 뛰었다. 당시 이 운동화는 최고의 축구화였다. 허나 그것도 잠시 뿐, 중학교 시절에는 월사금月謝金을 못내 교문에서 쫓겨나기 일쑤였다. 어머니는 그때마다 유복자遺腹子인 나를 외면하셨다. 3남매를 키우기가 너무 벅찬 모양이었다. 어머니는 스물일곱에 홀로 되셨다. 축구에 대한 꿈을 버려야 함은 당연했다.

축구공은 사랑의 마술사

대학입시에 네 번이나 낙방하였다. 서울대에 다니던 형과 누나 보기가 민망했다. 어머니는 그래도 아무 표정이 없었다. 결국 '내 머리는 자갈'이라고 단정, 군에 입대했다. 그 후 남들이 꺼려하는 부대를 자원했다. 원주 1군 하사관학교와 전방 수색대였다. 고난과 역경을 극복하고 체력을 다지기에는 최고였다.

국방부 시계가 3년을 돌아갔다. 개구리 옷을 입었으나 오갈 곳이 없었다. 결국 공무원을 선택할 수밖에 없었다. 당시 공무원과 교사는 열악한 직업이었다. 법조계는 판·검사가, 교육계는 선생님이 꽃이다. 대학은 물론 교수사회이다. 대학으로 오자 목표를 다시 정했다. 맹모삼천의 지혜로 교수들에게 눈높이를 맞췄다. 머리는 자갈이지만 콘크리트 바위가 되자고 결심했다.

4수修의 오기로 꾸준히 매달렸다. 방송통신대에 입학하고 축구심판 자격증을 취득했다. 생활축구를 거쳐 공식대회 심판이 됐다. 생활축구 심판은 힘세고 목청만 크면 별 문제가 없었다.

그러나 공식대회는 달랐다. 첫 배정은 초등학생 경기였고 부심이었다. 군사분계선을 넘나들던 내 다리가 후들거렸다. 이상한 일이었다. 가끔 깃발을 반대로 들자 주심은 계속 눈총을 보냈다. 이론과 행동에 엇박자가 나고 있었다.

축구화 앞창 벌어진 아이 지금도 못 잊어

이렇게 시작된 심판은 잊을 수 없는 일들도 만들어냈다. 그 첫 번째가 초등학교 경기에서였다. 주심으로 배정됐기에 선수들의 장비검사를 시작했다. 그런데 한 선수가 발을 뒤로 감추고 있었다. 이상한 예감이 들었다. 강제로 발을 잡아당겨 축구화를 보았다. 벌어진 앞창이 끈으로 묶여져 있었다.

녀석의 눈에는 눈물이 글썽했다. 그때 투박한 사투리가 들려왔다.

미디어로 본 세상

"쟈네 어무이는 여, 시장에서 야채 팔아여. 무지 가난해여…!" 탄광촌에서 어렵게 운동한 아이들이었다. 정식 선수가 아닌 이들을 선생님들이 주머니를 털어 출전시킨 것이었다. 경기에 패한 아이들은 운동장에 주저앉아 울었다. 선생님들도 함께 울고 있었다.

두 번째가 고등학교 결승전에서였다. 결승전답게 양 팀의 응원과 열기는 불을 뿜었다. 전·후반을 통해 한 골씩 주고받자 곧 연장전에 들어갔다. 연장 후반에 들어서자 쥐가 난 선수들이 곳곳에서 뒹굴었다. 주심이었던 나는 곧 경기를 중단시켰다. 이게 화근이었다. 쥐가 난 선수들은 체력관리를 못한 자신의 책임이었다. 주심은 경기를 계속 진행시켰어야 옳았다. 쥐구멍의 참뜻을 그때 알았다.

세 번째가 도민체전에서였다. 양 팀은 시청소속 공무원들이었다. 한일전과 마찬가지로 자존심 싸움이었다. 경기 초반부터 태권축구가 시작되었다. 구두경고를 수없이 주었건만 막무가내였다. 드디어 내 옐로카드와 레드카드가 춤을 추기 시작했다. 원칙이 변칙에 무너지는 악몽의 순간이었다.

사마천의 사기열전 백이편도 모르는 내가 바보였다. 그렇다고 축구를 포기할 수는 없었다. 방송대 국문학과를 졸업하자 대학원 체육과에 등록했다. 월간축구 '한마디 코너'도 맡았다. 신문에 기고도 하고 집필을 시작했다. 첫 작품은 「SOCCER」였고 수필집과 소설을 계속 출간했다. 축구전공서인 「420가지 축구이야기」, 「재미있는 축구이야기」, 「축구산책」 등이 나오자 신문사와 잡지사, 방송국에서도 관심을 보였다.

98년 5월, 국내 최초로 아파트단지별 클럽대항어린이축구대회를 열었다. 콘크리트 벽에 갇힌 아이들을 끌어내기 위해서였다. 우선 아파트단지별로 클럽을 만들어 10개 팀을 등록시켰다. 그 10개 팀을 매주 토요일과 일요일 풀 리그로 이어갔다.

감독과 코치가 생기고 부모들의 관심이 높아졌다. 아이들은 '아파트 대표선수'라는 자부심을 가졌다. 참을성과 단체 생활하는 법도 배웠다. 부모와 자식 간에 대화의 장이 열렸다. 부부간의 정과 이웃 간의 정도 깊어졌다. 목이 터져라 응원하면서 자장면 파티도 열었다.

아내의 예금통장 부서지는 소리가 막 들렸다. 내 아내는 닭띠이다. 그것도 삼복더위 닭띠라 졸기도 잘한다. 그런데 통장 부서지는 소리가 들리니 가만히 있을 턱이 없었다. 급기야 눈이 세모꼴로 변하더니 고양이 발톱을 세우기 시작했다.

그렇지만 축구공의 마력에 빠져 보낸 젊음이 결코 아쉽지 않다. 해님과 달님이 어린 새싹을 지켜보듯, 또 다른 작품을 준비하고 있기 때문이다.

[대한축구협회 발행 축구가족 2003년 05월號 – 내 인생의 축구]

축구 '헝그리 정신'이 없다

안정환과 설기현, 고종수와 이동국. 이름만 들어도 누구나 다 좋아하는 한국축구의 대들보들이다. 그리고 팬들에게 무언가 친근감을 느끼게 하는 미남 선수들로서 청소년들의 우상이기도 하다. 그러나 이들에겐 축구를 잘한다는 공통분모가 있는 반면, 스타일은 저마다 제 각각이다. 서로의 성장배경과 가치관이 다르기 때문이다.

우선 안정환과 설기현, 고종수는 '장발장의 빵'과 '눈물 젖은 빵'을 먹어오면서 땀(노력)과 피(열정)와 눈물(의지)이 어떤 것인지를 잘 아는 선수들이다. 그런 반면 이동국은 주변에서 베풀어주는 '사랑과 격려의 빵'만 먹어왔기 때문에 이들이 경기하는 모습을 보면 가끔 그에 따른 스타일이 나온다.

먼저 안정환과 설기현은 경기도중 장난 끼가 없다. 프로는 자신과의 싸움이라는 것을 알고 있기에 호랑이가 토끼를 잡을 때처럼 어느 경기에서나 최선을 다한다. 허나 고종수와 이동국은 가끔 이름에 걸맞지 않는 플레이를 해서 코칭스태프와 팬들을 의아하게도 만든다.

아직 프로가 무엇인지를 제대로 알지 못해 가끔 장난 끼가 나오고 세상 사는데 꼭 필요한 상대의 '눈빛 읽기'를 잘 모르기 때문이 아닐까 싶다. 아마 그래서 고종수 선수가 대표팀에서 제외되었는지도 모른다.

'타고난 천재'가 아니라 '만들어진 작품'인 안정환은 '가난'과 '어머니의 눈물'로 빚어진 '코리아의 청자'이다. 무녀독남인 그는 네 살 때 아버지를 여의고 지금껏 어머니와 단둘이서 살아왔다. 하지만 어머니가 하는 일마다 실패하고 빚쟁이들에게 들볶이는 것을 보면서 피와 땀과 눈물이 진정 무엇인지를 알았고, 그래서 늘 어려울 때마다 어머니를 떠올리곤 한다.

설기현도 안정환과 마찬가지로 아버지에 대한 기억이 거의 없다. 그가 열 살 때 아버지가 세상을 떠나셨기 때문이지만 그의 어머니는 모진 풍파와 억척스럽게 싸워가며 4형제를 하나도 구김살 없이 반듯하게 키웠다. 4형제 중 둘째인 설기현에게 있어 어머니는 그야말로 구세주다.

운동하는 둘째 아들을 위해 몸에 좋다는 개소주를 비롯해 보약이라는 보약은 다 구해 먹었고, 요즈음도 원정경기를 떠나는 설기현의 운동가방에는 한국에서 어머니가 정성껏 달여 주신 개소주가 어김없이 담겨져 있다.

고종수와 이동국은 이들에 비해 그래도 행복한 편이다. 무엇보다 부모가 다 계시기 때문이지만, 고종수는 예전의 헝그리 정신이 다 어디로 갔는지 찾아보기 힘들다. 그래서인지 프로선수에게 꼭 필요한 근성도 예전만큼 못하고 체력도 급격히 떨어지는 것 같아 너무 안쓰럽다.

이동국은 그야말로 혜성같이 등장한 대형 스트라이커였다. 그야말로 차범근—최순호—황선홍을 잇는 대형스타가 탄생했다며 온 매스컴과 축구 팬들을 흥분시켰다. 하지만 날이 갈수록 몸싸움을 싫어하고 파워가 부족한데다 체력마저 급격히 떨어지는 단점까지 노출하고 있다. 이는 유복한 가정에서 사랑만 받아왔지 '장발장의 빵'이나 '눈물 젖은 빵'을 먹어본 적이 없기 때문이 아닐까 싶다.

아무튼 프로는 '헝그리 정신'이 있어야 성공할 수 있기에 대표팀에서 탈락한 고종수와 해외진출이 무산된 이동국이 다시 한 번 세계로 뻗어나가기를 바랄 뿐이다. 그러할 때 한국축구도 함께 발전할 수 있기 때문이다.

[2001년 08월 25일 강원도민일보]

금강대기에 바란다

축구가 무척 단순한 운동 같아 보이지만 실은 그렇지 않다. 기본기와 순발력을 갖춘 프로기사처럼 끈기와 근성도 갖춰야 하기 때문이다. 그런 의미에서 금강대기에 참가하는 모든 선수들에게 몇 가지를 당부하고자 한다.

세상에 공짜는 없다

그 첫 번째는 자기가 좋아하는 분야에 미쳐야 한다. 축구선수라면 당연히 밥그릇이 축구공으로 보여야 한다. 발명왕 에디슨은 실험에 미쳐 열차에서 불까지 냈다. 피아노의 거장 루빈스타인은 하루 여섯 시간 이상을 연습에 몰두했다. 축구황제 펠레도 축구에 미쳤기 때문에 세계적인 스타가 되었다. 즉, 세상에는 공짜가 없고 그 분야에 미친 사람만이 성공할 수 있다.

두 번째가 실패를 두려워하지 말아야 한다. 문제아일수록 욕을 많이 먹고 시행착오가 있게 마련이다. 하지만 언젠가는 이들이 큰 인물로 성장하게 된다. 끼가 많은 고종수나 이천수, 최성국 등도 모두 이 과정을 거쳤다.

미디어로 본 세상

세 번째가 자신의 주특기 개발이다. LA다저스가 제구력이 없는 박찬호의 강속구를 계약금 100만 달러에 스카우트, 세계적인 선수로 키웠다. 기술은 가르칠 수 있어도 스피드는 가르칠 수 없다는 논리였다. 차두리 역시 뛰어난 스피드와 체력이 인정돼 독일 분데스리가(빌레펠트)에서 활약하고 있다. 물론 부모의 뒷바라지도 무시할 수 없다.

네 번째가 목표설정과 송곳 이론이다. 성공한 사람들 대부분은 뚜렷한 목표를 정하고 생각을 많이 한다. 생각은 행동의 변화와 함께 자신의 운명을 바꿔준다. 어차피 성공과 실패의 차이는 자신과의 싸움에서 이뤄진다.

금강대기는 스타 등용문

안정환과 설기현의 '눈물 젖은 빵', 톡톡 튀는 이천수와 최성국의 '끼' 자신감에 펄펄 나는 이영표와 송종국의 '영롱한 땀방울', 아시아의 호랑이로 천하를 호령했던 이회택의 '배짱', 부처님 손바닥을 들여다보듯 수비에 임했던 김 호의 '여유', 분데스리가에서 맹위를 떨쳤던 '갈색 폭격기'차범근의 근면 성실성, 갈기머리로 그라운드를 누비며 아시아의 삼손으로 불렸던 김주성의 '독기', 영원한 맏형 홍명보의 '파워' 등, 어느 누구도 흉내 낼 수 없는 개성이 있기에 그들은 성공했고 존경의 대상이다.

마지막으로 전문가가 되어야 한다. 우리의 교육정책이 만물박사를 원하고 있지만, 그렇게 되면 곧 도태되고 만다. 경쟁력이 없기 때문이다. 금강대기는 세계스타의 등용문이다. 이제 금강대기의 팡파르가 울려 퍼지면 또다시 설기현이나 송종국, 박지성, 이천수 같은 대어급 선수들이 배출된다. 금강의 힘찬 정기가 구도 강릉을 돌고 돌아 전 세계로 퍼져나가기를 기대해 본다.

[2003년 05월 07일 강원도민일보]

미디어로 본 세상

무덤 속에서 경 읽기 이제 그만

산들바람이 월드컵경기장에서 하늘거린다. 프로축구선수들의 거친 숨소리가 터져 나온다. 관중들의 함성이 이를 삼켜버린다. 아이들은 또 제2의 안정환이나 송종국이 되고자 눈망울을 반짝인다. 월드컵 4강 신화가 가져온 멋진 결과이다.

그런 아이들이 태극전사의 꿈을 안고 저 세상으로 갔다. 경기도 화성 씨랜드 참사 때와 마찬가지로 허무하게 당했다. 어른들이 무관심해서 그렇게 만들었다. 바로 천안초등학교 축구부 합숙소 화재사고 얘기다. 대구지하철 방화참사에 이어 또 터졌으니 사고공화국이 맞긴 맞는 모양이다.

사고가 나자 전문가들은 한마디씩하고 있다. "축구선진국, 훈련보다 공부 더 중시", "공부하고 운동하자", "초등생 합숙훈련 꼭 해야하나", "성적위주 학원스포츠 구조개혁 당연" 등등이다. 물론 다 맞는 말이지만 꼭 그런 것만도 아니다. 현실이 공부와 운동을 병행할 수 없기 때문이다.

사람은 자기가 좋아하는 분야에 미칠 때 성공하기 마련이다. 발명왕 에디슨은 실험에 미쳐 열차에서 불까지 냈다. 피아노의 거장 루빈스타인은 하루 여섯 시간 이상을 피아노에 미쳐 있었다. 축구황제 펠레나 마라도나도 축구에 미쳤기 때문에 세계적인 인물이 되었다. 운동에 미친 아이들이 공부가 눈에 들어 올 턱이 없다. 그래서 한 가지는 버려야 한다는 얘기다.

결국 열악한 교육환경과 무관심한 지도자들이 문제다. 교장은 상급기관에서 육성종목으로 지정했으니 싫어도 '울며 겨자 먹기 식'이다. 지도자는 성적이 나쁘면 잘릴 판이니 스파르타식이다. 승리를 위해선 심판도 만나야 하고 스카웃도 해야 한다. 그래서 자리도 비우고 술도 마신다.

그러나 대구FC 하성준 코치는 전혀 달랐다. 춘천고 감독 시절 그는 심판을 만나지 않았다. 감독의 평가는 성적이 말해준다는 철학 때문이었다. 훈련을 할 때도 선수들과 똑 같이 뛰었다. 합숙소도 거의 떠나지 않았다. 선수들이 있는 곳에는 늘 그가 있었다. 불같은 성격의 박종환 감독이 그를 사랑하는 이유를 알만 했다.

우리의 학원스포츠는 대부분 학부모들이 이끌어 간다. 일반학생들이 특기적성교육이나 자율학습을 하듯 운동선수들도 스포츠과외를 한다. '족집게 과외'처럼 뭉치 돈은 아니지만 쌈지 돈이 야금야금 들어 간다.

합숙소비와 대회출전비, 전지훈련비에 코치월급까지 부담한다. 간식과 회식, 유니폼과 장비구입비도 추가된다. 요즘은 또 동계훈련을 동남아 쪽으로 떠나니 그 경비도 만만치 않다. 매달 수십만 원에서 많게는 수백만 원을 내야하니 학부모들의 허리는 휘청거린다. 이렇게 했는데도 그들은 자식의 영정 앞에서 오열하고 있다. 허무한 일이 아닐 수 없다.

미디어로 본 세상

우리는 사고가 날 때마다 '무덤 속에서 경 읽기'만 한다. 그러나 대부분의 운동부 합숙소는 컨테이너 건물들이다. 물론 무허가 건물들이지만 그 속에서 수많은 태극전사들도 나왔다. 오죽하면 그런 곳에서 숙식을 하며 운동을 하겠는가. 이참에 월드컵 이익금부터 학원축구에다 쏟아 부었으면 어떨까 싶다. 꿈도 펼쳐보지 못하고 하늘나라로 간 어린 넋들의 명복을 빈다.

[2003년 05월 07일 강원도민일보]

'유·소년 축구' 꽃피우자

월드컵 4강 신화 열기를 어떻게 축구발전으로 이어가고, 계속 한국 축구의 희망을 쏘아 올릴 수 있을까. 축구관계자뿐 아니라 온 국민의 관심사일 것이다. 그에 대한 답은 의외로 단순하다.

프로축구연맹에서 발표한 1회성 K-리그 유·소년클럽대회 개최나 지방자치단체에서 내놓은 유치원 팀 만들기, 축구팀 창단 등 생색내기용에 있는 것이 아니라 1년 내내 아이들이 즐길 수 있는 축구대회를 열어주는 것이다.

1970년대부터 우후죽순처럼 솟아나기 시작한 아파트는 이미 만인의 삶의 터전이 된지 오래다. 하지만 흙과 물을 접할 수 없는 아파트단지의 환경은 아이들의 인성 교육에 많은 지장을 초래해 온 것도 사실이다.

특히 콘크리트 안에 갇힌 아이들은 부모들의 과보호 속에 컴퓨터오락이나 좇는 등 마땅한 놀이문화가 없다. 따라서 이들을 집밖으로 끌어내는 것은 결국 어른들의 몫이다. 그러기 위해서는 1년 내내 아이들이 즐길 수 있는 놀이문화를 만들어주는 것이다.

98년 1년 동안 나는 아파트 어린이축구대회를 실험적으로 운영한

바 있다. 아파트단지별로 클럽을 만들어 10개 팀을 등록시켰고, 그 10개 팀을 매주 토요일과 일요일 풀 리그로 경기를 진행시켰다. 그러자 자연히 감독과 코치가 생기고 부모들의 관심이 높아지면서 아이들은 아이들대로 '아파트 대표선수'라는 자부심이 생겨났다.

한 달이 지나고 대회가 무르익자 무관심과 반목, 질시로 이어지던 아파트 문화가 바뀌면서 자연스럽게 이웃과 어울렸고 경기가 열리는 날이면 빵과 음료수, 김밥, 얼음물 등을 아이들에게 먹이면서 목이 터져라 응원했다. 아이들은 때론 후보선수로 남으면서 참는 법을 배웠고 팀 동료들과 한데 어울려 단체 생활하는 법도 배웠다.

이렇듯 세월이 흐르자 부모와 자식 간, 이웃과 이웃 간 동심원을 그려나갔고 누가 시키지 않아도 아이들에게 자장면을 나눠 먹이면서 흐뭇해했다. 어쩌다 폭우가 쏟아져 경기가 취소되면 아이들과 부모들은 하늘을 원망하는 경우도 있었으니 축구를 소재로 이야기꽃을 피워나갔다. 부부싸움이나 가정불화, 이웃 간 반목은 생길 틈이 없었다.

히딩크가 인터뷰하는 것을 보면 그의 말에는 철학이 있고 시가 담긴 명언들이다. 예컨대 "나는 한국축구사를 다시 쓰기 위해 왔다" "나는 아직도 배가 고프다"라고 하는 말들은 다 어릴 때부터 토론식 수업을 받아왔던 결과다.

이에 반해 우리 감독이나 선수들의 경우 대체로 말이 매끄럽지 못하고 수줍어하는 경향마저 보인다. 물론 10인 1색의 주입식 교육이 그 원인이겠지만, 동네축구대회를 통해 질문하고 토론하는 방법도 가르치면 어떨까 싶다.

그렇다면 누가 이 사업을 맡아야 할까. 그것은 두말 할 필요도 없이 지방축구협회의 몫이고 지방자치단체장들이 발벗고 나서야 한다. 그

렇게 할 때 제2의 '마스크 맨'(김태영)과 '진공청소기'(김남일) '반지의
제왕'(안정환)이 나올 수 있다. 그리고 대회를 확산해 시 - 도 단위 대
회도 열고 전국대회까지 열면 금상첨화일 것이다.

　사실 축구발전이라는 것이 멀리 있는 것이 아니라 우리 주변에 가까
이 있다. 또 큰 부담을 요하는 것이 아니라 누구라도 봉사정신만 있으
면 되는 것이다. 그렇게 될 때 K리그도 자연적으로 살아날 수 있는 것
이다. 아파트 어린이축구대회가 전국 각지에서 활발히 꽃피어나길 바
라는 마음 간절하다.

[2002년 07월 13일 세계일보]

한국축구 파이팅

죽도록 사랑했던 연인들이 싸우다 헤어지면 곧 원수지간이 된다. 대중소설이나 '전설의 고향'이 그러하듯 세상사는 이치도 대부분이 그렇다. 그래서인지 히딩크 감독이 드디어 한국축구의 새 장을 열었다.

1954년 제5회 스위스월드컵에서 헝가리에 0 – 9, 터키에 0 – 7의 대패를 당하며 좌절을 겪어 온 한국팀이 실로 48년만에 폴란드를 2 – 0으로 꺾음으로써 월드컵 첫 승이라는 쾌거를 이뤘다. 우리는 그 동안 히딩크 감독을 '오대영'으로 불렀다가 요즘은 '히 싱크(he think)'라고 부른다. 로댕의 생각하는 사람을 연상시키듯 그가 한국축구를 위해 무언가 큰 일을 할 것이라고 믿고 있기 때문이다.

사실 우리는 남을 믿지 못하는 풍토가 있다. 그 동안 한국축구대표팀을 맡아 왔던 크라머씨를 비롯해서 비쇼베츠 감독에 이르기까지 모두가 국민들을 실망시킨 탓도 있었지만, 우물가에서 숭늉을 찾듯 너무 성급한 마음부터 앞서 있었다.

그래서 히딩크 감독이 지난해 1월 부임해서 컨페더레이션스컵에서 프랑스에 5 – 0, 유럽전지훈련 중 체코와 가진 평가(評價)전에서 또다시 5 – 0으로 패하자 그를 질타하는 소리가 높았고 별명 또한 '오대영'

으로 불렀다.

하지만 그가 최근 스코틀랜드 전에서 4－1, 잉글랜드(전)에서 1－1, 그리고 세계 최강 프랑스와의 경기에서도 박빙의 승부를 펼치면서 그 여세를 몰아 드디어 월드컵에서 폴란드까지 이기자 축구 마니아들은 말할 것도 없고 각 기업들까지 나서서 '히딩크의 경영기법'에 관심을 보이고 있다.

대對 폴란드 전에서도 보았듯이 한국축구는 지금 확실히 변해 있다. 바로 탁월한 히딩크의 지도력 때문이다. 그는 평범한 한국 선수들에게 고질병이었던 문전처리 미숙과 수비수들의 조직력 부재를 거의 해소시켰고, 90분을 줄기차게 뛸 수 있는 체력과 몸싸움, 공수를 연결하는 미드필더들의 능력을 배가시키면서 자신감을 불어넣었다.

그 결과 유럽 팀만 만나면 꼬리부터 내렸던 풍토가 완전히 사라졌고, 모든 연줄(혈연－지연－학연－'돈연')이 사라지면서 실력만 있으면 누구나 대표선수로 발탁되고 주전이 될 수 있다는 확실한 믿음을 정착시켰다.

이 때문인지 국민 모두가 그를 믿게 되었고 전반 25분 이을용의 패스를 받은 황선홍의 골과 후반 8분 유상철의 골이 터지자 전국 곳곳에서 '필승 코리아!'를 외치는 함성이 터져 나왔고, 정치에 식상했던 국민들의 마음을 동심원으로 그려 주기도 했다. 실로 오랜만에, 그것도 정치인이 아닌 히딩크 감독이 축구라는 매개체를 통해 국민화합을 일궈 낸 것이다.

이처럼 히딩크 감독이 성공할 수 있었던 이유는 자신이 스스로 선수를 선발했고, 전문적인 지식과 풍부한 경험을 바탕으로 선수들과 혼연일체가 되었다는 점이다. 선수들에게 왜 이 훈련을 하는지를 이해시키

미디어로 본 세상

면서 그들을 장악하였고, 뚜렷한 목표설정과 함께 훈련을 재미있게 이끌어 갔다.

비록 1년 6개월의 짧은 기간이었지만 한국팀은 축구의 기본이랄 수 있는 3B(Ball control, Brain, Body balance)와 3S(Speed, Stamina, Spirit)에서도 폴란드를 앞섰다. 그렇기 때문에 히딩크 감독이 위대한 것이고, 한국 국민들은 모두가 '아이 러브 히딩크!'를 외치고 있다.

히딩크의 또 하나의 강점은 늘 생각이 깃든 말을 하고, 자기 말에 책임을 진다는 사실이다. 이번 기회에 정치인들도 히딩크의 선수지도력과 경영기법을 배워 보면 어떨까 싶다. 국민들이 믿고 따르면서 희망을 가질 수 있도록 말이다.

[2002년 06월 06일 세계일보 2002 월드컵 현장 칼럼]

포르투갈戰 부담감 떨쳐라

대구벌에 운집한 6만6000의 붉은 악마의 함성으로 시작된 한국과 미국의 경기는 결코 물러설 수 없는 한판이었다. 그래서 두 팀 다 비장한 각오로 나왔고, 경기가 시작되자마자 서로가 미드필드를 장악하기 위해 처음부터 거칠게 나왔다. 이날 한국팀은 먼저 기세를 잡고 숱하게 슈팅을 날렸으나 골이 터지지 않아 국민들의 애간장을 녹였다.

여기서 주목할 필요가 있다. 94 미국美國 월드컵 전까지는 아무 제재가 없었기 때문에 대부분의 골이 페널티에어리어 안에서 터졌다. 그러나 98 프랑스 월드컵 때는 국제축구연맹(FIFA)이 백 태클에 대한 제재를 가하자 대부분의 골이 롱슛에 의해 이루어졌다. 그리고 이번 월드컵에서는 시뮬레이션 액션에 대한 제재와 페널티에어리어 안에 수비 숫자가 늘어나자 대부분의 골이 헤딩골로 주를 이루고 있다.

따라서 후반 33분 안정환이 머리로 동점골을 만들었듯이 설기현도 다이빙 헤딩슛이나 슬라이딩 슛을 했으면 어떨까 싶었다. 논스톱 슈팅보다는 헤딩슛이 더 정확한 것은 물론 순간적으로 이루어지기 때문에 골키퍼가 방향을 잡을 수 없고, 독일이 사우디아라비아를 8-0으로 이길 때도 6골이 헤딩슛이었다는 사실이다.

미디어로 본 세상

뿐만 아니라 공격수들이 열심히 뛴 것은 인정되지만, 골 욕심이 앞선 나머지 성급하게 슛을 하려다 보니 수차례의 결정적인 찬스를 놓치기도 했다. 마치 한국축구의 고질병이었던 문전처리의 미숙이 또다시 되풀이되는 것 같았고, 설기현과 최용수가 미국 GK 프리던과 1대1로 맞선 상황에서 실축한 것은 자신감 결여가 그 원인이 아닐까 싶다.

막판 안정환 선수의 동점골은 다시 한 번 한국축구의 희망을 쏘아 올렸다. 골을 넣고 난 뒤 선수들이 혼연일체가 되어 벌인 스케이트를 타는 듯한 Goal Ceremony는 합리주의보다 실용주의를 더 선호하는 미국인들에게 시사하는 바가 크다고 할 수 있다.

이날 우리 선수들은 미국과 비겼지만, 우리 국민들은 미국을 이겼다. 서울, 대구 등 대도시는 물론 전국 방방곳곳, 심지어는 독도와 국토 최남단 마라도에 이르기까지 "대~한민국" 응원물결로 넘쳐 났다. '붉은 악마' 유니폼을 갈아입고 목이 터져라 응원^{應援}전을 펼쳤다.

질서와 안전의식도 뛰어났다. 지금 우리는 선수들의 투혼과 붉은 악마들의 열정적인 응원으로 모처럼 동심원의 세계를 만들어가고 있다. 특히 피를 흘리면서까지 선전하는 황선홍의 투혼을 안쓰러워하면서 한국경기가 열릴 때마다 TV와 대형 스크린 앞에서 모두가 한마음이 되고 있다.

이제 우리는 미국과 비김으로써 폴란드를 4−0으로 이긴 포르투갈과의 마지막 예선전을 남겨 놓고 있다. 포르투갈에게 이기거나 비기면 승점 7과 승점 5가 되어 16강에 나갈 수 있지만, 만약 우리가 포르투갈에게 패하고 폴란드가 미국에게 진다면 모든 것이 물거품이 되고 만다.

그러나 포르투갈이 비록 피구와 콘세이상, 코스타가 이끄는 3각 편대가 살아나고는 있지만, 4백으로 구성된 수비진은 조직력에 문제를 보이고 어이없는 실수를 자주 범하면서 체력적인 약점마저 보이고 있다. 따라서 우리가 포르투갈의 양 측면을 집중 공략하면서 폴란드전과 미국美國전처럼 경기를 풀어 나간다면, 최소한 포르투갈에게 이기거나 비길 수 있다고 본다.

이런 열기를 계속 이어가 우리가 꼭 포르투갈을 이겨서 66년 잉글랜드 월드컵에서 북한이 3－5로 패했던 빚도 갚아 주고, 16강에 진출해서 2002년 09월 08일 상암 경기장에서 열리는 경평축구대회에서 북한 팀에게 선물로 주면 어떨까 싶다. 이 모두가 국민들이 대표팀에게 바라는 마음이다.

[2002년 06월 12일 세계일보 2002 월드컵 현장 칼럼]

미디어로 본 세상

'아주리 군단'도 삼켰다

붉은 물결이 출렁거린다. 그것은 한반도에서 떠오르는 일출장면의 물결이요, 세계 속으로 들어서는 한민족의 물결이기도 하다. 그런 의미에서 한 밭 벌에서 벌어진 한국과 이탈리아 전戰은 결코 물러설 수 없는 한판이었다. 때문에 서로가 상대의 취약점을 공략하면서 중원장악에 초점을 맞췄고, 연장전까지 가는 혈투를 벌이면서 사력을 다해 진격한 국가 간의 자존심 싸움이었다.

아주리 군단을 삼켜버린 붉은 물결

이탈리아가 잠보르타와 톰마시, 토티와 차네티, 코코로 이어지는 빗장수비를 펼치면서 '인간 폭탄' 비에리와 델 피에로를 앞세운 반면, 한국은 포르투갈에 맞서 피구를 꽁꽁 묶었던 송종국을 비롯, 백전노장인 홍명보와 발 빠른 안정환과 박지성, 설기현을 앞세워 꼭 이겨야 하겠다는 각오로 초반부터 빗장수비를 두들겼다.

그러나 전반 4분에 얻어낸 페널티킥을 안정환이 실축하고 전반 18분 비에리가 코너킥을 헤딩슛으로 한국 골문을 가르자 이탈리아는 급격히 '카테나치오'(빗장수비)로 문을 잠그면서 간혹 기습을 노리는 것으로 일관했다. '유로2000 준결승'에서 선제골을 넣고 카테나치오로 이긴 네덜란드에게 재미를 보았기 때문이었다.

그러나 우리의 영웅 히딩크 감독이 황선홍과 이천수, 차두리 등 공격수를 투입하면서 분위기가 반전되기 시작했고, 지성이면 감천이라고 했듯이 후반 42분 설기현의 왼발 슛이 드디어 동점골을 만들어 냈다. 또한 그것은 곧 히딩크가 설기현을 계속 믿었고, 설기현의 어머니가 아들을 위해 지성으로 불공을 드린 결과였다.

비단 그뿐만이 아니었다. 연장전 전반 토티가 페널티킥을 유도하고자 시뮬레이션 액션을 취하다 2회의 경고로 퇴장 당하자, 그 틈을 탄 안정환이 헤딩슛으로 골든 골을 터뜨리면서 대단원의 막을 내렸다. 안정환의 골든 골은 1966년 잉글랜드월드컵에서 박두익(북한)의 헤딩골이 이탈리아 의회를 들끓게 만들었듯, 트라파토니 감독의 얼굴을 노랗게 물들였다.

골이 터지자 전 세계가 폴란드와 포르투갈도 당했으니 그럴 줄 알았다는 표정이었다. 한반도 전체는 전 세계에 유래 없는 붉은 물결이 또다시 출렁거렸다. 그리고 히딩크 감독이 1년 6개월 동안 심혈을 기울였던 ① 체력훈련의 개가 ② 정보전의 승리 ③ 자신감 확립 ④ 조직력 구축 ⑤ 승리 비결 노하우 ⑥ 끊임없는 내부경쟁 성공 ⑦ 멀티 포지션 소화 ⑧ 철저한 리스크 관리 등 8강 신화를 이룬 축구에 대한 성공비법이 파노라마처럼 스쳐 가는 순간이었다.

그리고 지금 외국 언론에서 한국팀을 '도깨비 팀'이라고 부른다. 한국인은 골키퍼의 필수조건인 위기대처 능력과 상황판단 능력, 킥력을 모두 갖추고 있다. 즉, IMF(국제통화기금) 위기를 맞이했을 때 '금 모으기 운동'을 펼쳤고, 한국팀이 선전하자 모두가 동참해서 축구이야기

미디어로 본 세상

로 들끓고 있다.

게다가 대표팀마저 마치 두 얼굴의 사나이인 루페리노처럼 자극을 받아 천하무적으로 치달리고 있다. 한국인들의 자긍심을 심어준 한 밭 벌의 경기를 바라보면서 왜 갑자기 육당 최남선의 신체시가 떠오르는 지 모르겠다.

'처…얼…썩, 처…얼…썩, 척, 쏴……아.
때린다 부순다 무너 버린다.
태산 같은 높은 뫼, 집채같은 바윗돌이나,
요것이 무어야, 요게 무어야.
나의 큰 힘 아느냐 모르느냐, 호통까지 하면서,
때린다 부순다 무너 버린다.
처…얼…썩, 처…얼…썩, 척, 튜르릉, 꽉.'

대한민국 만세! 한국이여 영원 하라!

[2002년 06월 19일 세계일보 2002 월드컵 현장 칼럼]

"이 기세로 결승까지 가자"

개미가 이동하고 개구리가 울면 비가 오듯, 국운이 상승할 때는 언제나 어떤 조짐이 있기 마련이다. 한국 역사상 처음으로 노벨 평화상 수상자가 나왔고, 강원도가 자랑하는 인물이 유엔총회 의장으로 선임된 경사가 지금 와서 생각하면 그 어떤 조짐이 아니었을 까 생각한다.

그 기세로 한국 축구는 120년 역사에 새로운 장을 얼어가고 있다. 그 동안 우리는 아시아권에서나 큰소리치던 종이호랑이에 불과했다. 54년 스위스월드컵에서 헝가리에 0 − 9, 터키에 0 − 7로 대패한 것은 물론, 98 프랑스 월드컵에서 네덜란드에 5 − 0, 컨페더레이션스 컵에서 또 다시 프랑스에 5 − 0으로 대패하는 등 유럽 팀만 만나면 꼬리부터 내렸다.

하지만 이번 월드컵에서만큼은 달랐다. 강원도가 자랑하는 설기현, 이을용, 이영표가 종횡무진 활약하면서 유럽의 축구강국인 폴란드와 포르투갈을 꺾고 실로 48년만에 D조 1위로 16강 전에 진출했다. 그리고 또다시 설기현의 동점골과 이영표·안정환의 골든 골이 아주리 군단과 지중해를 붉게 물들인데 이어 무적함대마저 격파하고 4강에 진출하는 대★이변을 토해냈다.

미디어로 본 세상

이렇듯 세계가 경악하자 네티즌들은 히딩크 감독에게 그 죄(?)를 묻고 있다. 즉, ① 온 국민의 잠을 설치게 한 국민 수면방해죄 ② 공짜 술로 술집에 손해를 입힌 영업방해죄 ③ 환자들의 병을 호전되게 한 의료방해죄 ④ 6·13 지반선거를 등한시하게 만든 선거법 위반 죄 ⑤ 대표선수들에게 군 면제를 시켜 안보를 위협하게 한 병역법 위반죄가 바로 그 것이다.

이렇듯 히딩크는 지금 정치인들이 엄두도 내지 못하는 탁월한 지도력으로 한국인의 우상이 되고 있다. 한국인들의 고질병인 연고주의(혈연－지연－학연－'돈연')를 탈피시키면서 누구나 실력만 있으면 대표선수로 발탁되고 주전이 될 수 있다는 확실한 믿음을 정착시켰다. 그리고 자신이 직접 선수를 선발해서 전문적인 지식과 풍부한 경험을 바탕으로 선수들과 혼연일체가 됐다.

뿐만 아니라 선수들에게 왜 이런 훈련을 해야 하는지를 이해시키면서 그들을 장악했고, 뚜렷한 목표설정과 함께 훈련을 재미있게 이끌어 가면서 기본基本기부터 전술에 이르기까지 충분히 가르쳤다.

히딩크의 또 하나의 강점은 늘 생각이 깃 든 말을 하고, 자기 말에 책임을 진다는 사실이다. 예컨대 "나는 한국 축구의 역사를 다시 쓰기 위해 이 땅에 왔다", "나는 스페인의 레알 마드리드를 비롯, 발렌시아(91~94 시즌)와 레알 베티스(1999~2000 시즌)에서 감독 생활을 했다. 그래서 이길 수 있다"라고 말하면서 분명히 그 약속을 지켰다.

지금 우리는 세계가 부러운 눈초리로 바라보고 있는 가운데 지구 중심의 한 가운데에 우뚝 서 있다. 월드컵을 개최하는 주인으로서 대표팀이 선전하고 있는 것은 물론, 질서의식과 경기장 쓰레기 수거에 이르기까지 성숙된 시민의식을 보여주고 있다.

　명감독은 작품의 내용을 완전히 꿰뚫어 보고 작품에 맞는 배우를 선택, 세계사에 길이 남을 명화를 연출해 낸다. 히딩크가 바로 그렇다는 얘기이고, 국토의 최남단인 마라도에서부터 출렁거리는 붉은 물결이 이제 한 덩어리가 됐으니 이 기세로 결승전까지 가자는 것이다.

　한국인은 누구인가. 정치적·종교적·상업적 색깔만 없다면 언제 어느 곳에서나 뭉칠 수 있는 애국심이 있다. 그래서 "대~한민국!"이라는 5박자는 한국인들의 가슴속에 영원히 남을 수밖에 없는 동심원인 것이다.

[2002년 06월 23일자 강원도민일보 호외]

장하다 '대한민국'

명감독은 작품의 내용을 완전히 꿰뚫어 보고 작품에 맞는 배우를 선택, 세계사에 영원히 남을 명화를 연출해 낸다. 히딩크가 바로 그렇다는 얘기이고, 그는 또 상대를 정확하게 꿰뚫어 보는 눈도 예리해 폴란드와 포르투갈을 돌려보내더니 아주리 군단과 무적함대까지 격파해 스포트라이트를 한 몸에 받고 있다.

태극전사 원 없이 잘 싸웠다

준결승전에서 맞붙은 독일은 모든 면에서 한국보다 화려했다. 축구의 역사와 열기를 비롯해서 선수들의 몸값에 이르기까지 무엇 하나 뒤진 게 없었다. 그렇기 때문에 독일은 한국을 50승의 제물로 삼았고, 그 여세로 월드컵 4회 우승을 달성코자 초반부터 거세게 나왔다.

그러나 한국은 지난 94년 06월 27일 미국美國 월드컵에서 3 - 2로 패했던 빚을 갚기 위해 황선홍과 홍명보를 앞세우고 스피드와 체력이 뛰어난 차두리를 깜짝 기용했다. 그런 반면 독일은 사우디아라비아 전戰에서 머리로만 5골을 넣은 미로슬라프 클로제와 171cm의 작은 체구지만 빠른 스피드를 갖춘 노이빌레를 이용, 한국문전을 계속 두드리다

75분 미하엘 발락이 승부 골을 갈랐다.

비록 한국이 1－0으로 패했지만 개인기와 스피드 조직력에 이르기까지 어느 것 하나 부족한 점이 없었다. 187cm의 장신 최진철(31.전북)이 빈 공간을 파고드는 클로제의 위치선정 능력을 찰거머리 수비로 무력화시켰고, 어느 포지션이나 소화해낼 수 있는 팔방미인 유상철과 송종국이 공수를 조율하면서 야신상을 꿈꾸는 올리버 칸의 간담을 서늘케 했다.

그러나 남북전쟁이라는 역사적 사건이 있었기에 '바람과 함께 사라지다'란 명작이 나올 수 있었듯, 월드컵 준결승이라는 큰 경기에서 풀가동된 차두리는 세계적인 선수로 발돋움할 수 있는 기회임에도 역시 기대치에 못 미쳤고, 한국팀이 패하자 고개를 떨어뜨린 채 흐느끼는 아이들과 열성 팬들을 바라보면서 어떻게 위로해야 할지 몰라 정말 안타까웠다.

그렇지만 아직 3,4위(전)이 남아 있고 월드컵을 치르는 나라에서 한국축구의 산실인 한국중고축구연맹과 시도축구협회에 홈페이지조차 없는 곳이 있는 것은 물론, 10개 구단 감독들이 외국인 감독을 배제한 채 십인일색으로 프로선수들을 지도하고 있는 이때 월드컵 4강에 오른 것은 정말 기적이었다. 그리고 히딩크 신드롬에 도취된 국민들이 또다시 "대～한민국"을 연호하지는 못했지만 3,4위(전)에서 이겨 다시 한 번 신화를 재현해보면 어떨까 싶다.

그런데 축구가 과연 무엇이기에 이토록 사람들을 미치게 만들면서 웃기고 울릴까. 축구가 단지 차고 달리고 정지하고 뺏는 4가지 요소로 구성된 단순한 운동인데도 말이다. 그러나 '굴러다니는 물체를 발로 차고 싶은 것이 인간의 본능'이듯, 축구는 깊이 들어갈수록 오묘한 진

미디어로 본 세상

리를 담고 있는 바둑판처럼 사람들을 황홀경에 빠트린다.

감동의 물결 가슴속 영원히

그것은 곧 축구가 노동자들의 얼과 한을 담은 서민들의 유일한 낙으로 성장해 왔기 때문이다. 아무튼 요코하마로 날아가 또다시 벌떼축구로 샴페인을 터트리고 '황태자의 첫 사랑'을 못 불러 보는 것이 한이지만, 독일과의 일전은 한민족의 저력과 결집력을 또다시 보여준 사건이었다. 그래서 한국축구는 물론 세계축구의 역사를 바꿔 놓은 "대~한민국"이라는 엇박자는 한국인의 가슴속에 영원히 남을 수밖에 없는 감동의 물결일 것이다.

한국신화를 일구어내는 데 열렬한 내조자이자 주역이 되어준 '붉은악마' 국민들에게 박수를 보낸다. 특히 한국의 희망인 청소년들에게 "정말 잘 싸웠노라"고 깊은 위로의 말을 보낸다. 그들은 진정한 한국팀의 12번째 선수였고 한민족의 자랑이었다.

[2002년 06월 26일 세계일보 2002 월드컵 현장 칼럼]

축구심판과 주색잡기

영국 프리미어리그에서는 정확한 판정을 위한 조치로 2002년부터 심판이 원정경기 전 묵는 호텔에서 여자와 함께 있지 못하도록 의무화하였다. 필립 돈 신임 프리미어리그 심판위원장은 "성 관계 금지령은 경기 전 심판의 집중력이 흐려지는 것을 막는 프로 적인 접근방식"이라고 강조하며, "전날 밤 섹스가 심판을 지치게 한다는 우려에서가 아니라 심판들 간에 우의를 도모하는 차원에서 규정을 만들었다"고 그 이유를 설명하였다.

그렇다면 술은 과연 어떠할까. 심판들이 우의를 도모하는데 술만큼 좋은 음식이 없기 때문이다. 그리고 실제로 심판들이 원정경기를 갔을 때는 그 지역 축구蹴球인들과 어울려 술을 마시는 사례도 많이 있다.

언젠가 여자축구대회 심판으로 갔을 때의 일이다. 전국 규모의 대회였기에 처음 보는 심판도 많아 자연스레 술판이 벌어졌다. 그런데 이 친구들이 술이 얼마나 센지 새벽 3시까지 주거니 받거니 하는 것이었고, 옆방에서는 또 술을 안 마시는 한 심판이 여자축구 선수들과 날이 밝을 때까지 떠들어 대고 있었다.

그래서 '저 친구들이 오늘 심판을 보면서 실수나 하지 않을까?'라는

미디어로 본 세상

의구심마저 일었다. 그러나 술을 마시던 친구들은 어찌나 경기를 매끄럽게 풀어 나가는지 한낱 기우에 불과했던 반면, 여자선수들과 노닥거리던 그 심판은 역시 갈팡질팡 판정으로 수많은 사람들을 짜증나게 만들고 있었다.

물론 술을 마시던 심판들은 이름만 대면 곧 알 수 있는 베테랑 심판들이라 사우나탕에서 땀을 쭉 빼고 워밍업을 한 상태에서 경기에 임했지만, 여자선수들과 노닥거리던 그 심판은 신출내기인데도 워밍업 없이 경기에 임했으니 그런 일이 빚어질 수밖에 없었다.

하지만 그가 지금은 프로심판으로서 매끄럽게 경기를 풀어 나가는 것을 볼 때 그 옛날 일들이 떠오르는 것은 무슨 이유 때문일까. 아마 그래서 필립 돈 신임 프리미어리그 심판위원장의 생각이 옳지 않을까 싶다. 경기 전날 심판들은 여자와 함께 투숙하지 말라는 그 얘기 말이다.

[2002년 04월 07일 예전 일을 떠올리며]

세상에 공짜는 없다

한국축구의 역사를 돌이켜보면 시대에 걸 맞는 스타들이 많이 있다. 40년대 아시아의 오토바이로 불리며 여섯 가지 금기사항을 지켰던 김용식 씨를 비롯해, 47년부터 무려 8년간이나 한국 골문을 지켰던 홍덕영 씨, 60년대 아시아의 무대가 좁아 보였던 풍운아 이회택 씨,

70년대 분데스리가에서 맹위를 떨쳤던 갈색폭격기 차범근씨, 80년대 아시아 최고의 스트라이커였던 최순호 씨, 90년대 그라운드의 야생마로 아시아의 삼손으로 불렸던 김주성씨, 그리고 현재 최고의 인기를 누리고 있는 고종수 선수에 이르기까지 수많은 스타들이 한국축구를 빛내 왔음을 알 수 있다.

그런데 왜 요즘은 황선홍이나 최용수, 안정환 등 해외파 선수들도 많은데 유독 고종수의 인기가 최고일까. 그에 대한 답은 무엇보다 끼가 있기 때문이 아닐까 싶다. 물론 가르치는 지도자 입장에서 본다면 골치 아픈 일도 많겠지만, 끼가 있는 사람일수록 판을 바꾸어 놓거나 무언가를 창조해 내기도 한다. 아인슈타인이나 에디슨 같은 사람들도 그랬다는 얘기다.

야구의 박찬호나 축구의 김영주, 임은주, 차두리 등은 가능성이 있

기에 잘 나가고 있고, 이천수나 최성국, 정조국 등은 끼가 있기에 서서
히 튀어 오르고 있다. 특히 차두리는 대표 상비군이나 올림픽대표팀은
물론 대학선발 팀에도 뽑힌 적이 없으나 히딩크 감독은 LA다저스가
박찬호의 빠른 볼을 선택했듯 차두리도 뛰어난 스피드와 체력을 인정,
국가대표로 선발했고 나머지는 가르치면 된다고 생각한 것 같다.

그러나 지금은 좀 나아졌지만 처음 투입되었을 때만 해도 들쭉날쭉
한 경기력으로 제 위치를 못 찾는 등, 마치 고삐 풀린 망아지처럼 보였
다. 요즘 박종환 한국여자축구연맹회장이나 네티즌들이 그를 성토하
는 것도 다 그렇게 보았기 때문이 아닐까 싶다.

세상에는 공짜가 없다. 모든 것은 다 원인과 결과가 있고 노력한 만
큼의 대가가 있다. 안정환과 설기현의 '눈물 젖은 빵', 초창기에 갖은
욕을 먹으면서도 무언가를 일구어 낸 고종수의 '끼', 자신감에 펄펄 나
는 최성국과 정조국의 '영롱한 땀방울', 아시아의 호랑이로 천하를 호
령했던 이회택의 '배짱', 부처님 손바닥을 들여다보듯 수비에 임했던
김 호의 '여유', 준마처럼 분데스리가에서 맹위를 떨쳤던 갈색 폭격기
차범근의 '성실성', 갈기머리로 그라운드를 누비며 아시아의 삼손으
로 불렸던 김주성의 '독기', 어디다 내놔도 손색이 없는 리베로서 A매
치 최다 출장기록을 세운 홍명보의 '파워' 등, 어느 누구도 흉내 낼 수
없는 특성들이 있기에 그들은 존경의 대상이다.

그러나 차두리는 안타깝게도 이러한 특성이 없다. 배가 고파 보지
않았으니 '헝그리 정신' 이 없고, 시련을 겪어 보지 않았으니 '근성' 또
한 없다. 그러나 든든한 배경이 있으니 '살아남아야 할 존재의 이유'를
몰라도 되고, 국가대표나 프로선수가 얼마나 외롭고 힘든지를 모르기
때문에 마냥 즐거운 것 같다. 검증 없이 올라선 것이 그 이유가 아닐까

싶다.

국가대표선수는 공인이다. 공인은 국가를 위하고 국민들을 즐겁게 해주어야 한다. 지금 네티즌들은 차범근 부자를 파올로 말디니(이탈리아) 부자처럼 되어 주기를 원하고 있다. 한국 역대 최고의 축구대표팀 감독을 뽑는 네티즌들의 설문조사(야후코리아)에서도 차범근씨가 1위를 차지했기 때문이다.

이제 50여일 앞으로 다가온 본선경기에서 차두리가 한국 축구사에 새로운 획을 그을 수 있도록 최선을 다해 주기 바라고, 국내는 물론 세계사에 빛나는 '차붐의 역사' 가 이루어지기를 우리 모두가 기대해 본다.

[2002년 04월 05일 강원도민일보]

미디어로 본 세상

태백곰기 단상

　33년의 역사와 전통을 자랑하는 강원일보사장기 초등학교 축구대회와 18년의 연륜을 쌓아온 태백곰기 중학교 축구대회가 드디어 횡성 종합경기장에서 팡파르가 울려 퍼졌다. 강원축구의 산실이기도 한 이 대회는 그 동안 김현석과 함현기, 김주성, 신동철, 송주석, 김대진, 설기현, 이을용 등 이름을 셀 수 없을 정도로 숱한 국가대표를 배출한 스타등용문이었다.

　특히 74년 속초 중앙초등학교 4학년 때 축구화를 처음 신었던, 치렁치렁한 갈기머리로 그라운드의 야생마처럼 휘젓고 다녔던, 그래서 아시아의 삼손으로 불리며 독일 분데스리가 보쿰 (BOCHUM)에서 3년(92년~95년)동안 활약했던 김주성도 헝그리 정신이 있었기 때문에 성공할 수 있었다.

　설기현은 또 아버지에 대한 기억이 거의 없다. 그가 열 살 때 아버지가 세상을 떠나셨기 때문이지만, 그의 어머니는 모진 풍파와 억척스럽게 싸워가며 4형제를 하나도 구김살 없이 반듯하게 키웠다.

　4형제 중의 둘째인 설기현에게 있어 어머니는 그야말로 구세주다. 운동하는 둘째 아들을 위해 몸에 좋다는 개소주를 비롯해 보약이라는 보약은 다 구해 먹였고, 요즈음도 원정경기를 떠나는 설기현의 운동 가방에는 한국에서 어머니가 정성껏 달여 주신 개소주가 어김없이 담겨져 있다.

경우는 좀 다르지만 '타고난 천재'가 아니라 '만들어진 작품'인 테리우스 안정환은 '가난'과 '어머니의 눈물'로 빚어진 '코리아의 청자'이다. 무녀독남無女獨男인 그는 네 살 때 아버지를 여의고 지금껏 어머니와 단둘이서 살아왔다. 하지만 어머니가 하는 일마다 실패하고 빚쟁이들에게 들볶이는 것을 보면서 피와 땀과 눈물이 진정 무언인지를 알았고, 그래서 늘 어려울 때마다 어머니를 떠올리곤 한다.

이렇듯 헝그리 정신은 가끔 스타를 만들어내기도 한다. 헝그리 정신이 살아남아야 할 존재의 이유를 가르쳐주기 때문이다. 그리고 축구선수라면 무엇보다 끼가 있어야 한다. 팬들로부터 가장 많은 사랑을 받고 있는 고종수나 이천수, 청소년대표팀의 최성국과 정조국이 자신감과 툭툭 튀는 '끼'로 주목받고 있기 때문이다.

태백곰기하면 떠오르는 분이 있다. 지금은 고인이 되신 강릉농공고의 김명규 감독님이시다. 93년 춘천에서 열렸던 태백곰기 강릉농공고와 춘천고의 결승전 경기에서 필자가 주심을 본 적이 있었다. 당시 치열한 접전 끝에 1－1로 맞섰던 두 팀은 결국 연장전에 들어갔고, 연장전에 들어간 선수들이 다리에 쥐가 나 여기저기서 뒹굴었다.

이에 필자는 즉시 경기를 중단시키고 선수들을 치료하도록 조치하였다. 그리고 연장전에서도 승부가 나지 않아 결국 페널티킥으로 승부를 갈랐으나 강릉농공고가 아쉽게도 패하고 말았다.

경기가 다 끝나자 김명규 선생님이 조용히 필자를 불러서는, "선수들이 다리에 쥐가 난 것은 자신이 체력관리를 잘못했기 때문이야. 그

미디어로 본 세상

러니까 경기를 중단시키지 말고 그대로 진행시켜야 옳았어. 주심이 그 것도 모르나? 다음부터는 조심하게.”하고 말씀하셨다.

그 말씀을 듣는 순간 필자는 쥐구멍이라도 있으면 들어가고 싶었고 선생님의 마음 씀씀이에 감동을 받았지만, 9년이 지난 요즘에도 선생 님의 말씀이 들리는 건 웬일일까. 산들바람과 아지랑이가 속삭이는 봄 날에 잠시 생각해 본 일이다.

[2002년 04월 02일 강원일보]

경기규칙부터 가르쳐라

북중미 골드 컵은 과연 한국의 16강 목표가 허황된 꿈은 아닌지 반문해보는 계기가 됐다. 설기현 안정환 등 유럽파들이 빠지고 주전선수들의 잇단 부상이 악재가 됐지만 미국의 선전과 맞물려 히딩크 사단에 비상이 걸린 상황이 됐다. 특히 경고와 퇴장으로 얼룩진 이번 대회는 무언가 문제점이 있다는 생각이다. 우선 실력차이는 어쩔 수 없다고 하더라도 이를 지켜본 국민들을 화나게 만들었기 때문이다.

한국팀은 1998년 프랑스 월드컵 때 하석주의 퇴장 교훈을 얻었고 2000년 시드니 올림픽 칠레전 이천수의 퇴장, 2000년 4월과 12월 한·일전에서의 퇴장, 2001년 9월 나이지리아전에서의 퇴장, 그리고 지난 2002년 01월 20일(미국)과 01월 24일(쿠바), 01월 28일(멕시코) 골드 컵에서의 퇴장과 경고, Throw in 미스 등이 경기를 지켜보는 많은 축구 팬들을 실망시켜왔다.

PK 실축과 퇴장退場 악몽惡夢

왜 그렇게 됐을까. 그것은 곧 한국 심판들의 문제만이 아니라 경기 규칙을 가르치지 않은 코칭스태프에 더 큰 책임이 있지 않나 싶다. 사실 우리의 국내경기를 보면 웬만한 파울은 두루뭉실 넘어간다.

예컨대 선수가 슬금슬금 앞으로 전진하면서 파울 Throw in을 해도 그만이고, 태클 실패로 제2동작을 취하는데도 어물쩍 넘어간다. 단순

오프사이드를 제대로 이해 못해 난동의 빌미를 제공해주고, 파울이 났을 때 공을 들고 가다 한참 후에 던져주거나 프리킥을 할 때 파울지점보다 앞에서 킥을 해도 그렇거니 한다.

선수들은 또 명백한 득점기회에서의 반칙행위(경기규칙 제12조)는 곧 퇴장인데도 결국 퇴장 당해 팀을 곤경에 빠뜨리기도 한다. 이 모두가 무언가 눈치를 봐야 하는 잘못된 풍토 때문이 아닐까 싶다.

하지만 이번 북중미 골드 컵 코스타리카 전에서 김병지가 kicker와의 눈싸움에서 이겨 PK를 실축하게 만든 것은 눈 여겨 볼만하다. PK는 자신감과 눈싸움, 어느 방향으로 찬 것인지에 대한 결심, 그리고 골키퍼의 무릎 아래 부분이나 어깨 위로 차야 하는 것이 정석이기 때문이다.

그러나 1994년 미국 월드컵에서 황선홍이 슛을 할 때마다 크로스바 위로 날아갔듯이 이번에도 공격수들의 헛발질은 여전했다. 바로 기본基本기가 부족하기 때문이고, 아직 다듬어지지 않은 차두리의 골 결정력은 그 아버지가 빨리 다듬어 주어야 한다.

아무튼 한국축구가 발전하기 위해서는 수비수의 낙하지점 포착 훈련과 경고, 퇴장 등에 신경 써야 하고, 3S(Speed, Stamina, Spirit)와 3B(Ball control, Brain, Body balance)도 키워야 한다. 지금 우리는 월드컵 성공개최와 16강 진입에 총력을 기울이고 있다.

히딩크 사단이 어려움에 처해있지만 마지막까지 최선을 다하는 자세를 가져야한다. 월드컵 성적은 개최開催국의 국민들에게 무한한 자신감을 심어줄 수 있기 때문이다.

[2002년 02월 05일 일간스포츠]

심판원은 과연 동네북인가

한국사회에서 제대로 대접받고 살려면 '사士, 師, 事'자字 직업인이라야 한다. 물론 다 그렇다는 것은 아니지만, '원員'자字의 직업인에 비해 목소리가 크고 강해 정치인들도 함부로 할 수 없기 때문이다.

그래서 이들은 자칭 '명문가'라고 자부하기도 한다. 미국이나 유럽 등지에서는 아무리 돈이 많고 벼슬이 높아도 명문가가 안 되는데 반해, 한국 사회에서는 무조건 벼슬이 높거나 돈만 많으면 대우해주니까 그런 모양이다.

이 때문에 '원員'자字의 직업인들은 이승만 전대통령의 "뭉치면 살고 흩어지면 죽는다"는 가르침대로 노조를 설립하기도 한다. 한국사회에서 소속이 없다는 것은 곧 '왕따'와 마찬가지이기 때문이다. 그래서 프로축구 심판원들이 노조를 출범시켰는지도 모르지만, 프로축구 경기장에 심판을 매도하는 포스터가 나붙어 말썽이 일고 있다.

문제의 포스터는 프로축구 심판원인 한병화씨와 왕종국씨, 프로연맹 유상부 회장을 사진과 함께 현상수배(현상금 : 1원, 신고처 : 대전

시티즌 서포터스)한 형식으로 이달 초 대전 한밭 운동장 내 화장실은 물론 매니저 미팅 룸까지 배포되었기 때문이다.

물론 심판원도 인간이기에 때로는 실수를 한다. 그러나 이들은 경기에 앞서 반드시 그룹미팅을 갖고, 경기가 끝난 뒤에도 꼭 미팅을 가져 잘한 점과 잘못된 점을 반성하기도 한다. 그렇게 해도 심판사고가 터지는 것을 보면 축구가 정말 오묘한 경기인가 보다.

한국인들은 성격도 급하지만 자신의 일이 아니면 아예 관심조차 보이질 않는다. 나서봐야 괜한 오해나 받으면서 '오라, 가라!'하니까 너무 귀찮기 때문이다. 그래서 뺑소니차를 발견하고도 아예 모른 척한다. 물론 다 그런 것은 아니지만 피해자 가족이 온갖 호소를 해도 웬만해선 나서는 일이 없다.

비단 그뿐이 아니다. '사士, 師, 事'字 직업인들이 온갖 비리를 저질러도 자신의 일이 아니니까 별 관심조차 없다. 몇 년 전 의정부나 대전 변호사 비리사건이 터졌을 때도 신문이나 방송에서만 떠들었을 뿐이지 지금은 모두가 잊어버린 상태다. 그리고 일부이긴 하겠지만 정권에 빌붙은 판·검사들이 법규정을 교묘히 이용해서 엉터리 판정을 해도 그만이고, 의·약사들이 의약분업을 일으켜 제몫이나 챙기면서 그 엄청난 추가 비용을 국민들에게 다 떠넘겨도 별 관심조차 없다. 모두가 자신의 일이 아니기 때문이다.

그런데도 심판원들만 동네북처럼 두들기면서 매도하는 것을 보면 도무지 이해할 수가 없다. 그들이 소수인데다 '원員'字 직업인이라서 그랬는지는 모르지만, 여하튼 지난 7월 11일 전북__부천전(전주)이 끝난 후 일부 팬들에 의해 김화수 부심의 차량이 훼손된 것은 너무 과격한 행동이 아닌가 싶다.

　그러나 이에 대해 심판노조가 '포스터 사건'을 법정으로 끌고 가는 것 또한 내년 월드컵을 앞두고 찬물을 끼얹는 것 같아 정말 안타까울 뿐이다. 축구란 선수와 심판, 그리고 관중과 서포터스가 조화를 잘 이뤄야 명연주가 나오기 때문이다.

[2001년 07월 31일 강원도민일보]

미디어로 본 세상

학원축구의 허와 실

검찰은 최근 대학체육특기자 선발과 관련, 많게는 억대의 금품을 수수했다는 혐의로 아이스하키 감독들을 구속하고 협회까지 수사하고 있다. 그리고 다른 종목으로 수사를 확대 수사한다는 소문도 나돌아, 아무 영문도 모르는 대다수의 국민들이 스포츠 지도자들을 파렴치범으로까지 보고 있다.

그러나 내막을 알고 나면 조금은 이해가 달라진다. 우리의 학원스포츠는 대부분 학부모들이 이끌어 간다. 한마디로 스포츠 과외를 하고 있는 것이다. 때문에 가능성이 아무리 있어보여도 돈이 없으면 그 선수는 곧 사장되고 만다. 자본주의 사회의 비극이 아닐 수 없다.

그렇다면 학원스포츠의 실태는 과연 어떠한가. 초등학교 때부터 대회출전비와 전지훈련비, 그리고 간식비나 목욕비까지를 대부분이 학부모들이 댄다. 코치가 있는 학교는 또 그것도 부담해야 한다. 그리고도 자녀가 주전이라면 위로가 될 수 있지만, 만약 계속 후보라면 그 비애란 정말 감당키 어렵다. 그래서 그런 학부모들이 만약 집행부나 심판들이 잘못을 저질렀을 때는 가차 없이 난동을 일으키면서 폭력사태까지 몰고 간다. 바로 감독과 코치에 대한 불만을 심판들에게 뒤집어

씌우면서 분풀이를 하고 있는 것이다.

실례로 97년 동대문구장에서 일어났던 인천 某중학교 학부모들의 난동사건이 그러했고, 초등학교를 졸업하는 순간 감독과 코치에게 그 동안의 경비내역을 따지면서 폭력을 휘두르는 것 또한 비일비재하다. 중학교부터는 대부분의 학교가 합숙소에서 생활한다. 물론 30여만 원 내지 50여만 원의 숙식비를 부담해야 한다.

그리고 코치들의 월급을 비롯해서 전지훈련비와 대회출전비, 회식비, 유니폼이나 장비구입비 등을 부담해야 한다. 그래서 학부모들의 허리는 휘청거린다. 하지만 그렇다고 해서 운동을 그만 시킬 입장도 아니다. 공부는 이미 딴 나라 얘기가 된지 오래이기 때문이다. 반면에 감독이나 코치들의 입장은 어떠한가. 국공립이야 별문제가 없겠지만 사립학교는 문제가 좀 다르다.

우선 학부모들의 입에 오르내리지 않도록 눈치를 봐야 하고, 심판들에게도 역시 잘 보여야 한다. 따라서 쫓겨나지 않기 위해서는 기본기보다 주로 기교를 가르쳐야 한다. 초·중 선수들에게는 전혀 어울리지 않는 스핀킥이나 과감한 태클(축구), 유럽식 셰이크핸드 그립(탁구), 떠오르는 직구나 싱커, SF볼, 컷패스트볼(야구)도 과감히 가르쳐야 한다.

결국 이렇게 배운 선수들이 한창 기량을 펼쳐야 할 성인이 되면 대부분이 부상에 시달린다. 주로 머리, 어깨, 허리, 무릎, 팔목과 발목 등이다. 그래서 기교를 중시하는 대만야구가 발전하지 못하는 것도 이 때문이다. 그렇다면 왜 대학의 스포츠 지도자들이 아이스하키 감독들처럼 수난을 맞아야 하는가.

바로 열악한 학교재정 때문이다. 주로 끼워 받기를 할 때는 별 문제가 없으나, 기량이 다소 떨어지는 선수에게 받는 기부금 대부분은 스

미디어로 본 세상

카우트비나 운영비로 쓰인다는 게 관례다. 그런데 그것이 학부모들과의 이해관계가 엇갈리면서 왜곡될 수 있고, 그것이 끝내 이런 결과를 만들어 낸다는 사실이다.

서울의 모 고교야구 선수들이 지방고교로 무더기 전학했던 것이 바로 좋은 예이다. 아무튼 이들이 있었기에 황선홍이나 서정원, 현정화나 유남규, 박찬호나 선동열 같은 선수들이 존재할 수 있다는 것이다. 따라서 이번 체육특기자 부정입학 사건에서 매도되어야 할 주체는 바로 맨입 장사하는 학원스포츠 그 자체이지, 검둥이 얼굴의 지도자가 아니라는 생각이다. 학원스포츠 전체가 왜곡될 것 같아 해보는 말이다.

[1998년 10월 15일 한겨레신문]

통일대기는 강원도의 자랑

현대는 3S의 시대이다. 프로정신(Spirit)에 입각한 완벽한 기술(Skill)로 초고속(Speed) 발전을 거듭해온 강원일보가 초등학교 축구대회와 태백곰기 중고 축구대회를 통해 설기현(벨기에 로열 안트워프)이나 김현석(J－리그 베르디 가와사키) 같은 수많은 축구스타들을 길러내더니, 이번에는 또 대한축구협회와 함께 통일대기 전국여자종별 축구대회를 주최할 예정이어서 신선한 충격을 주고 있다.

사실 여자축구는 남자축구와 맥을 같이 하고 있지만 첫 공식경기는 18세기 스코틀랜드에서 열린 기혼여자팀과 미혼여자팀의 경기였다. 그리고 한국여자축구는 50년의 역사를 갖고 있으나 국내 여자축구가 공식대회에 첫 선을 보인 것은 1949년 6월 28, 29일 이틀간 서울(現동대문)운동장에서 열린 전국여자체육대회였다. 이렇게 시작된 여자축구는 99미국여자월드컵에서 여자축구의 위상을 높이면서 수많은 스타들을 탄생시켰다.

세계적인 스타로 공인받은 미국의 미아 햄뿐만 아니라 7골 3도움으로 중국을 준우승으로 이끈 쑨원은 미셸 에이커스(미)와 함께 FIFA가 선정한 20세기의 여자선수로 뽑혔고, 역시 7골을 기록한 브라질의 시

미디어로 본 세상

시도 화려한 개인기와 프리킥으로 「왼발의 마술사」란 별명을 얻었다.

그렇다면 한국도 이같이 위상을 높이기 위해서는 어떻게 해야 할까. 그 해답은 곧 축구의 열기부터 높이는 것이다. 물론 강원도에는 강릉 성덕초－경포여중－강일여고－관동대로 이어지는 계열화가 되어 있고 강원일보가 통일대기로 붐 조성을 하겠지만 한국은 노르웨이나 미국, 중국 등의 여자축구 선진국과는 달리 등록팀 수부터 대횟수나 관중 수, 그리고 협회의 지원에 이르기까지 모두가 열악할 뿐이다.

두 번째가 유능한 지도자들에게 맡기는 일이다. 남자축구의 경우 522명의 학원팀 감독중 174명이 무자격자인데 반해, 여자축구는 57명의 감독 중 무자격자가 무려 30명이나 된다. 그래서 한국축구가 뿌리째 흔들리고 있으니 협회 차원에서 다시 한 번 생각해 볼 일이다.

마지막으로 학부모들의 축구에 대한 이해를 촉구시키는 일이다. 사실 우리의 학부모들은 [축구＝양가집(성적이 양 아니면 가)아들]이라는 등식에 빠져있다. 그러니 여자의 경우야 더 말해서 무엇하랴. 하지만 지금은 개성과 특기를 살리는 시대이고 자신과의 싸움에서 이긴 사람이 성공하는 세상이다. 따라서 더 많은 여자 어린이들이 축구에 관심을 가질 수 있도록 협회와 지도자들이 부단히 노력해야 한다.

[강원일보 2001년 신년특집]

포청천과 축구심판

1. 축구는 국민총화를 이루는 국기

축구공이 둥근 것은 지구가 둥글기 때문이고 지구가 둥근 것은 곧 평화를 상징하기 때문이다. 그래서 4년마다 한 번씩 월드컵은 열리는 것이고, 그 월드컵은 지구 곳곳의 이목을 집중시키면서 숱한 화제를 뿌리기도 한다.

그렇기 때문에 엘살바도르와 온두라스가 축구전쟁을 치렀던 것처럼, 또 `98프랑스월드컵 아시아지역 최종예선 경기에서 졸전 끝에 패한 일본의 가모 슈 감독과 우즈베크스탄의 미르사르코프 감독, 그리고 카타르의 조 본푸레레(네덜란드) 감독, 사우디아라비아의 빙가다(포르투갈) 감독 등이 교체된 것처럼, 그 열기는 이제 국가 간에 자존심 싸움으로까지 이어지고 있다.

뿐만 아니라 한.일전에서는 한국의 레드 데빌과 일본의 울트라스(구 명칭 울트라 닛폰)가 응원전에서도 자존심 싸움까지 벌렸다. 오죽하면 미국에서의 인종문제를 미식축구가 풀어 간다고 했을까? 세계는 이미, 이념전쟁에서 경제전쟁으로 바뀐 지 오래다.

그런데 우리 축구가 '골! 골! 골!'하면서 국민들의 가슴을 시원하게

미디어로 본 세상

해주는 반면, 우리 경제는 역으로 '골골골'거리면서 병들어 가고 있다. 때문에 그 여파는 아버지의 권위마저 흔들어 놓고 있고, 사회적 병리 현상은 또 가치관까지 흔들어 놓고 있다. 그래서 고교생들이 제작한 '빨간마후라'는 충격의 대명사가 되었을 뿐 아니라, '믿을 건 돈밖에 없다'는 가치관의 변화 또한 일부의 가정주부나 여대생들까지 비정상 으로 몰아가고 있다.

비단 그뿐만이 아니다. 변덕이 죽 끓듯 하는 '곰'부서는 컴퓨터 인간 만 생산하고 있을 뿐, 도대체 변화가 없다. 그래서 대학을 나온 어머니 는 파출부로 사교육비를 벌어야 하고, 명퇴와 황퇴와 조퇴로 이어지는 아버지들의 일그러진 상 역시 산과 포장마차에서 한숨짓고 있다. 그리 고 언제부터인가 '깡패 태수와 임꺽정'이 우상화되면서, 사회 곳곳에 는 수많은 완용이들이 설쳐대고 있는 추세다.

그러나 이러한 것들을 함박눈이 덮어 주듯이 축구가 국민들의 찌들 은 마음을 정화시켜 주고 있다. 이제 우리도 일본과 함께 2002월드컵 을 공동유치해 논 상태에서 프로축구와 프로야구, 그리고 프로농구에 이르기까지, 이미 세계화에 앞장서 가는 프로시대에 접어들었다. 프로 란 결국 전문가를 요구하는 것이고, 그것이 또 국민총화에 일조하고 있는 것을 보면 심판들의 역할이 얼마나 중요한 것인지를 일깨워 주고 있다.

그런데 '96 한국시리즈'에서의 야구를 비롯해서 '96 라피도컵'인 프 로축구에 이르기까지, 심판에 대한 불신이 한껏 높아지고 있다. 잠실 에서는 포수가 스트라이크 판정 때문에 마스크를 팽개치며 구심에게 대들었는가 하면, 광양에서는 경기가 끝나자마자 코치와 선수들이 주 심을 폭행하려고 쫓아다니기도 했다.

그 결과 야구에서는 김광철 심판위원장이 책임을 느껴 사퇴할 수밖에 없었고, 축구에서는 김진옥 주심이 천안 일화와 삼성 수원과의 오프사이드 판정 때문에 잔여 경기에 출장치 못한 불운도 있었다. 어디 그것뿐이겠는가? 생활축구 현장에서는 늘 판정시비 때문에 폭력이 난무하는 것은 물론, 도로에다 차를 막고 경적까지 울리면서 주민들의 눈살을 찌푸리게 만든 일도 있었다.

그렇다면 왜 이렇게 되었을까. 그것은 곧 심판에 대한 불신이 어제 오늘의 일은 아니겠지만, 협회는 그 동안 경기장의 판관인 심판에 대해 너무 안일하게 운영해 왔다는 사실이다.

2. 눈치를 볼 수밖에 없는 축구심판

그렇기 때문에 구단들은 구단들대로 오직 승리에만 집착해 있고, 심판들은 심판들대로 구단들의 눈치 보기에만 급급했다. 왜 그렇게 되었을까. 그것은 곧 심판을 직업으로 삼고 있는 전임심판들이 각 구단주들에게 목이 메어 있었다는 사실 때문이다.

프로구단 단장들이 주축이 된 연맹 이사회에서는 그들이 심판들에 대한 계약과 제명여부를 결정하기 때문에, 심판들은 그들의 눈치를 안 볼 수가 없었다. 뿐만 아니라 판정시비 때문에 어떤 문제점이 발생할 때마다 결국엔 소수일 수밖에 없는 심판들의 희생이 따르기 마련이다. 그래서 그들은 불이익에 항거하고자 심판 상조회를 운영하게 되었고, 그 상조회가 때로는 방패막이가 되기도 했다.

하지만 금년부터는 차경복 심판위원장과 이순명 경기위원장 체제로 바뀌면서 심판상조회를 협회로 귀속시켰기 때문에, 이제부터 별다른 문제점은 없을 것이라 생각된다. 따라서 진정 축구를 사랑하고 아끼는 마음이 있다면 이제부터라도 심판을 독립시켜야 한다. 요즘 독립

미디어로 본 세상

성을 상실한 사법부가 눈 가리고 아웅해서 국민들의 지탄을 받는 것처럼, 심판들도 연맹의 간섭이나 구단주들에게 무작정 끌려 다닌 다면 각종 의혹을 받을 수밖에 없다. 또한 이런 풍토 속에서는 국민들의 냉소현상이 판을 치듯, 관중들의 외면 또한 불을 보듯 뻔하기 때문이다.

따라서 1928년 5월 22일 축구심판협회가 창설되었듯이 심판들을 독립시켜서 권위를 세워 줘야 한다. 그렇지 않아도 지금 우리 사회는 불신풍조가 너무 팽배해 있다. 월드컵 4회연속 진출이라는 국민화합이 이루어진 마당에 정치권과 경제는 밑바닥을 헤매고 있고, 거리마다 건물마다 붙어 있는 동창회와 종친회, 그리고 향우회나 무슨 무슨 클럽 등의 집단 이기주의는 이미 극치를 향해 달리고 있다. 그러니 왜 경제가 갱제로 안 바뀌겠는가?

3. 지도자와 선수, 관중들이 지켜야 할 덕목

2천 4백년 전 소크라테스가 사형집행을 당하던 날, 그의 친구 크리톤이 찾아왔다. 그는 사랑하는 친구를 탈출시키기 위한 모종의 해법을 갖고 있었다. 하지만 소크라테스는 준법정신에 의해 서 탈출을 시도하지 않았다. 그리고 친구 크리톤을 향해 "친구여, 내가 아스클레파오스에게 닭 한 마리를 빚진 것이 있네. 자네가 그것을 좀 갚아 주겠나?"라고 말하면서 독배를 마셨다. 이것이 바로 준법정신인 것은 물론, 지도자와 선수, 그리고 관중들이 지켜야 할 덕목인 것이다.

4. 경기규칙에 나타난 세 가지 특성

그렇다면 축구심판이란 무엇이며 어떻게 행동할 때, 선수와 관중과 지도자간의 갈등을 해소시켜 줄 수 있는가? 축구심판이란 우선 경기규칙에 나타난 세 가지 특성을 알고 있어야 한다. 즉, 제1조부터 6조까지는 경기에 필요한 요소를, 제7조부터 제10조까지는 국제평의회 결정

사항에 따라 경기방법을 요약했다는 것이다. 그리고 제11조와 12조는 반칙행위에 대한 처벌방법을, 제13조부터 17조까지는 그 밖의 반칙행위에 대한 법조항을 기술하였다.

5. 축구심판에 대한 정의

야구심판(Umpirer)이 제삼자란 뜻이라면 축구심판을 레퍼리(Referee)라고 부른다. 즉, 자격(requirement)을 갖춘 4명의 전문기사(engineer − 주심과 부심, 대기심)가 성실(faith)하게 경기를 운영하면서 그에 대한 모든 책임(responsibility)을 진다는 정의가 담겨 있다. 따라서 축구를 좋아한다고 해서 누구나 다 심판이 되는 것은 아니고, 어느 정도의 소질이 있는 상태에서 능력을 개발할 수 있는 자질이 있어야 한다고 보겠다.

6. 축구심판의 의의意義

모든 구기종목이 다 그러하듯이 선수와 심판, 그리고 관중들의 3박자가 조화를 이룰 때 그 경기는 묘미를 느끼게 된다. 특히 심판은 경기장을 지휘하는 오케스트라의 지휘자이고 연출자이면서 꽃인 관계로, 자칫 잘못하면 불협화음을 일으켜 그 경기를 망치고 만다.

그렇기 때문에 그것을 컨트롤하게 되는 심판은 경기의 중재자(仲裁者 − MEDIATOR)이고 융화조정자(融和調整者 − ARBITER 또는 ARBITRATOR) 이면서 화해자(和解者 − PEACE MAKER)로서의 역할을 다 해야 한다. 특히 축구는 다른 구기종목 심판과는 달리 3F와 함께 3C를 필요로 하게 된다. 즉, 지칠 줄 모르는 체력(Fit)과 함께 정확(Correct)하면서도 과감하게 판정할 수 있는 용기(Courage), 그리고 공정(Fair)하면서도 흔들리지 않는 굳건한(Firm) 신념(Confidence) 또한 필수로 하고 있다.

미디어로 본 세상

7. 심판들의 유의사항

심판들이 특히 유의해야 할 사항은 심판들이 연예인들처럼 인기를 먹고사는 직업이 아니라는 사실이다. 단지 경기규칙을 숙독하고 정확한 해석과 함께 경기의 흐름에 대한 불법행위를 찾아내서 즉시 결정을 내리면 되는 것이다. 그러기 위해서는 판정의 냉정성, 체력의 기민성, 어려운 역경에 있어서의 인내성과 부동의 성실성을 바탕으로 양심과 인격, 신의에 의해서 판정을 내릴 수 있는 역량이 필요한 것이다.

8. 관중들은 심판을 바라보지 않는다 훌륭한 심판이란 결국 매우 열심히 공부 하고자 하는 열의를 바탕으로 뛰어난 소질과 근성이 있어야 하고, 시간이 나는 대로 경험을 충분히 쌓도록 노력해야 한다. 특히 중요한 것은 관중들이 경기장을 찾아올 때는 심판을 보러 오는 것이 아니라는 사실이다.

관중들은 선수들의 묘기와 수시로 전개되는 예술적인 골 ─ 인 장면을 보기 위해 경기장을 찾아올 뿐이다. 그럼에도 불구하고 일부 심판들은 경기장에 들어가면서 우쭐한 기분으로, 자기가 마치 최고인 것처럼 착각하는 경우가 종종 있다.

그렇다면 관중들이 심판을 바라볼 때는 언제인가? 관중들은 경기가 매끄럽게 운영될 때는 심판을 바라보지 않는다. 다만 심판의 오심에 의한 사고가 발생했을 때, "어떻게 생긴 심판이 저렇게 경기를 망칠까?" 라고 하면서 욕설과 함께 폭력 사태를 불러일으키고 문제를 일으킬 뿐이다.

또한 공식경기에서는 한강에서 뺨맞고 한강에서 눈 흘 긴다는 식으로, 후보 선수와 학부모들이 감독과 코치에 대한 분노와 불만의 노출 수단으로 표출시킨다. 뿐만 아니라 감독과 코치들은 무능하고 편파적인 심판 때문에 패할 수밖에 없다는 사실을 강조하면서 모든 책임을 심판에게 전부 뒤집어씌우는 예가 종종 있다.

작년 KBS배 춘계연맹전에서 경기도의 B중학교 학부모들이 심판대 기실까지 쫓아와 난동을 부린 것 등이, 다 그런 예에 속하기 때문이다.

9. 심판들은 겸허한 마음과 소박한 행동으로 일관해야 결과적으로 죄 없는 심판원만 수모를 당하게 된다는 것을 깊이 깨닫고, 평소 겸허한 마음과 성실한 자세로 남에게 오해받지 않게끔 행동[특히 8강전]해야 한다.

뿐만 아니라 가정과 직장, 그리고 사회적 관리를 잘 해서 주변사람들에게 존경받는 인물이 될 수 있도록 노력해야 한다. 그리고 이러한 자세에서 소신과 양심을 바탕으로 판정할 수 있어야 한다. 또한 우리나라 사람들의 의식구조가 혈연과 지연과 학연에 얽매여 있듯이, 심판 세계에도 이러한 의식구조가 보이지 않게 작용되고 있다.

그렇기 때문에 비경기인이 심판을 볼라 치면 "저 친구 어디서 공 찼어?" 라고 하면서 도태시키기 일쑤이다. 또한 화합을 해도 어려운 심판들끼리 "누구, 누구는 안돼!" 라고 하면서 헐뜯고 암투하는 경향이 있는데, 어차피 한배를 탔으면 공동운명체로서의 사명감을 갖고 행동해야 한다.

따라서 서로가 아껴 주고 사랑하면서 감싸줄 때, 화합의 마당은 이루어질 것이라 기대된다. 특히 경기장에서 생활하는 심판이나 감독과 코치, 그리고 선수들은 이기거나 지는 것만 보아 오기 때문에, 성격들이 단순하고 조급한 경우가 많다. 따라서 모든 일을 깊이 생각하고 행동할 줄 아는 인물, 남들이 존경할 수 있는 인물이 될 수 있도록 부단히 노력해야 할 것이다.

10. 포청천과 축구심판

포청천이란 대만의 역사드라마로 원제_{原題}는 ≪판관 포청천≫이다. 중국 송나라 때 명판관인 포증의 활약을 다룬 이 드라마는 드라마 자체로 보면 인기를 끌 만한 구석이 별로 없었다. 하지만 무너져 가는 인간의 도덕성과 각종 범죄비리 등 악과 함께 쉽게 타협해 버리는 현대인들의 얄팍한 인간성 등이 시대적 상황과 맞물렸기 때문에 인기를 끌었던 것이다.

포청천은 고결한 인격의 소유자일 뿐만 아니라 범법자에 대해선 지위고하를 막론하고 추상과 같은 판결을 내린다. 왕의 부마, 공신의 자손 등 권력층이라도 죄가 있으면 예외 없이 준엄한 판결로 백성의 한을 속 시원히 풀어 준다. 시청자들은 포청천의 이 같은 정의감을 통해서 우리가 처한 현실에 대해 대리만족을 얻었다는데 그 중요성이 있다.

그렇기 때문에 그라운드의 포청천인 심판도 재판을 진행하는 법관과 마찬가지로, 무엇보다도 경기규칙을 숙지해야 한다. 그리고 그에 대한 정확한 해석과 함께 부정행위에 대한 내용을 즉시 발견해서 해당 법조항을 적용, 즉결 처리할 수 있는 소양을 갖추고 있어야 한다.

특히 경기장에서 맞아 죽어도 소신을 굽히지 않는, 그런 배짱이 있어야 한다. 그러나 모든 일이 다 그러하듯이 경험처럼 중요한 것은 없다. 지혜롭지 못한 자는 자기 실수를 반복해 가며 배워 나가지만, 현명한 자는 남의 잘못을 보고 배워 나가기 때문이다.

큰 나무는 모진 비바람과 오랜 세월을 통해서 성장해 나아간다. 따라서 모든 심판들이 부단히 노력할 때, 한국축구는 국민들에게 시원한 그늘을 만들어 주면서 뿌리깊은 나무로 성장해 나아갈 수 있을 것이다.

[1997년 12월 월간축구 Best Eleven]

축구蹴球 심판審判

모든 구기 종목이 다 그러하듯 선수와 심판, 그리고 관중들의 3박자가 조화를 이룰 때 그 경기에 묘미를 느끼게 된다. 특히 심판은 경기장을 지휘하는 오케스트라의 지휘자로서 자칫 잘못하면 불협화음을 일으켜 그 경기를 망치고 만다. 그렇기 때문에 심판이 되려면 3F와 3C가 필요하다.

즉, 지칠 줄 모르는 체력(Fit)과 함께 정확(Correct)하면서도 과감하게 판정할 수 있는 용기(Courage), 그리고 공정(Fair)하면서도 흔들리지 않는 굳건한(Firm) 신념(Confidence)이 또한 있어야 한다. 그런데 초년병들이야 어디 의욕만 앞설 뿐이지 그렇게 잘 될 턱이 없다.

축구를 너무 좋아한 나는 87년에 심판 자격을 취득, 조기축구 심판을 거친 후 공식대회를 맡는 심판이 됐다. 조기축구 심판은 서로가 아는 얼굴들이라 대충대충 넘어갈 수 있었다. 그러나 공식대회는 달랐다. 내게 처음 배정된 경기는 초등학생 경기이고 그것도 선심이었지만 다리가 후들후들 떨릴 정도로 힘들었다.

스탠드에는 관중이 빽빽이 들어찼고 양兩팀 감독들의 눈은 번뜩이는데 나는 너무 당황한 나머지 깃발을 반대로 들기 일쑤였다. 다행히 노런한 주심의 기지에 의해 경기는 별 소동 없이 무사히 넘어갈 수 있었다. 한번은 이런 일이 있었다. 중학교 결승전 경기에서 연장전까지 갔음에도 승부가 안나 승부차기로 들어갔다.

경험이 짧은 나는 선수들이 한번 찰 때마다 내가 직접 볼을 페널티 마크에 갖다 놓고 선수들보고 슛을 하라고 했다. 결국 승패가 결정 나 경기는 끝났다. 그러나 패한 팀의 학부모들이 심판審判실로 몰려와 『왜 재수 없이 심판이 볼을 만져 우리 애가 노골이 되게 했느냐』며 다그치기 시작했다. 정말 난감했다.

중.고교 경기에서는 학부모들이 감독이나 코치에 대한 불만을 심판에게 화풀이하는 일이 잦다는 것을 이때 알게 되었다. 초등학교 대회에서 심판을 보던 중, 선수들과의 미팅(경기 전에 장비상태와 주의 사항을 전달하는 과정)에서 한 선수가 발을 뒤로 감추고 있었다. 이상한 예감이 들어 신발을 보자고 하니까 매우 싫어했다. 하지만 검사를 안할 수 없어 강제로 신발을 보니 신발 앞창이 다 떨어져 너덜거리고 있었다.

연유를 알아보니 강원도 삼척 탄광촌에서 어렵게 운동한 학생들이었다. 하지만 그들은 축구라는 꿈이 있었고, 선생님들 역시 아이들을 사랑했기에 한 푼 두 푼 모아가며 대회에 출전시켰던 것이다. 탄광촌 아이들은 열의는 넘쳤으나 실력은 Fighting을 못 따라갔다. 경기에 패한 아이들이 그대로 운동장에 주저앉아 엉엉 울 때 심판인 나의 마음도 울적해졌다. 다시 그들에게 기회를 주고 싶은 심정이었다.

심판도 사람인 이상 실수를 할 때가 있다. 어느 대회 고등학교 결승전을 맡았을 때이다. 양 팀 재학생들과 동문들의 열띤 응원應援속에 1−1 동점을 이룬 선수들은 곧이어 연장전에 들어갔다. 연일 경기를 해온 탓인지 연장 후반에 접어들자마자 쥐가 난 선수들이 운동장 여기저기서 나뒹굴었다.

주심이었던 나는 곧 경기를 중단시키며 치료를 시켰다. 그러나 이게 화근이었다. 쥐가 난 선수들은 자신의 체력관리를 소홀히 했기 때문에 치료는 운동장 밖에서 받도록 하고, 심판은 그대로 경기를 진행시켜야만 했다. 경기 후 나는 패한 팀의 감독과 코치들, 그리고 심판위원장에까지 욕을 먹게 되었다.

땅에 굴러다니는 물체를 발로 차고 싶은 충동은 인간의 본능에 속한다. 또한 둘레 71㎝, 무게 450g, 그리고 1기압의 가죽제품으로 이뤄진 축구공은 사람을 끄는 묘한 마력을 갖고 있다. 그 마력에 빠져 보낸 젊음이 나는 결코 아쉽지 않다.

[1996년 09월 18일 경향신문]

미디어로 본 세상

축구는 과연 흥분제인가

1946년 영국 볼튼원더러스팀과 스토크시티간의 경기도중 볼튼 스타디움의 벽이 무너져 33명이 사망하고 5백여 명이 부상했던 사고를 시작으로, 48년 이탈리아의 토리노팀, 58년 영국의 맨체스터 유나이티드팀, 61년 칠레의 그린 클로스 클럽 팀 선수들이 탔던 여객기 추락 사고, 또 64년 페루, 67년 터키, 68년 아르헨티나, 82년 네덜란드, 85년 5월 19일 중국 북경에서의 관중폭동 사고, 69년 엘살바도르와 온두라스간의 축구전쟁, 그리고 `94미국월드컵에서 자책골을 기록했던 콜롬비아의 에스코바르 선수가 살해된 것까지, 지난 50여 년간 지구촌 곳곳에서 발생했던 축구관련 각종 사고는 1천여 명이 사망하고 2천여 명이 부상한 것으로 집계되고 있다.

땅에 굴러다니는 물체를 발로 차고 싶은 충동은 인간의 본성에 속한다. 그래서 4년마다 월드컵은 열리는 것이고, 그것은 또 위와 같은 사고를 유발시키면서 사람들을 죽게도 만들고 미치게도 만든다. 이렇듯 축구는 마약과도 같은 흥분제 역할도 겸하고 있지만, 가끔은 정치적인 논리로 이용되기도 한다.

독일의 정치이론가인 게르하르트피나이에 의하면 '고도의 자본주의 사회 속에서 터져 나오는 불만은 어떤 정서적인 배출구를 필요로 한다'고 했고, 그것은 또 '정서적인 배출구 역할과 해방의 기회를 부여하면서 기존의 권력구조를 타파할지도 모르는 에너지를 다른 데로 돌릴 수 있다'라고 했다.

뿐만 아니라 그는 '빅토리아여왕시대 잉글랜드의 기업가는 이 새로운 스포츠(축구)로 인해 근로자들이 정치나 조합활동에 매달리는 것을 저지시키기 위해 장려했다'고 밝히고 있다. 아무튼 월드컵 4연속 진출에도 불구하고 또다시 예선 탈락한 지금, 한국축구는 지위과시용으로서의 얼굴조차 잃은 채 초라한 몰골로 우리 앞에 다가 서 있다.

변변한 잔디구장조차 없이 초등 212개, 중등, 153개, 고교 104개, 대학 49개, 실업 16개, 그리고 프로 10개 팀으로 외국에 비해 너무 열악한 실정에 있지만, 지금부터 모든 것을 착실히 준비해 나간다면 2002년 코리아 재팬 월드컵에서 한민족의 저력은 충분히 나타낼 수 있다고 본다. 그러나 아무리 중세 대중오락 수준으로부터 시작된 축구경기라지만, 독일을 3:0으로 꺾은 크로아티아 국민들이 벌린 광란의 축제와 총기난사 사건, 그리고 태국 죄수들의 집단탈옥 사건은 또 무엇을 뜻하는가.

클럽대항 어린이축구대회에 출전한 꿈나무들을 바라보면서 이들에게 과연 '어떤 교훈을 심어줘야 할까?'하고 잠시 생각해 본다. 그것은 곧 축구가 온 국민들을 흥분의 도가니로 몰아가는 마약성분과 너무 닮았기 때문이다.

[1998년 07월 08일 강원도민일보]

미디어로 본 세상

축구 선수와 근성

김병지와 고종수와 안정환, 그리고 이동국과 김은중. 축구를 좋아하는 팬들이라면 누구나 다 아는 축구선수들이다. 그리고 팬들에게 무언가 친근감을 느끼게 하면서 오빠부대를 끌고 다니는 미남 선수들이다. 그러나 이들에겐 축구를 잘한다는 공통분모가 있는 반면, 그 스타일은 저마다 제 각각이다. 서로가 성장배경이 다르기 때문이다.

우선 김병지와 고종수와 안정환이 [장발장의 빵]과 [눈물 젖은 빵]을 먹어온 반면, 이동국과 김은중은 또 [유교적 사상이 담긴 사랑의 빵]만 먹어왔다. 그래서 이들이 경기하는 모습을 보게 되면 가끔씩 그에 대한 스타일이 나온다. 김병지는 골키퍼의 필수조건이라 할 수 있는 킥력을 비롯해서 위기대처능력과 상황판단능력을 고루 갖췄고, 골을 막기 위해서는 몸까지 사리지 않는 과감성까지 갖추고 있다.

고종수 역시 플레이메이커로서 미드필드를 휘젓고 다니는 것을 보면, 안정환과 마찬가지로 반하지 않을 수 없게 만들고 있다. 뿐만 아니라 강인한 체력과 함께 까만 얼굴은 또 순수한 매력을 풍기면서 특히 축구의 기본이랄 수 있는 근성까지 갖추고 있어 수많은 팬들로부터 사랑 받고 있다.

이에 반해 신세대인 이동국과 김은중은 마음이 너무 좋게 생겨 탈이다. 그래서 가끔 굴곡이 생겨 팬들을 실망시키지만, 그 이유는 바로 학원축구에서부터 비롯된 것이라 할 수 있다. 우리의 학원축구는 잘 알다시피 학부모들에게 끌려 다니는 것에서부터 문제가 발생한다.

지도자가 쫓겨나지 않으려면 반드시 이겨야 하고, 그러기 위해서는 기본기보다 주로 기교를 가르쳐야 한다. 때문에 학교교육과 마찬가지로 십인일색十人一色으로 가르칠 수밖에 없고, 선수들은 또 감독의 눈치를 안볼 수가 없게 된다. 기본 틀을 벗어나면 반드시 감독의 질책이 따르기 때문이다. 그러니 게임 중에 어째 창의력이 생기겠는가. 생각해 볼일이다.

그러므로 학원지도자들에게 바라건대 경기가 시작되면 일체 함구하는 것은 물론 공포분위기를 조성하지 말라는 얘기다. 축구는 무엇보다 신사도를 강조하기 때문에 넥타이를 매고 점잖게 앉아서 필요한 부분만 지적해 주라는 것이다. 그리고 반드시 비디오를 촬영해서 경기가 끝난 다음에는 꼭 복기 하는 습관부터 기르라는 것이다. 물론 연습경기 때도 마찬가지다. 선수들은 또 일단 경기가 시작되면 감독의 눈치를 보지 말아야 한다. 마음껏 플레이를 펼치면서 생각하는 축구를 구사할 일이다.

그러할 때 창의력이 생기면서 발전하는 것이지, 감독의 틀에 매이다 보면 늘 뒷걸음질이나 치는 축구가 될 수밖에 없다. 우리의 학원축구 선수들이 감독들을 너무 의식하는 것이 안타까워 한번쯤 해보는 말이다. 그리고 축구란 마치 사냥과 같아 지혜로운 지도자 밑에 훌륭한 사냥꾼이 생산되고, 그것이 빌미가 되어 한국축구가 세계적으로 발돋움

미디어로 본 세상

할 수 있다는 얘기가 되기 때문이다.

[1999년 05월 20일 강원일보]

잘못 쓰이는 축구용어들

텔스타(`70 멕시코 월드컵)로 시작해서 트리콜로(`98 프랑스 월드컵)에 이르기까지 수많은 사건을 일으켰던 축구공. 그 공으로 바레인이 중국 골문을 가르면서 한국축구가 다섯 번째 올림픽 본선무대에 오르게 됐다. 그 공이 시드니 올림픽에서도 한국팀에게 행운을 가져다주기를 바라는 마음 간절하다.

앞으로 다가올 뉴밀레니엄 시대는 분명 전문가의 시대이고, 모든 일은 그들에 의해서 좌지우지된다. 특히 국민들의 안테나 노릇을 하는 매스컴 관계자들은 더더욱 그렇다. 그런데 신문이나 중계방송에서 가끔 이해할 수 없는 것들이 발견되곤 한다. 예컨대 부심이라고 해야 할 것을 선심으로, '반스포츠적 행위'를 '비신사적 행위'로, '터치라인 아웃'이나 '골라인 아웃'을 '터치 아웃'이나 '골 아웃'으로 표현하는 것은 물론 '심판이 어드벤티지 룰을 적용한 후, 유리한 상황이 전개되지 않았을 경우에는 원 반칙으로 처벌할 수 있다'는 96년 개정된 룰도 모르는 경우도 종종 있다.

뿐만 아니라 전술과 시스템을 구분하지 못한 채 그저 '3-5-2'라면 수비위주의 전술이고, '4-4-2'는 단지 공격적인 전술이라고 착각하는 경우가 있다. '3-5-2'니 '3-6-1'이니 하는 것은 그저 대형(시스템)일 뿐 전술은 아니다. 전술이란 선수의 특성과 상대팀의 전력을 고려하여 이기기 위한 술책을 뜻하는 것으로 자리배치에 불과한 대형만으로는 설명할 수 없다. 매스컴 관계자들은 공인이다. 그런 공인들이 사용하는 언어는 독자나 시청자들에게 많은 영향을 끼친다. 따라서 책임감을 가지고 좀 더 정확한 표현을 사용해야 할 필요가 있다.

[1999년 12월 18일 강원도민일보]

월드컵 대표팀에 바란다

이제 오는 10일이면 제16회 98 프랑스 월드컵의 팡파르가 울려 퍼진다. 국가대표란 무릇 국민을 대표하는 선수들이다. 비록 축구협회에서 선발은 했지만 결국은 국민들이 뽑아준 것이나 마찬가지다. 그래서 필자는 국민의 한 사람으로서 차범근 감독이나 선수들에게 몇 가지를 당부하고자 한다.

그 첫 번째가 편애와 괘씸죄를 적용하지 말라는 것이다. 86 멕시코 월드컵 때 컨디션이 제일 좋았다는 조병득 골키퍼가 무슨 이유에선지 한 게임도 못 뛰었고, 95 코리아리그 결승 3차전에서 '골든 골'을 넣었던 '팽이' 이상윤도 96년엔 선수등록조차 못하고 한숨만 푹푹 쉬었던 때가 있기 때문이다.

둘째, 승패를 떠나서 경기매너에 충실해야 한다. '제2의 카니히아'로 불리는 멕시코의 루이스 에르난데스나 오렌지군단의 데니스 베르캄프, 붉은 악마의 루이스 올리베이라 등을 집중 마크하다 보면 좋지 못한 현상도 일어날 수 있다. 구제금융 체제로 국가 신용도도 떨어진 이때 난폭한 경기로 비난받지 않도록 최선을 다해 달라는 말이다.

셋째, 선수들은 자신감을 갖고 경기에 임해야 한다. 축구공은 어차피 둥글다. 둥근 만큼 변수도 많아 이변도 일어날 수 있다. 경기력은 응원과도 일치한다. 붉은 악마들의 조직적인 응원은 수차례의 승리를 가져왔다.

넷째, 선수들의 실력은 감독만이 알고 있다. 자신의 실력을 과대 포장한다고 해도 결국 '무덤 속에서 경經읽기'밖에 안 될 것이다. 따라서 선수들은 조직을 나에게 맞추지 말고, 나를 조직에 맞춰야 한다.

다섯째, 경기마다 최선을 다해서 아쉬움을 남기지 말아야 한다. 호랑이나 사자는 토끼 같은 작은 동물을 잡을 때도 최선을 다한다. 또한 권투경기에서 12회전이 다 끝나고 판정만을 기다릴 때, 선수가 힘이 남았다고 모션을 취하는 것 역시 관중들만 웃길 뿐이다. 여섯째, 감독과 선수들은 늘 협회나 국민들에게 감사해야 한다. 축구대회 중 월드컵만큼 큰 대회는 없다. 항상 겸허한 마음과 소박한 행동으로 일관해서 국민들에게 신뢰감을 주어야 한다. 그렇게 했을 때 꽃망울은 터질 것이고, 83멕시코청소년대회 때처럼 신화는 또다시 창출될 것이다.

마지막으로 지도자로서의 사명감이다. 지도자(Leader)는 글자 그대로 많은 정보를 수집해서 최선을 다하고, 선수들을 사랑하고 보호해서 도움을 줄 수 있어야 한다. 또한 감독은 최종 결과에 대한 모든 책임을 혼자서 져야 한다. 이제 98프랑스월드컵을 향한 대서사시의 막은 올랐다. 협회와 감독·선수들이 혼연일체를 이루고, 국민들 또한 앞에서 끌어주고 뒤에서 밀어준다면, 한민족의 우수성은 세계를 향해서 힘차게 울려 퍼질 것이다. 이기고 돌아오라, 대한의 건아들이여!

[1998년 06월 09일 한겨레신문]

아파트단지대항 어린이 축구대회 열자

현대사회는 이미 정보화를 가속시키면서 아이디어 싸움으로 치닫고 있다. 때문에 요즘처럼 세계적인 불황에 직면해도 아이디어가 많은 기업은 살아남겠지만 이것이 모자란 기업은 도태될 수밖에 없다. 축구도 마찬가지다. 70년대부터 우후죽순처럼 솟아나기 시작한 아파트는 이미 우리들 삶의 터전이 된지 오래다.

하지만 흙과 물을 접할 수 없는 아파트단지의 환경은 아이들에게 있어서 인성 교육에 많은 지장을 초래하게 된다. 특히 콘크리트 안에 갇힌 아이들은 부모들의 과보호 속에서 컴퓨터로 오락이나 즐기는 등 마땅한 놀이문화가 없다. 때문에 이들을 집밖으로 끌어내는 것은 결국 어른들의 몫이다.

그러기 위해서는 여름과 겨울방학을 이용해 '아파트 단지 대항 어린이 축구대회'를 열어주는 것이다. 하지만 문제는 운동을 하게 되면 공부에 지장을 초래한다는 우려가 있을 수 있으나 정식 축구선수가 아닌 생활축구를 권장하는 것이다. 그러면 비만에 걸린 아이들도 취미를 갖게 될 것이고 아이들 또한 '우리 동네 대표선수'라는 자부심에 기뻐할 것이다.

게다가 부모들은 부모들대로 모처럼의 가족행사가 될 수 있어 좋고, 특히 이웃끼리의 거리감도 좁혀질 것이다. 그렇다면 이런 행사를 주관해야 할까. 당연히 지역 축구협회에서 맡아야 한다. 하지만 여건이 그렇지 못하다면 언론기관에서 각종 축구대회를 주최해 왔듯이, 지역 민방인 케이블 TV가 맡아보는 것도 바람직하다.

만약에 이런 사업을 케이블 TV가 한다면 실보다는 득이 많을 것이다. 그것은 요즘의 생활방식이 아이들 위주로 이어지듯이, 직접중계나 녹화방송을 보기 위해서는 케이블 TV를 설치할 수밖에 없기 때문이다. 게다가 화를 거듭할수록 그 위상은 높아질 뿐만 아니라 사업 확장에도 일조—助하게 돼 금상첨화가 될 것이다.

이것은 또한 지방자치시대에도 걸 맞는 화합의 마당이 될 것이고 나아가서는 아파트 단지를 하나로 묶는 매개역할을 할 수 있다. 뿐만 아니라 기관장들과 학부모들 간에 오픈경기까지 연다면, 민과 관이 화합하는 좋은 계기가 될 수 있다.

[1996년 10월 23일 일간스포츠]

심판審判부 독립해야 축구도 산다

국가 발전에 입법 사법 행정부의 견제와 균형이 중요하듯이 축구가 중흥하기 위해서는 선수와 심판 그리고 관중이라는 3박자가 조화를 이뤄야 한다. 그런데 최근 프로야구와 프로축구서 심판에 대한 불신이 한껏 높아지고 있다. 이를 불식하기 위해서는 심판의 독립이 절실하다.

야구서는 심판위원장이 책임을 느껴 사퇴했고 축구서는 천안－수원전 주심이 남은 경기에 배정되지 못했다. 이렇게 된 것은 협회가 심판운영에 대해 너무 안일했기 때문이다. 이 사회에 팽배된 불신풍조와 집단 이기주의 영향을 받고 있는 것이다. 구단들은 오직 승리에만 집착하고 심판들은 구단들의 눈치 보기에 바쁘다. 이는 전임심판들이 각 구단주들에게 목이 매여 있는 현실 탓이다.

프로구단 단장들이 주축이 된 연맹 이사회는 그들이 심판들에 대한 계약과 제명여부를 결정하고 있다. 판정시비가 일 때마다 결국에 소수일 수밖에 없는 심판들만 희생된다. 그래서 그들은 불이익을 줄이고자 상조회를 운영하고 있으며 상조회가 방패막이가 되기도 한다.

따라서 진정 축구를 사랑하고 아끼는 마음이 있다면 이제부터라도 심판을 독립시켜야 한다. 사법부가 독립성을 상실하면 행정부에 끌려 다니는 것처럼 심판들도 연맹의 간섭이나 구단주들에게 끌려 다니면 각종 의혹을 받을 수밖에 없다. 이런 풍토서는 관중들의 외면이 불을 보듯 뻔한 일이다.

이러한 가운데 지난달 열린 아시아 청소년(U-19)선수권 대회의 관중이 마지막 날을 빼고는 100여명을 웃돌고 있다. 이러한 사실은 국제 축구연맹에도 보고될 것이고 나아가서는 2002년 월드컵 한·일간이 경기배분에 있어서도 영향을 받을 것이다. 따라서 1928년 5월22일 축구심판협회가 창설되었듯이 심판들을 독립시켜서 권위를 세워줘야 한다.

[1996년 11월 06일 일간스포츠]

무조건 감독 탓인가

『탓 문화』에 멍드는 감독들『탓 문화』에 익숙한 우리는 흔히 경기에서 패할 때마다 그에 대한 책임은 무조건 감독이 져야 한다고 생각하는 것 같다. 그러나 이러한 단순논리는 감독들의 위상을 실제보다 과장되게 비춰가며『경쟁적·대중적 스타』이미지로 추켜세우는 매스컴들의 보도 탓이라는데 있다.

사실 감독들이 마치 엄청난 사회적 영향력을 지닌 공인인 양 비쳐지기 시작한 것은 근년에 와서 생긴 일이다. 그러나 팀 내에서의 중요도를 따지는 우선순위에서 감독들은 선수들을 더 중요한 존재로 앞세우는데 결코 주저치 않는다. 뿐만 아니라 그들은 또 외부에서 생각하는 감독의 위상이 어떻든 간에, 경기결과에 대한 책임은 결국 자신들이 져야 할 몫이라는 것에 대해서도 잘 알고 있다.

하지만 축구경기란 개인경기가 아니라 열 한 명의 선수들이 조화를 이뤄야 하는 관계로, 어쩔 수 없이 선수 개개인의 중요성보다는 팀 전체로서의 능력이 더욱 비중 있게 평가되기 마련이다. 또 팀을 운영하는 책임이 결국 감독에게 있기 때문에, 이번 한·일전에서도 보았듯이 팬들의 불만은 모두가 감독에게로 쏠리게 마련이다. 무릇 한 팀을 이끄는 감독이라면 나름대로 자신이 만들고자 하는 팀의 타입에 대해 기본구상이 명확히 서 있어야 함은 두말할 여지가 없다.

그러나 중요한 것은 감독이 갖고 있는 구상과 전략이 아무리 뛰어나다 하더라도, 감독은 그가 부릴 수 있는 선수들의 능력을 능가하는 수준의 전략을 구사할 수 없다는 점이다. 이 때문에 감독이 선수들을 선발할 때 가장 중요시 여기는 것은 선수의 능력 뿐 아니라 인간성인데, 이러한 경향은 감독이 구성하고 있는 팀이 국가 대표팀일 경우에는 더 말할 나위도 없다.

그런데 문제는 기량이 훌륭한 선수들일수록 대부분이 아주 강한 개성을 갖고 있다는 사실이다. 따라서 감독들은 이들의 개성을 팀의 전체 능력과 조화시키는데 무척 애를 먹게 된다. 게다가 우리의 축구현실이 감독들 마음대로 다 되는 것도 아니다. 고민 끝에 선수 하나만 제외시켜도 '카더라 방송'때문에 신경이 곤두서는 판인데, 기라성 같은 개성파들을 이끌고 경기를 하다보면 배가 산으로 갈 수도 있다는 것이다.

결국 이 때문에 경기는 이길 수도 있고 질 수도 있지만, 감독들은 누구나 다 이런 과정을 거쳐 거듭 태어난다는 사실이다. 그런데도 탓 문화에 젖은 팬들은 수많은 감독들을 도마 위에 올려놓고 마치 죄인인양 다루기도 한다. 비난은 결국 누워서 침 뱉기 우리는 `94미국월드컵과 `99코파아메리카컵대회에서 예선 탈락했던 일본 선수들을 일본인들이 얼마나 사랑했었는지를 보아왔다.

그런 반면 우리는 `98프랑스월드컵에서 예선 탈락하자 오직 비난 일색이었다. 결국 비난은 하면 할수록 늘어나기 마련이고, 그것은 또 인격이 깎이면서 감독·코치·심판·주장까지 혼자 하다 늘 티격태격 싸우는 저질 조기축구인이 될 뿐이다. 그러므로 패한 것에 대해 너무 과민반응을 보이거나 매도하지도 말자는 얘기다.

그들이 지고 싶어 진 것이 아니라 단지 결과가 그렇게 되었을 뿐이고, 전국의 울퉁불퉁한 도로는 우리 모두의 얼굴이요 잘못된 운전 습관 역시 우리들의 마음이기 때문이다. 따라서 이제부터라도 축구에 더 많은 관심을 갖고 시드니올림픽과 `2002월드컵에서의 선전을 기대해 보자. IMF사태가 단지 몇 사람만의 잘못이 아니라 우리 모두의 책임이고, 한국축구가 일본에게 패한 것 또한 그런 이유가 아닐까 싶어 해보는 말이다.

[1999년 09월 08일 강원도민일보]

미디어로 본 세상

금강대기를 통해 최고가 되라

노벨문학상을 수상(1948년)한 엘리엇(英 시인 Thomas Sterns Eliot)은 ≪황무지≫를 통해 4월을 가장 잔인한 달이라고 했다. '죽은 땅에서 라일락을 키워내고, 추억과 욕정을 뒤섞고, 잠든 뿌리를 봄비로 키운다....,'(하략).

그렇지만 5월은 꿈과 낭만과 동심으로 이어지는 '어린이날'과 부모님의 사랑을 다시 한 번 확인하는 '어버이날', 선생님 은혜에 감사드리는 '스승의 날', 그리고 자비를 가르쳐주는 '부처님 오신 날'등이, 우리들의 가슴을 활짝 열어 주고 있다. 그래서 금강대기는 해마다 5월에 열린다.

아무튼 5월은 사랑과 희망과 행복이 가득한 '가정의 달'이자, 청춘의 피가 끓는 '신록의 계절'이기 때문에 좋다. 그런 의미와 함께 오는 13일부터 19일까지 7일간 강릉과 삼척, 동해에서 금강대기의 팡파르가 울려 퍼진다. 그것은 또 `98프랑스월드컵에서 우리 선수들이 16강에 진입하기를 열망하는 강원도민들의 함성이기도 하다.

그러나 막상 경기에 임해야 하는 선수들은 12라운드를 뛰어야 하는 복서들처럼 무척 긴장될 것이라 생각된다. 마음먹기에 따라서 KO패당할 수 있고, 4전 5기의 신화를 창조한 홍수환씨처럼 KO패시킬 수도 있기 때문이다. 그래서 나는 여러분들에게 최고가 되라고 권하고 싶다. 어차피 세상에 태어났으면 최고가 좋지 않겠는가.

그렇다면 최고가 되기 위해선 어떻게 해야 하는가. 그에 대한 해답은 그림을 많이 그리라는 것이다. 감수성이 예민한 청소년기에는 미래에 대한 그림을 많이 그릴수록 상상력이 풍부해지기 때문이다. 중학교가 끝나는 9라운드까지는 꿈의 반을, 그리고 10라운드부터 12라운드까지는 그 나머지의 반을 완성시켜야 한다.

그렇기 위해서는 무엇보다도 우선 공상을 많이 해야 한다. 공상이란 결국 현실적으론 이룰 수 없는 불가능한 일이다. 그러나 공상을 많이 함으로써 그것은 곧 상상으로 이어질 것이고, 그 상상은 또다시 이상으로 이어지는 행동의 변화를 가져오게 된다. 또 그 같은 변화는 곧 운명을 바꿔 주는 매개체 역할로 이어질 것이기 때문이다.

따라서 인생을 시시하게 생각하는 사람은 시시하게 살 수밖에 없을 것이고, 세계에서 최고가 되겠다고 결심하는 사람은 그 순간부터 달라질 것이다. 그러나 여러분들은 어차피 축구에다 마음을 굳혔다. 그러니 지금부터는 세계 최고의 프로가 되겠다고 결심하라. 아마추어와 프로 사이에는 약간의 차이만 있을 뿐이다.

하지만 그 약간의 차이가 엄청난 결과를 만들어 낸다는 사실이다. 아르헨티나의 골겟터인 리케르메 선수는 한마디로 '킥의 마술사'로 불리우는 선수다. 볼을 다루는 기량이 뛰어나고 팀플레이도 더할 나위 없을 뿐 아니라, 어린 시절에는 7평 남짓한 작은 방에서 양친을 비롯한 9명의 형제와 함께 자랐다.

그럼에도 불구하고 마라도나를 키워냈던 아르헨티노스 후니오르스

미디어로 본 세상

에서 축구를 익히고 또 익혀서, 마침내 그 이름보다도 '플라잉 라이트 (Flying Light)' 란 애칭으로 더 사랑받고 있다. 또한 세계적인 골키퍼로 명성을 떨치고 있는 포워드겸 골키퍼인 호르헤 캄포스(멕시코)는 168Cm의 단신임에도 불구하고, 이기타(콜롬비아)와 칠라베르트(파라과이)와 함께 세계축구계가 꼽는 대표적인 '21세기형 골키퍼'라고 찬사 받고 있다.

뿐만 아니라 멕시코 1부 리그에 속해 있는 우남클럽 시절에는 `89~90시즌에서 14골을 터트려서 팀 내 득점 왕에 올랐고, `93북중미골드컵에선 초반 두 차례 포워드로 출전해서 2어시스트를 올렸다.

그렇다면 어떤 대가를 치르면서 세계 최고의 프로가 될 것인가? 우선 자기 스타일에 맞는 유명선수를 찾아보아라. 그리고 모델을 정한 다음 그에 대해서 철저히 연구해라. 또 기회를 만들어서 만나 보아라. 그리고 물어 보아라. 어떤 대가를 치르면서 프로가 되었는지를. 그것도 안되면 책을 통해서라도 만나 보아라. 그리고 '동일시'하면서 세계 최고가 되겠다고 결심을 해 보아라.

그 때부터 여러분들은 목표가 뚜렷하게 정해지면서 에너지가 모아지고 힘이 생긴다. 훈련에 있어서도 역시 대충, 대충하지 않고, 그에 대한 책임을 지 고 전심전력을 다하는 미친 사람이 될 것이다. 그리고 세월이 흐르면 흐를수록 축구에 달인이 될 것이다. 그때 생각해 보아라, 강원도가 자랑하는 금강대기가 이렇게 나를 키워 줬다는 사실에 대해서…

[1999년 05월 12일 강원도민일보]

통쾌한 한판 승부

한 달간의 전지훈련 대미가 멋지게 장식됐다. Lion King 이동국의 재치 골이 바로 그것이다. 이 골은 멕시코 선수들이 항의했지만 완벽한 골이었다.

경기 진행 중에 일어난 골이었고 항의할수록 규칙을 모르는 무지한 소치였다. 멕시코는 수치가 말해주듯 축구강국이다. FIFA 랭킹 6위에 독일獨逸 월드컵 시드(Seed) 배정配定국, 월드컵 본선에 13회나 진출했다. 이런 멕시코가 한국에 맥없이 무너졌다.

물론 결정적 패인은 GK 산체스에게 있다. 경기규칙을 몰랐거나 잠시 헷갈렸던 모양이다. 그는 이 일을 결코 잊지 못할 것이다. 허나 이날의 승리는 이회택 부회장의 몫도 있다.

그는 선수들에게 박지성의 근성을 닮으라고 했다. 축구 선배로서의 충고였다. 이에 선수들은 웨인 루니처럼 그라운드를 누비고 다녔다. 더블 볼란치(Double Volante) 김남일과 이 호의 플레이는 더욱 빛을 발했다. 편애하지 않는 오성대감의 '소牛사랑' 결과였다.

그러나 한국도 아픈 기억이 있다. 수많은 경고와 퇴장사가 바로 그

미디어로 본 세상

것이다. 98년부터 2004년까지 A매치에서만 무려 20건의 퇴장 기록이 있다. 4회 퇴장이 1명, 2회 퇴장은 3명이나 된다. 물론 현 대표선수들이다. 그 중에는 고의성 팔꿈치 가격이나 손가락 욕도 있다.

이는 결국 의욕과 실력의 언밸런스, 감정조절 실패 등에 있다. 이제부터라도 선수들에게 경기규칙을 가르쳐야 한다. 사실 국내경기를 보면 웬만한 파울은 두루뭉실 넘어간다. 예컨대 슬금슬금 앞으로 전진하면서 Foul Throw in을 해도 그만이다. 태클 실패로 제2 동작을 취하는데도 어물쩍 넘어간다.

단순 오프사이드를 제대로 이해 못해 난동의 빌미를 제공해준다. 파울이 났을 때 공을 들고 가다 한참 후에 던져준다. 프리킥을 할 때 파울 지점보다 앞에서 킥을 해도 그렇거니 한다. 잘못된 풍토 때문이 아닐까 싶다.

우리가 경기력을 압도하고도 코스타리카에 왜 졌는가. 바로 퇴장退場성 파울 때문이다. 이번 멕시코(전)에서도 2건의 경고가 있었다. 고의성 시간 지연과 위험한 플레이였다. 사실 고의성 시간지연은 팬들의 눈에도 보인다.

골라인 아웃된 볼을 훈장 걸음으로 걸어가서 들고 오는 행위. 잡은 볼을 놓고 스타킹을 올리거나 축구화 끈을 매는 행위. 또는 유니폼을 고쳐 입는 행위. 골 킥 지점을 잡았다 다시 옮겨서 시간을 버는 행위. 볼을 잡고 고의적으로 흐느적거리는 행위 등이다. 이 같은 행위는 팬들을 짜증나게 하고 경고의 대상이다.

홍명보 현 대표팀 코치가 존경받는 이유가 있다. 그는 A매치 135경기 중 딱 한번 퇴장 당했다. 레바논 아시안컵 중국(2000. 10. 13)전에서였다. 그는 결국 영원한 리베로와 함께 그라운드의 신사로 은퇴했다.

대표선수들이 그를 닮아야하는 이유다.

축구는 마약과 같은 흥분제 역할을 한다. 팀이 이기면 좋은 보약이 된다. 괴롭고 짜증나는 일들이 한순간에 사라진다. 흐뭇하기에 지역경제도 살아난다. 허나 지면 비난의 대상이 된다. 괜한 시비를 걸거나 각종 사고로 이어지기도 한다. 월드컵 16강에 못 들면 팬들은 풀이 죽는다. 다음 경기를 못 보기 때문이다.

경제가 어려운 이때 축구가 서민들에게 희망을 줘야한다. 서민들은 요즘 생활고로 울분에 차 있다. 축구는 화이트칼라가 아닌 서민들의 몫이다. 이제 16강 호랑이에 이어 투혼鬪魂 호랑이도 태어났다. 2006 독일獨逸 월드컵에서 우리 선수들의 투혼을 기대해본다. "파이팅 코리아!"다.

[2006년 02월 17일 독일 월드컵 선전을 기대하며]

미디어로 본 세상

신중경(愼重京)

1950년 01월 16일 서울 출생.

강원대학교 대학원 체육교육학과

강원대학교 36년 정년퇴직

소설가, 축구평론가, 스포츠평론가

세계축구大백과사전 편찬연구소장

축구 심판으로 9년간 활동

월간 축구 보도위원.『한마디』코너 연재

월간 Soccer bank 보도위원

[저서]

전공서적

「SOCCER」「420가지 축구이야기」

「재미있는 축구이야기」「축구 산책」

「세계축구大백과사전」12년째 집필 중

산문집

「황금을 보거든 먼저 본 놈이 임자다」

「나란히 & 새치기」「미디어로 본 세상」

장편소설

「FIFA컵을 잡아라」「선생님」

「프로테우스 죽이기」「날벼락」

「진짜 재미없는 축구이야기」「마법공화국」집필 중

※ 예금계좌 : 신한은행 110 − 018 − 977057 신중경

미디어로 본 세상

초판 1쇄 인쇄일　　| 2010년 2월 26일
초판 1쇄 발행일　　| 2010년 2월 27일

지은이　　| 신중경
펴낸이　　| 정진이
총괄　　| 박지연
편집 · 디자인　　| 이솔잎 채지선 채지영
마케팅　　| 정찬용
관리　　| 한미애 강정수
인쇄처　　| 태광
펴낸곳　　| **새미**
　　　　등록일 2005 13 14 제17-423호
　　　　서울시 강동구 성내동 447-11 현영빌딩 2층
　　　　Tel 442-4623 Fax 442-4625
　　　　www.kookhak.co.kr
　　　　kookhak2001@hanmail.net

　　ISBN　　| 978-89-5628-539-9 *03800
가격　　| 27,000원

* 저자와의 협의하에 인지는 생략합니다.
새미는 **국학자료원**의 자회사입니다.
　잘못된 책은 구입하신 곳에서 교환하여 드립니다.